麦克尤恩作品 | Ian McEwan

Solar

追日

[英] 伊恩·麦克尤恩——著

黄昱宁——译

上海译文出版社

献给波莉·拜德(1949—2003)①

① 波莉·拜德(Polly Bide),英国知名影视制片人、导演、作家,她逝世后麦克尤恩曾撰文纪念她。

说这番话让兔子很快活，让他觉得自己很富有，让他思索这世界在消耗，知道这地球也会消亡。①

——约翰·厄普代克《兔子富了》

① 《兔子富了》是厄普代克的代表作“兔子四部曲”中的第三部。本段引文中的“这番话”指涉的段落如下：“‘这好比木头，’哈利说，思绪慢慢顺着历史回溯，他觉得那是多彩的雾，在数个世纪里像足球场一样分割开来，精确地标出来几个年份——1066和1776——还有几张面孔——乔治·华盛顿和希特勒——悬挂在场地的边线，一点不令人兴奋。‘或者好比煤。小的时候，我记得无烟煤咣当咣当倒进老式填煤斜槽，这些煤块烧出来的红点儿历历在目。我想象不出它们是怎么烧出红点儿的，以为那是从地上冒出来的呢。小精灵用红刷子抹上的。现在无烟煤绝迹了。人们在露天矿开采的东西在你的手里一捏就碎了。’”（相关译文引自苏福忠译本）

第一部

2000 年

他属于那个阶层的男人——可能有点讨人嫌，通常秃顶，矮胖，聪明——对于某些美女倒有种难以言喻的魅力。或者说他相信有，而且越想越觉得似乎确有其事。有些女人相信他是个亟需拯救的天才，这也有点作用。不过，此时此刻的迈克尔·别尔德，心眼窄，没快感，横竖一根筋，死活提不起劲。他的第五次婚姻快完蛋了，按说他应该知道如何举止得体，如何放眼未来，如何承担责任。婚姻，他的婚姻，不是向来潮涨潮落，后浪推前浪的吗？这一次有所不同。他不知道怎样举止才算得体，放眼未来让他心痛，而且照他看来，生平头一回，他没什么责任需要承担。搞外遇的是他老婆，而且搞得耀武扬威，报仇雪恨似的，压根没有一点后悔的意思。百感交集中，他发觉心里不时涌起强烈的羞耻与渴望。跟帕特丽丝约会的是个装修工[①]，他们的装修工，就是那个将他们房子里的砖石缝重新勾嵌一番，在他们的厨房里安上全套设备，帮他们的浴室重贴瓷砖的家伙，就是这个敦实的壮汉，有一回在吃茶点时给迈克尔秀过一张自家的仿都铎式房子的照片，整饬翻修以及添加都铎风味的活儿都是他一手包办，混凝土前车道上，一部拖车载着一艘船停在维多利亚式灯柱底下，余下的空地上竖着一只退役的红色电话亭②。别尔德发现戴绿帽子是一件如此复杂的事，这可真让他吃惊。那份痛苦可不简单。活到他这把年纪还有什么新鲜花样没见识过——这样的话谁也别说了。

他是活该。他那四个至今仍然冷冷地关注着他的前妻，梅西，露丝，埃莉诺，凯伦，都会乐疯的，他希望没人跟她们通风报信。他每次婚姻都没拖过六年，而且始终没要孩子，这真可以算是某种成就了。他的太太们都早早预见到此人一旦当爹，会是怎样惨淡恐怖的局面，所以，为了保全自己，她们都溜之大吉。他乐意这样想：即便他让人难受过，时间也不会太久，这多少也起了点作用，使他跟所有的前妻还保持着泛泛之交。

可是跟现在的太太就不是这么回事了。感觉好点的时候，他没准还会假想自己拿出大男人的派头，抱着双重标准，发几阵危险的泼天大怒，也许来段深夜醉醺醺、咆哮后花园的好戏，要不就把她的汽车弄得面目全非，然后处心积虑地追求一个更年轻的姑娘，像力士参孙那样将婚姻殿堂兜底掀翻。可实际上，他被耻辱，被他丢脸居然丢到这种地步的念头，压得动弹不得。更糟糕的是，他还那么不合时宜地想要她，这让他吓了一跳。这些天，对帕特丽丝的渴望会突然从哪里涌起，向他袭来，活像一阵

---

① 从全书的相关描述看，塔平的身份应该属于那种装修工头，手下有三个雇员，但自己也干一部分活。

② 红色电话亭曾是英国的象征之一，随着时代发展渐渐失去了实用价值，但许多怀旧的英国人一直在呼吁不要拆除这个独特的历史文化标志，甚至发起“保护红色电话亭”战役。

胃痉挛。他就只能一个人坐下来，等着它发作完毕。显然，是有那么一种丈夫，想到老婆勾搭上别的男人就来劲。这样的男人没准还会布个局，把自己绑起来塞进衣橱里锁好，等着那个比他更出色的伙计从十英尺外走过来。别尔德是不是终于在自己体内找到了一种受虐色情狂的潜能呢？从来没有哪个女人，看上去，听上去，能像这个突然之间就不归他所有的老婆那样勾魂摄魄。大张旗鼓地，他去了趟里斯本看望一个老朋友，可那三个晚上过得索然无味。他一定要把自己的老婆弄回来，却不敢大叫大嚷、威胁恫吓，或者炮制几个灵气四溢、任性胡来的片段，好让她卷铺盖滚蛋。而苦苦哀求也不是他的风格。他浑身冰凉，可怜巴巴，除了这件事什么也想不了。她头一回给他留便条时——"今晚在R那里过夜。P"——他有没有带上自己的活动扳手，跑到那栋在固定支架[①]上搁着一艘盖好布幔的快艇，巴掌大的后院里嵌着一只露天热水浴缸的仿都铎风、半独立式"前廉租房"[②]，把那男人的脑壳敲碎？没有，他只是穿着大衣，看了五个钟头电视，喝了两瓶酒，努力不去想罢了。这无济于事。

可是他也只能想想啦。前几任太太发现他出轨时，火冒三丈，冷冰冰或者泪汪汪地非要长谈到凌晨，阐述她们的想法，先是什么信任破灭啦，最后抛出离婚要求及种种善后事宜。然而，

① 即前文所说的"拖车"（trailer）。

② 原文是 mock-Tudor ex-council semi。在英国，council house 指政府出资建设的廉租房，专供救济穷人之用，穷人长期租用后还可买下产权，成为私宅。这里说的"前廉租房"就是指这种情况。

当帕特丽丝碰巧看到几封柏林洪堡大学的数学家苏珊娜·鲁本发来的邮件时，却反常地兴奋起来。就在那个下午，她把自己的衣服搬进了客卧。为了亲眼求证，他推开衣橱滑门，结果吓了一跳。那成排成排丝绸的、棉布的连衣裙——现在他意识到——曾是一种奢侈，一份慰藉，是她将自己的各种“版本”排成一溜，只为了取悦他。不复存在了。连衣架都不见了。那天吃晚饭时，她一边微笑，一边解释说她也想要“自由”，还没过一个礼拜，她的外遇就开始了。这么一来，男人该怎么办？某天早餐时他道了歉，告诉她，他那一“失足”并不意味着什么，还发了一通他真的以为自己会遵守的重誓。这已经是他最接近哀求的方式了。她说她才不在乎他遵不遵守呢。她确实不在乎——而且，就在此时她亮出了情人的身份，那个名字凶巴巴、身高七英尺的装修工罗德尼·塔平，比他这个戴绿帽的丈夫要年轻二十岁，按照塔平当初一边谦恭地替别尔德家涂灰浆、切斜角，一边自吹自擂时的说法，他平生唯一读过的，就只有小报上的体育版。

起初，别尔德的痛苦表现为“上瘾症”[①]，或者也可能是他的上瘾症突然给治好了。他终于弄清楚自己到底是什么样的人了。冲完澡，他在雾蒙蒙的全身镜里瞥见一堆呈圆锥状的粉色的东西，他把玻璃擦擦干净，站直身体，对眼前的情景难以置信。他到底用了什么样的花言巧语，才能说服自己，而且这么多年来

---

① 原文为dysmorphia，医学术语。起初来源于“肌肉上瘾症”(muscle dysmorphia)，指对于健身塑形过于痴迷，总怀疑自己的肌肉不够健硕的精神症状，后来引申到性上瘾症、网络上瘾症等。

都让自己相信，长成这副尊容还能算是性感迷人？脑袋上谢顶，下面倒有一圈傻乎乎的齐耳浓发撑着，新长的肥肉像窗帘一样垂在腋窝下，腹部和臀部都在天真无邪地痴肥着。以前，他只要把肩膀扳扳直，身体站站挺，腹肌收收紧，就能让镜子里的自己好看点。而今，人类的赘肉让他的努力成果懒懒地耷拉下来。他怎么可能留得住像她这么漂亮的年轻女人？他是不是真的以为这点条件就够了，难道单凭他那尊诺贝尔奖，就能把她留在他床上吗？一丝不挂时，他是个耻辱，是个白痴，是个懦夫。他连一口气做八个俯卧撑都不行。而那个塔平，却能在胳膊底下夹起一袋一百斤的水泥，跑上楼梯直奔别尔德家的卧室。是一百斤吗？差不多就是帕特丽丝的体重嘛。

她怀着充满敌意的快乐，不让他靠近。那些她像唱歌一样说出的“你好”，那些她在晨祷时独自吟诵的家务细节，还有她在晚上的去向，都是额外的羞辱，但凡他对她能略有鄙夷，并且打算把她甩了完事，那么这些也没什么要紧的。那样的话，他们俩就能坐下来飞快地、恶狠狠地拆散这场历时五年、膝下无子的婚姻。她当然是在惩罚他，可当他暗示这一点时，她耸耸肩说，她也可以把这话用在他身上。她只不过一直在等这个机会罢了，他说，于是她笑笑，说既然如此，那她就多谢他了。

胡思乱想时，他相信，恰恰就在即将失去她的时候，他找到了完美的妻子。2000年的这个夏季，她穿上了别样的衣服，在屋子里进进出出都是别样的面貌——褪色的紧身牛仔裤，平底人字拖，T恤衫外面披着一件乱蓬蓬的粉色羊绒衫，她剪短了一头金发，灰眼睛里闪现着一抹狂放的、更深邃的蓝色。她的身材很苗条，现在看起来只有十五六岁。从那些用绳索做拎手的亮闪闪的购物袋和她故意散落在厨房桌上给他看的纸巾判断，他觉得她是在给自己买新内衣，好让塔平帮她脱掉。她今年三十四岁，却仍然保持着二十来岁时“草莓冰激凌”式的容颜。她没招惹他，没奚落他，也没挑逗他——但凡如此，总也算是一种交流了——而是不断地打磨那光彩照人的冷漠，她想用这种冷漠抹杀他的存在。

他需要停止“需要”她，可欲望不听话。他就是想“想”她。某个闷热的夜晚，他身上什么也没盖，躺在床上试着打手枪，好求个解脱。他非得在脑袋下面垫两个枕头才能看见自己的命根子，这就够让他心烦的了，偏偏幻觉又老是给塔平的形象打断，那厮就像个没教养的舞台杂工，扛着梯子拎着水桶，时不时地溜达到布景上来。除了他别尔德，这世上还会有什么男人，在这种时候，试图一边思念着仅仅三十英尺开外、楼梯平台对面的自家老婆，一边给自己找乐子？一想到这个问题，他的初衷就化为乌有。再说这天也太热了。

朋友们跟他讲过，帕特丽丝长得像玛丽莲·梦露，至少，从某些角度，在某些光线下是这样。这种往自己脸上贴金的比较一直让他挺高兴，可他从来没认真领会过这层意思。现在他算是领会啦。她变了。她的下唇上新添了一种丰满润泽的气息，她一垂下眼帘就预示着麻烦快来了，她剪短的头发打着卷儿，以一种夺目的古典风格垂在后颈上。毫无疑问，她比梦露更美，每逢周末她就让房子和花园在金发、碧眼、粉红、淡蓝交织的薄雾中漂流。让他无法自拔的，是一个多么青春烂漫的色彩阴谋啊，何况是在他这把年纪。

那年七月他正好五十三岁，她顺理成章地忽略了他的生日，三天以后又用她近来那种没心没肺的方式，假装想起来。她送他一条荧光薄荷绿的“奇魄”领带[①]，告诉他如今这种款式又“复兴”啦。没错，周末最难熬。她总是跑进他待着的那个房间，也没开口说话的意思，可能只是想在他眼前晃晃，她总带着那么一丝不疾不徐的讶异四下打量一番，然后信步走开。不光是他，所有的物件都被她重新估算品评了一通。他总是看到她在花园尽头的七叶树底下，带着报纸躺在草地上，在浓密的树荫中等着属于她的黑夜降临。然后，她会躲进客卧里淋浴，更衣，涂脂抹粉，喷洒香水。好像看透了他的心思似的，她会抹上又红又厚的唇膏。也许罗德尼·塔平鼓励她走梦露路线——现在别尔德也只能跟他一起欣赏这副滥俗的形象了。

如果她离开时他还在屋子里（每到晚上他就辛辛苦苦地尽量让自己不闲着），为了缓解自己的渴望和痛苦，他就会忍不住从楼上的窗户看着她步入“贝尔塞兹公园”[②]的暮色中，沿着花园的小径走去——没上过油的花园门又像以前那样发出咯吱咯吱的声音，听起来是多么水性杨花啊——然后钻进她那辆小巧而

---

① 即 Kipper tie，这种领带的典型特征是上窄而下部极宽，通常颜色鲜亮夸张，在六七十年代的英国曾大行其道。

② 伦敦西区最豪华的居住区、时尚生活区之一，别尔德家就住在这个区域里。

轻浮、加速时放荡不羁的黑色标致车。她是那么迫不及待，猛地把车发动起来驶离路沿，以至于他的痛楚又翻了一倍，因为他知道她知道他在看着。于是，她的离去就像花园篝火上腾起的烟雾一般悬在夏日黄昏中，那是一阵挑逗情欲的、散发在无形微粒中的刺激，弄得他莫名其妙地在原地站了许久。他其实并没有发疯，他一直这样跟自己说，不过他觉得自己尝到了某种滋味，抿到了一口苦涩。

让他震撼的是，他居然有本事除此之外心无旁骛。读一本书也好，做一场演讲也好，他其实都在想她，要不就是想她和塔平。她出门跟他约会，自己倒还待在家里，这也太糟心了，可是，自打那次里斯本之行以后他就再也没有胃口去看以前的女朋友了。于是他接下一组到皇家地理学会谈量子场理论的夜场讲座，参加电台和电视台的讨论会，时不时地还给生病的同事顶顶班。就让那些科学哲学[①]家们把自己越搞越糊涂吧，物理学可不会被人性玷污，即便男人女人和他们所有的哀伤都不存在，物理学描述的那个世界也依然存在。他跟阿尔伯特·爱因斯坦一样，都秉持着这种信念。

然而，即便跟朋友吃饭捱到很晚，他通常还是会在她回来之前到家，然后被迫等待——不管他乐不乐意——直到她回来，尽管她回来以后也不会有什么事。她会直奔她的房间，而他会待在他的房间不动，不想在楼梯上撞见她云收雨歇、慵懒欲睡的模

① 科学哲学是20世纪兴起的一个哲学分支，从哲学角度考察科学。

样。几乎可以说，她要是待在塔平家过夜倒还好点呢。“几乎”而已，可那样他就会整夜无眠。

七月末，某晚两点，他正穿着睡袍听广播，听见她进门，突然心生一计，要布个局让她嫉妒，让她不安，让她想回到他身边。有个女人正在BBC的“环球服务”节目上讨论影响土耳其库尔德人家庭生活的乡村风俗，低沉单调的话音叫人昏昏欲睡，言谈间充斥着冷酷、不公和荒谬。别尔德把音量调低，但手指一直按在旋钮上，自己提高嗓门、拖长音调念了一小段童谣。他估计她能从自己的房间里听到他的声音，但听不清他在说什么。他一念完这句就把那女人的音量开大几秒，然后用他当天晚上讲座里的一句话打断她，再让那女人回答得更长。他就这样折腾了五分钟，他说一句，那女人回一句，有时候还狡猾地让两个声音叠在一起。整栋房子寂静无声，在听着呢，毫无疑问。他走进浴室，打开一只水龙头，一边冲马桶一边大声狂笑。帕特丽丝应该知道他的情人聪明得很。然后他捂着嘴发出一种欢呼似的叫声。帕特丽丝应该知道他开心得很。

那天晚上他没多睡。四点，经过长长一段暗示着无声缠绵的沉寂之后，他一边打开卧室门，一边低声细语，从后楼梯走下去，再绕到前面，一路上又是跺脚又是击掌地演奏出他那位“伴侣”的脚步声，还用他自己的脚步声充当切分音。这是那种逻辑合理但只有疯子才会热衷实施的计划。他把“伴侣”送到客厅，把道别嵌在无声的亲吻间，然后在她身后关上大门，坚定的关门声回荡在整栋房子里，接着他跑上楼，终于在六点过后打了个盹，一边睡一边冲着自己轻声念叨，“且以成败论英雄。”他在一小时后起床，这样就能保证赶在帕特丽丝上班之前跟她打个照面，让她瞧瞧，一眨眼工夫，他的快乐达到了何种程度。

她在大门前停下来，手里攥着车钥匙，塞满了书的帆布小背包的带子深深地勒在她印花衬衫的肩部。谁见了都不会怀疑，她看起来深受打击、心力交瘁，尽管她的嗓音还跟以前一样响亮。她告诉他，今晚她会邀请罗德尼来吃晚饭，他没准还会在这里过夜，假如他，迈克尔能远离厨房，那她会很感激。

那天他恰巧要出门，去位于雷丁的“中心”。启程时他累得直犯晕，一边透过污迹斑斑的火车窗盯着伦敦郊外嘈杂与单调奇妙交织的景致，一边骂自己干的这叫什么蠢事。是不是该轮到他隔墙“听床”了？没门，他还是找个地方住下吧。那不就等于被他老婆的情人赶出自己的家门？没门，他得留在家里跟他面对面。那跟塔平打一架吧？也没门，他非给活活敲进走廊上的镶木地板里不可。明摆着，他根本就没条件做什么决定，设计什么阴谋，从今以后，他得考虑到自己的精神状态不太靠谱，所以行动应该保守点，消极点，老实点，别坏了规矩，别走极端。

再过几个月，他将把这个决定里的每一条都违反个遍，不过，那一天即将告终时他已经把这念头给忘了，因为帕特丽丝下班回家时没带什么吃的(冰箱里也没有存货)，那个装修工也没来吃饭。那天晚上他只看到她一次，手里端着一杯茶穿过走廊，看上去阴郁而颓废，不太像偶像影星了，更像是私人生活错乱、工作过度操劳的小学老师。他先前在火车上把自己一顿臭骂，是不是骂错了？他的计划真的起作用了？她是不是难过得只能把约会取消了？

回味昨晚的经过，他发觉，风流成性了一辈子，偶尔跟一个臆想中的朋友过一晚，倒也挺提神的，这感觉真是非同凡响。近几周，他这是头一回稍微开心了点，甚至在拿微波炉热晚饭时用口哨吹了一首曲子，还在楼下衣帽间那面镶嵌在金箔中的镜子里照了照，他觉得自己脸上的脂肪少了，颧骨阴影清晰可见，看上去坚毅果决，在三十瓦灯泡的照射下，多少显出几分高贵气象，也许他每天早上逼着自己吞下的那种甜甜的低胆固醇酸奶发挥了作用。他上床时没开收音机，把灯调暗，躺着等她的手指不无悔意地在他门上轻轻敲响。

门没响，不过他也不难受。就让她度过一个不眠之夜，重新检讨自己的人生，看看到底什么才有意义吧，就让她掂量掂量好了，一边是手上长满老茧的塔平和他那艘盖着布幔的船，一边是卓尔不群、举世闻名的别尔德。接下来的五个晚上，据他观察，当他忙于讲座、其他会议及外出晚餐时，她都待在家里，当他回来时——通常在午夜——他希望自己踌躇满志的脚步声能让这栋黑洞洞的房子都感觉到，这是一个刚刚赴完幽会的男人。

第六晚，他总算空下来待在家里，她倒出门了，而且花在淋浴和吹风的时间比平时更长。他正待在一楼平台的那扇深深凹陷的小窗跟前，从那里他看见她沿着花园的小路往前走，走到一丛高高的朱红色蜀葵前停下来，似乎不情愿离开似的，然后伸出手拨弄一朵花。她把花掐下来，用大拇指和食指新染的指甲把它碾碎，捏着思忖了一会，然后手一松让它落在自己脚边。那件夏日连衣裙——米色丝绸，无袖，后腰上打了个褶——是新的，这个信号他拿不准该怎么解读。她继续向前走到大门口，他觉得她的步履略显沉重，或者至少比她以前一贯迫不及待的作风要懒散些，然后她用接近正常的加速度开着标致车驶离路沿。

可那天晚上他等在家里的时候没那么高兴了，对自己的判断力又有点困惑不解，开始认为归根结底他的感觉还是对的，他就栽在自己演的那出广播恶作剧上。为了理清思路，他倒了一杯苏格兰威士忌，看看球赛。他没进晚餐，而是吃掉一杯一升装的冰淇淋，还剥了一斤开心果。他浑身躁动，被游移不定的性欲弄得心烦意乱，最后得出结论：最好还是去发展或者重温一段真正的风流韵事吧。他花了点时间翻检通讯录，盯着电话机过了好一会儿，到底还是没拎起来。

他喝掉半瓶酒，没到十一点便和衣在床上睡着了，头顶上的灯还亮着，过了几个钟头，他被楼下的话音吵醒时，有好几秒钟都弄不清自己身在何处。那是帕特丽丝在跟塔平说话吧，此时别尔德尚且被酒精壮着胆，正有劲头说两句呢。他歪歪扭扭地站到卧室中央，把衬衫下摆塞到裤子里去的时候身子直晃悠。静静地，他打开门。屋子里所有的灯都大开着，这可真不错，此时他已经下得楼来，压根就没想到会有什么后果。帕特丽丝还在说话，当他穿过客厅直奔敞开的起居室大门时，他觉得自己听见她在笑，要不就是在唱，他寻思，看来他是要搅和掉一场小小的庆典了。

可只有她一个人，弯腰弓背地坐在沙发上哭，两只鞋都侧躺在玻璃咖啡长桌上。那是一种勉强克制、哀伤欲绝的声音，之前鲜有耳闻。假如说她以前也曾这样为他哭过的话，那也是背着他。他停在门口，她起先没看见他。她的模样惨兮兮的。一块手帕或是纸巾绞成一团攥在她手里，她那羸弱的肩膀往前弓，直打颤，别尔德顿时满怀怜惜。他感觉到一场和解已近在咫尺，她需要的只是一次轻柔的触碰，几句善意的言辞，别提什么问题，她就会扑进他怀里，而他会带她上楼，不过，即便心头骤然涌起情感的暖流，他也知道他抱不动她，哪怕用两只手都不行。

正当他抬脚准备穿过房间时，一块地板咯吱响了一声，她抬起头来。他们四目相对，可是只持续了一秒钟，因为她飞快地用手捧住脸，埋进去，再把头扭开。他喊她的名字，而她直摇头。她背朝着他，别别扭扭地从沙发上坐起来，几乎是在侧着身子走，结果在那块铺在抛光木地板上、动不动就要打滑的北极熊皮上绊了一跤。有一回他差点跌伤脚踝，从此以后就很讨厌这条小地毯。他也不喜欢地毯上那张充满敌意、张得老大、露出光线底下泛着黄光的牙齿的嘴。他们从来没有采取过什么措施把它固定在地板上，也休想把它一扔了事，因为那是她父亲送的结婚礼物。她稳了稳步子，想到了那双鞋就捡起来，空出另一只手捂住眼睛，从他身边匆匆走过，他探出身子想碰碰她胳膊，她急忙躲开，又哭起来，这次哭得更畅快了，一边哭一边跑上楼去。

他关掉房里的灯，躺在沙发上。既然她不要他，那也没必要再追她，何况眼下这点并不重要，因为他已经看见了。她的手没来得及遮住右眼的瘀青，它横跨面颊顶部，中心发黑，边缘渐淡呈红色，在她下眼睑下肿起来，弄得眼睛都睁不开。他听天由命地大声叹了口气。在所难免啊，他的责任再清楚不过了，看来现在就得跳进汽车，一路开到克里科尔伍德，整个身子倚在门铃上，直到他把塔平从床上拎起来跟他出门，就在那盏马车灯底下，出其不意、身手敏捷地让他那位可恶的对手惊诧莫名。他眯起眼睛，又前前后后想了一通，在细节上玩味不已：他的右拳把塔平的鼻梁骨砸开花，接着，经过一点小小的修改，他又闭起眼睛把这场戏琢磨了一番，这一晚他睡得很安稳，直到翌日早晨被她上班时关上大门的声音吵醒为止。

他在日内瓦得到一个大学荣誉教职，可没在那里上过课，他把自己的名字，头衔，别尔德教授，诺贝尔奖得主，借给信笺抬头，借给种种学会，他在国际“倡议”上签名，坐镇一个与科学基金有关的皇家委员会，在电台上用外行能听懂的话解释爱因斯坦、光子或量子力学，帮着别人申请经费，担任三家学术期刊的顾问编辑，撰写同行评议和参考文献，让他感兴趣的事情包括：八卦谈资、科学政治、身份地位、诡辩法术、令人生畏的民族主义，还有无知的大臣和官僚们何以被榨出巨额开支，只为了在一颗新卫星上再装一个粒子加速器或者租用仪器空间，他还出现在美国的“天才会议”中——一万一千名物理学家济济一堂！——聆听博士后们阐述自己的研究，他时常开设系列讲座，相同的内容稍作变化、反复使用，讲来讲去都是当初为他带来诺贝尔奖的“别尔德—爱因斯坦合论”的基础计算问题，他到处领奖项和勋章，接受荣誉学位，发表餐后演说，为那些即将退休或者行将火化的同事歌功颂德。在一个闭塞的专业世界里，他是——拜斯德哥尔摩所赐——一位名流，年复一年地凭着惯性向前滑行，略感厌倦而别无选择。所有的兴奋点和不可预知性都体现在私生活中。也许这就够了，也许他早在青年时代的一个绚烂的夏季里就已经竭尽所能功成名就了。有一点是确凿的：他上一回连续几小时独自静坐、手拿铅笔和便笺整理思路，提出一个富有创意的假设，调戏它、追求它并逗引它降临人世，已经是二十年前的事了。那样的机会从未浮现——不，这是个经不起推敲的借口。他没那份意志，没有材料，没有灵感的火花。他没有新鲜的想法。

不过，雷丁郊外，紧挨着轰鸣咆哮声不断的高速公路向东段，一座啤酒厂的下风口，有个新建的政府研究机构。这个中心应该类似于科罗拉多州戈尔登（靠近丹佛）的“全美可再生能源实验室”，与其分享同样的目标，却不能分享它的占地面积和基金数额。迈克尔·别尔德是这家新中心的一把手，真正在干活的却是一位名叫乔克·布拉迪的资深公务员。行政大楼（某些大楼的隔墙材料里含石棉[①]）不是新造的，实验室也不是——它们原先是用来测定建筑业有害材质的。新造的只有三米高的尖

① 石棉有较好的隔音效果，但现在从环保的观点看，普遍认为石棉致癌，对人体造成较大的危害。

刺铁丝网和混凝土柱式护栏，此外，未经别尔德和布拉迪许可，在这个“全英可再生能源中心”的外围，每隔一段距离就草草地树着一块“禁止入内”的告示牌。他们很快就发现，光这些牌子就占掉了第一年预算的百分之十七。先前他们从当地一家农场买下了一块占地二十英亩的湿漉漉的土地，头一项工作就是排涝，已经进入计划阶段。

对于气候变化，别尔德半信半疑。这事属于一系列问题、一系列迫在眉睫的忧虑（其背景原因总在新闻中显山露水）之一，他会看这些报道，并且略感痛心，期望政府能积极应对，采取行动。他当然知道二氧化碳分子会在红外线波段内吸收热能①，而人类正在向大气层大量排放这些分子。不过，他本人还有别的事情需要考虑。某些离谱的评论家暗示整个世界已经陷入“危机”，人类正在奔向灾难，沿海城市将被海浪淹没，农作物将会歉收，因为干旱、洪涝、饥荒、风暴和资源日益减少而引发的无休无止的战争，亿万难民将从一个国家涌向另一个国家，从一片大陆涌向另一片大陆，而他对这些无动于衷。这些预警信号里有某种《旧约》的口吻，一丝“瘟疫临头”、“洪荒将至”的调调，它们让人想起那种根深蒂固、数百年来反复上演的倾向——相信人总是生活在末日中，相信自己的撒手人寰，必然与世界末日休戚相

① 二氧化碳气体的分子对于波长12～18微米的红外线波段具有强烈的吸收谱带，而这个波谱区恰好集中了大部分从地面辐射到空间的热能，这是二氧化碳气体温室效应的机理。近年的主流科学界认为，如果继续过量排放二氧化碳，必然会破坏地球经过几十亿年的演变才达到的最适合人类繁衍生息的热量平衡状态，从而造成气候改变。

关，这样一切就显得更有意义，或者说，显得并非全无关联。世界末日从未被设定于当下（在当下，它被看成幻想小说），而只是“即将来临”，一旦末日预言不灵验，马上就会出现一种新的说法，一个新的日期。旧世界被纵火者的暴行净化，被那些得不到拯救的人的鲜血清洗，对于基督教“千禧年教派”而言——是“不信者死”！对于苏共而言——是“富农必亡”！对于纳粹及其“千年幻想”而言——则成了“犹太佬不得生”！后来就有了真正民主的当代版本，一场无所不用其极的核战争——人人难逃一死。当预言并不灵验，当苏联帝国被其内部矛盾吞噬之后，除了乏味的、不可调和的全球贫困之外，就没有其他压倒性的焦点话题了，于是“末世情结”又炮制出一头猛兽。

不过，别尔德一直在找一份带薪公职。最近有几份干了好久的挂名闲职到期，而他在大学里的那点工资，加上讲座酬劳、媒体出场费，向来不算宽裕。所幸，临近世纪末，布莱尔政府希望，或者说看上去的的确确而非仅仅在口头上热衷于气候变化问题，他们宣告了一堆动议，其中有一项就是成立该中心——一家需要在信笺抬头撒上“斯德哥尔摩魔幻金粉”的基础研究机构。在政治层面，一位甫获任命的新大臣（他是个雄心勃勃、颇有民粹主义气质的曼彻斯特人，颇以其故乡城市的工业历史为荣）在一次新闻发布会上宣称将“发掘英国人民的天赋灵感”，邀请他们就“清洁能源”问题，拿出自己的想法和草图来。对着摄像机，他承诺每个提案都会得到答复。布拉迪的那队人马——六个薪资微薄的物理学博士后窝在四个临时搭建于一大块泥地上的棚屋里——在六周之内收到了几百个建议。大部分建议来自那类在花园工棚里孤身打工的家伙,有几份来自带着鲜亮标识和“待审核专利”的初创企业。

1999年冬,每周去工地巡视时,比尔德都会朝一张代用桌上的几堆文件瞥一眼。这场梦想的雪崩里颇有些主旨鲜明的东西。有人建议用水做汽车燃料,循环使用排出的气体——即水蒸气——使其回到引擎;在某些版本里,电力发动机或者发电机的输出功率大于输入功率,似乎得依靠“真空能量”才能运转——据信“真空区”里能找到这种能量——要不就是在别尔德认为非得违反“楞次定律”的情况下才能成立。总而言之,万变不离“永动机”之宗。这些自学成才的发明家似乎完全没有意识到,他们热衷的玩意其实历史悠久,也没想过,但凡他们的说法真能奏效,就会摧毁现代物理的整个基础。这些本土发明家跟热力学的第一定律和第二定律——那可是一道结结实实的铅铸的墙——背道而驰。有位博士后提议,可以根据它们违反的定律来替这些主意分类,是第一条还是第二条,抑或两条都违反。

还有一个主题也是屡见不鲜。有些信封里没装草图,只有一封信,有时半页,有时就十个词儿。作者遗憾地解释说,他——向来总是“他”——拒绝透露计划的细节,因为众所周知,政府代理机构对于他的机器将会提供的那种免费能源相当害怕,因为那会切断一项重要的税收资源。也可能军队会抢走这个主意,奉为最高机密,然后为他们自己所用。也可能传统能源供应商会派出打手来把发明家揍个稀烂,以维持商业霸权。也可能有人会把这个主意据为己有，从中牟利。凡此种种，臭名昭著的例子不胜枚举，作者会加上这么一句。所以说，只能让中心派出一个人，单独前往某某地址，且必须有第三方作为中间人，才能看到那些草图。

摆在“二号棚屋”里的这张桌子，其实只是将五块建筑厚板搁在支架上而已，上面愣是堆了一千六百封信和打印出来的电子邮件，按日期分类。为了照顾大臣的面子，这些统统都得答复。布拉迪——一个身形佝偻、下颌宽大的家伙——对于这样白白浪费时间，颇为恼火。恼火归恼火，他还是低眉顺眼。别尔德赞成把这些信一锅端到伦敦，送到大臣所在的那个部门去，再附上几种答复的模板。可是布拉迪寻思自己眼看着就要受封当爵士了——布拉迪太太对此心心念念，要是把一个号称在政坛上大约排名第十的大臣惹恼，那勋章岂不是要泡汤。于是乎，那些博士后就给发动起来忙活这件事，而该中心的第一个项目——设计一种适用于城市屋顶的风力发电机——因此被搁置数月之久。

这样一来，别尔德就多出这么些时间来——当时他还没有被第五次婚姻那几近冷战的尾声逼成难民——研究那些“天才”（那些博士后就这么称呼他们）。吸引他的，是从这一堆堆信件上升腾而起的阵阵迷思、重重妄想，种种夜不能寐的困扰，以及最为动人的绵绵感伤。他怀疑，他是不是在某些信里找到了某种形式的自己，找到了与迈克尔·别尔德天资相仿的人——只因为酗酒、乱性或者干脆就是运气不佳，他们没有受到正规的物理和数学教育的训练？虽然错失良机，可他们仍然渴望思考，渴望弥补，渴望有所贡献。这些人里颇有些确实聪明的家伙，可他们受自己那天马行空的雄心驱使，企图重新发明轮机，接着，又要在尼寇拉·特斯拉[①]发明感应电动机的一百二十年之后，再把那玩意发明一遍，他们不善研读，却抱着太大的希望一头钻进了量子场理论，想要在自己眼皮底下，在他们工棚里的一片虚空中，或者在闲置的卧室里找到那种属于他们的深奥的燃料——零点能[②]。

量子力学。这是怎样的一堆凝聚了人类渴望的宝藏和垃圾啊，在这条临界线上，数学的非凡气势击败了常识，推理与幻想荒诞地交融在一起。在这里，那些嗜好神秘事物的人想要什么就能找到什么，还能抬出科学来为他们作证。对于这些正在打发闲暇时光的聪明人而言，这想必是多么诡秘多么优美的音乐啊——光谱不对称性，共振，缠结，量子谐波振荡器——那诱人的远古气息，天体运行的和谐景象，也许会让一堵铅铸的墙幻化成金子，也许会生出一种无须其他、只靠“虚粒子”运转的引擎，它能为人类事业提供动力，还能存储这种动力。这些孤独者的渴望弄得别尔德心神不宁。他为什么会觉得他们都很孤独呢？

---

① 尼寇拉·特斯拉(Nikola Tesla,1856—1943)，生于南斯拉夫的美国电气技师、发明家，有多项重要发明，包括弧光照明系统、特斯拉发电机、无线电信号传输系统和特斯拉线圈等。

② 指接近绝对零度下的真空能，属于量子力学中的概念。根据量子力学的“测不准原理”，即不可能同时知道一个粒子的位置和动量，这就意味着，在绝对零度下的粒子也不会绝对静止，因而会产生能量。文中所说的这些“发明家”，就是基于这些基本概念，试图开发所谓“零点能”用于人类生活的。

他这么想，并不是，或者并不只是因为他们那股子傲慢的劲头。他们的知识虽然还不够多，却已经多到没什么人能跟他们聊聊的地步了。什么样的伙伴会等在酒吧里或者英国退伍军人协会里，什么样的妻子能同时背上工作、孩子、家务的重负，只为了追随他们穿过时空连续区里那些弯曲变形的“漏斗”，钻进“蠕虫洞”，抄上这条近道，找到解决全球能源问题的唯一的终极答案呢？

受美国专利局的启发，别尔德定了一条规矩，他向这些天才建议，所有关于“永动机”和“超和谐”机器的计划都应该附上一个工作模型。可是没人做到。布拉迪一心惦记着自己的锦绣前程，紧紧盯着那些博士后处理那些文件。每项提案都得单独地、认真地、彬彬有礼地予以答复。可是，堆在那些厚木板上的并没有什么新玩意，或者说没有什么有用的新玩意。那个“前卫而孤独”的发明家只是流行文化——还有那位大臣——幻想的产物罢了。

循着教人麻木的慢节奏，中心渐渐成型。先是泥地上盖好了遮泥板——真是一大进步——再是泥地被整平，里面撒上种子，一入夏，那里就长出了草坪，条条小径错杂其间，此地的面貌，终于跟世上其他无聊的机构差不多了。实验室得以整修改装，最后那些临时搭建的棚屋也给拖走了。附近的土地排干了水分，地基挖妥，大楼开工。上岗的雇员更多了——看门的，清洁办公室的，搞行政管理的，日常修理的，连科学家们也来了，还有一个人力资源团队负责寻找这各色人等。当人数达到一定规模时，一家食堂顺势开张。紧挨着红白条纹的栅栏门有个漂亮的小砖房，里头住了一打深蓝色制服的保安，他们彼此之间相处得颇为愉快，却对其余几乎所有人都横眉冷对，他们似乎相信这里本来就是他们的地盘，剩下的人个个都是非法闯入者。

在这段时间里，那六位博士后没有谁到加州理工学院或者麻省理工学院里找一份收入更高的工作。在一个挤满了各种天才神童的领域里，他们的简历是格外优异的。有好长一段时间，一向有“认脸障碍”（尤其认男人）的别尔德无法，或者说故意无法将他们分辨清楚。他们都在二十六到二十八岁之间，身高都超过六英尺。两个扎着马尾辫，四个戴着一模一样的无框眼镜，有两个都叫迈克，两个都有苏格兰口音，三个在手腕上绑着彩绳，个个都穿着褪色牛仔裤、软运动鞋、田径服的上装。对他们一视同仁——多少带点冷漠，或者干脆把他们当成一个人，这样要好得多。最好不要把跟一个迈克说到一半的话，再拿去跟另一个迈克说，弄得后者下不来台，也别以为那个扎马尾辫、戴眼镜、苏格兰口音、手腕上不绑彩绳的家伙就是独一无二的，就不叫迈克了。即便是乔克·布拉迪，也把这六个人统称为“那些马尾辫”。

对于诺贝尔奖得主迈克尔·别尔德，这些小伙子都不曾抱有他认为他们应该抱有的敬畏。显然，他们知道他的业绩，可是开会时，他们一提到这个就是草草地、轻慢地，用那种附带说明的口吻咕哝一句，就好像这玩意老早就过时了，而事实恰恰相反，“别尔德—爱因斯坦合论”写进了所有教材，它是无懈可击的，就其实验性而言堪称坚实强韧。当年这些马尾辫念本科时肯定看过“费因曼格子图”①的演示，它形象地阐释了别尔德的成果中最精彩的“风景”。不过，在食堂里私下聚会时，这些高高大大的孩子就成了理论物理的拓荒者，言谈间总是绕开“合论”，那架势就像是在打发亨弗莱·戴维爵士②的某道积满灰尘的公式，他们晦涩地引用 BLG 或者 M 理论、“Nambu 3 -李代数”里某些矫揉造作的行话，了无痕迹地转换话题。问题就在这里。大多数情况下他都不知道他们到底在说什么。那些马尾辫把话说得飞快，总是带着一种质疑的升调，弄得别尔德一边听，喉头上不晓得哪块肌肉就一边紧张起来。他们根本没把话说清楚，最多只是提了个想法，就会有个同伴喃喃地说“没错！”随后，他们会径直跳到下一个话题单元——你简直没法说这是个完整的句子。

更糟糕的还在后面。某些他们觉得不言自明的物理问题，他倒觉得挺陌生。等他回家一查，就被其中涉及的计算之冗长复杂给激怒了。他乐意把自己看成一个行家里手，对弦理论及其主要变量了如指掌。然而，这年头实在有太多太多的附属形式和变化形式啦。当年十二岁的别尔德念书那会儿，他的数学

① 即 Feynman Plaid，“费因曼图”(Feynman diagram)的别称，是量子场论微扰论中所用的一种图解法。提出这种图解的理查德·菲利普斯·费因曼是美国著名物理学家，因修正旧量子电动力学的不准确部分获得 1965 年诺贝尔物理学奖。文中提到的对于“费因曼图”的演示，在本书的附录里有所提及。

② 亨弗莱·戴维(Sir Humphrey Davy, 1778—1829)，英国化学家，电化学的创始人之一。

老师曾告诫全班，但凡在考试里算出十九分之十一或者二十七分之十三这样的答案，就该知道必错无疑。正确答案不可能如此杂乱无章。他的眉头皱了整整两个钟头（以至于第二天上午还能看见几道粉红色的纹路横卧在他额头上），通读近年成果，什么巴格尔、兰伯特、古斯塔夫松——没错！原来BLG不是一种三明治——他们还用“拉格朗日法”描述了极具偶然性的“M2膜”。[1] 上帝也许掷过骰子，也许没有，可他跟如此聪明的，或者说跟如此花哨的炫耀相距甚远。反正这个物质世界不可能搞得这么复杂。

家里的世界却有这可能。在他删繁就简的婚姻账册上，还从来没有像这次，他的第五次也是最后一次婚姻这般，傻乎乎地拖泥带水——被他自己——也从来没有什么能把他弄得如此丢人现眼，折腾出如此荒诞不经的白日梦，干出如此不堪重负、悄无声息的傻事。在那漫长的几个月里，每时每刻，他都觉得无法完完整整地做他自己，非但如此，他很快就忘却了自己，陷入了某种不算激烈却不断延伸的精神错乱状态。不管怎么说，陷在这种情形里，他耳边有幻听，眼前有幻觉——比方说，帕特丽丝那突如其来的、柔媚光鲜的美——后来他断定，这种美其实并不

---

① 所谓M理论（即“膜理论”），是理论物理中“弦理论”的一项分支。BLG是科学家乔纳森·巴格尔、尼尔·兰伯特、安德烈亚斯·古斯塔夫松姓氏的缩写，他们合作建立的“BLG行动”(BLG action)使描述M理论有重大进展。拉格朗日(Lagrangian，1736—1813)，法国数学家、力学家，变分法奠基人之一。

存在。这条肉身的因果链具有某种教科书般的性质。一连串环环相扣的小恙微疾让本应护卫他的免疫系统倍受嘲弄。病菌结成游牧部落，浩浩荡荡地游过他身上的护城河，成群结队地翻过城墙，赖以攻城略地的武器是感冒咽炎、口腔溃疡、身心疲劳、关节炎、水样腹泻、鼻部痤疮，还有睑炎——这是个新玩意，先是眼皮感染发炎，弄得丑模怪样，然后愈演愈烈，白色尖顶呈"富士山"状的麦粒肿喷薄而出，压在他的眼球上，以至于视野模糊。失眠与偏执也扭曲了他的视野，末了，半梦半醒间，他听到一个类似新闻主播的声音，他其实听不清言辞，只知道那声音是在提醒他：如今他的状态实在可怜。除此之外，他还得承受一位绿帽老公（而且，虽说老婆的一只眼睛上有一块愈来愈淡的乌青，可她照样在房子里耀武扬威地走来走去，不合时宜地傻乐，每当他想挑起一场严肃的对话，她就一溜烟跑了）理该遭的那份罪。众所周知，嘴的状况常常被脑子过度诠释，他觉得自己下唇中央裂开一条看不见的伤口，略感疼痛，它标志着他的命运。她怎么可能再亲吻他呢？他不会再跟她作对了，不会再挑衅她了，不会再谴责她了，不会再爱她了。

是啊，是啊，他撒谎成性，阅女无数，事情弄成这样是他活该，可是事已至此，除了接受惩罚，他又该如何是好呢？他到底该向哪路神仙道歉呢？他受够了。他愁眉苦脸地执着于愚蠢的希望，开始关注来信和电子邮件，看看有没有什么请柬能让他远离贝尔塞兹公园，能在他凄凄惨惨的身子骨里注入某种独立自主的生命力。一年到头，这样的请柬每礼拜都会来半打，可是迄今为止，对于那堆勾引他到某个富庶的意大利北部湖畔，或者去某个乏善可陈的德国城堡开讲座的邀请，他都提不起兴致，至于到新德里或者洛杉矶的一场挤满了更多同事的会上去探讨“合论”，他又觉得底气不足，颇为唐突。他不晓得自己到底要什么，不过他觉得，一旦看到它，他就会明白过来的。

再说，通常情况下，每周坐一次脏兮兮的早班火车从帕丁顿赶到雷丁，抵达那个跟一排排敦实的公寓楼挤在一起的维多利亚车站，那几个长相分辨不清的“马尾辫”里会有一个跑来接他，坐上一辆“普锐斯”样车开几英里到中心，还真是挺惬意的。离家时，别尔德是一根绷紧的单音颤弦，随着把家抛得愈来愈远，离那圈昂贵的栅栏愈来愈近，颤弦的振动也愈来愈弱。当他抬起食指和蔼地向保安致意——他们是多么喜欢有个头儿啊！——那根红白相间的拦车杆随即升起，车从下面飞驰而过，此时震颤就彻底停下来。布拉迪通常会出来接他，甚至，带着一丁点官僚气的嘲讽，他会扶住打开的车门，因为到达此地的不是绿帽先生，而是尊贵的访客，是主管，他们指望他在媒体上为此地代言，指望他怂恿能源业对此产生一点兴趣，再从那位暴躁的大臣口袋里榨出二十五万英镑来。

工作日伊始，两个人先一起喝咖啡。有多少进展，有多少延误，都被一一列出，别尔德记下他需要做什么，然后巡视工地。当初，他故意随口说起，如果他能代表中心宣布启动一个引人注目的、纳税人和媒体都能理解的项目，那么，想再捞点基金，就更容易了。为此，他们启动了“风涡机”，即“城市家用风力涡轮机”，住家可以将这种新发明的小玩意安在屋顶上，其产生的电力应该足以让家里的电费账单锐减。城里的屋顶不像乡间开阔地上那些高高的塔楼，风不会从一个方向径直吹来，所以物理学家和工程师们根据要求研究一种风力涡轮机叶片的理想设计方案，使其适合在湍流条件下运转。仗着法恩伯勒皇家航空公司的一个老朋友，别尔德弄到一个“风洞”[1]，然而，要搞这个，首先得研究某些错综复杂的数学和空气动力学问题，某个让他本人兴味索然的混沌原理的分支。对于技术，他甚至比对气候学更不感兴趣。他本来以为，只要替这个设计案解决点数学问题，建立三四个模型，然后在风洞里做做实验，就能完事了。然而，渐渐地，需要在相关领域雇用的人手在工作计划上越列越多：振动，噪音，成本，高度，风剪应力，回转仪运动，轮转压力，屋顶强度，材料，传动装置，效能，高压输电网相位，计划许可证。原以为只是一条不费力气的妙计，结果成了一头将只造了一半的中心里所有的注意力和资源都蚕食殆尽的怪物。现在要回头已经太晚了。

别尔德宁可独自在中心里转悠，不无歉疚地看着他那个“随口说说”的建议造成了怎样的连锁反应。截至 2000 年初夏，那些博士后每个人都已经有了一个小隔间。经过七八个月，这些小

① 风洞是进行空气动力学实验的一种主要设备，几乎绝大多数的空气动力学实验都在各种类型的风洞中进行。风洞的原理是使用动力装置在一条专门设计的管道内驱动一股可控气流，使其流过安置在实验段的静止模型，模拟实物在静止空气中的运动。测量作用在模型上的空气动力，观测模型表面及周围的流动现象。

伙子每个人的特点都渐渐清晰，究其原因，这跟将他们分开且在门上挂好名牌有关，可是别尔德认为，这多半还是因为他自己有所察觉。从雷丁站出发坐“普锐斯”的那段车程，他先前只跑过六趟，就在第七趟时，从当晚的牛津演讲稿上抬起头来，他意识到，没错，每回来接他的都是同一个司机。他是那两个真的扎着马尾辫的学生之一，一个身材高挑、脸庞瘦削的小伙子，一张嘴被硕大的牙齿和憨憨的笑容鼓得满满的。他来自诺福克的斯沃夫汉姆①郊外——这话别尔德是在第一次毫不走神地跟他说话时听来的——先是在帝国理工学院念书，后来去剑桥，再到帕萨迪纳的加州理工学院待过两年，而这些富于传奇色彩的地方都没能冲淡他乡下口音里蕴含的纯洁的感染力，那无辜的转音和降调，那始终昂扬的声线，都让别尔德想起灌木丛和干草垛。他名叫汤姆·奥尔德斯。就在那头一回闲聊中，他告诉头儿，他之所以申请在中心工作，是因为他认为这座星球危机四伏，而他在粒子物理方面的学术背景也许能有点用，一看到这个团队将由别尔德本人——“别尔德—爱因斯坦合论”里的那位别尔德——领衔，他，汤姆·奥尔德斯，就兴奋地假设，这家中心会把主要精力集中在太阳能，尤其是他称之为“毫微太阳能”的人工光合作用上，关于这一点，他相信……

“太阳能?”别尔德不疾不徐地说。他很清楚那指什么，然

① 诺福克是英格兰东部郡名，此地面积不小，但因为大部分都是乡村，人口密度很低，属于较偏僻地区。斯沃夫汉姆是诺福克郡里的小城，发挥着集镇和教区的作用。

而，这条术语上笼罩着一圈教人狐疑的意义光环，像是那些身穿长袍，在夏日黄昏中绕着“索尔兹伯里巨石阵”跳舞的“新时代德鲁伊特团员”[①]念在嘴里的一道咒语。而且，任凭是谁，但凡老把“这座星球”挂在嘴边，好证明自己心存高远，他就不会信任他。

“对呀！”奥尔德斯冲着后视镜一笑，露出好多牙齿。他压根就想不到，这位头儿在这个领域并不是什么专家。“到处都是阳光嘛，就等着我们弄懂怎么利用它，一旦我们懂了，我们就会大吃一惊，居然以前会去寻思烧什么煤呀石油呀，诸如此类。”

奥尔德斯把“此类”说成“死累”的口音让别尔德颇为好奇。这听起来就像是在嘲笑他自己想表达的东西。此时他们正沿着一条四车道的环行路开，山楂花在路中央的分车带上徒劳地盛开，香气弥漫到来往的车辆上。前一天晚上，她彻夜未归，而他则毫无睡意地披着睡袍躺在床上阅读。那是一捆未曾出版的保罗·狄拉克[②]写给多位同仁的信，此人的一切都属于科学，连闲聊和发挥其他人类技能的权利都给剥夺了。六点三刻，别尔德放下文件，直奔浴室刮脸。此时，阳光已经透过窗前花园里的白桦树，斜斜地照进来，在他脚下的大理石地砖上落下一道道花纹。大清早就让太阳爬得那么老高——造物如斯运筹，真是够

---

① 德鲁伊特(Druids)原指古代凯尔特人中一批有学识之人，担任祭司、法官、教师或巫师、占卜者等。16世纪，随着早期德鲁伊特宗教研究著作的翻译和印刷传播，“德鲁伊特教复兴”运动逐步展开。时至今日，仍有不少德鲁伊特团体活跃在世界各地，并将环保主义和泛爱主义融合到自己的信仰中。

② 保罗·狄拉克(Paul Dirac，1902—1984)，英国理论物理学家，量子力学创始人之一，首创量子力学的变换论和辐射的量子论，获1933年诺贝尔奖。

浪费、够失败的。他一边把剃须刀举到两根眉毛之间新长的杂毛，一边忍不住计算他当年曾经错过多少夏季的白昼时光。可是，对于任何年轻男子而言，一年到头，无论何时，早上七点除了睡觉或者工作以外，他还能干什么，还有什么可干呢？而此时此刻，他最近几周攒下来的睡眠赤字开始反弹。

“你觉得我们能过得下去吗？”他一边问，一边努力不把哈欠打出来，“没有煤，没有石油，没有天然气？”

奥尔德斯正把车开到一个巨大的环形交叉路口，其庞杂忙碌程度堪比环形赛车道，借着离心力，沿着下坡路，他们给抛到高速公路上，与骤然加剧的咆哮撞个满怀，发出这咆哮的，既有那些正在奋力飞奔的汽车，也有尺寸宽大得犹如五栋联体屋鱼贯排列、以每小时八十五英里的速度开往布里斯托尔的卡车，其他车辆则在挨个排队，伺机呼啸而过。千真万确——这样的情形能持续多久？被失眠折磨得有气无力的别尔德，只觉得自己是如此渺小。M4 公路上演示的这种生活激情，他是再也消受不起了。他适合 B 级公路[①]，马车大道，人行小径。他的身体在“哈里斯”花格呢上衣里缩成一团，听着汤姆·奥尔德斯说话，他那抑扬顿挫、踌躇满志的样子，活像是一个优等生正在拿出他以为老师想要的答案。

“先是煤，再是石油，它们成就了我们，可是现在我们知道，燃烧这些玩意也会毁掉我们。我们需要另一种燃料，要不我们

---

① 英国公路的一种，通常连接村镇，交通压力比起 A 级公路要小得多。

就完蛋了，就沉没了。这是一次新的工业革命。没有别的办法，将来是电和氢的天下，在我们已知的能源载体中只有这两种在使用时是不产生污染的。”

“也就是说，要多用点核能。”

男孩的目光从公路上移开，通过后视镜牢牢地盯住别尔德的眼睛——盯得实在太久了，这位长者只好在后座上坐直，扭头看别处，希望他的司机也能跟着把视线拉回到车外乱作一团的景象。

“卑劣，危险，昂贵。可是您知道，我们本来就有那么一座‘核电站’，保持着伟大的安全记录，无须任何成本就能将氢转化成氦，从而制造出洁净的能源，它就赏心悦目地坐落在九千三百万英里之外。您知道我一直在想什么吗？别尔德教授。但凡有个外星人跑到地球上，眼里看见这么多阳光，耳边却听到我们说有什么能源问题，他会大吃一惊的。光生伏打效应[①]！我读过爱因斯坦的说法，也读过您的‘合论’。真是才华横溢。毫无疑问，这是上帝赐予我们的最伟大的礼物，当一粒光子与一种半导体相撞，就能释放一粒电子。物理世界的法则是多么仁慈，多么慷慨啊。我打个比方。下雨天有个家伙待在森林里，他渴得要命。他有一把斧子，就抡起斧子砍倒树木，喝树里的汁液。每棵树喝一口。他身边成了一片荒原，野生动植物不复存在，他知道，拜

---

① 是指物体由于吸收光子而产生电动势的现象，是当物体受光照时，物体内的电荷分布状态发生变化而产生电动势和电流的一种效应。当前，光生伏打效应主要是应用在半导体的 PN 结上，把辐射能转换成电能。太阳能电池就是利用了这种效应。

他所赐，整个森林快要消失了。那么，他为什么不干脆张开嘴喝喝雨水呢？因为他很善于砍树，因为他向来就是这么干的，因为他认为那些提倡喝雨水的人都很古怪。那故事里的雨水就是我们的阳光啊，别尔德教授。它沐浴着我们的星球，改变着我们的气候和生活。那是点点光子构成的甜甜雨露，我们只要把自己的杯子伸出去接就行啦！您知道吗？我在哪里读到过有个家伙说，在不到一小时内将所有洒在地球上的阳光收集起来，就足够整个世界用整整一年。”

无动于衷地，别尔德说：“那么这个家伙是用什么标准来计量阳光的辐照度呢？”

“太阳常数的四分之一。”

“太乐观了。你得再除以二。”

“我的观点站得住脚，别尔德教授。如果收集全世界沙漠上的太阳能，只需要取出其中的一小部分，我们需要的所有能量就解决啦。”

这位诺福克少年颇具田园牧歌风味的声调，与他正在说的内容格格不入，弄得别尔德越发坐立不安起来。他突然阴沉着脸，开口道：“那得看你能不能解决输送问题。”

“对。要打造新的直流线路！只要花钱出力就能办到。值得啊，为了这座星球！为了我们的未来，别尔德教授！”

别尔德噼噼啪啪地翻弄他的讲稿，暗示对话可以告一段落了。奇思妙想的精髓在于，首先，你得相信世上所有的问题都能简化成一个问题，而这个问题能够得到解决。其次，你得不停地唠叨这件事。

可是，汤姆·奥尔德斯还不打算放过他。他们一到中心，拦车杆刚刚升起，他就说话了，那口气就好像他们的讨论从未中断过。“正因为如此——我并不想无礼，我是说，正因为如此，我认为，这台微型风力仪是在浪费我们的时间。技术已经够好的了。政府只要想办法让这个主意变得更诱人就行了——那就是要要笔杆子嘛，其余的事让市场接着干好了。能挣来那么多钱呢。可是，太阳能——前卫的人工光合作用——还得开展关于毫微技术的重大基础研究。教授，这就需要我们啦！”

奥尔德斯扶住敞开的车门，别尔德精疲力竭地爬出来。他说：“谢谢你的设想。不过，说真的，你应该学会开车看路。”他边说边转身握住布拉迪的手。

因此，在后来每周一次的巡视中，他都希望避开与奥尔德斯单独相处的机会，因为这个小伙子总是想让他相信“光生伏打”，或者相信他对于“光生伏打”的量子论解说，要不就是用友好热情的态度来折磨他，每次他重申应该放弃“风涡机”的时候似乎都对别尔德的阴郁表情浑然不觉。当然啦，这玩意是该放弃了，它几乎吞噬了所有的预算，事情越搞越复杂，效益却越来越低。但是，当初这主意是别尔德出的，现在如果推倒重来，那对他个人就是场灾难。所以他对这小伙子越来越不待见，不喜欢他那张骨架宽大、傻头傻脑的脸和张得大大的鼻孔，不喜欢他的马尾辫，他绑在手腕上的那条邋里邋遢、红绿绳交缠的链子，不喜欢他在食堂里吃的那些总显得“比你更圣洁”的食物——色拉加酸奶，不喜欢他端起餐盘不请自来、巴不得离主管越近越好的习惯，而他这位当主管的，听说奥尔德斯曾代表诺福克郡参加过拳击锦标赛、代表剑桥划过船，还在旧金山的一场马拉松比赛里得过第七名时，就只有郁闷沮丧的份。奥尔德斯想让他看看小说——小说！——渐渐吸收一些他认为别尔德应该涉猎的现代音乐，还有那些颇能扯上点关系的电影，讲述气候变化的纪录片，奥尔德斯本人至少已经看过两遍，不过如果有机会能把头儿请到他们中间来，他很乐意再看一遍。奥尔德斯生就这样一副死脑筋：操着诺福克口音，他能不知疲倦地提建议，做推荐，催改变，还会表达对某次旅行某个假日某本书某种维生素的强烈渴望。但凡再听到有人提议他去斯瓦特山谷住满一个月，别尔德的好脾气非崩溃不可。

在这栋已经测试过砖灰和玻璃纤维绝缘体对人体的不利影响的大楼里，他穿梭在实验室之间，听取工程师、设计师和那些被神秘地称为“能源顾问”（他们负责撰写一份长长的名叫“发现微型风力 4.2”的文件，他连第一段都看不下去）的人汇报进展。在那年夏天，人力资源部雇来了那么多人，而人力资源部本身也才刚刚上岗，以至于他只能每周都跟半打陌生人解释自己姓甚名谁。雇来的人几乎个个都忙着对付“风涡机”，别尔德越是四处转悠，心就越往下沉。尽管大伙在埋头苦干，法恩伯勒实验的准备工作却毫无头绪，没人真正忙着解决湍流问题，也没人好好想过，一旦风停下来会出现何种情形，因为，对于如何既便宜又高效地存储电能，谁都没有一丁点概念。如果能设计出一种功能强大的新电池用于家庭供电，那会是一项激动人心的工程，可是现在人人都忙着对付“风涡机”，再提这个建议为时已晚，何况，研制新电池也是汤姆·奥尔德斯一直在念叨的主意。比起用“剪应力”和“振荡”，用“反向力”和“扭应力”，外加某种毫无价值的小装置的力矩（通常的风力很难强到能用它激发一道有用的电流）来折磨一百万户的屋顶，那真还不如在多赛特侏罗纪海滩上鼓捣一座漂漂亮亮的核反应堆呢。

怎么会呢？别尔德闷闷不乐地从一间办公室走向另一间，不无自怜地纳闷，他随口一说的事，怎么会弄得人人都为这个毫无意义的目标奔忙不息呢？答案很简单。为了回应他的建议，备忘录、长达一百九十七页的详细提案、预算大纲和电子数据表次第出笼，每一份他看都不看就签字。为什么会这样呢？因为帕特丽丝正跟塔平打得火热，他脑子里根本容不下别的事。

他正沿着走廊往回走，要去找个材料专家谈谈，路上经过布拉迪的办公室，布拉迪本人正巧在门内侧候着他，兴奋地挥手示意他过去。在布拉迪身后，那个正在把一幅图贴上白色书写板的家伙，就是那两个都叫迈克的“马尾辫”中的一位。

“我想咱们是弄到点有用的东西啦，”布拉迪一边关上别尔德身后的门，一边说，“迈克刚拿来的。”

“您可别弄错，别尔德教授，”迈克说，“这个不是我画的。是我找到的。”

布拉迪抓住别尔德的袖子，把他拽到书写板跟前。

“快看看。我需要你的意见。”

在一张硕大的纸上，有一幅格式正规的示意图，边上围着半打草图——尽是些简笔画，线条浓黑但有点发抖，就是那种你会在达·芬奇的笔记本上看到的图。在两人热切的注视下，别尔德盯着中间那一幅——一根包含着一堆线条和剖面图的粗粗的柱子，最终陡然转弯，顶端分成四个螺旋体，底部草草画着一个方块代表发电机。有一幅简笔画勾勒出一条屋顶轮廓线、一副电视天线和一根绑在烟囱边上的又短又直的杆子——根本就不是一套像样的装置。他默默凝视了两分钟。

“嗯？”布拉迪说。

“嗯，”别尔德嘟哝着说，“算是个有用的东西吧。”

布拉迪笑了。“我就觉得是这样。我不知道它怎么运转，可我就是知道它有用。”

“这是达里厄风力涡轮机的一种变体，老式‘螺旋桨’。”很久很久以前，那时他的婚姻还比较愉快，或者说还没那么紊乱，他曾花过一个下午通读风力涡轮机的发展史。那时他认为物理是比较简单的事儿。“不过有一点不同，这里的叶片给斜切成螺旋形，扭转角六十度。四个叶片并置是为了扩大扭矩，可能利于启动。或许，在一股上升气流的作用下会产生良好效果。安在屋顶上没准不错，谁知道呢。那么，这玩意是谁搞出来的？”

可他心里已经知道答案了，便愈发觉得疲惫不堪。聆听“斯沃夫汉姆天鹅”庆贺一次突破，庆贺一个涡轮机设计新时代的黎明，这样的折磨他今天可受不了。这事得挪到下周去，因为此时此刻，他只想安安静静地坐下来想想帕特丽丝，漫无目的地自己找找乐子。事情居然糟到了这种地步。

迈克搔搔马尾辫的发根，那里就像毯子上的针脚一样，露出些许叛逆的灰白色痕迹。“它就搁在汤姆的桌上。我们猜他肯定是故意留在那里让我们看的。然后我们就来劲啦，可哪里都找不到他。我们复印了一份给工程师们看，他们已经很喜欢这个主意了。”

乔克·布拉迪在他办公室里激动地转了一圈，然后回到办公桌前，从椅背上抓起一件上衣。别尔德骨子里的势利总是让他涌起一阵冲动，想把这位公务员拉到边上，告诉他，自打“布莱切利时代”[①]以来，或者至少自从别尔德本人进大学以后，就没人在上衣口袋里插一排圆珠笔啦。不过，这个建议只是在他脑子里转了转，他始终没说出口。

布拉迪默默地兴奋着，他庄严地向他的同事俯下身子，哑着嗓子字斟句酌，就好像千钧一发之际，他刚好从皇宫里的软垫上直起了膝盖。“我要去跟奥尔德斯谈谈，然后把他带到设计部门。我们得把正规的设计图画出来。他们可以跟他一起坐下来，这就干起来，与此同时，迈克，你跟别的小伙子解决数学问题，你知道的，布莱希特定律，诸如此类。”

“是贝兹定律。”

“差不多吧。”说话间他已经走人了。

---

① 布莱切利园(Bletchley Park)是白金汉郡的一座公园，二战期间英国政府曾将此地作为情报解密的基地，所谓的“布莱切利时代”就是指那段时间。

别尔德巡视完毕，便独自跑到食堂后面空无一人的公共休息室——那是长期以来整个中心里唯一舒心惬意的地方，端上一盘巧克力饼干，再从一壶现煮咖啡里倒了一杯，任凭思绪转回到那些让他着魔的事情，四肢带着那种近乎愉悦的沉重感，他要将某些近来忽略的细节好好琢磨一番。不过，首先他得费尽气力从椅子上爬起来，横穿过房间关掉那台喃喃自语的、永远停留在新闻频道的电视机。又是布什与戈尔之争，全世界大多数被剥夺了选举权的公民，都把珍贵的注意力集中在这上面。他终于又坐下来，在盘子里抓了点东西吃。

迄今为止，帕特丽丝是他历任妻子里最漂亮的一个，或者更准确地说，他现在看来，以她那副轮廓分明、金发碧眼的模样，应该算是他历任妻子里唯一的美人。其余四位都与“美人”差之毫厘——有一位鼻子太瘦，一位嘴巴太大，一位的下巴或者额头上有点瑕疵或者凹陷——这些“稍逊一筹”的太太，唯有从某个特定角度，抑或依靠意志或想象，凭借自欺欺人的渴望，才会显出魅力来。至于帕特丽丝，想想那些细节吧，比方说，她的臀部是多么小巧啊。张开一只大手就能横跨两头。在骨盆两头突起之间的皮肤如奶油般致密洁白。她那纤细的淡金色阴毛，姿态多样得教人讶异。这些稀世珍宝，他以后还能窥见一二吗？而此时此刻，他还得记挂着她眼睛下面的那块瘀青，尽管那一点儿都不性感。她不愿意跟他说话，他也许永远都不会知道真相。他只能假设各种可能性。想想看，也许他的计划奏效了，也许那个在他房间里的“女人”——就是他在楼梯上用击掌来模拟脚步声的那个女人，并没有激怒帕特丽丝，反倒是在她心里激起了一腔柔情，对他生出一丝亲近，让她为了自己行将失去的东西心急如焚，从而促使她向塔平宣告，这场外遇该结束了，她就要回到丈夫身边了——于是，他勃然大怒。如果是这样，那么她那发青的颧骨就是个信号，表明她几乎又是他别尔德的人了。果真如此就太圆满啦。接下来会怎样？

他机械地从盘子里拿起饼干往嘴里送。也许这一整团乱麻都会沿着一条匪夷所思的轨迹前进。这些事情多半都匪夷所思。那些给打得鼻青脸肿、断胳膊断腿的女人，离不开她们那些残暴的男人。妇女避难所的组织者往往对这种诡异的人性哀叹不已。万一她沉湎于自己的宿命，那她脸上就会挨更多的打。他那美丽的帕特丽丝。真是无法忍受。不可思议。接下来会怎样？罗德尼的暴力也好，迈克尔的怜悯也罢，都会让她情何以堪，恨不得把他们俩都甩掉。也没准，哪天晚上他走进自己的卧室，赫然发现她已经在那里等他，一如往昔，她赤裸裸仰面躺在婚床上，分开双腿，而他会径直向她走过去，嘴里喃喃喊着她的名字，倏忽间他自己也脱光了。接下来易如反掌，刚碰到她的侧面，他便握住她左边的……可是转眼间他就不是一个人了，他连头都不用抬，就知道门口那人是谁。

奥尔德斯没给自己倒一杯咖啡——他才不肯摄入任何兴奋剂呢，而且认为别尔德也不该这么做——他往头儿身边一坐，跳过开场白，单刀直入，“我向您郑重推荐，读一读下周《自然》杂志里那篇关于薄膜太阳能电池的论文。”

本来应该输送到别尔德大脑的血液还有一部分留在他的阴茎里——尽管排放得飞快，要不然，他的脑子应该转得过来，那就能把奥尔德斯赶出门去了。

相反，他说："布拉迪正在找你。"

"我听说了。您看过我的涡轮机示意图了。"

"眼下他可能在办公室里。"

为了表演他被工作折磨得精疲力竭，奥尔德斯脱下棒球帽，往扶手椅背上一靠，闭上眼睛。"我真该把它给毁了。"

"它是颇有点前景的，"别尔德老大不情愿地说。他不相信任何一个离开棒球场还戴着棒球帽的人，不管是正戴还是反戴。

"正是如此。更准确地说，它具有革命性。就说那绝妙的扭矩吧！湍流问题迎刃而解！别错会了我的意思，别尔德教授，它是很棒。可是，您知道吗，但凡中心采纳了这项建议，那就会有三年时光白白浪费在研发上，这样的活儿在一家盈利性的商业公司里就能干成。它不是什么重大课题，微型风力仪解决不了什么问题，教授。在大多数城镇，风都不够大。为了整个人类文明，我们需要一种新能源。说真的，没多少时间了。我们应该赶在德国人和日本人占得先机之前，赶在美国人醒来之前，马上从事太阳能基础研究。我已经有点主意了。尽管咱们的天气很糟糕，毕竟还可以利用红外线。不过，大伙儿都在，为什么我单单要跟您讲这事呢？我们得再研究研究光合作用，看看能得到什么收获。在这个问题上我也有几个绝妙的想法。我会汇总在一个文件里交给您的。可我刚刚看见布拉迪先生拿着我那张愚蠢的图直奔设计部。哦，基督！”

他用一只手蒙住闭上的眼睛，又是一场表演——这场戏是忍辱负重地扛下枉受的冤屈。

“我是个毫无心计的人，别尔德教授。我只是想做一点对这座星球有好处的事情。”

“我明白，”别尔德说，突然觉得对自己手里抓起的最后一块饼干已经没了胃口。他把饼干放回到盘子上，费了点劲才从椅子上爬起来。“我现在得回去了。你得开车送我到车站。”

“没问题，”奥尔德斯一边说，一边从椅子上站起身，三大步穿过房间，打开电视，转换频道，再调高音量。他就像是变了个戏法，变出这段新闻故事来为他所用——先把一对老年夫妇弄得穷困潦倒，再说服他们手拉手站在从伦敦到牛津的火车跟前。当地新闻并未过度渲染，只是打出几行字，说灰心丧气的乘客在雷丁站横遭拒绝，不得入内，其余乘客苦等特派大巴，却未见车来。

那小伙子领着别尔德朝门口走，就像是领着个需要洗澡的精神病人。“我住得离贝尔塞兹公园不远，现在正要回家。我的车不是普锐斯，不过它能直接把你送到门口。”

他不知道奥尔德斯是怎么知道他住在哪里的，不过也没必要追问。既然眼下别尔德打算回家，回到他的“苦难总部”去，那么他也没什么兴致打发奥尔德斯去见乔克·布拉迪了。

没过几分钟，这位主管大人已经坐上了一辆生锈的“福特伊斯考特”，装模作样地听一个内行预测明年的“政府间气候变化专门委员会”评估报告可能会出现什么内容。眼下这位司机如果想把视线从马路上拉到他的乘客身上，就得转整整九十度，有时这样的凝视会持续好几秒钟，按照别尔德的计算，这几秒钟里他们的车又跑了好几百米。你跟我说话的时候没必要看着我，别尔德很想这么说，同时他一直在盯着前方的车辆，估算着他可能会在哪一刻去抓方向盘。可是，即便是别尔德，也觉得批评一个正在让你搭车的人(其实就是他的东道主)难度太大。宁可死，宁可下半辈子四肢瘫痪，也不能失礼啊。

在简要描述了他期望在明年的第三份IPCC[①]评估报告里看到什么内容之后，奥尔德斯告诉别尔德——近十二个月里，他已经是第五个这么说的人了——根据记录，二十世纪的最后十年是最温暖的十年，也可能是九年。然后，他就开始絮叨气候是如何敏感，二氧化碳浓度比起前工业时代来已经翻番的事实与气温的升高之间有怎样的关系。他们进入伦敦市区时，他正说到“辐射强迫”，然后就是那些耳熟能详、冗长枯燥的论调，什么冰川在缩减，沙漠在扩张，珊瑚礁在溶解，洋流被阻断，海平面在升高，这个消失了那个不见了，等等等等，别尔德听着听着就陷入了心神涣散的忧郁中，这倒并不是因为“这座星球”危机四伏——又是这个愚蠢的词儿——而是因为居然有人把这些话说得如此激情澎湃。他之所以不喜欢那些政客，原因就在这

① 即上文所说的“政府间气候变化专门委员会”的英文缩写，这是一个隶属于联合国的国际组织。

里——天灾人祸总是能让他们神采奕奕，那是他们的牛奶，他们的救生艇，让他们乐此不疲。

反正气候变化问题正在吞噬汤姆·奥尔德斯。他难道就没有别的话题了？没错，他有。他关注他那辆汽车的排放问题，还找了一位达格南区的技师，后者打算帮他把车改装成靠电能驱动。动力传动系统性能良好，问题是电池——他每开三十英里就要充一次电。他打算在时速不超过十八英里时再使用它。最后，别尔德为了把奥尔德斯的思绪拉回人间，就问他到底住在哪里。他住在汉普斯代德叔叔家花园底层的一个工作间里。每个周末他都会开车到斯沃夫汉姆去看望父亲，他染上了肺炎。而母亲早就去世了。

关于母亲的故事刚刚开头，他们的车就在房子外面停下来。别尔德打断话题，道了声谢，迫不及待地要结束这场会面，可奥尔德斯已经下了车，匆匆绕过来，打开客位车门，扶他出来。

"我能行，我能行，"别尔德急躁地说，可是他的体重最近又涨了，差点就爬不出来，这辆烂车的车身太低了。奥尔德斯陪着他走到路上，又是一副护士照顾精神病人的架势。走到大门口，别尔德伸手摸索钥匙，奥尔德斯问他是否能用用洗手间。那怎么能拒绝呢？就在他们踏进房门的一刹那，他想起今天下午帕特丽丝不上班，而她也确实在家，就站在楼梯口，戴着时髦的蓝眼罩，穿着紧身牛仔裤、淡绿色羊绒套衫、土耳其平跟软拖鞋，丈夫刚刚介绍完客人，她就带着迷人的微笑和"喝杯咖啡"的提议下楼来了。

他们在厨房的餐桌边坐了二十分钟，她和颜悦色，甜甜地歪着脑袋听汤姆·奥尔德斯讲母亲的故事，提几个饱含同情的问题，然后讲了一通自己的母亲，她也是年纪轻轻就去世的。接着，话题越来越轻松，她每次笑起来都会与别尔德四目相对，她不排斥他，他开口说话，她便微笑着倾听，他开个玩笑，她似乎也跟着乐起来，有一回还碰碰他的手，让他打住。突然间，老天就把表现力和幽默感通通赐给了汤姆·奥尔德斯，他讲起父亲的轶事——他以前是个让人敬畏的历史教师，如今成了个任性的病人，把他的病号饭喂给一只贪吃的红鸢，逗得他们都笑起来。奥尔德斯不停地转过身，咧嘴笑，一只手神经质地在脖子上游走，摸摸他的马尾辫。这会儿他一点都没想起，这座星球正危机四伏。

如此这般，这对已婚夫妇和谐融洽地款待了这位幸福的小伙子，待他起身离去时，显然，某种奇迹般的效应即告终止，帕特丽丝对丈夫的态度立刻彻底转变。别尔德目送奥尔德斯上车，他还不敢相信自己的计划——在楼梯上只凭着一双手就模拟出一个女人来——真能奏效，便匆忙赶回家里，想窥探个究竟。可是厨房里空无一人，盛着咖啡渣的杯子还搁在桌上，整栋宅子又没有一点响动了。帕特丽丝已经躲进了自己的房间，他上楼敲她的门，她干脆叫他走开。她之所以让他瞥一眼他们曾经共享的生活，只是想折磨他而已。她就想让他尝尝，失去她是什么滋味。

直到第二天晚上，他才看到她离开家，留下一股陌生的香水味。

几个星期过去了，局面几乎未见丝毫改观。在帕特丽丝的小学里，秋季学期开始了。她每天傍晚都会批改作业，再备点课，每周有三四次会在七八点钟离开家到塔平那里去。十月末，夏令时结束，她傍晚出行都是摸黑走上花园小径，她的“缺席”也显得越发毅然决然。她倒并不打算把情人弄到这里来吃晚餐，至少，别尔德在家时他不会来。偶尔他会因为开会到外地过夜，回来以后也没看见任何塔平来过的痕迹，只不过，餐厅橡木桌上的漆面愈发光亮了，厨房里愈发整洁了，大小锅具的收纳方式都有点异乎寻常。

十一月初，他跑到房子后门附近的进入式贮藏室，找一只灯泡。那是个没有窗户、阴森寒冷的房间，屋里砖石砌成的架子上搁着各色各样的家用五金器具，垃圾废品以及派不上用场的礼物，这些东西把原先打算用来堆放食物储备的空间都给侵占了。对面墙上只有一个通风口，透进来细细几缕阳光，正下方的地板上搁着一只脏兮兮的帆布袋。他跨站在它两侧，任凭自己的怒火升起来，接着，他发现袋口是松开的，就用一只脚把它拨弄开。他看见了好些工具——各种尺寸的锤子、垫木和沉甸甸的螺丝起子，而躺在工具上面的，是一张条形巧克力的包装纸、一枚棕色的苹果核，一把梳子，除此之外，最让他反胃的是一张揉成一团的、用过的纸巾。这个袋子不可能是塔平装修浴室时留下来的，因为那都是好几个月以前的事了，而且别尔德知道，但凡真是那样，他会觉得眼熟。这事情再清楚不过了。当他身在巴黎或者爱丁堡时，那位装修工一下班就直奔帕特丽丝而来，翌日早晨忘了带走工具，要不就是根本不需要这些工具，她就干脆把它们归置到这里来了。他想立马把这些玩意扔出去，可是袋子的拎手黑乎乎油腻腻的，而且，但凡是塔平的物件，别尔德一碰就想吐。他找到灯泡以后，走进厨房替自己倒了一杯苏格兰威士忌。此时正是下午三点。

第二天，一个寒冷的周日，他清早就发现有张发票上写着罗德尼·塔平的地址，当即决定不刮胡子，灌下三杯浓咖啡，套上一双能让他的身高提升一英寸的旧皮靴和一件厚厚的、使上臂肌肉显得更结实的羊毛衬衫，开车驶往克里科尔伍德。广播节目翻来覆去都是美国的那点事儿。虽然时事评论员们也在念叨上个月美军驱逐舰科尔号被一个名叫“基地”的组织轰炸的案子①，但谈论最多的还是那个老生常谈的话题——它已经从夏日伊始折腾到秋末将临，耗尽了他的耐心。布什与戈尔之争。别尔德不是美国公民，在这场战役里他没有投票的份，却还是有义务通过他被迫纳税供养的新闻社，参与此事的每一步乏味的进程。他一直盛气凌人地淡泊政治——到了“深入骨髓”的地步，他喜欢这么说。他讨厌那些被过分炒作、实则毫无价值的辩论，讨厌争辩双方故意误解和歪曲对方的意思，讨厌每个“议题”升

---

① 美国海军“科尔号”驱逐舰 2000 年 10 月 12 日在也门亚丁港遭到自杀式爆炸袭击，至少造成 17 名水兵死亡，30 多人受伤。

起时萦绕在背后的健忘症。在别尔德看来，美利坚合众国是个迷人的实体，因为全世界四分之三的科学都在那里。至于其他，不值一谈，就拿这次选举来说吧，不过是一个精英集团的窝里斗罢了——肉搏双方，一位是前总统之子，特权在握，另一个是参议员之子，血统高贵。如今投票早就结束了，戈尔似乎给布什打了个电话，收回先前承认失败的言辞，佛罗里达实在是太近了，一通电话轻而易举，换个说法也无须深思熟虑——艾尔·戈尔用的遁词是“自我上次致电你以来，局势有变”。①

在办公室里，这二位想必都遭到同样的束缚，受制于同样的事实，他们的顾问毕业于同样的高等学府，接受过相差无几的正统教育——对这些细枝末节，别尔德兴味索然。当他驶过瑞士式农舍时，心里正在想，不管是布什还是戈尔，是半斤还是八两，在二十一世纪的头四年或者头八年当上总统，对整个世界大体而言是没有什么显著区别的。

昨天午后直至晚上，那杯苏格兰威士忌弄得他不计后果，恍然彻悟，某种所向无敌的快意油然而生。现在他明白了，他把那些事情看得太重。老婆红杏出墙？再娶一个就是啦！克里科尔伍德看起来宿醉未醒，几无声息，街上没什么行人，这周日上午的静谧让他想起，他此行的使命只是为了平复一下自己的好奇

① 2000年的美国大选可谓一波三折，最终的选举结果经过一个月的争议后才最终定案，最主要的争执焦点是佛罗里达州的选举结果，双方在这个州的得票数异常接近。一开始在戈尔得知票数少于布什时已经打电话祝贺布什当选，但后来又爆出点算有误，戈尔马上第二次致电，收回了祝辞。虽然最终的结果仍然是布什以微弱优势当选，但戈尔两次致电成了美国选举史上著名的笑话。

心。他有权知道，帕特丽丝每周一半时间是在什么样的地方度过的，也想知道他的情敌到底过着什么样的日子。他又驶过一英里，经过一系列侧转，塔平家所在的那条马路伸展在眼前，原来是一条长达一英里的四车道市内高速公路，与两条干道相连，此地看起来草草落成、疏于养护，那些房子——战前建成的连体住宅看上去还在严阵以待，在风中岌岌可危。他把车停在紧挨车道的一条路侧停车带上，紧紧盯着这个他曾在照片上见识过的地方，注视着房子正立面上为了营造十六世纪风味而镶上的深色松木条，注视着那艘别别扭扭地斜架在拖车上的汽艇——它本来至少也该是一艘小划艇，躲在塑料顶篷下面——注视着乔治王时代风格的大门前那一盏黑柱马车灯，还有，在门侧的混凝土空地上，新近又多了一样醒目的玩意：在一圈除净杂草的花坛的簇拥中，一只红色电话亭赫然在目。在颜色深得近乎黑色的木材之间，房子的墙面被漆成炫目的白色，铅框玻璃窗后面的印花窗帘镶着整齐的褶裥饰边，拉开着。

无论是对室内设计还是室外设计，别尔德都没有什么鲜明的见解，对于诸如花园马车灯之类的玩意，他并无偏见，在他看来，试图将二十世纪三十年代建成的郊区住宅，打扮成伊丽莎白一世时的模样，是一种颇为天真的爱国主义行为。但凡他不那么恨罗德尼·塔平，会觉得这里能让人联想到的字眼是“正派得体，辛勤工作，单纯的乐观主义”。通过以前的几次聊天，他知道去年塔平太太带着三个孩子离家出走，跟一位威尔士施工技术评估员同居在西班牙布拉瓦海岸，所以罗德尼继续打理此地的方式，多少也含着某种凄凉的意味。尽管如此，这里毕竟是帕特丽丝定期跑来上床的地方，每一个细节，哪怕是那口小小的许愿井和那一列聚集在把手上的小矮人，看起来也充满敌意。他为此而仇恨它们。他把电话亭竖在这里，是为了庆贺得到帕特丽丝吗？他简直能听到她装模作样地表达对它的喜爱。*亲爱的，真是太新颖了，太有创意了*……够了！他下了车。

因为这一套花招太太在他面前耍过好多次，也因为他以前当过塔平的雇主，所以别尔德沿着私人车道往前走时，非但觉得自己具备这个资格，而且颇为怡然自得。某根漆得溜光水滑的下水管里传来清脆的、水垂直下落的声音，落到底部的排水沟以后又化作蒸汽升腾而起，融入十一月的空气中。这房子的男主人正在沐浴，好把粘在身上的那点别尔德太太的 DNA 冲刷干净。大门，连同帕拉第奥式门廊都是簇簇新的，就像是从来不曾用过，所以别尔德就挑了一条挤在房子和木篱墙之间的小道走到边门，再穿过一扇敞开的门进入后花园。他记得塔平炫耀过一只热水浴桶，他想亲眼看看。她也许进过那个浴桶，也许没进过，不过他现在正好有追根究底的兴致，他样样都得弄弄清楚。

一块未曾栽树、疏于修剪的草坪，三道边都围着网状篱墙与邻家分隔，紧挨在篱墙外的是一座横跨在两座房子之间的凌乱地盘上的电缆塔，他能听见高压电线上发出亲切的噼啪声。电子——多么经久耐用，多么不可或缺呀。青年时代他花过大把时间琢磨这些问题。二十一岁那年他全文阅读了发表于 1928 年的“狄拉克方程”[1]，叹为观止。这真是件纯美的作品，那道方程式是有史以来最伟大的智力表演之一，正确地向自然界追索反粒子的存在，从而，在他这个年轻的读者眼前，“狄拉克之海”那宽阔的海平面豁然展开。那时他是个科学家，而今他成了一介官僚，再也不去想什么电子不电子了。九十年代中期，他曾经跟一小群人一起，站在威斯敏斯特教堂里，听斯蒂芬·霍金在纪念石碑前发表演说[2]，阐释这道方程式—— $i\gamma.\delta\psi = m\psi$ ——是如何既精美又简洁。那是别尔德最后一次感受到昔日的兴奋再度涌来。这一切都过去了。

再往房子凑近点，一方硬实的台座上竖着个衣帽架，若干冰箱零件，还有一堆白色的塑料花园家具，就在这堆杂物边上，搁着一只硕大的硬木箱，八英尺见方，挂着锁的箱盖上顶着一卷黑色橡胶软管。这只热水浴桶并不是他原先无意中设想的那种“加州梦幻”——没有红杉、鸣蝉，没有内华达山脉——这让他松了口气。可当他举步折回，朝边门走去时，他还是郁郁寡欢，因为如今这猜想算是坐实啦——关键还是性在作祟。除此之外，还有什么能把她勾引到这个邋邋遢遢的地方来？话说回来，就他而言，他跑过来不就是为了找不痛快的？

刚想到这里，他就听到头顶上有响动，一抬头，他看见二楼

---

① 1928 年英国物理学家狄拉克(Paul Adrien Maurice Dirac)提出了一个电子运动的相对论性量子力学方程，即狄拉克方程。而后文中说到的“狄拉克之海”，简单说就是量子真空的零点能组成的负能量的粒子海。

② 指 1995 年 11 月 13 日，威斯敏斯特教堂里举行的狄拉克纪念石碑揭幕仪式，霍金发表著名演说。

上有一扇蒙着水汽的钢窗给人推开，接着，窗口露出了罗德尼·塔平那张粉红色的、湿漉漉的脸。

“喂！”

突然间，那张脸就不见了，窗还开着，任凭淋浴的水蒸气涌出来，从房子里面还传出一阵闷闷的脚步声，显然是有人飞奔下楼，光着脚一下下砸在铺地毯的楼梯上。别尔德候在边门，双臂合抱于胸前，他没什么计划，他根本就不知道自己想说什么。他把太多时间都花在沉思和等待上了，现在他就指望着能出点什么事。管它到底是什么事呢。

两根门闩被人拉开，铝制把手往下一垂，门骤然向内打开，门槛上，他老婆的情人赫然站在他眼前。

别尔德认为先发制人很重要。“塔平先生。早上好。”

“我操，你想要什么？”他把质问的重音落在“你”字上。他那粗壮的腰上围着一卷硕大的红毛巾。水从他脑袋滴到肩膀上，像一枚弹球蜿蜒着穿过他的胸毛。

“我想我是过来随便看看的。”

“哦，是吗？那你就是到这里来散步啰。”

“我太太就是这样。”

这话直奔主题，似乎把塔平给惹毛了，他好像觉得这样说不公平，或者有点离谱。身上犹自冒着点热气，他跨出一步站到小路上，显然没把寒冷当回事——根据汽车上的数字显示器，气温是摄氏二度。别尔德站在七八英尺开外，胳膊还交叉着，穿着靴子有五英尺六英寸高，当塔平往他跟前一站时，他没让开。哪怕光着脚，这家伙也是个大个子，腰部以上当然颇为壮实，腰部以下的腿骨偏瘦——正是一个装修工人的体格——胸肌上新长的脂肪软塌塌地垂着，塞满啤酒和垃圾食品的肚子，其横向扩张的幅度远远超过别尔德。那条毛巾眼看着就要掉下来了。如果不是为了追求一个完美无缺、合乎理想的丈夫的外形，那帕特丽丝为什么要跟这样的男人搅和在一起呢？塔平的那张脸堪称奇人异相。它看起来有点像老鼠，倒也不能说全无魅力，可这张脸安在他的脑袋上实在太小了。一个小男人胡子拉碴、透着好奇心的五官，在一块它们根本填不满的空间上，或凹陷或凸起。塔平那双深藏在头颅上的眼睛向外窥视，就好像他戴着一条尺寸太大的印度方披巾。自从别尔德上回见到他以后，这个装修工新掉了一颗牙，上门牙。让别尔德颇感失望的是，他没看到一点刺青，比如一条蛇，一辆摩托车，或者一句献给他妈妈的赞美诗。不过，物理学家本人——他心里飞快地承认——是个上了年纪的中产阶级，所以满脑子都是些程式化的念头。塔平已经过了在身上打洞的年纪，可是，就在他肩膀的轮廓线上，有足足半英寸的突起，那是扭成一团的皮肤赘生物，还贴着一块标签，看起来就像是一只微型人耳，或者是一位水手携带的迷你鹦鹉。他用洁牙线紧紧绑在上面缠了几圈，过一个礼拜就会取走，不过，没准女人就是会被这样的瑕疵——这样一个做着自家生意、雇了三个人手的高高大大的男人，居然这么容易受伤——给打动呢。其间的细微褶皱，帕特丽丝的舌头肯定都考察过了。

塔平说："我跟你老婆干什么，那是我自己的事，"他被自己讲的笑话给逗得笑出声来,“至于你,操你妈的滚开吧。”

别尔德愣了片刻,因为那并不是一条糟糕的分界线,就那么一个间断的工夫,他突然发觉,他想干的,不,他打算干的,是照着塔平那光溜溜的胫骨,狠狠踢上一脚,狠到足以踢断一根骨头。这个设想让他很激动,心跳为之加速。他记不清了,好久好久以前扔掉的那些靴子,或者什么别的鞋子,是不是在鞋尖上包着一层钢皮。管它呢。这事儿真够古怪的,对于眼前的这个男人,这个用着各色钻头、吹着不成调的口哨、鼓捣着漫无节制的庸俗玩意、随身携带的小收音机整个下午都停在幼稚频道上叽叽喳喳的男人,他曾不太明智地不屑一顾,只把他当成一个破坏家庭和睦的入侵者,可这位雇工眼下却成了敌手,要跟他一对一决斗。多年来,他的同事们都发现(有时候这让他们颇为失望),每逢遭遇战——理论物理领域当然也未能免俗——别尔德便会表现出确乎鲁莽的天分。

“你打了我太太,”他说,他的脉搏愈来愈快,嗓音都禁不住压低了。

说话间他已经低头扫了一眼,看见塔平胫骨上那块弯曲的部分,皮肤苍白,稀疏地长着几根黑毛,活像是没把毛处理干净的火鸡。想当年别尔德的体育也算不错,此刻,尽管身高处于劣势,但他已经把重心移到了自己的左脚上。他会记得张开双臂保持平衡的,如果有足够的时间,他没准还会侧转身,用脚跟踩烂那家伙的一根脚趾呢。

他没有意识到,自己发动进攻的企图是多么昭然若揭。他那圆鼓鼓的胸脯起伏明显，细细的胳膊已经抬起来，绷得紧紧的，他一脸紧张的表情，被一个激动人心的计划的“唯我论”弄得晕晕乎乎。而塔平则很可能在许多方面都不愧为一名老手。还没等别尔德躲开，塔平的胳膊已经往后一缩，随即张开手指，一个耳光猛地扇在这位长者的右颊和右耳上。别尔德只觉得自己的神智在双眼之后的部位炸开了花，几秒钟之后，整个世界成了一片嗡嗡作响的空白。这感觉渐渐褪去，塔平仍然站在原地，手里攥着他那条毛巾，经过刚才这么一动，毛巾松了。

“下一拳可就疼了，”他说。

这是那种老式电影里的男主角用在他们喜欢的女人身上，好让她们安静下来的招数。在装修工看来，对付别尔德，压根就用不着重拳出击。不过，显然，后面还有厉害的在等着呢。幸好，恰在此时，邻家传来孩子们沿着小路渐行渐近的话音，以及目击他们这位粗壮的、近乎全裸的邻居时压低嗓子发出的惊呼声和强自压抑的咯咯笑声。紧接着，三个不同身高的孩子的三张害羞的脸、三双棕色的大眼睛从篱笆那头露出来，窥视这边的景象。塔平匆匆进屋。他也许是去拿块更大的毛巾，要不就是一件上衣，别尔德觉得正好趁此机会走人。不过，他到底还是有尊严的人，小心翼翼地不让自己显得有多匆忙。当他沿着车道往前走，经过那艘侧翻在支船架上的船和斜躺着的电话亭时，他觉得脸上被冷风一吹，一阵阵刺痛，火烧火燎的——那一记耳光真痛——耳朵里有一个声音响个不停，像是电子仪器在嗖嗖低鸣，等他捱到车跟前时，已经头晕目眩，差不多要聋了。他发动引擎时朝对面的房子看了一眼，果然，塔平已经穿好了田径服和鞋带飘来荡去的运动鞋，正稳稳当当地迈着大步向他走来。别尔德看不出，在克里科尔伍德，他还有什么必要继续逗留下去。

在那一年剩下的几周时间里，一切都在变。有一份请柬来自北极——至少，他跟自己、跟别人是这么描述的。实际上，目的地正好在北纬八十度以南，他将会住在一艘“设施完备、供暖舒适的船上，那里的走廊上铺着华美的地毯，墙上镶着橡木，挂着流苏缀饰的壁灯”，一本小册子上如此保证，那艘船会被平稳地冻结在一处“半离群索居”的海湾里，坐摩托雪橇还需要一长段车程才能到达斯匹茨卑尔根群岛的朗伊尔城[①]北部。有三大难处，分别是他船舱的面积，无法随时收发电子邮件以及一张仅限于某种北非的产区餐酒的酒单。这个团队将包括二十名关注气候变化问题的艺术家和科学家，那里的便利之处在于：仅仅相隔十英里就有一条正在戏剧性后撤的冰川，其纯蓝色的冰崖每隔一段时间就崩裂成楼房大小的冰块，堆积在海湾沿岸。有一位“享有国际声誉的”的意大利厨师将会随团服务，如有必要，导游将端起一挺大口径步枪，将食肉的北极熊当场击毙。此行无须开什么讲座——别尔德只要到场就行了——一切费用均由基金会承担，至于二十次往返航班、二十趟雪地车程以及每天六十份在北极气候条件下烹调的热菜热饭所造成的令人内疚的碳排

---

① 挪威地名，朗伊尔城是斯匹茨卑尔根群岛的首府。

放，则将通过到委内瑞拉栽种三千棵树的方式抵消——只要选定种树地点并向当地官员交上买路钱，即可实施。

消息很快在中心里传开，说他即将启程奔赴北极，“亲眼见证全球变暖”，有人说他会让狗拽着跑，还有人说他得自己拉雪橇。连别尔德自己也不好意思了，到处澄清说他是“不可能”自己打点行程、一路跑到北极去的，他大部分时间都会“待在营地里”。别尔德的事业心让乔克·布拉迪颇为惊讶，主动提出要在公共休息室安排一场送别宴。

就在北极传来召唤的那一周里，他在火车上认识了一个不那么年轻的会计，然后约她出去吃饭，就此得手。她笨头笨脑得讨人喜欢，在一家化肥公司上班，这段韵事只过了三礼拜就云收雨歇。关键是，无论如何，他对老婆的那股子迷恋被挫去了锐气——至少，尽管并非全无反复，他知道自己已经跨过了一道界线。他颇为伤感，知道用不了多久，就再也不会对她有一丁点渴望了，因为真相已经明明白白地摆在眼前，一切都结束了，这栋舒适的房子和他们俩的共同财产都会给分成两半，再过上一两年，他就再也见不到她了。与塔平的那次遭遇，也是他心灰意冷的重要原因。这个女人居然会要这样的男人，他怎么能继续爱她呢？为什么她对自己的惩罚会如此彻底——难道就为了侮辱她的丈夫吗？

她身上还有什么是他不曾了解的？就在圣诞节前，经过一席延宕已久的长谈——最终达成一个低调的、冷冰冰的结局，有一个答案随之浮现。那位洪堡大学的数学家苏珊娜·鲁本只不过是故事的十分之一，这一点她已经知道半年了。其余的真相，帕特丽丝大部分都清楚，她穿着细高跟皮鞋在起居室的地板上又踩又跺，简明扼要地将那些名字、地点和大致日期一一列举，愣是把这份档案给背了出来，那股劲头就跟他一样鬼迷心窍。她之所以兴高采烈地满屋子转悠，她说，就是为了掩盖自己的悲伤，跟塔平上床是为了把自己从羞辱中拯救出来。她想知道，别尔德在五年里搞了十一次外遇，对此他将作何解释。他正想提醒她，他的母亲曾经创造过更高的外遇记录，帕特丽丝已经夺门而出。她是来说的，不是来听的。这就是结局，这几个月来他一直都在等着这个当面了断的机会。现在他还没法去思考因果关系。他往沙发上一躺，双腿架在玻璃咖啡桌上，闭起双眼，对充盈在北极圈那片不毛之地上的冷冽空气，生出了最初的渴望。

二月末，他准备从中心出发，直奔希斯罗机场，于是，公共休息室里的告别宴会刚刚开场，他的出租车就已经等在门外接他了，而他那个塞满了旧滑雪衫裤的包，就搁在门口。如今中心里已经有六十一名全职雇员，此刻他们大多都挤在一起聆听乔克·布拉迪的发言，因为这不仅仅是一次送别宴会，也是一场庆祝派对，主角是摆在屋子中央、支在两只板条箱上的闪闪发光的钢制物件——汤姆·奥尔德斯的“四叶螺旋风力涡轮机”，这款样机从设计到制造的时间之快，刷新了历史纪录，即将送到法恩伯勒的“风洞”接受检测。好多人都注意到，这玩意多么像是结构更为复杂的“克里克-沃森 DNA 模型”啊，只是去掉了底部的对称结构而已，有些人试图回忆并修改罗莎琳·富兰克林那句

神不定的原因，是他对过道上饮料车的精确位置，对于那蒙在遮盖布底下的叮叮当当、渐行渐近的声音，实在是太神经过敏了。不管手里是不是端着一杯饮料，在高空中他总是动不动就神游温柔乡，时而色情幻想，时而风流回忆，要不就是将两者合为一体。

然而，同事们的欢呼声毕竟还回荡在耳边，别尔德只能在飞机沿着航道北上时努力安定下来，从他带来的那本杂志上认真阅读一篇配着耸人听闻的插图、内容与光子和反物质有关的文章，果然，刚看了五分钟，他就感觉到心脏微微地、凉凉地一跳，一眼看到括号里的整条插入语——别尔德—爱因斯坦合论。不是“玻色—爱因斯坦统计法”，不是“爱因斯坦—波多尔斯基—罗森悖论”，也不是纯粹的爱因斯坦，就是“合论”本身，趁着这股单纯的高兴劲，他对还在两米半开外的饮料车愈发渴望起来。他很清楚，事情就是这么神奇：他的那点小小的才华——就好比是一部儿童自行车——挂在人们对一位名垂世界青史的天才的盲目崇拜之后，搭了一趟顺风车。爱因斯坦颠覆了人类对于光、重力、宇宙、时间、物质及能量的认识，构建了现代宇宙论，就民主政治以及上帝是否存在等问题发表高见，先支持、后反对原子弹，拉小提琴，驾驶帆船，生儿育女，把他的诺贝尔奖奖金赠予首任妻子，还发明了一台冰箱[①]。而别尔德呢，除了合论，或者说除

① 这两段爱因斯坦的逸事是指：其一，爱因斯坦曾许诺得到诺贝尔奖后就将奖金赠予当时的妻子米列娃，以此作为离婚的条件，后来果然践约。其二，爱因斯坦曾用酒精为动力发明过一款“环保”冰箱，但后来并未投入实际使用。

了半个合论，他一无所有。他就像是个沉船落水之人，紧紧抓住唯一的那块木板，认定自己得天独厚。怎么会有这样的好事呢？没准评奖委员会对排名前三的候选人各有所好、相持不下，最后愤而决定抬出第四个选择。不管怎么说，别尔德的名字算是蒙混过关了，人们也普遍认为这一回是该轮到英国的物理学家了，不过，在某些高级的公共休息室里，有人在嘀咕，说评奖委员会这么做只是折中之举，他们还错把迈克尔·别尔德当成了迈克尔·伯德爵士——就是那位研究中子光谱学的天赋异秉的业余钢琴家。

撇开这些心胸狭窄的传闻不说，想当年，那是一种多么短暂而优美的状态啊，在南丘的教区长老宅里度过的那些有如神助的、充满狂热的计算和反复修改的岁月里，他整个人都陷在由第一任妻子梅西的抱怨和房客的双胞胎婴儿的终日啼哭交织而成的声场中。而他居然还能全神贯注，真是功夫了得！好久好久以前啦，再要回忆当年他曾经是一个怎样孜孜不倦的人，或者回忆那些岁月的真实质地，是多么困难啊。别尔德有时候觉得，他将自己的整个人生都寄寓在一个尚未成名的毛头小伙子的工作上，那是一个更聪明更勤奋的理论物理学家，远远超出他的期望。他得承认这个事实——那个二十一岁的物理学家是个天才。可是他现在落到了什么地步？难道他跟那个用一纸论文就让理查德·费因曼兴奋地打断了 1972 年索尔维会议[①]的迈克

① 索尔维会议是由比利时的企业家欧内斯特·索尔维在布鲁塞尔创立的国际物理学会议。第一次会议邀请了包括居里夫人、爱因斯坦在内的当时世界上杰出的科学家。本段中说的“索尔维魔法时刻”，在本书戏仿的附录中亦有所提及。

尔·别尔德，真的是同一个人吗？有谁还记得，还关心那个著名的"索尔维魔法时刻"呢？至于那对老爱尖叫的双胞胎，他去年在某某人的婚礼上亲眼见到了他们，他们如今年过三十，体重超常，一个是牙医，一个是对冲基金的经理人，一样傲慢一样浮夸。都跟"合论"一样古老了。

喝完饮料、吃完午饭，又来了点饮料，然后他任凭杂志从大腿上滑落，双眼凝视着前方座位上那枚用来固定靠头枕的按钮（他的座位不靠窗），一头扎进老套的白日梦里，并且认为这象征着他的心志正在恢复健康，帕特丽丝不再是他心心念念的唯一主题了。同时受邀奔赴冰雪海湾的几位嘉宾送过他一些自传体札记和照片，其中有一位概念派艺术家（如今，他甚至对她的大名——斯黛拉·坡尔金霍恩，也已耳熟能详）的微笑还让他颇为心动。她近来在媒体上掀起的风暴涉及一场从未对簿公堂的侵权指控。早前应泰特现代艺术馆之约，她在卡特福德的一个运动场上仿造了一张按比例放大的"大富翁"①棋盘，一百米见方，一律竖着木板，板上都画着与公园路和老肯特路上的住宅尺寸相仿的房子，此处可供人闲庭信步，你可以踱进来小憩，同时观摩财富的分配是如何不公。在梅费尔富人区那些空荡荡的宅子里，摆着挂毯、丢勒的版画和丢弃的香槟酒空瓶，而在老肯特街一带的城东贫民区，则随处可见垃圾食品包装袋、丢弃的套索，

---

① 一种棋盘游戏，由 2—6 人参加，按骰子所掷点数走棋，以筹码币进行房地产交易，以赢得多数房地产为胜；源出商标名。

以及一台正在播放肥皂剧的电视机。骰子足有两米高，成堆的社区福利基金卡由起重机下放到位，用夹板做成的带卷角的“钞票”摇摇晃晃地在草地上堆起二十五米高。总而言之，造这个是为了控诉那种倡导“有钱能使鬼推磨”的文化。旅客们在飞机即将降落希斯罗机场时，都会在空中对着那块标着“不准穿越”[1]的空地或啧啧称奇，或骂骂咧咧，或者拍一通照。孩子们喜欢成群结队地从板上踏过，爬进那个礼帽状的标志里。先是“大富翁”游戏的制作者发起了一场官司，可是，面对公众的嘲笑和节节上升的销量，他们没再追究下去。后来，老肯特路上的一家本地商业协会也闹了场官司，或者说宣称他们要闹，但再也没听到什么下文。

坡尔金霍恩虚无缥缈的笑影驱散了别尔德对婚姻终结的感伤回忆。他体会到了某种可亲的，将哀怨、愤怒与怀旧（往昔时光真是极乐之境）交织在一起的情感，再加上某种温暖的，原谅自己的挫败感。又是老一套。五次足矣。他再也不会绕进去了，一想到这里，那种熟悉的、重获自由的感觉又在他心里油然而生。等诸般事宜尘埃落定，他就买一间小小的伦敦公寓，从此一人吃饱全家不饿，他将誓死捍卫独立人格，治好这绵延一生的、动不动就结婚的古怪习气。他需要的是一堆情人，不是一堆老婆。

---

① “大富翁”棋盘的中央空地一般都标着“不准穿越”这几个字，棋子不能从此处抄近道。

木知木觉地，他跟着别人办完手续进入奥斯陆，继而抵达特隆赫姆。飞赴朗伊尔城的航班延误了两个半小时，候机时他坐在一张塑料椅子上，全神贯注地看《先驱论坛报》，没再去想以往的事。凌晨三点，他的出租车终于在他下榻的饭店门外的大雪堆跟前停下来。他已经连着好几个钟头没吃过东西了。他穿着套头毛衣、连帽夹克衫和长衬裤往床上一躺，身边三面都围着矮矮胖胖的床梁，他先把“迷你吧”里所有的盐渍零食都一扫而空，再吃完所有的小甜食，当他在翌日上午八点醒来并被告知大伙儿都在楼下等他时，一张“火星”巧克力的包装纸还攥在他手里呢。

他迫切需要解渴，可是从他的台盆水龙头里放出来的水冰冷刺骨，他的嘴唇是那么火烧火燎，而他喝水时又灌得那么猛，以至于面颊和太阳穴上发出一阵阵剧痛，直到他拿着行李下楼到大堂来与团队会合时，剧痛还没退去——因为缺觉，他有点迷迷糊糊，而其他团员却已经吃完早饭，场面热闹非凡，而且他们都已经穿好了特制的摩托雪橇服。在大堂昏暗的太阳能灯光下，在那些穿得鼓鼓囊囊的身体的拥挤中，他没看到斯黛拉·坡尔金霍恩的身影。好吧，他现在回过神来了，但凡英国人跑到一大群人里，从来都是这样疯疯癫癫、吵吵闹闹的。从各个拥挤的角落里，不时爆发出和谐融洽的笑声。此时正是上午八点二十分。他挤出一丝笑容，英勇地装出一副并没被人挤来挤去的模样，握了好多手，听好多人报了名字，可他一个也没记住，因为他满脑子都惦记着那杯来不及喝的咖啡。他怎么能这样就开始新的一天啊？咖啡壶里空荡荡的，那个正在清理早餐桌的女孩不会说英文，即便他把地球人都知道的单词“咖啡”大声嚷出来，她也还是不懂，接着，来自主办方的一个名叫吉安的大个子男人告诉他已经过了能喝上咖啡的时间，然后把他领到属于他的那堆外衣跟前，要他赶快，再过两小时会有场雪暴，团队得马上出发。

场地正在清空，而他还没准备妥当。有个胡子上挂着雪珠、下唇上叼着没点燃的香烟的老人走进来，气急败坏地嘟嘟囔囔，抓起别尔德的包就拿出去，扔到一架拖在摩托雪橇后面的雪橇上，随即开车走了。女服务生和吉安都不见了，大堂里只剩下别尔德一个人。自从告别学生时代以后，这样的经历他已经久违了——非但迟到，而且觉得自己无知无能，无依无靠，而别人却鬼使神差地都知道内情，就好像合起伙来算计他似的。胖子别尔德，老爱迟到，在集体游戏中百无一用。除了记忆中的形象之外，如今还得加上笨手笨脚和优柔寡断。虽然眼下已经穿着有好多夹层的滑雪衫，他还是得在外面再套上这层“皮”，甚至脚上穿的那双靴子外面还得再加上一双。里层手套外面得罩上硕大的外层手套，一件厚重的、用地毯衬垫做成的、带着巴拉克拉瓦盔式帽的大衣套在他自己那件外面，还得戴上护目镜和一顶摩托头盔。

他穿上滑雪衫——肯定有二十磅重——再披上灰扑扑的巴拉克拉瓦大衣，好不容易才把头盔扣在脑袋上，接着又戴上里外两层手套，然后意识到他戴着手套的时候是没法戴护目镜的，只好脱掉手套，把护目镜夹到鼻子上去，重新戴上里外两层手套，这才记起隔壁座位上他自己的滑雪护目镜和手套、能放进身后裤袋的扁酒瓶和护唇油膏也得收进行装。他脱下里外两层手套，费尽力气拉开外面那层滑雪衫的拉链，把他的东西塞进夹克的内袋，再戴上里外两层手套，接着，他发现因为大堂里的空气潮湿温暖，自己又很不耐烦地直冒汗，护目镜已经蒙上了一层雾气。又热又累的滋味可真不好受，他突然火冒三丈地站起身来，一转身撞上一根不是横梁就是柱子的东西——他也看不清那是什么——只听到一声清脆的巨响。真是幸亏诺贝尔奖得主戴着一顶头盔啊。他的脑壳没受伤，但是护目镜左侧镜片的对角线上冒出一道裂痕，这道几乎笔直的裂缝将大堂里昏黄的灯光又是折射，又是漫射。为了脱下头盔、大衣和护目镜，擦掉上面的水汽，他就得再把那四只手套统统脱下来，而眼下他的两只手上已经沾满了汗水，再要脱下来就没那么容易了。一旦摘下护目镜，再把它们拿到基本清理干净的早餐桌上、拿起一张皱巴巴的(用过，不过没怎么大用过)餐巾纸擦拭镜片，就轻而易举了。这片受过刮擦的塑料上，现在粘上了一点也许是黄油，也许是粥，也许是果酱的东西，不过好歹水汽是擦掉了，穿回大衣之后，下面的事情就比较容易了：先把护目镜固定在头盔上，再把头盔往下扣到脑袋上，接着把四只手套全戴上，站起身，这下终于能见人了。

新粘上的早餐残渍大大限制了他的视野，否则他就能早一点看到侧躺在椅子底下的靴子。再脱掉手套——他不打算发火了——他拨弄了一通鞋带，认定只有摘下护目镜才能看得更清楚。等到他看清楚了，发觉靴子果然是太小了，至少小了三码，不过他也松了口气，因为事情搞成这样，并不全是因为他无能。可他颇为英勇，打算最后再试一次，当吉安带着一股寒气走进大堂时，发现他正拼命要把已经穿着远足靴的脚塞进镶着毛皮的雪地鞋。

“我的上帝，你发什么傻呀？”

这个大个子男人往他跟前一跪，很不耐烦地三下两下就脱掉了他的远足靴，把两只靴子的鞋带系在一起，往别尔德脖子上一挂。

“再试试吧。”

他的脚滑进雪地鞋里，吉安飞快地替他系紧鞋带，站起身来。

“行了，伙计。咱们走吧！”

也许是因为难为情，他的护目镜上又起雾了，可他很清楚门在哪个方向，而且他还能依稀看见吉安的肩膀轮廓在前面给他带路。

“你以前开过摩托雪橇吗？”

“当然啦，”他说谎。

“那就好那就好。我想赶上别人。”

“离轮船有多远？”

“一百十五公里。”

他们迈出大门时，风在他脸上直扇耳光，不比塔平的手轻，过后也留下一样的刺痛。他护目镜内侧的水汽旋即结成了冰，但透过粘着“果酱装饰板”的那一小块地盘，他总算能辨认出吉安的身影退缩到蜿蜒在两座建筑之间的一条积着厚雪的小路上。十分钟以后，他们走到这个聚居区的边缘，眼前是一大片白茫茫的平原，渐渐延伸，融入一团迷雾。这里可能原先是座机场，因为附近有个橘黄色的风向袋在水平位置上受着力。两台摩托雪橇泊在一条水沟边，各自由内向外、隆隆作响地泵出一团蓝黑色的烟雾来。

“我跟在你后边，”吉安说，“如果我们想赶在雪暴前抵达，那至少得开到时速五十公里。行不行?”

“行。”

可是其实不行。风很大，他们得顶着风开。头盔底下，他的耳垂已经在发麻，鼻尖和趾尖也不例外。为了看清楚，他只能歪歪脑袋调整角度，好让视线穿过那个正在越变越小的半明半昧的区域，同时又要避开左眼镜片上那道裂纹。不过这些都还不是大问题，视野受阻也好，疼痛也好，他都还能忍受。当他转身走向摩托雪橇时，面临一个更紧迫的问题。早上他匆匆忙忙、昏头昏脑，把平时那一套程序都省略了。他没刮胡子没洗脸，除了喝下一品脱冰冷的水之外，没有踏进洗手间一步。后来，他就抓起包匆匆走出了房间。现在的气温是零下二十六度，风力五级，他们时间很紧，一场雪暴眼看就要来了，吉安已经跨上了摩托，发动了引擎，而被错综复杂的衣物团团围困的别尔德，却需要撒泡尿。

他尽其所能，环顾四周。最近的房子在四百米开外，露出硕大的光秃秃的墙壁，墙上只有一两扇小窗——肯定是厕所。哦，真想到那里去，走进一个有暖气的、贴着瓷砖的屋子里，穿着睡衣光着脚，慵懒地撒泡尿，然后爬回到鸭绒被窝里再睡一个钟头。但他也可以就在这里，在水沟边解决问题，背着风，脱掉手套，用裸露的手指紧紧抓住他那件连体雪地摩托服上冰凉的拉链，从夹克里一直伸到肩膀处滑雪衫的搭扣上，设法把拉链拉下来，又一路越过套头毛衣、衬衫、丝绸长汗衫、长衬裤、内裤，最终赢来他眼下想也不敢想的那个“释放时刻”。不，这样做难度太高，还是挨着吧，何况，他一跨上摩托雪橇的鞍座，就觉得好受了一些。

这玩意其实就是把一辆动力不足的摩托架在滑动垫木上，很容易驾驶。先转转把手上的油门杆，这玩意往前一滑，操劳过度的引擎发出一声尖叫，喷出一团黑黑臭臭的气体。几秒钟之后，他就透过护目镜的那块视野，注视着其他团员留下的车辙——承蒙正在升起的太阳打上了斜斜的光——一颠一颠地穿行在平原上了。那风，倏忽间就达到了时速六十英里，径直穿透他身上的里三层外三层，把他的鼻毛冻成了钢针，而他的牙齿，所有的牙齿，都在痛，脸上像是给刮去一层皮似的，生疼。凭藉着某种匪夷所思的渗透性，他呼出的每一口气都钻进护目镜，凝成霜冻，十分钟以后，除了模糊的结晶体，他就什么都看不见了，只好停下来。吉安在他边上停下来。真是不可思议，他居然有同情心。

“你得这样。”

他举起一只轻巧的铁皮壳子，把护目镜嵌在引擎上。他们正好位于两个湖泊之间的一片狭长陆地上，宽三百米左右，也可能这就是道海湾，也许大海就在附近。别尔德冷得都没法问了。雪下个没完，在上午的阳光下，雪花是橘色的，他们眼前的车辙径直通往一座海拔不高但绵延许多英里的山脉，而盘旋在山顶抑或是山后的，是一条狭长的乌云。他本来可以趁他们等在这里时去解个手，但此时风刮得更猛了，也可能他的需求其实没那么迫切。真是难以置信啊，他想，不，真是罪大恶极，斯匹茨卑尔根的居民竟然会认为，在这样的天气靠一种摩托车就能出行，但凡是坐在某种人性化的、全封闭带暖气的、装着合适的挡风玻璃、有靠背座椅的交通工具上——就是汽车嘛！——那没准还能救下一两条人命。这义愤填膺的一刻转移了他的注意力，直到跨回到鞍座上、戴上已经除去冰霜的护目镜，再度顶着恶劣的天气向前行驶时，他才意识到，眼下已经到了非得立马做出选择的境地：要么停下来立即撒尿，要么就任凭膀胱爆裂，让自己死于内部感染，或者浑身湿透，活活冻死。可他还是在往前开。他猜还得开上一百公里，而他现在的时速是四十公里。两个半小时。显然不可能。

可他还是没停下来。为了分散注意力，他努力回忆上一次小便是在什么时候。一定是在前天半夜，朗伊尔城机场上，当时他正在等行李。三十五小时没撒过尿。只是因为他忘了吗？他真有这么忙吗？

当他猛然省悟，他是被寒冷搞得晕头晕脑，以至于多算了一天时，他停下车，一激动几乎从摩托雪橇跌到雪地的车辙上。他听到吉安的车撞上了他的车尾，但没回头看，只顾着匆匆开走。眼下他们已经驶上了另一种地形。他们走的是一条细长的S路线，从溪谷中穿过，两边是岩石与冰组成的三十英尺高的山壁。某种一息尚存的讲究礼数的需求把他引到一侧山壁的“墙根”，就好像引到一座小便池似的，他背着风、弓着身子站在那里，用牙齿拽下右手的外层手套。他听到吉安在冲着他嚷嚷，但在这种情形里他实在没法再跟人对话了。他把指尖挨个咬了个遍，这才把手套给退下来。手套一脱，他的手就麻了，动作很慢。他花了两分多钟才把摩托雪橇服的拉链给解开，接着，他发觉，如果要从夹克衫里摸索到滑雪衫肩头处的搭扣，那非得两只手一起来不可，于是他用行动迟缓的右手脱下左手的两层手套。而他的护目镜又起了一层雾，随即冻结。不过，当他身上那点宝贵的热气外泄，成为邪恶的冷气时，当风抽打着他的脊背，灌进峭壁，钻到他脸上时，他真得佩服自己的镇定。直到最后几秒，当他那双笨拙的、粉红的、冷得已经不像是自己的手摸索到内裤时，他才觉得自己可能要失控了。然而，终于，随着一声欣喜若狂的、很快被大风吞没的呼喊，他冲着结冰的山壁喷出了汩汩水流。

他的错，是尿到最后又等了几秒钟，这本是他那个年纪的男人习惯使然，总觉得没准还有更多。他本来应该转过头听听吉安到底喊了点什么。又或者，只要他当初接受了一份别处（塞舌尔群岛或约翰内斯堡或圣地亚哥)的邀请函,或者,就像他后来不无苦涩地想到的那样,只要气候变化、北极圈的急剧变暖真实存在,而不是激进主义分子的凭空想象,那么,他本来可以避开眼下这桩必将发生的麻烦。因为,就在他完事之后,他发现他的阴茎刚才碰到了摩托雪橇服的拉链,眼下已经从头到尾都冻得硬邦邦了,这种现象只有在血肉之躯碰到零下低温的金属时才会发生。他浪费了宝贵的几秒钟,只是惊恐地盯着这副惨状发呆。最后他试着想拉开,却感到一阵剧痛。而他身上本来已经冷得发痛了。

他仍然叉开双腿站着,面孔朝着结冰的山壁。他不敢像人们对付一块橡皮膏那样猛地把自己给撕下来。他曾经读到过,有个美国人独自在野外远足,一只胳膊压在一块岩石底下动弹不得,只能用一把小刀愣是从手肘上把胳膊给锯了下来。别尔德可不是那种勇于献身的人,再说,一只手肘也好,一条前臂也好,一只手也好,毕竟原先都“成双成对”,它们只居其一,而且,某种程度上,它们也算可有可无。北极的风愤怒地撞在岩石表面,弹回到他瑟瑟发抖的身体上,他惊恐地看着阳物愈缩愈小,愈来愈紧地缠在拉链上。它非但在他眼前收缩,而且在发白。不是空白页面的那种白,而是圣诞挂件的那种闪闪发亮的银白。

他快要惊慌失措了,却又喊不出救命来。他的脑袋被地毯衬垫和厚厚的头盔闷得透不过气,护目镜越来越模糊,在这种情形下,连惊慌都变得格外艰难。他实在找不到别的事可做,只好将一只手,一只活像一块冰的手,握成杯状盖住自己。他觉得自己开始迟钝，简直昏昏欲睡——那些处在极度寒冷中的人都会有这样的反应，而他的思维就在慢腾腾地徘徊不定。他看见乔克·布拉迪在电视上宣读讣告，脸上还掠过一丝慈悲的微笑。他是去亲眼见证全球变暖的。胡说八道，他当然能活下去。问题是，那将是没有鸡鸡的人生。他的前妻们，特别是帕特丽丝，该多高兴啊。不过这事他谁也不会告诉。他会守着他的秘密安安静静地过日子。他会住进一家修道院，行善积德，探望贫民。他站着直发抖，成年以后他还是头一回心生疑窦，寻思人生中究竟有没有刻意的设计，有没有希腊诸神那样的团体在冥冥中冷嘲热讽，在汲取因果报应，在实施他们那种大而化之的公正。

但是迈克尔·别尔德身上的理性主义成分是冥顽不化的。现在出了一个问题，而他应该努力去解决。他正在可怜巴巴地把手探进夹克衫的内袋。攻读博士后的那几年，他曾研究过一阵低温物理，话说回来，即便是在念中学的时候，“游戏不在行、科学很精通”的胖子别尔德也已经知道其中的基本原理了。纯净乙醇在零下一百十四度时才会结冰，这个人人都知道。八十度白兰地中的酒精含量是百分之四十，那么它的冰点就是……零下四十五点六度。终于，他拿到了藏在后裤袋里的酒瓶，稍微使了点劲拧开盖子，然后他慷慨地洒下了他的“祭奠酒水”，过了几秒钟便获得自由。

当他抽身而退时，他那不幸的鸡鸡已经硬得活像一块冰，不过再也不发白了。刺痛还在继续，一种恼人的、如滚烫的针扎般的剧痛减缓了他穿上衣服的速度。十分钟之后，他终于将自己拼成一个整体，转过身，跌跌撞撞地回到车辙上，发现他的向导正在等他。

“真抱歉。憋不住了。”

吉安一把抓住他的胳膊肘。“你的样子很糟糕，伙计。瞧，你还是把挂在脖子上的靴子扔掉吧。我们俩都上我的摩托。过会我们再来把你的车运过去就是了。”

他跟着吉安走到他的摩托雪橇跟前，惨剧终于在那里上演。当他抬起一条腿跨坐到向导身后的位置时，他感觉到，甚至他觉得他能听到，腹股沟那里传出一种可怕的撕裂般的剧痛，犹如一次分崩离析，犹如一场分娩，犹如一次冰河开裂。他大喊一声，吉安回过头，让他坐稳别动。

“就一个小时，就这么点儿。你就没事了。”

好像有什么又冷又硬的东西从别尔德腹股沟上落下来，掉进他长衬裤的裤腿里，眼下就粘在他的膝盖骨上。他一只手到两腿之间摸了一把，那里空荡荡的。他又把那只手搁到膝盖上，那个可怕的物件不到两英寸长，硬得像跟骨头。他觉得它不像是，也许该说它再也不是，自己的一部分。吉安一踢腿发动了引擎，他们随即用发疯般的速度上了路，在结冰的、跟混凝土一样硬实的山脊上倾斜，在几乎垂直的河岸边急转弯，那姿势活像是豁出性命的老手在一家室内赛车场里驰骋。他干吗不待在家里，不躺在床上呢？别尔德缩在吉安宽阔的脊背后面，正好躲开风的侵袭。腹股沟火烧火燎的疼痛正在扩散，他的“鸡鸡”滑来滑去，此刻正偎依在膝弯下方，而他们俩正在沿着错误的方向加速，向北疾驰，直奔北极而去，越来越深入到旷野中，深入到冰冷的黑暗中，可照理说，他们现在就应该冲到朗伊尔城的某个照明条件良好的急诊室里去。当然啦，极度寒冷的天气对他有利，能让器官存活。可是显微外科呢？在人口只有一千五百的朗伊尔城吗？别尔德觉得自己快吐了，可他到底忍住了，只是拿一双手在吉安背部的夹克腰带上滑来滑去，把头垂下来贴在他的保护人的脊柱上，打起了瞌睡，直到摩托雪橇的马达突然静音，他才猛地醒过来，只见一条黑魆魆的船影在他头顶上方的冰河中若隐若现，在这条船上，他即将度过一周时间。

到头来，别尔德居然是混在这一堆热忱的艺术家里唯一的科学家。大千世界及其种种荒唐——其中之一就是让这座星球越变越暖——此刻都在他们的南方，似乎遍及各个方向。当晚，晚饭前，食堂里，会议召集人巴里·皮克特——一个慈眉善目、满脸皱纹的家伙，他曾单手划桨横渡大西洋，后来又将毕生精力花在录下“自然之声”上（落叶窸窣，浪花拍岸）——向聚拢在一起参加“北纬八十度研讨会”的人们侃侃而谈。

“我们是具有社会性的种群，”他一开口，就带着某种通常会让别尔德无法信任的张牙舞爪的肢体动作，“如果不站稳在某些底线上，那我们将无法生存。在这里，在这样的条件下，这些底线甚至更为重要。第一条涉及更衣室。”

此事说来也没什么复杂的。舵手室下面有个既拥挤又昏暗的更衣室。所有登上船的人都得先停一停，把外层装备挂在这里。无论如何，那些湿漉漉的，积着雪结着冰的外衣是不能带进生活区的。禁止带入的物件还包括头盔、护目镜、带巴拉克拉瓦盔式帽的大衣、手套、靴子、湿袜子以及摩托雪橇服。不管它们是潮湿的，还是积雪的、结冰的抑或干燥的，都得留在更衣室里。一旦违反，那得到的惩罚就跟死差不多。那些有教养的艺术家，那些面色粉红、穿着肥肥短短的套头毛衣和工作衬衫的家伙，会宽宏大量地嘲笑你。别尔德给挤到一个角落里，手里端着他的第五杯利比亚产区餐酒，他已经吃过止痛片，却还是觉得痛，而且他生来就对任何团体怀有敌意，只好假惺惺地笑笑。他不喜欢加入任何团体，可他又不想让团员们知道这一点。还有其他规则若干条，以及关于保持室内整洁的种种说法，他听着听着就走了神。从皮克特身后，也就是橡木饰板墙的对面，传来煎肉和大蒜的气味，传来勺子敲打锅子的声音和国际级厨师虚张声势的抱怨。已经八点二十分了，有好几个钟头没吃过东西了，想对厨房视而不见有多难啊。想吃而能忍住不吃的自由，早就连同其他几种自由一起，被他扔在傻里傻气的南方了。

一整天阳光与地平线都只成五度角，一到两点半，它就像是辞掉了一份烂工作，毅然落山。别尔德痛苦地躺在铺位上，透过舷窗目击日落时分。他看见白雪皑皑、宽阔平坦的海峡蓦地变成了蓝色，继而转黑。他先前怎么会以为，一天有十八个小时待在室内、跟二十个人挤在一个局促的空间里，就是打开了自由之门呢？一上船，他就穿过食堂去找自己的住处，而头一个映入他眼帘的物件，是支在角落里的一把木吉他，它肯定是在等着有人来随手乱弹两下，信口瞎唱一气。书架上大半地盘都给棋类占据，还有一副副旧纸牌。他简直觉得自己住进了一家养老院。这些棋类游戏里当然也包括“大富翁”，这就让他愈发觉得遗憾了。刚才吉安把他扶下摩托雪橇，几乎是架着他走上踏板，领着他走进更衣室。别尔德慢吞吞地行动着，咕哝着，呻吟着，他开始脱外衣，打开摩托雪橇服的拉链，心里惧怕着自己即将看到的景象。在此地极度昏暗的光线下，他花了好一阵子才找到一个空位，挂上他的行装，正当他在第二十八号衣钩前忙活时，他听到一个动人的、极富女性魅力的嗓音从他身后传来，她温柔地说：

“这玩意刚从你的裤子底下掉出来。”

他转过身。正是斯黛拉·坡尔金霍恩，她掏出一个细长而灰色的东西。它确实握在她手中，捏在她的食指与大拇指之间。

“我想，这是你的护唇油膏吧。”

她报了她的名字，他也说了他的，他们握手致意。她说能遇上一位伟大的科学家真是备感荣幸，而他说他对她的作品仰慕已久。说到这里，他们才放开握在一起的手。这并不是一张绝顶漂亮的脸，但温和友好，金发从一顶羊毛帽子里垂下来。他喜欢她好奇的目光直视他双眼的样子。她的门牙断了一颗，给人造成一种既勇敢又幽默的印象。她说她早就盼着结识他，而他讲他对她也是相见恨晚，然后，她略有踌躇，显然不愿离开，又想不出旁的话好讲，他也想不出，又被疼痛分散了注意力。

后来她说“回头再见吧”，便向船舱内走去。

整个下午他都躺在自己的铺位上胡思乱想，时而想点愚蠢的方案，勾起种种遗憾，时而一遍又一遍地查验皮肤上受的伤，时而琢磨想什么办法能马上离开，时而在心里重温刚才的邂逅。他可以发一封急召自己回英国的邮件。但要他坐摩托雪橇返回机场，他可受不了。必须从朗伊尔城弄架直升机来。这得花掉他们多少钱？也许每小时要一千英镑吧。那也值，每一分钱都值，免得落到大唱《十个绿瓶子》[1]的地步。早就想见他。这话里的意思怎么理解都行。不，只有一种理解是对的。而且，多走运啊——他刚才在布告栏上看到了一张日程表，上面写他是唯一独享一间船舱的客人。可他现在不经用，这情形可能会持续几周。他又看了一眼。他的皮肤症状跟烫伤很像，又红又肿，需要一个人待着，他真想回家，今天晚餐时他应该试着坐到她身边去。可他不愿意待在这里。直升机会来的。可它不会在晚上飞。他们也能，或者说她也能，用别的方式做爱嘛。可那样还有什么意思呢？也许他会好起来的。他又往外看了一眼。

最终，是饥饿和对饮料的渴望，把他从船舱里赶了出去。在皮克特的演讲结束之后，别尔德没法从角落里挤出去，及时坐到斯黛拉身边，反倒是被一位来自马略卡岛、名叫"耶稣"的著名冰雕家挤得紧靠在舱壁上，这个上了年纪的男人有一张悲伤的脸和鬈曲的、半黄半白的胡须，身上散发着一股浓浓的烟草味，喉咙里还发出一种呼哧呼哧、嘤嘤嗡嗡的声音，活像一只泰迪熊在

---

① 一首在英国家喻户晓的童谣。

怨天怨地。他们互相作过自我介绍之后，别尔德提到，要在巴利阿里群岛[①]开展冰雕事业恐怕不太容易。耶稣解释说，在很久很久以前，山上的制冰厂一直在夏季供应大冰块给帕尔马的鱼贩，他的祖父就是从这里学会了制冰技术，并传授给儿子，后者再一股脑儿传给了他。耶稣在世界各地城市举办的冰雕比赛里赢过大把大把的奖——最近一次在利雅得凯旋——他最拿手的就是雕企鹅。他不玩冰雕的时候就做威士忌的进口贸易，膝下有四个儿子、五个女儿，二十年前还在安德拉克斯港外开办了一座盲童学校。他的妻子和两个儿子在德拉蒙塔纳经营它的橄榄及葡萄种植园，就在波延萨十五公里以南的高高的海崖上，离著名的Cova de ses Bruixes[②]——“女巫洞”不远。别尔德的痛感在加重，而止痛片具有强烈的令人情绪高涨的效果。他觉得眼前的牛排、薯条、蔬菜色拉和红酒，真是空前的美味。而耶稣——他以前从来没碰上过有人取这个名字的，虽然他知道这种情况在西班牙很平常——在他眼里，也成了这些年里他结识的最有意思的人。

为了回答同样的问题，别尔德说自己是个理论物理学家。这说法听上去总像是在撒谎。冰雕家踌躇片刻，也许是在用英文打腹稿，然后他提出了一个让人惊讶的问题。别尔德先生先得宽宥一个缺乏教养之人的天真与无知，不过，量子力学所描绘

---

① 位于西班牙东部，前文提到的马略卡岛即为该群岛属地，后文中的帕尔马则是该群岛的首府，其炎热的气候条件似乎不适合冰雕。

② 加泰罗尼亚语。

的古怪现实，究竟是对真实世界的描述呢，还是一套偶然生效的系统呢？有感于这位马略卡人的优雅谈吐，别尔德便恭维他提了个好问题。他自己也不可能想出更好的措辞了，因为对于量子理论的拷问，不可能有比这更到位的了。多年来这个问题一直主宰着爱因斯坦的人生，引导他坚信量子理论是正确的，只是不够完整。出于本能，他不能接受这样的道理——没有旁观者就不存在“现实”，或者说，这种“现实”须由旁观者定义，波尔之流似乎就是这样说的。在爱因斯坦那些教人难忘的名言里，有一个词儿叫“真正的实情”。“当旁观者是一只老鼠时，”他曾这样发问，“那能改变宇宙的状况吗？”量子力学似乎在暗示，通过测量一个粒子的状况，就能立刻断定另一个粒子的状况，哪怕它们相距甚远。然而，所谓“远距离诡异运动”正是爱因斯坦的理论中具有唯心主义色彩的部分，因为没有什么东西能运动得比光速还要快。爱因斯坦与那些身为量子理论先驱的聪明的同仁们曾展开过漫长的、充满挫败的论战，现实主义者别尔德对此深感同情，但有一点必须面对：实验证据显示，确实存在远程的诡异相关性，而且“现实”的质地也确实在不同程度上挑战着常识。爱因斯坦也相信，最终的结果将会显示，那些描述宇宙时必不可少的数学公式应该是既优雅漂亮，又相对简单的。但是，即使在他的有生之年，也已经有两种新的基本力被陆续发现，自此以后，一堆乱糟糟的新出现的粒子和反粒子，外加各种各样的假想维度和凌乱芜杂的条件把这个观点搞得错综复杂。可是别尔德仍然满怀期待，相信但凡某些真知得以揭示，就会有一位天才横空出世，提出一个能将所有问题组接在一起的中心理论，它的公式将具有惊人的美感。多年以后（他推心置腹地将一只手按在耶稣瘦弱的胳膊上，开了个小小的玩笑），他终于放弃了这样的希望：自己就是那个命中注定将找到圣杯的伟人。

他说这些话的时候，身边那二十个关心气候变化的艺术家的喧闹声越来越响，他们正坐定喝酒，侍者在撤盘。耶稣没有（也可能故意没有）觉察出话里的自嘲，他转过他那忧伤阴郁的脸，凝视着拥挤的生活区，庄严宣告：无论在人生的什么阶段放弃希望，都是个错误。他所有最棒的企鹅，那些最栩栩如生、单纯就其形式而言最有表现力的企鹅，都是他近两年里雕的，最近他开始涉足北极熊——气温升高让它们备受威胁，并且一度觉得这个题材溢出了自己的艺术水准所能驾驭的范围。按照他粗鄙的见解，重要的是永远不能失去信心，要相信深刻的“核心变革”有可能发生。显而易见，一位像别尔德先生这样的科学家应该为这种理论而奋斗，因为它是那么美，也因为如果没有最高远的志向，人生还有什么意义？

别尔德该怎么才能悄悄地告诉耶稣，他这些年根本就没搞过什么正儿八经的科学，而且他也不相信什么深刻的核心变革呢？只有缓慢的、核心与表象的腐烂。他把话题引回到更安全的地带，比较雕企鹅和雕北极熊有什么不同，可是与此同时，他觉得自己的情绪又低落下去。止痛药的效力正在逐渐减弱，那酒，同样的酒，现在的味道变得又淡又涩，身边欢天喜地的氛围在提醒他，他的婚姻玩完了。他既倍感无聊，又觉得所谓“相依相伴”真是个讽刺。他先前高谈阔论时的那份活泼劲，原来只是个假象，是惊吓、药物与酒精的混合产物。

他将对话告一段落，跟耶稣道了晚安，嘴里咕哝着抱歉抱歉，挤出人群来到过道上。他一路上听到别人的对话，不是谈艺术，就是说气候变化。邻桌有个舞蹈编导，他以前没见过这个女人，她能说会道，容貌姣好，亲切可人，正在操着法国口音描述她策划的冰上几何芭蕾舞表演。他听不下去，话里洋溢的乐观主义把他压垮了。除了别尔德之外，人人都在担忧全球变暖，却又个个幸福美满，只有他落寞寡合。他只惦记着黑暗和沉默。

密不透风的船舱里，他在铺位上躺了好久也睡不着，因为腹股沟那里一跳一跳的——他的心跳似乎往下移居到了这里——一边听着人们说说笑笑，一边寻思自己这种愤世嫉俗的心态，会不会持续整整一周。如今他已经明白，指望直升机从天而降是个荒唐的念头。远离自己在贝尔塞兹公园的人生，跑到这荒无人烟的野外，让他感觉到自己的生活真是愚不可及。帕特丽丝，塔平，中心，所有其他种种，都只是他拿来掩盖自己空虚寂寞的障眼法。没有最高远的志向，人生还有什么意义？答案就在这里，又要度过一个不值得纪念的不眠之夜了。

两小时之后，他眼看着就要睡着，突然传来调吉他的声响，他不禁呻吟起来，气呼呼地侧转过身。然而，他隔着木板听到的并不是那种胡乱弹唱，而是一段轻柔奏响的旋律，听起来像是西班牙曲子，深沉委婉，一丝轻灵，几许精准，有那么点莫扎特的意思。明天早上他会发现那是费尔南多·索尔[①]的练习曲。但此刻，躺在他那狭窄的床铺上，一团漆黑中，他毫不怀疑弹琴的人一定是耶稣，好像就是弹给他听的，于是，在这忧伤的气氛里，他终于睡着了。

上午，时间已经不早，太阳升起来，豪情万丈地斜照在瑰丽的海湾上，此时别尔德已经艰难地挪进了昏暗的更衣室里，正在努力找他的东西。站在十八号挂钩的对面[②]，他清楚地记得前天自己就是把摩托雪橇服挂在这里的。紧挨着挂钩下面的一只金属篮里搁着他的护目镜、头盔和一些小物件，再往下是一张板条椅，他在椅子底下的隔板箱里塞进了自己的靴子。即便是在这么低的地方，紧挨在舵手室下面，他也能听到许多摩托雪橇在咆哮——显然，在上午发动这些玩意是一桩苦役。一行六人，外加扛着步枪的吉安，正准备出发到海湾上去调查冰川状况。五个人和向导已经出门站在了冰上，又是跺脚又是挥手地取暖，别尔德照例落在最后。有人拿走了他的装备，或者部分装备。他的雪橇服没挂在钩子上，金属篮给人推到边上，好给十九号腾地方，只有他的靴子——如果那是他的靴子的话——还在老地方。

---

① 费尔南多·索尔（1778—1839），西班牙作曲家及吉他演奏家，有“吉他贝多芬”之称，代表作包括吉他独奏曲《魔笛主题变奏曲》、《伟大的独奏》、《月光》等。

② 前文中提到别尔德挂衣服的挂钩是“二十八号”，而他现在又认定“十八号”是属于他的。此处，作者是想暗示读者，人们是如何“习惯成自然”地占用他人的资源，造成混乱的。

他那双谁也懒得要的破护目镜躺在地板上。

他从十七号挂钩上——没准儿就是他自己那件呢——拿起一件雪橇服。结果发现这件的尺码至少大了两号，不过一穿上身他就懒得脱下来了。而那双靴子却小了一号。金属篮里的小物件里只丢了一只手套的衬垫，他就从二十三号那里拿了一只闲置的衬垫，并且暗暗发誓一定有借有还。护目镜上的裂缝也不会再让他烦恼了。他走出去，站到甲板上，迎面而来的是下面等在冰上的人们不无嘲讽的掌声，为了跟大伙打成一片，他鞠了个躬。即便如此匆忙，他还是匀出时间来从轮船跳板平缓的斜坡顶端将眼前的景色尽收眼底。轮船周围的冰原上散布着许多人。头盔改变了他们的头部比例，摩托雪橇服让他们的臀部显得鼓鼓囊囊，所以远远地看，他们就像是托儿所操场上的婴儿。舞蹈编导和她的三个朋友正在演示她的几何芭蕾舞；两个人正在塑造一个看起来像雪人或者雕像的玩意；有个人形单影只，可能是皮克特，正在两座小冰山之间架起一支麦克风；一个拿着链锯的家伙正在帮着另一个——肯定是耶稣——把四块冰推到一副雪橇上；有人跪下来擦拭一块一米宽的冰透镜。还有一个人正在转着圈子挥旗子，吹口哨，好让支在三脚架上的电影摄像机便于取景。

这么快就主动请缨再来一次雪橇之旅，这一点让他自己都很惊讶。是幽闭恐惧症把他逼出了门，因为从食堂的窗户望出去，海湾上笼罩着茶色的日光，而没有带枪导游的陪同，他们是哪里都不准去的。他刚跨坐到最后一台摩托上，整个团队就出发了，排成一列在冰原上向东驶去，驶往海湾的更深处。沿着一条宽阔的冰雪长廊飞驰，次第掠过两边的巍峨群山，本来倒也是件有趣的事。然而，再一次，风穿透了每一层衣服，破护目镜起了水雾，几分钟以后就冻成了冰，除了摩托前方有一块发灰的东西，别尔德什么也看不见。他直接处在六个排气口的“洗礼”中。在十公里路程中，吉安一直保持着狂野的速度。在那些风将雪刮走的地方，海湾表面就像是隆起的铁，磕得摩托雪橇咔哒咔哒地直打趔趄。

二十分钟以后，他们就突然在一片死寂中站在了距冰川尽头仅一百米的地方，山谷上横亘着绵延十五公里的蓝色城墙。看起来这像是一座城市的废墟，邋邋遢遢，颓唐不羁，到处都是碎石、残破的塔楼和巨大的裂缝。今天零下二十八度，吉安解释说，因为天气太冷，所以无法展示由于北极变暖导致的冰川面积锐减。他们花了一个钟头拍拍照片，四处走走。接着，有人看见雪地里有脚印。他们先是围成一圈挤在脚印边上，再后退一步，让肩上扛着步枪的向导进来展示其专业素养。一只北极熊的脚印，毫无疑问，而且非常新鲜。他们脚下的积雪很稀薄，也很难找到别的什么脚印。吉安用他的双筒望远镜朝地平线方向扫了一通。

“啊，”他平静地说，“我想我们得马上离开。”

他伸手指了指，开始他们什么也没看见。可它一旦动起来，就足够清晰了。在大约一英里开外，一头熊正冲着他们的方向漫步走来。

“他饿了，”吉安慈悲地说，“该上雪橇了。”

尽管想到有可能被活活吃掉，尊严还是占了上风，他们只是小跑着赶到机车边。当别尔德赶到他那辆跟前时，已经明白会发生什么事了。此番出行，诸事不顺，桩桩件件都合起伙来算计他。此时此刻又凭什么时来运转？他揿了下按钮。没动静。好吧。那就让熊把他的肌肉从骨头上撕下来吧。他又试了一次，两次。在他四周，升起大团大团的蓝色烟雾，响起尖锐刺耳的呼啸，用来烘托这最后时刻的极度惊恐真是恰如其分。团队里半数人马已经向轮船方向迅速进发了。真是人不为己天诛地灭。别尔德可没精力诅天咒地。他一把将吸气阀杆拽出来，可他不晓得这样做是在犯错，因为引擎还热着。他再来一次，两次，都没用。他闻到了汽油味。他已经弄得引擎上全是汽油啦，活该送命啦。现在别人都走光了，连向导也闪了，如此玩忽职守的行径，别尔德非要向皮克特或者干脆向挪威国王报告不可。他这么一激动，又把护目镜弄得雾气腾腾，然后，水汽照例结成了冰。此时再回头看已经毫无意义，可他还是回了头，透过一大团水汽的边缘瞥见海湾上的冰。顺理成章地，他估计熊正往这里走来，但他显然低估了它在地面上的行进速度，因为恰在此时，他的肩膀挨了重重的一下。

他没有转身让熊撕烂他的脸，只是弓起肩膀准备迎接最坏的结局。果真如此，那他最后一个念头堪称凄惨：在那份他一疏忽就忘了修改的遗嘱上，他把一切都留给了帕特丽丝，全凭塔平处置，然而，此时在他耳畔响起的却是向导的声音。

“让我来吧。”

诺贝尔奖得主刚才一直在按车头灯的开关。现在机车一碰就动了起来。

“走，”吉安说，“我断后。”

尽管身处险境，别尔德还是又回头瞥了一眼，出于猎奇心理，想看看那头将要被他甩在身后的动物。透过护目镜上环绕在结冻雾气周围的半明半昧的狭窄边界，他看见有东西在动，但那也可能是向导的手或者他自己的巴拉克拉瓦盔式帽。终其余生，他都将如此描述——渐渐地他自己也信以为真——眼看着仅隔二十米外的一只北极熊就要张着血盆大口向他冲来，他终于将摩托雪橇发动起来，他这么说并非因为，或者说并非仅仅因为他是个骗子，而是因为出于本能，他知道不能让一个好故事白白贬值。

他一边在摇摇晃晃的冰面上飞驰而去，一边发出一声欢呼，欢呼声立刻就被劈头盖脸砸上来的冰冷的飓风所淹没。这是多么舒解身心的一幕啊：当此摩登时代，他这个城市居民，这个整日只跟键盘和屏幕打交道的宅男，居然也能被追逐被劫掠，被当成一顿大餐，为别人提供营养。

或许这是他这一周来最精彩的时刻。看起来，好像他们没过几分钟就回到了基地。一点四十五分，空气里已经又添一层寒意，橙色的夜灯照亮了那区区几个还没躲进船里的艺术家。他的腹股沟实在太娇嫩了，只能等到别人都进船以后，才沿着踏板往回走。这样疼痛能减轻点。他在更衣室门口停了停，好让眼睛适应昏暗的光线，不久视野就足够清晰了——有人把自己的物件一股脑儿堆在别尔德的地盘上。怀着某种积极乐观的情绪，他把这一堆靴子之类的玩意统统挪到角落里的一块空地上。他脱下羊毛盔式帽，它滑落到地板上，发出沉闷的声响，似乎瞪起眼睛，张大嘴巴，一脸狐疑地看着他。他到底来这里干什么呢？他把自己的装备放好，走进食堂，对着半打人喊了一圈你好你好，然后端起一杯热饮走进自己的舱位，躺在床铺上。

南极屈居北极之下，只是地理绘图的随机事件，可他怎么也挥不去这样的念头：他紧挨着世界之巅，其余各色人等，包括帕特丽丝在内，都待在他下面。于是他开始思前想后，这渐渐成了他这个星期的保留节目，在北极圈这些状如黄昏的午后，他一边喝着可可，一边提醒自己，生活即将清空，他得从头来过，对自己负责，减减肥养养身，把日子过得简简单单、有条不紊。最后，还要认真工作，尽管他不知道该从事怎样的工作才能超然于、或者说不受制于他的赫赫声名。他总不能一辈子都开同样的系列讲座，把他那唯一的功绩翻炒冷饭，坐镇各类委员会，永远当个“会油子”吧？他想不出答案，但如此沉思默想，倒是颇为惬意的，他常常在下午三点天一片漆黑时睡着，然后饿着肚子醒来，又有了喝产区餐酒的胃口。

自从逃脱北极熊之口以后，他整个礼拜都没干什么惊险的事儿。那些胆子更大的家伙或是跟着向导去山里远足，或是砌一个雪洞，或是坐着摩托雪橇沿着海湾远端陡峭的岩层山谷一路勘探。每天他都要在船外待两三个钟头，跟别人一起无所事事地闲逛。他总是被人摆到助手的位置，攥住一根绳子的一头啦，替耶稣切割冰块啦，帮着皮克特捣鼓麦克风啦，跟着大伙一

起跳跳舞啦。后者意味着跟在十几个人背后沿着一条直线以整齐的步伐行进两百码,然后转个直角再走两百码,再转,整个过程都摄像。这样也挺舒心的,什么都不用想,别人说什么他就干什么,他很满意。碰上天气暖和点,身体受用点的时候,他没准会试着跟那个来自蒙彼利埃的舞蹈编导,身材苗条的艾罗迪套套近乎,尤其是当她的丈夫——一个曾代表法国踢过橄榄球的、圆头圆脑的摄影师——不在她身边的时候。斯黛拉·坡尔金霍恩也有个丈夫——就是那个会议召集人,巴里·皮克特。

别尔德的生活,就这样,被简化了。他对艺术和气候变化都兴味索然,对于反映气候变化的艺术就更没什么兴趣了,他始终没把自己的想法告诉别人,一直都是一副和蔼可亲的样子,可他惊讶地发现,别人并不怎么喜欢他。当他在冰原上跑腿打杂时,脑中就一片空白,某天的午餐时间,他从船里拿出几杯西红柿汤,结果一走到踏板尽头汤就冻住了,于是这些汤就成了一座冰雕的组成部分。他的精神高昂起来,或者说不再继续低落。他又想起修身养性那回事了。仅仅在十一二年前他还打过一场煞有介事的网球赛,个子不够高,就用刁钻的网前正手截击来弥补。以前他的滑雪水平也跟网球差不多。八年前他俯下身还能碰到脚趾。毫无疑问,他也并不是非得走这条体重逐月增加直到猝然离世的不归路吧?他安排每天到海湾一带散步,绕船一周步行两英里,身边有吉安端着枪保护他。第二次远足归来的那天下午,他躺在铺位上,腿上阵阵作痛,脑中列出一张自己再也不能碰的食物清单。他已经超重十五磅了。如果现在不马上行动，就会早早一命呜呼。他发誓戒掉所有日常食品——奶制品，红肉，油炸食品，蛋糕，盐渍果仁。还有薯片，这玩意可是他特别钟爱的。另有其他种种名目，他还没等列完清单，就睡着了。最近三天他都按照新戒律过日子。

从第二天开始，更衣室里的混乱失控就显而易见，连别尔德都注意到了。他怀疑自己连着几天穿的根本不是同一双靴子。尽管他在第三天把护目镜（这一双没坏）包进内层的巴拉克拉瓦大衣，到第四天还是不见了，而那件大衣就扔在地板上，浸透在水里。那天早上他还看见几件摩托雪橇服，也扔在地板上。这两件看起来已经给踩得乱七八糟，他没等看个真切，就已经打定主意，没有一件是他的。他和皮克特一起出门记录船上帆缆的风声数据时，皮克特向他承认，一连两天他双脚穿的都是左脚的靴子。可他是那种吃苦耐劳的家伙，看起来一点不介意。别尔德是介意的。他不是那种很有公众意识的人，但有几项礼数他认为是理所当然的——他这样要求自己，因而也这样要求别人。他总是把自己的物件挂在同一个挂钩——十七号上，要不就搁在它下面，结果却失望地发现，别人往往连这样简单的规则都很难遵守。手套问题尤其突出，因为不戴手套根本没法出门。为了预防万一，他就把手套及其衬垫一起塞进自己的靴子。第二天，连靴子也不见了。

他喜欢夜晚。晚餐前他们开始聚拢在食堂之前，天已经黑了五个小时。上第一道菜之前先有两个小时喝几杯。葡萄酒来自利比亚的某个不为人知的地区。他一般先来点白葡萄酒，再来点红酒，一直喝到晕乎乎再回过头来喝白的，通常，上床睡觉之前，他有充裕的时间可以换回来。晚餐之后，无疑就只有一个话题了。大部分时间里，别尔德都是听别人说。他以前从来没有如此集中地遭遇过一批理想主义者，他先是好奇，再是尴尬，最后浑身不自在。第三天晚上，皮克特邀请他谈谈自己的工作，他便站起身，开始讲。他描述了中心的大体情况，还讲到“四叶螺旋屋顶风力涡轮机”，煞有介事地强调这玩意出于他自己的创意。这是一项革命性的设计，他告诉屋里的人，然后他画了张草图四处传阅。它能让家家户户的电费账单减少百分之八十五，节省下来的费用可用来建造——怀着七八分醉意，他调用了一个数字——二十三座中型发电站。有人恭敬地提问，他机智作答，条理清晰。既然围在他身边的是一群“科学盲”，那他尽可以信口开河。斯黛拉·坡尔金霍恩热情洋溢地表达了对他的支持。她说别尔德是这里唯一在从事“真实”事业的人，为此，整个房间里的人对他顿生好感，掌声如雷。以前他从来没怎么在意过别人的想法，可是现在——多俗气啊——他成为整艘船上的宠儿，尽管只有短短几分钟，也让他无法掩饰心中的感动。

其余时间，他都是一边听，一边喝酒。有两三杯白葡萄酒开道，红酒下肚就如同喝水一般顺畅自如了，至少开始是这样。讨论分各种主题——有的宛若卡农曲①，疯狂地互相追逐；其余的

① 复调音乐的一种，原意为“规律”。一种纯以模仿手法构成的复调音乐形式。当先后进入的各个声部自始至终在相同或不同的音高上演奏（唱）同一旋律时，即称为卡农。其最先出现的声部称为起句或主句，随后进入的各声部称为应句或答句。一个声部的曲调自始至终追逐着另一声部，直到最后一个小结、最后一个和弦，才会融合在一起。

则像赋格曲[①],同时奏响,正如失望总是与苦涩如影随形:上世纪已然告终,气候变化问题受到的关注却仍停留在边缘地位,布什已经撕毁了克林顿那些谦逊得体的提案,联合国将会对京都置之不理,布莱尔看起来对这个问题根本没有控制力,多年以前在里约热内卢升起的希望终归破灭。[②] 如卡农曲般先追逐再压倒失望情绪的,是恐慌。墨西哥湾流会消失,欧洲人会冻死在自家床上,亚马孙河会变成一片沙漠,某些陆地会燃起大火,而某些会给淹没,到 2085 年夏天,北极的冰就会融化,于是北极熊跟着完蛋。别尔德以前就听过这些预言,他一条都不信。即便他信了,也不会恐慌。一个年纪一大把、膝下无子女且刚刚结束第五次婚姻的男人,是消受得起一点点虚无主义的。没有帕特丽丝和迈克尔·别尔德的地球照样玩得转。假如它耸耸肩膀,把其他各色人等都报销了,那么自然生物圈还会撑下去,只消短短一千万年,地球上就会冒出千奇百怪的新物种,也许它们没有一种是像类人猿这般以犯傻的方式聪明的。既然如此,那谁还会遗憾莎士比亚、巴赫、爱因斯坦,或者别尔德—爱因斯坦合论被彻底遗忘呢?

孤独的、封冻的海湾上,当黑暗与愈发深重的寒意将这艘船

---

① 赋格是复调音乐中最为复杂而严谨的曲体形式。其基本特点是运用模仿对位法,使一个简单的而富有特性的主题在乐曲的各声部轮流出现一次(呈示部);然后进入以主题中部分动机发展而成的插段,此后主题及插段又在各个不同的新调上一再出现(展开部);直至最后主题再度回到原调(再现部),并常以尾声结束。

② 这里提到的两件事,前者指布什在 2000 年上台后撕毁克林顿时期推动的提案,拒绝签署对控制温室气体排放量作出法律约束的《京都议定书》;后者指联合国 1992 年在里约热内卢发布的《里约环境与发展宣言》,又称《地球宪章》。

团团裹住时，当舷窗处英勇的、昏黄的微光成了唯一的光源，成了这冰面劈啪作响的荒原上、方圆百里内唯一的生命表征时，其他主题如同交响乐一般如火如荼地奏响了：下一步该怎么办，在那些争端频仍的国家之间应该签订什么协议，为了自己的利益，富豪世界应该向贫民作出怎样的让步，献出怎样的礼物？在食堂潮湿而温暖的餐后气氛中，这些胃里灌满了酒的人觉得只有理智才能战胜短期利益和贪欲，只有理性才能与之抗衡，通过警告，通过勾勒多灾多难的未来的朦胧漫画像——人人免不了在其中被火烤，被水淹，瑟瑟发抖——就能奏效。

比起国家地位、条约签署之类的话题，另一项中心议题就不那么俗气了，后者需要调动一曲艰忍克己的素歌[①]的清冷节拍，调动来自古老保守时代的清教气息，调动对科技定论秉持的怀疑，并一口咬定：每个人都需要一种全然不同的生活方式，少践踏一点弥足珍贵的、生态系统的“精巧工艺”，以一种近乎宗教的情怀关注衡量人类成果的新准则，遵循这些准则，是为了让超市、机场、钢筋水泥、交通甚至发电站以外的领域欣欣向荣——这是少数派观点，却让所有这些曾驾驶着一辆发出臭气的摩托雪橇穿越净土的听众，生出不无愧疚的敬意来。

像往常那样，别尔德在听，耶稣在他身边，再过去是食堂的转角，别尔德只插过一次嘴，那是最后一夜，一位名叫梅瑞狄斯的高高瘦瘦的作家似乎忘了在场的还有一位物理学家，他说海

① 一种不分小节的无伴奏宗教歌曲。

森伯的测不准原理——规定对一个粒子的位置所知越多,则对其速度所知越少,反之亦然——浓缩了我们失去"道德罗盘"、难以下绝对判断的时代病。别尔德怒气冲冲地打断了他。你总得花点工夫得到正确的概念吧,他告诉这位理着平头、戴一副无框眼镜的家伙。拿不准的不是速度,而是动量,换句话说,就是质量与速度的乘积。他这番"吹毛求疵",引来一片窃窃私语。别尔德说这个原理在道德领域根本用不上。相反,对于物理状态的统计学可能性而言,量子力学是一种绝好的预测器。小说家脸一红,却不肯认输。他难道不知道在跟谁对话吗?很好,没错,行啊,统计学可能性,他硬撑着往下说,可是那并不确定啊。而别尔德刚刚喝完第八杯酒,他觉得自己的鼻子和上唇都在往上翘,以示对一位擅自闯入他地盘的家伙是何等不屑,他大声说,这条原理与精确知晓——好比说,一个光子的状态——并不矛盾,只要你能反复观测。如果非要作道德领域的类比,那么,也许应该是:唯有经过多次评估,才能对一个道德问题作出结论。但问题的关键在于——除非正确与错误之和除以根号二之后得到的数字能有任何意义,否则海森伯的原理就没有用武之地。

房间里鸦雀无声,与其说是震惊,不如说是尴尬。梅瑞狄斯无助地瞪大眼睛,看着别尔德挥起一拳重重砸在桌上。"那么来吧。跟我说说。让我听听你怎样把海森伯原理应用到道德规范上。正确与错误之和再除以根号二。那他妈的有什么意义?没有!"

巴里·皮克特岔开话题，好让讨论继续下去。

这是一个孤立的不和谐音符。每天夜里教人难忘、让人吃惊的时刻，通常会在较晚时出现，有时如同一列正在行进的铜管乐队奏响嘹亮的音调，有时则宛若众声合唱弥撒曲，怀着共同的目标提高声调，一时间，所有的失望，所有的苦涩都一扫而空。别尔德先前绝对不会想到，他居然会在一间房里跟那么多抱定了同样假设的人喝酒，他们的假设是：最高级形式的艺术，如诗歌、雕塑、舞蹈、抽象音乐、观念艺术，将会提升气候变化问题的重要性，给它镀金，为它触诊，揭示所有的恐慌、所有消逝的美好、所有教人敬畏的威胁，然后鼓励公众深入思考、采取行动，或者要求别人这么做。他默默坐着，暗自吃惊。理想主义与他的本性实在相去甚远，以至于他连一句异议都提不出来。他身处全新领地，身边是一个充满奇人异事的友好部落。“雪人哨兵”站在踏板末端站岗，人们将穿过帆缆的风声录下来，用擦得锃亮的冰盘折射一天中的落日余晖，还有耶稣雕的三十只企鹅，三只北极熊，在船头前的冰原上一字排开，某夜，梅瑞狄斯朗读，或者说大声呐喊了他的一部小说中的片段，时不时地夹杂着几个感叹词——所有这些示范表演，或如祈祷，或如围着图腾柱舞蹈，都被刻意用来影射通往一场灭顶之灾的过程。

如此种种，都是困在船上大谈气候变化时催生的“音乐”和魔力。与此同时，在墙——他已经学会管它叫舱壁了——的另一面，更衣室的情形越来越糟糕。到礼拜三为止已经丢了四顶头盔、三件重重的摩托雪橇服外加好多小配件了。同时待在外面的团员再也不可能超过三分之二了。要想出门就非偷不可。更衣室里的情形，这愈演愈烈的混乱局面成了巴里·皮克特晚间通告的主题之一。别尔德已经忘却了他的重大使命——为使其回复原状而慷慨相助，面对这已然失控的一团乱麻，他忍不住思前想后，天马行空。四天前，这个房间本来秩序井然，所有的装备不是挂在编过号的挂钩上，就是堆在挂钩下面。在那个并非很久以前的"黄金时代"里，资源有限，人人平分。如今成了一片废墟。等到房间里到处散布着被多余的手套、围巾和巧克力条塞得半满的背包、旅行袋和超市塑料袋时，就更难在屋里立什么规矩了。没有人——他一边想一边赞赏自己的宽容——的行为是卑劣的，每个人都是出于眼前形势的考虑，急着想出门到冰原上去，于是，他们以绝对理性的态度在出人意外的地方"发现"了他们遗失的"巴拉克拉瓦"或手套。这想法让他乐在其中，多少有点幸灾乐祸、愤世嫉俗，可他就是忍不住。他们怎么才能拯救地球呢——假设它真的需要拯救的话，对此他深表怀疑——地球可比这更衣室大好多好多啊。

最后一天早晨，他们一边吃早饭，一边听着整个"摩托雪橇舰队"在外面轰隆隆地预热。他们出门走上冰原时，好多人都有几件装备不翼而飞。别尔德没有头盔。一接到出发信号，他就把自己的护目镜搁在引擎上暖了暖，然后在头上缠了条围巾。低低的橙色的日光没遮没挡，正赶上顺风行驶，很有好处，看起来，回朗伊尔城的路甚至可能颇为愉快——如果能穿上全套装备的话。甲板上传来一声喊。在他们中间，巴里·皮克特和一位船员正在狠狠地将一只硕大的、通常被建筑工人用来装沙子的塑料纤维袋从踏板上推下去。那是先前丢失的财产。他们围拢在“财产”周围东翻西找。别尔德找到一只大小合适的头盔，他知道这肯定是自己的。没人觉得惭愧，连一点点尴尬都没有。这不就是他们的东西嘛。之前都到哪里去了呢？

他们纷纷跟船员说再见，然后排成一列纵队，一路释放着巨响和毒气，穿过海湾向朗伊尔城进发，他们庄严地将速度保持在每小时二十五公里，好避开刺骨的逆风。别尔德弓着腰趴在机车上，努力让脸上吸点热气，他觉得自己的状态倒是颇为惬意——这样的情绪在早晨很少见。他甚至连一点隔夜的醉意都没有。在结冰的海湾沿岸，他们放慢到步行的速度，以便在深深的车辙、沟渠、冰地里行驶。他不记得之前有哪次外出时有过这样的经历。不过，当然啦，那回他毕竟靠着吉安的后背睡着了嘛。接着，他们驶上了一条又长又直、堆满积雪的路，从一处棚屋前经过，向导以前跟他们说过，曾有一位伟大的怪人在这里度过孤独的一生。

假如，别尔德想，他坐宇宙飞船到另一个星系旅行，他心里很快就会升起致命的乡愁，想念他前面的这些兄弟姐妹，想念每个人，前妻们除外。他心里充满了愉悦的、“我爱人人”的幻想。他们所有人，都能被彻底宽恕。他们多少有点合作精神，也多少有点自私，有时候蛮无情，最重要的是，都很好玩。摩托雪橇穿过狭窄的、两边围着高高山壁的溪谷，他想起那耻辱的一幕，那个已经被好好埋藏的时刻。他宁可回忆自己从一只凶残的北极熊嘴边冷静逃脱的故事。不过，没错，他眼下对人类怀着非同寻常的温情。他甚至觉得人类也会对他满怀温情。每个人，我们所有人，都要各自面对被遗忘被湮没的命运，这是毫无疑问的事，但没人为此抱怨个不停。作为一个种群，人类并不是想象中最好的，但毫无疑问，它是现有的种群里最好的，不，最有趣的。可是更衣室里的种种丢人行径又怎么解释呢？显然，这是一个关乎人性的问题。我们能从中学到点什么呢？科学当然不错，谁知道呢，艺术也一样，但也许说自知之明有点离题。更衣室需要有良好的体制，这样一来，有瑕疵的物种才能正确地使用它们。别尔德决定，不把任何希望寄托在科学、艺术，或者理想主义上。只有良好的法律才能拯救更衣室。还有尊重法律的公民们。

这些愉悦的、关于宽宥他人与原谅自己的思绪支撑着他，一直挨到他们抵达饭店用午餐为止。他们上一次到这里似乎已经是好久以前的事了。他们上交了摩托雪橇服和其他装备，向吉安道别，一小时后就登上了去特隆赫姆的飞机。给别尔德预定的航班与别人不同，紧接着就飞往奥斯陆。别人还得再等四小时。在小小的机场上，他们似乎谁也不愿意离开彼此的陪伴。他们占领了酒吧，很快又开始玩自己的音乐，他们就着午餐啤酒和热狗吟唱歌曲，向地球将要遭受的灭顶之灾，致以哀悼。反正别尔德就是在那里找到他们并且道别的。他花了二十分钟交换电子邮件地址，一一拥抱。斯黛拉·坡尔金霍恩吻了他的嘴唇，耶稣给了他一张名片。别尔德离开酒吧时，人群中涌起一声响亮的欢呼。总而言之，他想起，通过在冰原上跑过几次腿——虽然没帮上多少忙，通过假装对风力涡轮机心心念念，在某种程度上，他赢得了这些外行眼里的名望。即便是那位身量如纺锤般修长的作家，也紧紧攥住他的手，搁在他那窄窄的胸前。三十分钟之后，当他仍在兀自微笑时，双螺旋桨飞机沿着结冰的跑道一路弹颠，然后侧身向南转，载着他回到那一团他几乎已经忘却的乱麻中。

他在奥斯陆过了一夜，转签了早上六点的航班，抵达希斯罗机场时比预定的早了三小时。当他的飞机靠近温莎公园上空时，天正在下大雨，黎明时分的天空呈灰绿色，沿路所有的车头灯都亮着。航站楼外，排在等出租的队伍里时，他发现四号公路上堵得厉害，排起了两英里的长蛇阵。于是他折回到机场里，往下跑了几层，搭上列车直达帕丁顿，然后在那里叫到一辆出租车。等他抵达自家门外时，雨已经停了，人行道上发黑的花楸树枝正在狠命往下滴水。他的出租车一停下，他就拎着行李站到花园门口四下打量，颇为吃惊：在人口如此稠密的建筑群，某个工作日的上午十点，居然一个人都看不见，连别人说话的声音、收音机里传来的声音都没有。贝尔塞兹公园看起来就像北极一样荒无人烟。这里有他的家，那是属于他自己的、载满烦恼的方匣子，这里很整洁，建成于早期维多利亚时代，以灰色伦敦砖砌成，楼下的窗框都是石头打造的，在冬意盎然的花园里，它矗立于自己的领地，与一棵光秃秃的桦树站在一起，边上还有一棵古老的苹果树。没有多少伦敦的房子能拥有一百英尺宽的花园前门，一条用碎砖砌成人字形图案的花园小径勾勒出平缓的曲线，直通宅门，爬满苔藓的砖墙圈出边界。就建筑质量而言，这房子要比他前几次婚姻时住的地方都优越，现在只能把它卖了，将里面的物件一一分割，两位户主都是一样的打算，这倒并不是因为他们习惯性地互相厌恶——尽管她也许是挺厌恶他的，而是因为他五年里牵扯了十一桩风流案，而她只有一次外遇。既然比分悬殊，他们就得遵从这心照不宣的规则，并为此饱受折磨。

推开花园前门时，它像往常一样吱呀作响，听起来更像是唧唧呱呱地在念告别词。他很伤感，却再也不会痛彻心扉。火车上那位他再也想不起名字的可爱女人，去塔平家的遭遇，以及他在北纬八十度地带度过的清心寡欲的人生插曲(他几乎已经痊愈了)，如今构成了几道崭新的保护层。无论变化如何微小，他毕竟已经是另一个人了。他心里满怀遗憾，悔恨居然不知道用点什么手腕好让帕特丽丝爱上他，可他终究还是抽身而退了。他现在进门，就是为了着手拆掉他这场婚姻的舞台布景。他打算今天就开始打点行装。那些在四周封冻的船上度过的昏暗的午后，他盘算良久，决定只把自己的私人物品带走。其余的可以归她，沙发、地毯、油画、刀叉，假如她能说服她那位商业银行家父亲买下他那一半份额，整栋房子都能给她。别尔德会尽量了断得有效率、不伤神。他才不管那么多呢，她尽可以让塔平吃饱软饭。前院草坪上有的是空间，搁上一艘船，一根灯柱和一个电话亭不在话下。

行李箱的轮子在小径上碾出切切哀告，滴答，滴答。他最后一次回家。他庆幸自己到得早，这样就不会碰上帕特丽丝待在家里“欢迎”他，对他的归来不闻不问，因为今天是礼拜五，整整一天她都要教课，下午会有几十个孩子盘着腿跟着她的钢琴伴奏唱歌，照例唱得荒腔走板。很快，诸如此类与她相关的生活细节，他将会要么忘记，要么否认。

他来到大门口，努力跟腰上新近长厚的一圈脂肪斗争，俯身在他的行李箱里搜寻钥匙，此时他注意到有个变化。那只漆成奶油色、装着牛奶瓶、配有刻度盘，并用红箭头向送奶工指示当日定量的金属篮不在原来的地方。它给挪了位置，要不就是挨了踢，被一脚拨到右侧，于是石头门阶上就空出来一块用粗砂岩框住的脏兮兮的矩形印迹。现在那个篮子就歪立着，呈斜角面朝墙，像在跟墙壁亲切交谈。他没有把它摆到原来的位置去。有什么意义呢？不久他就会搬进一处新居——他设想是一套小小的、四面白墙的公寓，没有一丁点杂七杂八的东西，他要在房子里营造一个“斯匹茨卑尔根”，从此地开始替自己规划一个崭新的未来，减肥瘦身，让自己轻巧灵活，坚韧地向新目标挺进，至于新目标到底是什么，他还没谱。

他找到了钥匙，打开宅门，在把行李拖进客厅的过程中又发现了一处变化：空气像是被人重组过，微调过。这气息潮湿，抑或温暖，抑或二者兼有，掺着那么点陌生的香味。更明显的是，镶木地板上有水，一溜野蛮的湿脚印，或者说是一串脚丫子大小的水坑，从楼梯底部一路延伸到起居室。有人——肯定是塔平，这家伙动不动就往浴室跑——冲完澡就粗枝大叶地走出来，全然把这里当成自家地盘。

别尔德没考虑会有什么后果,他只想把这个擅自闯进门的家伙扔出去,于是沿着水迹大步进屋。事情再清楚不过了,那人就在沙发上,头发还在滴水,他身上穿着件睡袍,就是别尔德那件印着佩斯利螺旋花纹的黑丝绸睡袍,帕特丽丝送的情人节礼物,那人猛地坐直,大吃一惊,腿上还摊着报纸。可他不是塔平——要调整这个概念可不容易,别尔德花了好几秒钟才回过神来。坐在沙发上的人是奥尔德斯,汤姆·奥尔德斯,那个博士后,斯沃夫汉姆的天鹅,两个男人面面相觑,汤姆的马尾辫梢上流下一滴水,正落到一只靠垫上。

别尔德想好的那一套"款待客人"的步骤,被几个无关紧要的自问自答搅得七零八落。他以后还会再穿那件睡袍吗?他想不会了。他撞上帕特丽丝的两个情人,都是在他们浑身湿透的时候,这样巧的事能有多少?时间真长啊。可想而知,这段沉默持续的时间,似乎比实际上要长很多秒,最后被奥尔德斯的一声傻笑,一声紧张的、他试图用手捂住的嘶叫给打破。他最害怕的事终于发生了。当别尔德的身影出现在门口时,或许有那么一刹那的工夫,他以为这只是幻觉,是自己太过发达的大脑得了妄想症之后的产物。现在他知道不是这么回事。在这段短暂的幕间休息中,在他们俩开口之前,他也许已经看见,在他眼前出现了另一个更有说服力的幻觉——他的职业前景被撕成碎片。理论物理学界不过是个小小村庄,站在村里的绿地上,紧挨着村里的抽水机,别尔德仍然具有影响力。难道奥尔德斯,这个由中心一手培养的天才，以为自己能在这种局面里自圆其说吗？那个他刚才用来堵住傻笑的手朝沙发跟前的玻璃矮桌伸过去。一堆杂志边上搁着一只咖啡杯子——杯身挺长，薄胎白瓷，这是当初帕特丽丝从纽约亨利·本德尔商店买的六件套之一。奥尔德斯端起杯子送到唇边。如果这个手势的目的是为了表演他的淡定自若、全无愧意，那么，紧接着报纸从他腿上滑到地板上，正面朝下拱成一团，就让他露了馅。他的眼睛仍然盯着这栋房子的主人，同时粗鲁地啜了口咖啡。别尔德朝他走近了一步。

“放下杯子，伙计。站起来。”

还好奥尔德斯乖乖听话了，否则，就凭别尔德矮了七八英寸的身量，大了三十岁的年纪，再加上胳膊又没什么力气，根本就没有什么实实在在的办法，能将他的意愿强制执行。他只会义正词严、怒火中烧，外加一个绿帽丈夫所能掌控的一切。他双手撑在后腰上，挺直背脊，好把他那五英尺五英寸的身高撑撑足，他看着奥尔德斯费力地站起身，慌乱地重新系好睡袍带子，刹那间，别尔德看见他袍子里什么都没穿。

“说吧，奥尔德斯先生。”

“瞧，”奥尔德斯的两只手掌往下压了压，像是要安抚平息什么，“这事我们可以谈谈。别尔德教授，我能叫你迈克尔吗？”

“不能。”

“您瞧，我们不应该硬要钻到别人替我们写好脚本的角色里去吧……”

别尔德又前进了一步。他一点都不相信会有什么暴力上演，但他不介意给对方造成这样的印象，以为他想采取行动。“你在我房子里干什么？”

乡气十足的诺福克口音似乎一下子就转成了某种特殊的哀求。想当年时世艰难，佃农没准就是用这样的口气哀求庄园主少收点租子的。“我正打算喝完这杯咖啡，您瞧，穿上衣服，整饬干净，然后就走。我打算按照吩咐从外面给门锁好双保险，然后把钥匙扔进信箱。但凡您不是这么早回来，就不会……”

“我说，你在我房子里干什么？”

奥尔德斯又借用了一下手掌，双手一摊，空空如也，表示自己胸怀坦白，他说：“我跟帕特丽丝共进晚餐，然后过夜。您瞧，别尔德教授，我这样坦率可以吗？”

他稍停片刻，好像真的以为能等到一个答案似的。没什么答案，他只能往下说，“我们都重视理性。我们的职业就是从理性出发的。所以我们就不要让自己卷到那种不适合目前局面的反应中去吧。我们都知道您的婚姻完了。从法律意义上讲，您和帕特丽丝还是夫妻，可你们俩已经连话都不说了，而且这种情形已经持续了很久，现在，您在这里准备扮演受害方，扮演当场抓住老婆奸夫的怒火中烧的丈夫，而实际上，您本来可能已经在盘算怎么搬出去住了。您给帕特丽丝的就是这样的印象，那当然也是她的愿望。”

别尔德等着他说下去。

“我的意思是，别尔德教授——我希望您能允许我叫您迈克尔——如果我们能够跳过所有的愤怒和心痛，就能把这事儿办得更有效率，我们甚至可以交个朋友。”

“我懂了。”紧接着，他没怎么考虑，就随口向奥尔德斯提了个问题，他一边问，一边想也许这样能搞个行之有效的恶作剧，或者至少也能让他琢磨琢磨。“那么，罗德尼·塔平怎么样了？他出什么事了？”

奥尔德斯的模样，让人觉得他是在努力装得英勇无畏。缓缓地，他再次把别尔德那件睡袍的带子系系好。“我不怕塔平。我已经录下了他的两个电话，他写的一张明信片如今在警察手里。那人是个疯子，可至少他没掩饰。”

别尔德说：“他打了帕特丽丝。”

“他还攻击我。打我耳光。”

“他该进监狱。”

“至少现在他要找你的茬，不是找我的。警察有没有把你保护起来？”

“唔，您知道，他们说他们眼下很忙。”

想惩罚他的冲动促使别尔德温和地一笑，看起来倒是不无爱意的样子。他说：“我猜他想杀了你。但凡我是你，就会随身带把刀子，话说回来，不管你出什么事，我才无所谓呢。”

不管别尔德怎么使劲，奥尔德斯似乎对来自塔平的威胁无动于衷。他简短地说：“他没吓着我，别尔德教授。”

“我想帕特丽丝跟他讲过你在哪里工作——我是说，你曾经在哪里工作。”

倏忽间，小伙子的冷静荡然无存。他又开始苦苦哀求，他的工作摇摇欲坠。

“哦，您瞧，别尔德教授。您这话说得太远了。我们还是回到中心问题吧。理性……”

“最不理性的，”别尔德说，“就是跟老板的老婆上床。”

“说实话，问题比你说得还严重。我很愚蠢，我知道我得吸取一大堆教训。可是我们在讨论的事，与一种具有强大逻辑的基本属性有关。”

别尔德朗声大笑。基本属性！这就好比目睹一位棋手眼看着自己要给人将死，奋力杀出一条血路。他记不清到底是在哪个场合，但他知道他自己也陷入过类似的处境，可能是面对一个火冒三丈的妻子，正当她揭穿他最后一个借口时，灵光一闪，汹涌如潮，他的脑海里乾坤挪移，在第十一维空间①里将“骑士”动了一格，这个炫目的招数顿时从凡俗游戏的扁平世界里脱颖而出。没错，他喜欢“一种具有强大逻辑的基本属性”。他听下去。

奥尔德斯气喘吁吁地说开了。“三星期前，我无意中听到您跟我们组里的一个同事说，您相信除了广义相对论之外，狄拉克方程是人类文明所创造的最美丽的人工制品。我不同意。您将您自己置于何地？‘合论’是无与伦比的，它对光生伏打的精妙阐释是无与伦比的——没有比它更优雅、更真实的东西了，别尔德教授。不管在哪里，不管是谁，都对它敬畏有加。然而，没有

① 根据90年代提出的M理论（超弦理论的一种），宇宙是11维的，由震动的平面构成。爱因斯坦相信宇宙是4维的（3维空间和1维时间），现代物理学则认为还有7维空间我们看不见。

人从实用科学，从气候变化危机的角度去通盘考虑过这个问题。我考虑过，我发现一旦将您的作品与光合作用挂钩，就有潜力可挖。事实上，没有人对植物如何工作有详细的了解，虽然他们假装懂行。没有人真正省悟，光子转变成化学能量，其效率是如此之高。经典物理是无法解释这个现象的。这样讨论光子的转化是胡说八道，无法言之成理。一片普普通通的叶子如何将能量从一种分子体系转化成另一种，绝对不失为一个奇迹。可是，关键在于——‘合论’恰巧打开了这扇门。量子相干性是导致高效率的关键，您瞧，这套系统能同时检验所有的能量路径。沿着纳米技术指引的方向，我们就能将这套系统应用到合适的材料上，以低廉的代价分解水，以家用量或工业用量储存氢。多美啊！可我无足轻重。我是个无名小卒。我想把我的主意演示给您看，一旦您看到了，我知道您会喜欢的。人们会听您的话。光合作用中的量子相干性不是什么新玩意，可是现在我们知道应该将目光投向哪里，应该看什么。您能主导这项研究，您能凭一个模型得到基金。捐弃前嫌真是太重要了，我们的未来，整个世界的未来都危如累卵，所以，互为仇敌的代价，我们都承受不起。”

近来这些“整个世界”的大道理，别尔德实在听得太多了。他从来没想过将量子力学用于生物学。而且对那些“叛逃”到生物学界的物理学家，比如薛定谔[①]、克里克之类——他们相信凭

① 薛定谔(Erwin Schrodinger，1887—1961)，奥地利物理学家，因建立量子力学的波动方程与狄拉克共获1933年诺贝尔物理学奖。

着他们那套才华横溢的简化论，一切成果都唾手可得——他都有点莫名其妙的偏见。事实上，凡是与绿色植物有关的东西——什么园艺啦，乡间悠游啦，抵抗运动啦，光合作用啦，色拉啦——都不合他的胃口。

“你操我老婆有多久了？”

奥尔德斯叹了口气，似乎想张口反驳。接着，他的肩膀垂下来，还是顺从地回答了。“一个月左右，在我第一次遇见她之后。”

“在我介绍你们认识之后。”

“是这样，教授。那天你在外面过夜，伯明翰还是曼彻斯特来着。我回家路上顺道过来，看看帕特丽丝需要点什么……”

“果然有需要。”

再一次，乡下佃农开始花言巧语。“真的，别尔德教授。我对您太太没有预谋。她跟我完全是两种路数的人。我这人其实连个‘路数’都没有。她请我进门，然后邀我留下共进晚餐——事情就是这么开始的。后来她告诉我你们之间是如何如何全完了，于是我就多少有点说服自己，我想您，嗯……”

“不会介意？”

这一点他早就知道，可是，通过奥尔德斯的转述，听到帕特丽丝亲口说她认为他们的婚姻完蛋了，还是让他很生气，或者更严重点，让他很痛苦。从夏末开始，她就一直在见奥尔德斯，而不是塔平。也可能两个都见。八月的某个傍晚，这个傻呵呵的博士后出现在她门口，于是她又抓住了一个惩罚她丈夫的机会。

"有没有人告诉过你,你有多么幼稚,奥尔德斯?"

小伙子兴高采烈地抓住这个词儿不放。"我是很幼稚啊,别尔德教授!除了搞科学,我什么都不干。我幼稚,是因为我不去见人,我不出门。我一回家就躲进叔叔花园里的工作室,常常一口气干到凌晨。我向来是这样。可我的工作由您说了算。我已经替您做了个文件。只给您,没有别人的份。请您保证您会读的。这太重要了。"

直到此时,两个男人一直都面对面站着,中间相隔几英尺远,奥尔德斯靠近沙发,双臂交叠在胸前,似乎要抵挡某种命运的侵袭,要不就是生怕别尔德的睡袍散开。别尔德开始往后退。他已经厌倦听奥尔德斯唠叨了,他想一个人待着。

他说:"现在你可以走了。我明天去中心,十一点在乔克·布拉迪的办公室里见你。"

正当别尔德斜穿过房间时,奥尔德斯苦苦哀求,几乎大喊大叫。"没人再会雇我了。您知道的,不是吗?这样公报私仇太严重啦。"

别尔德走到起居室门口时,转身说:"走之前,先把客厅收拾干净。"

"别尔德教授!"

奥尔德斯弹起身,向他跑过去,他张开双臂,摇晃着脑袋想阻止,他的嘴唇咧开,露出硕大的牙齿,他的本意也许是想冲过去抱住别尔德双膝,求他开恩。毫无疑问,他本来可以如愿的,因为别尔德并不想把自己在家里蒙受的羞辱暴露在布拉迪,进而是整个中心眼前。主管大人居然被马尾辫之一扣上绿帽，闹出了天大的笑话。可是奥尔德斯永远也够不到别尔德了，他只跑出去两米。那条铺在抛光地板上的北极熊地毯在等着他。它活了。他的右脚一踩上北极熊的背，地毯就往前一跳，北极熊张开的嘴巴和黄黄的牙齿腾空而起。奥尔德斯的双腿也跟着腾空飞起，上半身却没来得及跟上，有那么一瞬间，他高高的身量与地面平行，虽然他的胳膊本能地向下挥舞，不想让自己跌倒，可他的后脑还是率先——不是触地，也不是碰到玻璃桌的一边，而是砸到了它的圆角，玻璃生硬地刺穿了他的后颈。

一片深深地、叫人窒息的沉默凝固在房间里，就这样过了几秒钟。

“不，不，请别，”别尔德喃喃自语着穿过房间。

奥尔德斯整个人伸展开躺在地板上，就好像被一个殡仪工人扔在那里似的，胳膊和躯干之间的空间很小，眼睛睁得老大，嘴唇分开，睡袍合体地盖住他的身躯。别尔德在他肩膀旁边跪下来。没有呼吸，没有脉搏。他的脑袋下面有一摊直径九英寸左右的血，不知为何它并没有四下扩张。接着，别尔德发现这摊血在渗透，不，在像一小股瀑布一样往下流入两层地板间的空隙里。单单失血这一项就足够要了奥尔德斯的命。

“哦，操……哦，操……”别尔德一遍遍地喃喃自语。出了一件不可思议的事，而他在竭力使之逆转，让它重来，等它颠覆，仅仅因为“事情不可能是这样”。太令人难以置信了。然而，时间每过一秒钟，就会有一层新添的现实感向他压过来，将他的徒劳推到一边，牢牢驻扎在这里。这是真的。他也想到自己本应该采取什么措施，想到心脏按摩术，想到口对口人工呼吸。就像所有的实验室工作者一样，这些技能都是他必须掌握的。可是有某种镇定的、权威的东西，与其说是声音，不如说是超脱于他的痛苦之外的一缕幽魂，提示他不应该去碰那具尸体。

他站起身，走到电话旁。他在发抖。当他的手犹犹豫豫地伸向听筒时，整个贝尔塞兹公园显得越发寂静了。还是那一缕理智的幽魂，提议他拨号前应该三思而行。他不是那种生来就犹豫不决的人。这回到底是怎么了？他的手就好像僵死了。他过了好一会才抓住自己的理智，从旁观者的角度观察眼下的局面。事情看起来是这样：一个男人从海外归来，发现老婆的情人待在房子里。他滑倒了，我告诉你，他斜穿过房间向我跑过来，滑倒在地毯上。*哦，是吗？那他为什么要跑呢，别尔德先生？*为了张开双臂抱住我的膝盖，求我别解雇他，求我跟他一起拯救世界免遭气候变化的灾难啊。会有人怀疑的。*最后一个问题，别尔德先生，您没把血涂在桌角上吗？您是怎么处理凶器的，别尔德先生？*为了求得一个清白，就得付出高昂的代价。得去赢取，去抗争。媒体的关注会把人撕碎的。性，背叛，暴力，美女，著名科学家，死去的情人——真是完美啊。帕特丽丝，不管是发自真情还是出于险恶用心，都会带头指控。会搭上两年时间，什么也别想干了。诺贝尔奖得主，谢顶的科学家，受命于政府，如今却站上被告席，拼尽全力挣脱牢狱之灾。

想到这里他只觉得腿上一软，膝盖后的筋腱用不上劲，可他没坐下来。明摆着的事。只有爱他的人才会相信他。可没人爱他。他应该生孩子的,若是有长大成长的女儿,就会义愤填膺地替他出头,忙着捍卫他的名节。他穿过房间,向客厅走去,接着又折回来。他不知道该做什么。然后他回过神来。他走出起居室,进入客厅,小心翼翼地跨过那一溜小水坑,走进厨房,来到那只装着锡纸、保鲜膜和防油纸卷的抽屉跟前。那只抽屉里还装着一盒透明的一次性手套。

他拿出一副手套。这举动并不犯法,可是,手一伸进手套,他就觉得某种遁形匿迹、可以为所欲为的感觉悄悄地在全身蔓延。这是一种精神状态,毫无疑问,不过,在其他方面,他又呈现怎样的状态呢?他并没有制定什么计划,就直接干起来。他的身体自有计划。于是他信步“走台”,似乎只是试探而已,相信不管走到哪一步都能推倒重来,回到原点,没有损失,无所妥协。他现在所做的一切都只用于预防法则。他可以回到电话跟前,他可以启动急救措施。但是,万一不做这些事,他就得有所准备。他以某种轻浮的态度,清醒地思考着。他穿过厨房,向后门走,进入没有窗的地下室,那里放着灯泡和家里的杂物。恰巧,就在那里,抵着墙根放着那只脏兮兮的帆布工具包。他把里面的东西全倒出来,从几把锤子里找出一把尖头的,大体合适。翻箱倒柜之际,他也看见一些别的也许能派上用场的东西。梳子,用过的纸巾,干枯的苹果核。他理好工具袋,让它看起来像没给翻动过,然后把这四件东西拿进厨房,放进一只塑料购物袋。他拿了几叠厨房纸巾,取几张在水里浸湿,正准备折回起居室时,又改变了主意。他回到地下室，拿起工具袋，带进客厅，搁在大门边上。

汤姆·奥尔德斯看起来没什么两样，可是，当别尔德跪在尸体边时，他觉得凝固在地毯上的笑容看起来很险恶。从北极熊那两只凶狠的、透明的眼睛看出去，起居室的窗户成了一个变形的平行四边形，这双眼睛闪烁着致命的气息。对于这些死掉的北极熊，你一定得警惕。他从购物袋里拿出那四件东西，排成窄窄的一行，盯着那粒干枯的苹果核，琢磨这玩意对他能有什么用处。可他实在想不出办法，就把它放回袋子里，一旦把锤子攥到手里，他就醒悟过来，他刚才盘算的什么预防法则啦，什么回到原点、回到电话前啦，全都错了。他准备做的事情是覆水难收的。从此以后，他将不再清白无辜。他将锤子头浸到血泊中，把血抹在把手上，然后搁在一边晾干。接着，他拿起那张用过的纸巾，也沾上血，再塞到沙发底下，正好在视野之外。梳子更费周折，这点不出他所料。他从梳齿间拽下一点头发，设法缠到奥尔德斯的手指间。有些头发粘在手套上，可是别尔德也顾不上了。锤头现在已经半干，轻易便能缠上一根头发，把手也一样。他又在一把椅子的扶手上缠了一根。然后，他用厨房纸巾把玻璃咖啡桌边沿和角落擦净，让它干透，尽管那里用肉眼是看不出血迹的。

他最后站起身，踌躇片刻，担心自己是不是正在犯什么低级错误。应该还没有。他把锤子、梳子和厨房纸巾塞进袋子，走到前门口。他仍然戴着手套，不慌不忙地沿着花园小径走过去，在宅门前停下，四下张望。周围一个人都没有。他掏出锤子，扔进前门围墙边的灌木丛，然后回到房子里，脱掉手套，连同苹果核、梳子和厨房纸巾一起装进袋子，再小心翼翼地将它折拢，好把那副沾上血迹的拎手藏起来，最后把袋子塞进行李箱的一个外层拉链袋里。

就他目之所及，他身上、衣服上或者鞋子上没有血迹。他拿起行李和工具袋走出去，抬脚关上大门。贝尔塞兹公园无休无止的"中产化"[①]进程，使得他在几百码之内就找到一辆建筑垃圾车。他把工具袋扔到车上。几分钟之后，他已经在"海福斯托克山"打到一辆出租车，直奔波特兰广场。

他估计目前自己这种浑然天成的冷静是给吓出来的，很快就会荡然无存。在它消失之前，他希望撞上一个能指认他的熟人。出租车把他载到物理研究所门外——他曾经在那里挂过副院长的头衔——进门之前他找到一只垃圾桶，扔掉那只塑料袋。研究所里的情形可以算是正中他的下怀。他在那里正好有一点公务，就跟一位认识他的行政官员说了几句。别尔德提到他刚去过斯匹茨卑尔根，一回到希斯罗机场，就打车直奔此地，路上堵得厉害。那位官员颇为同情。他答应替别尔德看着行李箱，让他先去大英图书馆跑一趟。

在去往尤斯顿路的出租车上，他的腿——似乎独立于身体的其他部位——开始颤抖。可他就像其他学者一样经过图书馆

① 原文为 gentrification，指中产阶级向日趋破败（或新近重建的）市区移居的行为。

前庭，径直穿进大楼，找到一个小单间。他调出几份文件——一场他将要发表的演讲的相关史料——然后苦苦挨上几个小时，等到大概四点一刻，他就能感觉到手机在他口袋里震动了。

他俯下身看着文件，什么也读不进去，可他逼着自己写几条笔记。发生的一切让他震惊。他每次想到这件事，都好像是第一次想起。他惊叹自己居然会这么干，行事居然能如此冷静，像杀人犯一样不假思索地掩盖自己的罪证，同时也抹去原本可能拯救他的真相。现在他已经深陷其中，唯有他自己才目击了自己的清白。当时尽管他自以为头脑清醒，其实是处于极度恐慌中。对于法医鉴定他有多少了解呢？至少有这个可能：今天的新鲜指纹，那些属于他的指纹，与他几周前几月前留在宅子里的旧指纹有显著差异。如果是这样，那么他们就能推断出今天早上他在房子里待过，那他就会成为嫌疑犯。

他还犯过什么错吗？有没有什么躲在暗处的邻居透过窗户看到他来过又走了？或者看到他把什么东西扔进了建筑垃圾车？他把工具袋随身带走，这样做对不对？他跪在奥尔德斯身边时，纷纷扬扬的皮屑、毛发以及其他能用显微镜看到的化合物没准已经洒到这个小伙子的身上，洒到睡袍上。可那件睡袍是他的，那上面本来就洒满了属于他自己的生命痕迹。如此说来还不算糟。如果整个房子里充满了他的印记，那它们就能为他提供伪装。不过这只有在指纹无法追溯时间的情况下才能成立。在这幢大楼的某个地方，在成排成排的书架上，有上千本书能告诉他答案，可他一本也不敢调出来。即便他敢，已经发生的事情也不会有什么改变。

三点五十分，他双膝僵硬地从他的小单间里站起身，去图书馆的咖啡座里等那个他知道一定会打来的电话。在等待的时间里，他让自己做好准备，试着回想他如果不知道这一切，应该是怎样的情形：不知道奥尔德斯在他的房子里，不知道他是帕特丽丝的情人，不知道他死了。也许还有第四个他必须装作不知道的细节，可他实在是心烦意乱，懒得去回忆了。甚至还可能有第五个。想要集中思想，真是不太容易，因为这座历史悠久的图书馆及其周边环境已经不像当年那样庄严肃静了。咖啡座里有好几十个孩子，是大学生。他们的外衣和背囊堆在桌子之间，他们本人就在公用空间里，在那些宽阔的楼梯阶层上游来荡去，以一种轻松而正常的音调发出欢声笑语。也许今天是某种形式的面向学校的开放日。周围洋溢着一种现代大学学生会大楼中常见的气氛——如果在这里开一个酒吧，搁一台弹球机、桌式足球机，也不会显得格格不入。那种湮没于人群中毫不显眼的感觉倒是挺适合别尔德的需要，可电话来的时候他差点错过，因为比他预想的要晚了一小时，至于第四件和第五件他应该假装蒙在鼓里的事情究竟是什么，他还是没想起来。他只能相信自己，假设它们压根就不存在。

帕特丽丝说，“你在哪里?”她的声音很平静，尽管发生了那么多事，他心里还是忍不住升起一点傻乎乎的希望：归根结底，她还是关心他的行踪的。

他告诉了她，然后说：“怎么了?”

“警察在这里。你得回家来。”

他说：“帕特丽丝，出什么事了？”

她用手捂住话筒。他听见一个男人的低语，然后她说：“反正你马上回来。”

“我们家有人入室盗窃吗？”

她身边响起了更多的说话声。屋子里有几十个人。她开始用同样平静的声调反复说那句话，说着说着突然大叫一声，仿佛胳膊上被人刺了一下，她半喊半哭着说：“是罗德尼，他杀人了……”一个男人的声音打断了她：“别尔德太太……”接着电话线就断了。

别尔德回到他那个小单间里，把他费力做好的笔记收拢在一起，然后快步穿过图书馆前庭，穿过鲍洛奇[①]雕的牛顿像，直到走上街、抬起胳膊扬招出租，他才记起几个小时前自己的决定：拎着行李箱到家，看起来会好点。他让出租车等在波特兰广场，自己走进研究所，谢过那位行政官员。回贝尔塞兹公园的路上，别尔德在琢磨，这件事——不是直接冲回家，而是先绕道去拿行李——是不是属于那些细节，是不是第四件或者第五件他应该记得的事情。他已经没法想透彻了。

他接受了四次详细的讯问，而他最后一次的叙述也没有偏离第一次的说法。在警方持续盘问的压力之下，坦诚是一种优雅的、无法攻破的东西，作为一位科学界人士，别尔德天然具有

① 鲍洛奇(Sir Eduardo Paolozzi，1924—2005)意大利裔英国人，著名雕塑家。

一种保持内在一致的能力。真相不可动摇。他既然总能回到原点，就没必要去回忆上一次自己说了什么话。所以，没错，他搭乘来自奥斯陆的早班飞机，八点抵达希斯罗机场。他直接排上了等候出租的队伍，然后——只有在这里他虚构了一把，其余部分只是省略而已——他在四号公路上耽搁良久，直到中午才赶到波特兰广场。话说回来，他以前多次从希斯罗打车，也遭遇过多次交通堵塞，那些记忆如蜡般柔软，他建立起来的结构很快就在他脑海中像其他回忆一样货真价实，既暧昧又确凿。他真的觉得自己在堵车中耗掉了一个小时。在这段漫长的出租旅程中，他干了些什么呢？他在读报纸上同行的评论。聚精会神。他都顾不上抬头看看中车道、快车道或者不管什么道上，堵成了什么样。其余的都是确凿事实——他在研究所里的公务，当天在图书馆里的工作，他正开始小憩就被帕特丽丝的电话打断。怀着痛苦的坦诚，他承认自己被妻子与塔平先生的外遇弄得心烦意乱。不过他，别尔德自己，也有过好多好多外遇，令人遗憾，他们的婚姻就是这副样子，也许行将告终。说起帕特丽丝眼睛上的瘀青，他周日上午到克里科尔伍德的造访，那场遭遇战和那记耳光，说起他向来不习惯暴力，为了自己的安全起见只能落荒而逃，他都没有说一丁点谎。尽管有点尴尬，他还是向探案人员详细描述了他把汤姆·奥尔德斯介绍给妻子的那天下午，哦不，他没注意到他们俩有什么眉来眼去，不，他从来没怀疑过，当他，别尔德，身在北极时——而且，谁知道呢，也许几个月前就已经开始了——帕特丽丝会跟奥尔德斯风流快活。是的，他当然认识这个小伙子，一位才华横溢的年轻科学家，以前经常到雷丁站来接他。不，并不怎么讨人喜欢。太自恋了，太狭隘了，跟他做伴太没劲了。可是，在他这一行里，有好多人都是这副德性。

尽管这些都是实话，讯问还是很累人，特别是第一场让他吓得不轻，因为他不敢肯定没有人看到他在十点到达寓所，四十五分钟之后离开。可是恐惧很容易被人理解，因为备受压力，所以情有可原。后三轮的情势逐渐缓解，因为此时塔平已经被捕，不过仍然需要在一定程度上集中精力去应付。别尔德一周的时间全耗在这件案子上，他在报上看到——不出所料，此事掀起传媒风暴，所有的白天以及大部分夜晚，花园大门口都守候着摄影师——奥尔德斯之死的那天上午，没有人看到塔平。大雨使得这位装修工只能独自待在家里，见不到工友，找不到一个能证明他不在作案现场的人。至少这一点能让人提提神。接着，警方向新闻界透露塔平曾以明信片威胁过奥尔德斯，还有两个被小伙子明智地录下的电话。别尔德的最后两次讯问基本上是例行公事，把原先松散凌乱的材料收集整理一下而已，因此他面带微笑，胜券在握。事情看起来已经一清二楚，警方抓到了他们想要的人。别尔德在自己的陈述上签了花体字。

然而，他去中心时，乔克·布拉迪不太高兴。别尔德是在出事后第八天，刚接受完第三次讯问时去找布拉迪谈话的。他决定开车去，因为他不乐意被狗仔一路跟踪到雷丁站的火车上。他现在成了焦点人物，被塑造成一个倒霉的牺牲品，不谙世事的傻瓜和梦游者，身边有个放荡的老婆不服管。中心的栅栏门口聚拢着一群摄影师和记者，此情此景让戴着鸭舌帽的保安印象深刻、满怀同情，他们排成一列，以最漂亮的姿势向别尔德致敬，目送他从门口驶过。

两个男人在布拉迪的办公室里喝茶，别尔德把整个故事娓娓道来，每个细节都不放过，就像跟警察招供似的。

布拉迪皱起眉头，越皱越紧，他做了个手势，如果循着手势的方向穿墙出去大致就是朝着中心的大门。"这样不好，"他至少说了两遍，然后开始一段冗长而含糊的演讲，吞吞吐吐，反反复复地提及"基金"和"名誉"，说到"不介入纠纷"，还要"提供帮助"，十分钟之后，他的意图越来越明显，或者说不明显的成分越来越少，他似乎是想让别尔德辞职，直到连说了两遍"家庭阵线"之后，他才明白，布拉迪太太给激怒了，如今危在旦夕的除了爵位，还有某种程度上的"家庭和美"。理论上，这家伙是他的下级，而他居然在要求别尔德下台！他老婆的一个情人杀了另一个，难道非得算是他的错吗？可他藏好了自己的怒火，装着误解了他的话。

"乔克，不管他们在内阁办公室里嚼什么舌头，你若辞职都会变成一个大傻瓜。我会去说句好话的。你就低头沉默一两个月好了，一切都会平息的，你瞧着吧。"

面对这这般情形，布拉迪别无选择，只能换个话题。谈起奥尔德斯时，他们发觉彼此能达成共识：他们都不喜欢他，不过也承认他的死是中心的损失。警方已经彻底搜查过他的隔间，没发现任何与本案有关的物件。几件私人财物已经送往诺福克，给他那位悲痛欲绝的父亲。

布拉迪说："迈克尔，有一份文件上标明只能由你过目。我大致看了看。一大堆无机化学、数学，还有些漫无边际的玩意——依我看是这样，也许是在上班时间干的。"他把一个重重的文件夹递过来。别尔德接住它，然后站起身表示谈话应该告一段落了。无论如何，他仍然是这里的主管。

布拉迪陪着他沿着走廊走了一小段。"我想，为了纪念他，我们可以将他的风力涡轮机发扬光大。我们都全力以赴。"

"哦，没错，"别尔德说，"当然。那会成为他的丰碑。"

他们握手，分别。

那场婚姻又当如何？尸体运走以后，尸检小组跟着撤了，屋子里看不出一点犯罪现场的痕迹，大门口的狗仔队也走了，至少会消停到塔平受审为止，别尔德雇的工人带着磨砂机和抛光器上门，把渗入起居室地板深处的血迹弄干净，于是迈克尔和帕特丽丝从各自暂租的房子回到他们的婚房里，把自己的东西统统带走，再把清空的房子拿去卖掉，从此分道扬镳。这些正是三月里大风频仍、阳光普照的日子，风力强劲得将那些没修剪过的草都吹得向一侧倒伏，露出银灰色的另一侧。一堆堆去年没有扫走的落叶紧靠着长满苔藓的墙根。这正是那种鼓舞人心、荡涤污浊的天气，至少别尔德这么看。

为了忠实执行自己的计划，也为了让帕特丽丝心满意足，他放弃了对宅邸中所有设备家具的所有权——那单子真是长得让人压抑啊——只带走了他的书、衣服和几件私人物品。他不仅打算减肥,打算变成一个整洁健康的人,而且下决心要搬进一套目前他还在积极物色的简朴公寓房里,过一种清心寡欲的生活。既然他对妻子的爱,或者说迷恋已然消逝,那么事情当然可以化繁为简。在他们俩屈指可数的几次交流中,他告诉她,她的爱情生活毫无裨益,只会造成破坏,既给一位斯沃夫汉姆的病弱的父亲带来悲伤,也使得国家失去了一位最有潜力的科学家。让别尔德甚感惊讶的是,如今,对于那个人人都信以为真的故事,他自己也深信不疑,不费吹灰之力,他就能唤起恰如其分的记忆与情绪。如果帕特丽丝没有跟汤姆·奥尔德斯勾搭成奸,他到今天还会活得好好的,这难道不是真的吗?塔平没准是想要奥尔德斯的命,这难道不是真的吗?别尔德本人并没有什么装腔作势的地方,塔平的所作所为确实让他饱受折磨,把帕特丽丝扯进这笔账里来,也是理所应当。她还欠她丈夫一声道歉呢。

照例,她才不会这么看问题。她陷入深深的哀伤,悼念那份如今她认定是“毕生至爱”的感情。她的歉意只应该向那个再也听不到的人表达。让她既伤心又愧疚的是,她不应该把塔平带进奥尔德斯的生活,她没能保护好这个小伙子,她本来应该把那些威胁更当回事的。另外,打包装箱之类的事情由她一人承担,谁让她想要那些东西呢——这其中恰巧包括要了她情人一条小命的地毯和咖啡桌。她静静地、哀伤地在房子里走动,处理清单的效率低下,动作木讷。相比之下,她的丈夫顶多就是一个无关紧要的枝节问题，不过他猜想，现在她一定在恨他，出于某些无可名状的理由，抑或压根就没什么理由。最后他想明白了，她的沉默，总比她在“塔平时代”为了蹂躏他而拿出一副要命的狂欢做派好一点。

他不打算帮着她整理那些如今已经属于她的东西，可他用别的方式帮上了忙。既然他们俩之间现在没有什么法律纠纷，别尔德提议他们共用一个律师就够了。他认识一位好律师。他还认识合适的中介，能把他们的房子卖掉。对于这一套安排，他经验丰富。他先搬出去，搬进多赛特广场玛丽勒伯恩街北侧一套租来的地下室公寓里，三个月之后，正是在那里，他摊手摊脚地躺在一张污渍斑斑、散发着狗的气味的印花沙发上，开始读那个标明“仅限于 M·别尔德教授亲阅”的文件夹。这份材料很是花哨，有机化学与无机化学共存，某些量子论的概念以及“合论”中较为晦涩的段落穿插其间。这些元素渐渐推进，组合成对于光合作用中能量交换的理论描述。也许，其主旨——文件后半部分有所提及——是建议通过某种方式对这一过程加以仿效和转化，可读到这里，别尔德就开始走神，首先因为这份材料很费解，其次是因为他需要买一套公寓，接着，汤姆·奥尔德斯死后五个月，对罗德尼·塔平的审判就开始了。

他没有翻案的希望，而他似乎也知道这一点。带着某种近乎遗憾的口气，控方将事情一股脑儿摊开：塔平的显而易见的动机，电话及书面威胁，已经证实的暴力行为，扔在灌木丛中的凶器上粘着他的毛发，死者手里也抓着两根，那张既有他干透的鼻涕也粘着奥尔德斯血迹的纸巾，而且他也拿不出不在案发现场的旁证。轮到别尔德出庭时，他句句点中要害。难道他不是一位素来遵纪守法的公民吗？他先是详细叙述了自己在案发当日上午的一系列行动，再是讲到他妻子的熊猫眼，讲到他对被告寓所的造访，以及自己挨的那记耳光。对塔平不利的证据本来已经够糟糕的了，可是真正让他不得翻身的是帕特丽丝，她也代表控方作证。站在证人席上，她被报刊描写成“美丽而致命”，对于杀害她情郎的男人不屑一顾、冷酷无情。作为证人，别尔德不能获准进入法庭聆听妻子的证词，只能看看新闻报道。他从来不知道她的言辞能如此优秀，如此清晰，能达到这样的效果。她将塔平的咄咄逼人、粗野残忍，以及妒火中烧的样子一一道来，弄得整座法庭、整个国家都神魂颠倒。他是个神经病，她说，一个妄想狂，还曾经怂恿她一旦找到机会就要在奥尔德斯的睡梦中干掉他。他不肯放她走，于是，她本来以为这只不过是一次转瞬即逝、纯属偶然的外遇，后来却演变成一场持续数月的噩梦。她被他的暴力所挟持，不敢拒绝跟他上床。他们做爱的时候，他揍她。

“你不喜欢这样吗，别尔德太太？”盘问环节时，塔平那位风度翩翩的辩护律师问她。

“不喜欢，”她回答得干脆利落，“你喜欢吗？”旁听席上响起一阵笑声。

她那句最脍炙人口、最遐迩闻名的警句一定事先在镜子前面操练过很多遍。“当他杀了我的汤米，这个国家便失去了一位天才，”她说，“而我失去了我唯一爱过的男人。”

陪审团只在外面讨论了三个钟头，没有人——哪怕是塔平自己——会对判决结果感到惊讶。

就在陪审团主席宣布结果之后、法官宣判之前的六天时间里，别尔德又拿起了奥尔德斯的文件。至少他能用这种方式来纪念他嘛，更何况眼下他心浮气躁，需要分散一下注意力。第二遍读下来，他理解得更透彻了，而且开始感兴趣，甚至有点兴奋。奥尔德斯给自己定下的任务，是先发现，再照搬植物的方式——历经三十亿年的尝试和纠错，这些方式已经完美无瑕。其理念是要调用至今仍然只在纳米技术领域谈及的技术与材料，用特殊的感光染料代替叶绿素和含有锰和钙的催化剂，从阳光中直接摄取能量，将水分解成氢和氧。他在每一页上都标好去年的某个时间，然后开始写自己的批注，直到周二开庭前一天才停下来——明天被告就要听到自己的命运去向何方。塔平听法官宣判的时候，既专注，又恍惚——他跟着所有这些程序一路走来，脸上始终都带着这样的神情，然后他有气无力地表示抗议，声称自己清白无辜。根据新闻报道，他一直在往帕特丽丝的方向看（别尔德可以想象那种探询的、如同某种啮齿类动物的眼神），可她的脸始终都背着他。

在法庭外的台阶上，她告诉新闻记者和电视摄像机，鉴于他造下的孽，给他的刑期还不够长。此后一周的时间里，某些评论员赞同她的说法，而另一些则认为，对于这宗法国人可能会称之为“激情之罪”的案子，如此判决未免太过严厉。不管怎么说，判决当晚，置身于单身公寓里那种异常肮脏的氛围中，穿着袜子躺在臭烘烘的沙发上，大腿上摊开着奥尔德斯的文件，别尔德觉得十六年刑期堪称“大体公正”。

第二部

2005 年

他的时间不够用。人人都不够用，这司空见惯，可是迈克尔·别尔德刚刚差点被一顿多余的午餐撑爆肚皮，眼下正在安全带底下调整坐姿，一心想着白天剩下的时间越来越少，而他又白白浪费了多少个小时。现在是两点钟，而他的飞机已经晚了一个钟头，目前还在伦敦南部上空沿顺时针方向傻呵呵地盘旋着，轰鸣着。他心烦意乱，没法把书看下去，时不时地，他一边徒劳地从一个别扭的角度啃他大拇指甲边沿上的某根柔软的肉刺——那是即将发作的甲沟炎，一边俯视这个熟悉的、正在他脚下旋转的英格兰一角。他还能做什么呢？他本来应该已经在沿着大街、长廊一路飞奔了，现在这段时间并不适合居高临下、抚今追昔、纵览全局，可是他的大半往昔岁月和种种当务之急都在那里，在他占据的昂贵座椅——照例，这笔钱由别人支付——底下，相距三千米。

眼前的庸常情景足以让牛顿或者狄更斯大吃一惊。他透过一大团姜黄色的环状尘埃——它就像是从一只没洗过的浴盆上剥下来，悬挂在空中——凝视东方。他的目光越过伦敦中心城区，跟着正在鼓胀、开阔的泰晤士河①的流向，越过石油及天然气储存塔，一直望向肯特和埃塞克斯平坦的棕色土地，看见他的童年场景，看见他母亲去世时——临死前，她把自己的隐私告诉了他——住的那座面积广阔的医院，再远些，看见张开的、潮水涌动的河口和北海，二月的阳光下，海水波澜不惊，一片恬静惬意的蓝。接着，他的视线向南转，穿过苏塞克斯原野上那层银色的薄雾，望向南部丘陵地带那柔和的线条，那些温文尔雅的褶皱曾经呵护过他乱糟糟的初婚，想起这段婚姻，就牵扯出一段误入歧途的爱情、房客双生子的一把屎一把尿和一声声啼哭，以及令人既亢奋又头痛的量子计算——经过十五年岁月和两次离婚之后，这些计算最终为他赢来了大奖。他的奖，那个半是庇佑半是摧毁了他人生的玩意。翻过那些山就是英吉利海峡了，海峡边镶着粉红的云，遮住了法国海岸线。

此刻，机翼的一次新的倾斜让他置身于阳光之下，伦敦西区尽收眼底，就在机翼下震颤着的引擎下方，他那奇形异状的目的地——机场赫然在目，纤毫毕现，他看见机场周围的“动脉”干道，四号公路，二十五号，四十号——必是到了不会感情用事的年纪，才会将命名搞得如此索然无味——还看见那些如同血球般在动脉上奔腾搏动的车辆。流光溢彩的西区以一派温柔祥和的风范软化了东部工业区的肮脏贫穷。他看见泰晤士河谷——一片冬日里苍白暗淡的绿——蜿蜒在伯克郡丘陵和切尔特恩山脉之间。再远些，渐渐淡出视野之处，乃是牛津和他大学本科在

---

① 指泰晤士河涨潮。

实验室里埋头苦干的荏苒时光，外加殚精竭虑勾引第一位妻子梅西的记忆。现在又转回来了，第六次，伦敦城这硕大的圆盘，犹如一座鬼斧神工的太空站，庄严豪迈、自给自足地运转。它散漫无序得就像一个巨大的白蚁穴，一座热带雨林，一件美轮美奂的东西，中心城区人流高度密集，威斯敏斯特教堂和伦敦塔桥之间那条再度出现在视野里的泰晤士河沿岸密布着踌躇满志、滑稽可笑的建筑，尽是些新式玩具。倏忽间，他觉得自己看见飞机的阴影像一个自由自在的幽灵，越过圣詹姆斯宫，越过家家户户的屋顶，不过，鉴于他所在的高度，这根本不可能。他知道光是怎么回事。在那数百万户屋顶中，有四家曾经成为他第二次、第三次、第四次以及第五次婚姻的住所。这些结合曾经定义过他的人生，也无一例外地——这一点没必要否认——都以灾难收场。

这些日子，无论何时，他只要来到一座大城市，就会像这样，既不安，又着迷。巨大的混凝土伤口与钢铁搅拌在一起，这些"导尿管"将川流不息的车辆从地平线运过来又送回去——在它们面前，自然界的种种遗迹只能日渐萎缩。多多益善的压力，层出不穷的发明，渴望与需求凝聚成一股股盲目的力量，看起来非但无从遏制，而且正在滋生某种热能，某种现代社会的热能，经过种种巧妙转换，它成了他的课题，他的职业。文明的灼热气息。他感觉得到它，每个人都能感觉到，脖子上有，脸上也有。别尔德从他的这架神奇的——脏得出奇的飞机上凝神俯视，他相信，碰上状态更好的时候，他能找到问题的答案，归根结底，他身负使命，这项使命在消耗着他，他的时间越来越不够用。

即便当埃塞克斯的童年时光又晃进他的视野——居然晚点这么久了！——他还是能在那些被冬季阳光简笔勾勒得如同一幅印刷电路图的袖珍街道上分辨出他此时本应该穿越的路线。他现在应该在斯特兰德街上的那幢大楼里，他觉得自己能看见它。它转瞬即逝。而另两个屋顶，斜斜地从他眼皮底下溜过，转向西北。其中一个，是他那套位于玛丽勒伯恩街的冷冷清清、备受忽视、乱七八糟的公寓。任由想象引领，他在一间光线黯淡的屋子里看见他三个月前吃了一半扔下的饭菜，还有一个已经快被他遗忘的、时不时来上个“夜班”的朋友。从那以后，他一直都没回去，也没见过她。那里压根就是一堆垃圾。隔壁卧室里没开暖气，阵阵寒意中，他看见床上颇为性感地乱作一团，枕头落在地板上，橙色的音响备用灯仍在一闪一闪，当时他正在读的书和杂志(他努力回忆它们的名称)东一本西一本地摊着，还有当天的报纸，一只香槟酒瓶，两只玻璃杯里，还剩一两英寸高的酒面上气泡已散尽——当时他们心急慌忙，没来得及喝完。再过去，餐厅的盘子上，厨房的锅子里，装在提桶里、摊在砧板上的垃圾中，甚至在干透的滤纸上残存的咖啡渣中，会有各色各样的真菌正在茁壮成长，有的呈乳白色，有的则是浅浅的灰绿色，而那些扔掉的奶酪、胡萝卜和结成硬块的肉汁上，更是“霉”花怒放。从天而降的孢子，与人类文明差堪比拟，无形无迹，无声无息，是成功的生命实体。是的，它们将会凭着它们擅长的绝活久久驻扎，一旦耗尽养料，它们就会干枯衰竭，变成一抹炭灰。

另一个屋顶下是梅丽莎·布朗恩的家，他那个多少有点受冷落的情人，直到此时此刻，他才想到要去那里过夜。她对他那么好，那么温存，那么耐心，那么漂亮，算得上他这辈子最靠得住的情人。跟许多女人一样，她把他看成一位才华横溢的科学家，一个亟需拯救的天才。可他偏偏是那么一个粗心大意、朝三暮四、全无章法的朋友，太飘忽，太顽固，一口咬定不愿再婚。他还没有打过电话。她应该在做晚饭。他配不上她。几许歉疚，再加上心里又涌起一阵不耐烦，一股邪乎劲冒上来，他禁不住呻吟起来。难道他真的发出了音调比引擎的轰鸣还高的呻吟吗？南部丘陵又转回来了，提醒他永远别妥协，决不能改变主意。他的体格已经承受不住第六次婚姻了。

无论他的视线落在哪个方向，这里都是他的家，是这座星球上属于他的角落。那些曾经被中世纪的农民或者十八世纪的劳工照管过的田野和树篱，显而易见，它们仍然组成不规则的四边形，装点着这片土地，每一条小溪，每一道篱墙，每一座猪圈，甚至每一棵树，都有名有姓，没准在 1085 年，当那位征服天下的威廉一世与顾问们共同协商并派人到全国各地调查之后，它们就已经在《最终税册》上留下了自己的名字①。从那以后，它们在经历改良、归属、使用、消费、买卖、抵押时都要被重新命名；就像一块表皮又硬又厚的斯第尔顿奶酪那般成熟，像巴别塔那样充斥着纷繁多样的人性，像尼罗河三角洲那样历史悠久，像一栋有幽

① 指英国威廉一世 1085 至 1086 年下令钦定土地调查清册。

灵出没的停尸房那般拥挤，像一座吵吵嚷嚷的贫民窟一般喧闹刺耳。有朝一日，这个傲慢而古老的王国也许会屈服于各种各样的渴望，屈服于成为一座集墨西哥城、圣保罗和洛杉矶于一身的超级大都会的如梦诱惑，风化[①]从伦敦开始，依次到梅德韦、南安普顿、牛津，再回到伦敦，组成一个摩登的四边形，将以前所有的篱墙和树木统统埋葬。谁知道呢，也许那会是一场族群和谐、建筑恢弘的凯旋，一座世界之城，全世界最教人艳羡的世界之城。

当飞机最终放弃位于U形河道切面沿岸上空的机群，转而在泰晤士河北部上空排队并开始降落时，别尔德心想，到底要怎样，我们才能开始自律呢？处在这样的高度上，我们就像是四处蔓延的苔藓，像扩张肆虐的海藻，像某种正在包围一只柔弱水果的霉菌——我们的成就是何等狂野。与孢子一起勇往直前！

半小时之后，来自柏林的航班降落，他第四个走出机舱，拖着手提行李，步子飞快而僵硬，一路上颇为阴柔地蹦蹦跳跳（他的膝盖，他的身体，其实还有他的思维，都已经无法胜任简单的跑步了），他被密封的“毛细血管”——铺着地毯的钢管——从机场的“内脏”一直输送到入境大厅。在长达百米的自动走道上费力前行，比挤在那些睡意朦胧、木头木脑的旅客中、不时被他们

① 风化是指在室温和干燥空气里，结晶水合物失去结晶水的现象。例如，日常生活中碱块变成碱面就是风化现象。

的行李绊住脚步，要快得多。至少有一打跟他一起下飞机的小伙子赶路的效率更高，他们把他甩在后面，加入那类活力十足、身轻如燕、理着平头的商务人士行列，他们前臂上挽着的雨衣飘来荡去，与沉甸甸的斜挎包互不相扰，嘴上轻松聊天，脚下疾步如飞。整条路上充斥着银行及办公服务的广告，略显幽默，拼命夺人眼球——很显然，在广告行业里混的尽是些三流货色——在通风不良、光线过强的走廊里，这些玩意愈发惹得他火冒三丈。一旦遭遇咄咄逼人的低智商，大脑便会突然缺氧，他太了解这种特殊的感受了。如今，整座星球的愚蠢成就了他的事业。如果他不能准时到达，那么他自己也会显得很愚蠢。他至少将迟到七十五分钟。迟到是一种特殊的现代病，其原因纷繁芜杂，包括与日俱增的压力、自责、自怜、厌世以及某种唯有理论物理才能满足的渴望——时间倒流。即便你命令自己坚忍克己，也不会因此早到一分钟。

他收下一笔高得离谱的出场费，要在一场能源会议上致辞，与会者包括研究所投资人、退休基金经理人，都是些顽固不化的家伙，不会被这样的道理轻易说服：这个世界，他们的世界正岌岌可危，所以他们应该相应地整合他们的投资类型。出于惯性，出于盲目的职业习惯，他们一直致力于自己熟悉的老行当，石油，天然气，煤炭，林业。他打算游说他们，声称他们目前在榨取利润的东西有朝一日会毁了他们。当然啦，在这些场合通常只需要泛泛而谈，但是，假如别尔德——如今他已经拥有十几项专利权——能改变他们的主意，哪怕只改变一丁点儿，也肯定会对他的公司有好处。他们在萨沃伊酒店两个面朝泰晤士河的相邻套间里等他，尽管就迟到问题，他已经事先向他们表达了歉意，但他们很快就会作鸟兽散，奔赴各自的下一场会议，而这个经过反复协调日程、前后谋划了四个月的小小奇迹将不复存在，反而转化成更深重的怀疑和致命的退缩。到伦敦的另一项任务是明天到美国大使馆签署意向，计划在新墨西哥州西南灌木沙漠地区建造一座占地四百英亩的基地，那是灼热浩瀚的土地上的一块充满沙砾的斑。如果投资人高兴，基金能到位，税务减免能搞定，那就可以依照模型按比例放大建造基地了。想到这一点，他一阵晕眩，愈发不耐烦了。

赶了十分钟路，别尔德气喘吁吁，外衣里面都被汗湿透了，他被堵在入境口，陷在一列数百米长的队伍里，跟所有眼巴巴等着获准进入祖国的人们一样，慢慢向前移动。时间一分钟一分钟地慢慢流逝，他觉得自己越来越无法保持理智了。他眼前闪过的画面是某种珍贵的液体——血，奶，酒——正从桶里往外流淌。他觉得自己的权利受到了阻挠，这感觉愈来愈强烈，忍也忍不住：应该有人把他领到前面去嘛，领到普通人群的前面，略过那套常规手续，直接把他送上豪华轿车。这里就没人认识他是谁吗？不管怎么说，他总是个大人物吧？对，他是，别人也都是。碰上这种时候，他的厌世倾向就会让他对那些严严实实地挤在他身边的人分外敏感，他们再也不是同路的旅客了，他们成了对手，成了一场长跑比赛的竞争者。他忍不住要聚精会神地搜寻那些骗子，他们在视野外围缓缓挪移，装出压根没动的样子，然后只消微微转一下肩膀，就能狡猾地趁乱插队。偷走时间，让别人买单。

散乱无形的十股人流，正好在他此时抵达的地方，汇拢成三列通往入境手续台的队伍。接着，他来了，一个面孔像羊皮纸般憔悴、身穿一件罗登呢上衣的家伙(别尔德一直讨厌这种风格)，从左侧溜过来，试图利用自己的身高向前蠕动，同时把他那只尺寸巨大的箱子提到膝盖处，作为加塞的工具。突然间，受某种“大不了撕破脸皮”的正义感驱使，别尔德向前跨出一步，不让那男人插进来，同时觉得自己的膝盖被那人的箱子撞了一下。此时此刻，别尔德转过身迎上那人的目光，虽然心跳略微加快，还是彬彬有礼地说:“真是对不起。”

这是一声拙劣地伪装成抱歉的指责——对于一个他此时恨不能杀掉的人，他还装模作样地以礼相待。回到英国可真不错。

然而，直到看清楚这男人的脸，他才发现这个骗子是多么苍老。至少有八十五岁了，从纸一样苍白的额头到皱纹累累的喉咙都布满了深褐色的老人斑，一副目瞪口呆、茫然无措的样子，下垂的下唇湿漉漉的，在微微颤抖。毫无疑问，老人应该排在前面。他们来日无多。他们快要死了。他们比他更赶时间，于是，宽容，甚至一声抱歉，都呼之欲出。可是那老人偏偏走了，节节后退到视野之外，一副颜面扫尽的样子。太晚了，来不及在队伍里给他让个好位置了。

于是，面对这一幕，一位纯洁正派、连自己都有点厌恶的公务员就把别尔德当成一个薄情寡义、内心虚弱的害群之马，无怪乎他的照片、身高、生日以及近亲都有了嫌疑，遭到专业级的刁难。这位公务员噼里啪啦地翻他的护照页，动作飞快，然后瞥了别尔德一眼，再猛地翻回去，接着，她思忖了一会，将护照正面朝下搁在一台扫描仪上。她将近三十岁，年纪可能不到他的一半。他猜测她父母是埃塞俄比亚移民。如果她现在从高脚凳上站起身，从她的岗位往下走一步，甩掉高跟鞋，她还是会比他高六英寸。

他长得矮矮胖胖，动作迟钝，难堪得浑身燥热——已经晚了。对于自己目前正在执行的任务——替国家把守大门，将那些不受欢迎的家伙拒之门外，她一向得心应手。他看着她盯住屏幕上他的个人详细资料，看着她右手掌周围微微发紫，漫不经心地在键盘上敲敲打打，想再换个别的角度为难他——希望这个角度能看得更透彻点，他突然这么想。一阵沉默，像越下越大的雪，像一丝沁人心脾的凉意，从入境大厅内侧的高台上降落，所有心急火燎赶时间的冲动都离他而去。瞧那质地细腻、对光线吸收良好的皮肤，那副高高的颧骨（他只能看到一侧），颧骨上精致的凹陷和刀刻斧凿般优美的曲线，那双严肃地盯着他个人资料的棕色眼睛，那聪慧与优雅——在他眼中——的完美结合。一千年以前，在某个隐秘的沙漠堡垒阴凉的天篷下，一只瞪羚的基因掺进了当地的人血库。诸如此类的混血杂交幻想可能是某种形式的种族主义，也可能只是出于爱慕，反正不管是哪种原因，他都不想将它驱散。当他凝视着那黝黑的左手和手腕——纤细修长，宛若一只色拉拌勺——懒懒地搁在他那本翻开的护照发黄的封面上时，这幻觉便在他眼前萦回不去。

在这些事情上他一直是个鲁莽的傻瓜——江山易改本性难移，他现在一点儿都不比二十五岁时更聪明，根本就不可能有所长进，他所有的前妻都这么讲——就在她开口说话前的那点时间里，他满脑子都是那套老花样，想问问这位入境官员有没有时间共进晚餐。他向好多素昧平生的女人发出过晚餐邀请，并不是每个人都说不。就是通过这样的晚餐，他才会勾搭上帕特丽丝，那些丢脸的破事才会次第上演，以至于时至今日，相隔十年之久，他还记得那顿饭他点了什么菜。它预示着后面发生的一切，它是一道诅咒：一条鳐鱼配上腌刺山果花蕾及焦黄油，一盘盐加得太多的野芝麻菜色拉，一瓶发泡灰比诺干白——当然是用软木塞的那种，要命的是，当时他神志恍惚，还叫了一个斟酒侍者。

那姑娘与他四目相对，说："中东你去过好多次。"

她的"好多次"是用喉音发的，这个陈述句后面加了个拖腔，听起来像是个问句。语言学家管这个叫升调，这是他最近才学来的词儿。近来他颇有几分"语言势利鬼"的味道，一个颠三倒四的语言势利鬼，他的年纪和有限的人脉使得他无法深入了解今时今日英国的各种口音和社会阶层。去年他与一个伦敦女招待上过床，他以为她是那种荒凉破败的居住区里生气勃勃、野性未驯的女人，不料后来发现她在萨里山庄长大，住在一栋掩映在高高的月桂树中的“勒琴斯宅邸”[1]里，她父亲是一位很有名望的数学家，皇家学会的会员。于是别尔德落荒而逃。此时此刻，他又一次被自己俗气的、抑或略带猥亵的念头搞得兴奋不已。

他的语气里没有感情色彩。“对。没错。”

“利比亚。埃及，苏丹。还有别的。公务么这是？”

他点头。

“什么公务？”

像这样在办公台边接受讯问，他已经有过多次经验。他说：“当能源顾问。”

“是石油吗？”

再一次，那种在喉咙里省略音节的方式牵动了他心底里某种不太健康的东西。

“不是。太阳能。”

“是 CSP[2] 吗？”

不算很准确，不过他还是点了点头。她懂。在一阵憧憬高尚理想和谋求肉欲私利的晕眩中，他的想象力像青蛙一般从当年的晚餐跳到她在入境处服务期满的那一天，看到她顺利胜任新角色，陪伴他东奔西跑，为他工作，陪他生活，光生伏打学，聚合太阳能，以及最为重要的他自己研究的人工光合作用，那些或高度集中或分头传输、星罗棋布的体系让他的世界观清澈澄明、

① 勒琴斯(Sir Edwin Lutyens，1869—1944)，英国著名建筑师，以在传统建筑设计中别出心裁而闻名。

② 指太阳能聚热发电。

冷静淡定、充满活力。他将对她知无不言言无不尽，教会她薄膜、日光反射装置、强制光伏上网电价[①]。没过几个钟头她就会变得很能干；不仅如此，她雍容大度，活泼健康，品位倒不怎么高雅。

他刚开始套近乎："也就是说你有兴趣……"她就开口打断了他。

"谢谢你，别尔德先生。"她伸出右手，跨过那只被忽视的、一直搁在桌上没动过的左手，拿起护照递给他。没错！无用，荒废，枯萎。他那荒唐的幻想一浪接着一浪，膨胀成一股急欲"护花"、"养花"的拳拳爱意，倾注到她天生无用的左臂上。她可以用右手握叉吃晚餐；自然，他也会这样做。

他的邀请已经挂在唇边呼之欲出了，她的目光却从他脸上滑向他身后队伍的最前端，她收起笑容，叫道："下一个。"

这就是他无法摆脱的弱点，他自己那日渐衰萎的臂膀、消极怠工的脑力和彻头彻尾的孩子气通常百无一用，时不时地还会给他造成麻烦，偶尔才会带来一点罕见的欢愉。然而，类似的白日梦——那些疯狂的时刻，短暂的神经紊乱，既紧凑坚实又疑云重重、将现实与虚假编织在一起的片段，沿着在逻辑上漫无终止的思路将那些华而不实、不可思议、令人震惊、自相矛盾的珠子串在一起——很久以前曾经帮助他构建了合论。诗意的，科学

① 即 Feed-in tariff。为扶持太阳能发电产业，欧洲多国采取了强制光伏上网电价补贴的激励政策，要求企业和居民安装太阳能电池板，将产生的电能以非常优惠的价格回售给电网，但同时，巨额补贴开支成为部分政府难以承受的负担。

的，色情的——想象力这玩意，难道有必要关注它在替哪个主人服务吗？

他匆匆穿越行李领取处，经过公告大屏幕底下吱吱作响的行李传送盘和不耐烦的人群，经过寂寂无人的海关，经过阴险的单面镜和宛如光秃秃的停尸桌的不锈钢检查台，接着出门顺着那几排目光呆滞的司机和他们手里举着的牌子——科威特气球冒险团，毕肖普·多兰，“奇普林先生”公司的特德——穿过出发大厅，他很清楚，自己走的路线既不是直奔通往火车的自动扶梯，也没有瞄准那家邋邋遢遢的，专卖报纸、行李带和相关杂物的机场商店。他是不是会觉得虚弱无力，像往常一样到那里转转呢？他想不会。可他明明在不由自主地沿着那条路线转弯嘛。他也算是公共知识分子，他需要广知博闻，所以无论时间有多紧，他买一张报纸都是顺理成章的事。每每作出重大决定时，都可以把大脑看成一个议会，一个正在争辩的内阁。各个派系勾心斗角，眼前好处和长期利益怀着互相憎恶的情绪落地生根。不仅各种情绪都要拿到台面上讨论并且可能遭到驳斥，而且某些建议还会被大肆宣扬，好掩饰另一些。这一轮轮议程既可能迂回曲折，也可能有如疾风暴雨。

他对这家店实在是太熟门熟路了，而他此刻似乎也正在径直往那里去。他只想进去看一眼，考验一下自己的意志，除了一张报纸，什么也不买。如果他努力抵挡的只是色情报刊，那么即便最终抵挡不了，也对他没什么伤害。话说回来，如今那些姑娘或者姑娘的某某部位的照片也不会让他太激动了。他想要的东西甚至比那些搁在架子顶层的亮晃晃的八卦杂志更无聊。现在他站在柜台边，摊开手心在一堆欧元硬币里挑出英镑硬币来，胳膊底下夹着四份而不是一份报纸，好像在一件事上超额就能让他在另一件事上免疫似的，当他将报纸递过去扫条形码时，眼角余光看到收银台下方的那一排闪闪发光，正是他想要——他不想让自己"想要"——的玩意，十几份列成一排，还没等他心里拿定主意，他的手已经拿起一份——真轻巧啊！——加到自己买的那一堆报纸上，将报上一张首相在教堂门口挥手致意的照片遮掉一半。

那是一只塑料箔纸袋，里面装满洒着盐、工业化制作的营养素、防腐剂、水解膨松剂、高效增味剂、酸性调节剂和色素的油炸薯片。盐醋风味的薯片。虽然他的肚子仍然被午餐撑得饱饱的，可是这种特殊风味的化学盛宴在巴黎、柏林或者东京都找不到，而他眼下又很渴望接受这三十克——相当于吸毒者的毒品摄入量——的光化性刺激。好歹再用这套招数提提神吧，然后他就再也不碰这些垃圾啦。他想，在登上帕丁顿站的火车之前，他随时都有机会抵挡它的诱惑。他把袋子塞进上衣口袋，拿起那重重一堆报纸和带滑轮的行李，继续横穿大厅。他已经超重三十五磅了。关于他未来的减肥计划，他下过多次笼而统之的决心，立过多次正义凛然的誓言，通常是在晚餐之后，一只手攥着一杯酒，所有"议会"里的头头脑脑都点头称是。击败他的总是"现在"，他总是在活生生遭遇美味珍馐、加赠菜点、一顿他并非真正需要的大餐时败下阵来，让代表眼前利益的那一派占了上风。

从柏林起飞的这趟航班就是一次典型的失败。起初，当他把肥大的臀部埋进座椅时——仅仅两小时前他刚刚吃下一顿以肉食为主的日耳曼早餐，他打定主意：不喝饮料只喝水，不吃零食，一份绿叶菜色拉，一点鱼，不要布丁，而与此同时，一只银托盘凑过来，伴随着一个女人轻声细语的邀请，他的手便握住了过道上香槟酒的瓶身。半小时之后，他正在撕开一小袋盐渍牛肉味“烤玉米型”棒状零嘴，佐以大杯金汤尼。接着，他眼前铺开一块白色桌布，一看到它，他的神经元就鸣响了指示胃酸分泌的发令枪。金酒融化了他仅剩的决心。他选了刚才决定拒绝的开胃菜：鹌鹑腿裹在培根卷里，下面铺一层蒜泥。第二道，猪胸肉堆在一坨小山似的焗饭上。“法国干酪”这个词儿是另一把发令枪：厚厚一块巧克力海绵蛋糕外裹着一层巧克力，再浇上巧克力酱；山羊奶酪和牛奶酪拌白葡萄，三个面包卷，一块巧克力薄荷糖，三杯勃艮第酒，最后，他逼着自己又浏览了一遍菜单，再点一份油淋色拉配鹌鹑肉，似乎这样一来就能把先前吃下去的东西一笔勾销。托盘给收走时，上面只剩下了葡萄。

他买好票，把自己安顿在半空的火车上的一张桌边。坐在对面的那一位，是那种三十多岁、剃着光头的小伙子，圆鼓鼓的脸和在健身房里练粗的脖子，反正在别尔德鉴别力迟钝的眼睛看来，他跟芸芸众生根本没什么差别。不过，这个男人的耳朵上打满洞眼，这一点倒是显得卓尔不群。接着，神不知鬼不觉的几秒钟里，桌下开展了一场磋商，一段彬彬有礼的芭蕾，争夺腿脚占据的空间。然后，那小伙子继续发手机短信，而别尔德一边浏览几份报纸的头版，一边体味着那种熟悉的近乡情怯之感。这跟他几周前看完扔下的报纸，根本毫无差别。同样的标题，配上同样的照片，提出同样的问题。布莱尔几时会走？明天吗？还是直到下次大选之后——假设他这次赢的话？再过一年，还是两年，还是整整四任全部干完？这回在巴格达排队买面包时被基地组织屠杀的什叶派公民，和上次不是一样多吗？除此之外（别尔德正在漫不经心地翻阅着手里的这一叠），海啸卷走了二十五万条人命，引发某些人——与上个月一模一样——思索上帝是否存在的问题。在别处，一如既往，有人宣告这个国家已经颓荡沉沦，其管理、财政、公共医疗、司法及教育系统，军事、交通基础设施以及社会公德都陷入了某种终极虚无的状态。出于习惯，他特意翻找有没有关于气候变化的文章。今天没有。太阳能？没有——不过很快就会有。

他把报纸放到身边的椅子上，专心看自己的掌上电脑，滚屏显示他从柏林泰格尔机场起飞后收到的十五条短信。有十四条都跟他的项目有关。他的美国合作伙伴托比·哈默确认文件已到达格罗夫纳广场。农场主希望将支付其优先购置权的钱款转到埃尔帕索的账户，而不是阿拉莫郭多的那一个。当地的商业会所礼貌地要求出示一份“更清晰”的评估报告，预测这个项目能为洛兹伯格的居民提供多少工作岗位。他每次看到这座小城的名字，就会兴致高昂。他恨不能现在就到那里去，站在它北部边缘，视线越过那片炫目而广阔的土地，顺着通往银城的那条笔直大道，望向那个将要开展工作的地点。洛兹伯格假日酒店通知他，他下月的预定已经得到确认，还在往常住惯的那个房间，作为忠实顾客，这回的折扣比以前更低。本月第三次收到乔克·布拉迪要求会面的消息。他多半是听到传言，帝国理工学院那里有好消息，于是也想来分一杯羹。而这个要求，居然来自这位曾安排中心解雇别尔德的家伙。还有一条是托比·哈默转念一想发来的。他找到了一个廉价买进铁锉屑的渠道。只有一条私人信息：别忘了八点的晚餐。主菜是你。我爱你，梅丽莎。

我爱你。这话她写过说过很多遍，可他从来没有用同样的句子答过她，即便在忘乎所以的高潮时也没有。这并不是因为他认为自己不爱她。在那件事上他从来都不怎么拿得准。很久以前他就懂得，永远不要向任何人说爱。与梅丽莎在一起，他害怕这具有超自然力矩的三个字必然引发的问题。他是不是下半辈子都要对她忠心耿耿，是不是要跟她生个孩子？她很想要孩子，只是天时地利不凑巧罢了。可是，只消检点一下自己的历史，他就相信，但凡跟着这个计划走，到头来他肯定会让这位天真漂亮、比自己年轻十八岁的姑娘失望。她现在的年纪，正是一个膝下无子的女人理该抓狂的时候。假如他不打算再上一个台阶，就应该从容引退。她当然需要一段调整期，再花点时间找人取而代之。可是她不想让他走，而他也不愿意离开。然而——从头再来，第六次当上不称职的丈夫，年届六旬时当一个婴儿的父亲……这是多荒唐的退化啊！

跟她讨论这件事是莫大的痛苦。最近一次是在皮卡迪利大街的一家饭店里，她的眼睛湿漉漉的，说她宁愿不要孩子也不能失去他。这分明是“伤痛阿姨”专栏的调调。他没法相信她。如果他真的爱她，他想，那他就应该马上放开她，离开她。可他喜欢她，而且他生性软弱。他怎么能拒绝这份不可思议的礼物呢？还有哪个如此年轻的女人会用这样的似水柔情，接受这么一个多少有点不可理喻，又矮又胖，日渐衰老，在公众面前出过丑，被一丁点失败腐蚀伤害，耗尽心力、莫名其妙地跟阳光纠缠的人呢？

所以他做了个最可怜的选择。简直都算不上选择，更像是某种出于本能的退缩。他并未一刀两断，只是刻意保持距离——反正他也在国外工作嘛。他见过别的女人，而整个约会过程中，他既半心半意地希望，也全心全意地害怕她会打来电话，告诉他，有那么一头饥渴而能干的雄鹿正在她周围徘徊，伺机而动，想要，或者已经，攻陷了她的世界。这样一来，但凡他的意志不够坚定，就会匆匆赶回去，捍卫那被他突然认定属于自己的东西，她会心生感激，那头雄鹿会被赶走（雄鹿到此为止！），一团乱麻还是一团乱麻，而他又向着错误的决定迈进了一步。

他收起掌上电脑，往后靠在椅子上，半闭双眼。就在他面前的桌上，透过他那几乎没有张开的睫毛，他看见盐醋风味薯片的袋子在熠熠闪光，再过去一点是那小伙子的塑料瓶装矿泉水。别尔德犹豫要不要把发言的要点过一遍，可是，此时此刻，坐火车照例会产生的疲劳感和午餐饮料把他弄得木头木脑，何况他也相信自己对那些材料已经烂熟于胸，他上衣口袋里还搁着一张卡片，上面写着各种有用的摘录。至于零食嘛，他不像刚才那么渴望了，可是他还想要。某些工业化合物也许会将他的新陈代谢搅乱，最后变成失眠症。与其说是他的胃，倒不如讲是他的味觉，在渴望包裹在每一块脆脆的薄片上的酸酸浓浓的气味。他已经表现过得体的克制了——这列火车已经开了好几分钟了——现在可没什么再忍下去的好理由了。

他从椅子上直起身子，继而前倾，肘部撑在桌上，双手托着下巴若有所思地停了几秒钟，目光聚焦在花里胡哨的包装纸上，银，红，蓝，卡通动物在一面英国国旗下欢腾雀跃。他是多么孩子气啊，这种迷恋是如此软弱，如此有害，是所有往日的过错和愚蠢的缩影，是他那种缺乏耐心、一旦想要就非得立马得到的风格的缩影。他双手拿起袋子，在它颈部撕开，袋里散发出一股腻人的油炸和酸醋的香味。这是一种经过实验室合成的、对街角“鱼加薯条”店气味的狡猾模仿，一种将愉悦的记忆、渴望以及爱国情怀立体演绎的行为。那面旗帜代表着这是一个受人尊敬的选择。他用食指和拇指只捏起一片，把袋子放回到桌上，再坐直身子靠到椅背上。他向来是那种认真享受的男人。诀窍在于要把那股香气集中在舌头中心，让味觉向周围散开一会儿，再将薯片往上推，顶到上颚处碾碎。他的理论是：那硬实的不规则表面会略微磨损柔软的肉体，盐和各种化学品会洒落到那里，从而造成一种轻柔而特别的“痛并快乐着”的效果。

犹如一位评酒大师在盛大的评酒会现场，他闭上了眼睛。

再睁开时，他的目光正巧撞上对面男人的视线。只是略感羞赧，别尔德做了个不耐烦的手势，目光移开。他知道自己必定是这副嘴脸：胖胖的傻瓜，年纪一大把，聚精会神地对付一口垃圾食品。他举手投足，向来是旁若无人的。那又怎么样？只要不害人不犯人，他就有权这么做。别人对他的看法再也不会让他耿耿于怀了。年事渐长的好处少得可怜，这可以算一条。仅仅是为了张扬自我，而非满足他那可鄙的需求，他伸出一只手，又拿了一片，一边拿一边再次迎上对面男人的目光。那眼神小气、苛刻，眼睛一眨不眨，饱含着极度好奇。别尔德突然想到，坐在他对面的没准是个精神病患者。精神病就精神病好了。弄不好某种程度上他自己也是个精神病。第一轮留下的咸味让他觉得就像是牙龈在出血。他重又仰靠在椅子上，张开嘴再体验一次，不过这一回他的眼睛始终也没闭上。第二片免不了比第一片少一点刺激感，不那么教人惊艳，不那么刻骨铭心，恰恰是这种意犹未尽、这种感官上的不满足，催生了增加剂量——吸毒成瘾者对此最有体会——的需求。

恰在此时，他一抬头，看见坐在他对面的旅伴仍然在阴郁地凝视他，肘部撑在桌上，也许是故意戏仿他。接着，这家伙垂下前臂，像起重机一样落在那袋子上，偷走一块薯片，可能是这一包里最大的一片，拿起它在面孔前停留了一两秒钟，然后吃掉它，他不像别尔德那样细细品味，而是傲慢地大嚼特嚼，双唇张开，这样就能让人瞥见薯片是如何在他舌头上变成糊状的。那人甚至连眼睛都不眨，目光如炬。这个举动是如此猖獗，如此异端，就连别尔德这样向来习惯于异常思维的人——否则他是怎么赢来那尊大奖的？——都只能呆若木鸡地坐着，努力保持面无表情，不让自己的情绪流露出来，以此捍卫自己的尊严。

两个男人怔怔地四目相对，这回别尔德决定不把视线移开。毫无疑问，那人的行径咄咄逼人，这举动是赤裸裸的偷窃，无论被偷的物件是何等廉价琐碎。设若闹出肢体冲突，别尔德毫不怀疑他会在几秒钟内给打趴在地板上，断掉胳膊或者打破脑袋。但还有一种可能，在这份冷酷和对一位老者将垃圾食品甘之如饴的荒唐行为的模仿背后，藏着顽皮戏谑的成分。要不就是以老派情境画家的方式，揶揄一个乏味的中产阶级。或者更糟糕，那家伙相信别尔德是个同性恋，而这就相当于一句“来吧”，一个摩登的序幕，只有特定的小圈子才能心领神会，而他的那条紫色丝绸领带——权且假设一下——碰巧成了一个信号，一份诱君入港的请柬。在一只或者另一只——他也忘了是哪一只——耳朵上套个环，不是一度成为具有色情导向性的重要标志吗？这个男人两只耳朵上都戴着耳环。物理学家熟谙光学之道，可是对于当代文化的公众表现，他却如同置身于漫漫黑夜。最后，回到他起初的猜测，别尔德继续怀疑他的旅伴是不是一则在放纵的“毒品假日”中摄入过多碳酸锂，从而引起精神失常的病例，如果是这种情况，那么继续与他面面相觑可不是个好主意。想到这里，他移开视线，先想到什么就干什么。他又拿起一片。

他想要什么？薯片刚沾上别尔德的舌头，那男人的手就又垂下来，这一次他拿了两片——别尔德本来自己就打算这么做——然后以同样粗俗而得意的态度吃掉它们。将这袋子从桌上抢走可不是个好主意——动作性太强,太突兀。寻求新突破,从而招来一场混战,是很危险的。真要闹成那样了谁能来救他?别尔德扫了一眼他这节车厢。乘客们在读书看报,要不就是一脸麻木地瞪着空地,或者看看车窗外伦敦西部郊区的冬景,浑然不觉身边的这场活剧。两个男人默默地分享一份零食,有什么可看的?这事真够吊诡的,可是在别尔德看来,将这已然开场的好戏玩下去显得更重要一些。他并没有想到退一步,随便那人怎么处置那个袋子,这样就能避免跟一个比自己壮实的男人起冲突。别尔德可不是好欺负的。他也许是比较矮,有点肥,可他毕竟拥有成熟的正义感,而且意志坚定。他有能力由着自己的性子来。恶性循环就此形成。他又拿起一块炸薯片,而他的对手,一边继续紧盯着别尔德,一边如法炮制。然后你一块、我一块,又搞了两个回合,他们的手都垂下来置于袋子的上方,动作连接得稳稳当当且步步为营,并非一味求快,亦不为对方所动。到后来只剩下两片时,小伙子拿回袋子,故意戏仿他彬彬有礼的样子,把那两片递给别尔德。对这最后一道侮辱,唯一可以采取的反应就是转过头去。

是可忍孰不可忍。火车开始慢下来,人们纷纷伸手去拿外衣,一个听起来像是电脑发出的声音提醒乘客不要把行李落在火车上。为了保全胜利果实,小伙子把塑料袋捏成一团塞进桌子底下的垃圾桶里。他颇为勤勉地用一只手将桌上的碎屑和盐粒清理干净。这下别尔德受到的侮辱愈发完整了。年纪大了就是这样，被年轻壮实的家伙推来搡去，而且个个都不肯悔改。一丝自怜的热流涌上来，他觉得每一次不公正，每一场历史性的压迫、师出无名的入侵、兵荒马乱的军阀主义，每一次粗暴的违法乱纪都浓缩在这一刻里，而他非但碍于自尊，而且觉得自己无论在哪里都有责任代表弱者做出反抗淫威的样子。要不然，他将何以自处？他猛地往前一探身，抓住对手的那瓶水，迅速拧开盖子喝下一大口——反正他也渴了——一直喝到底，将原先剩下的二十五毫升喝得精光。他将瓶子往桌上一扔，脸上摆出一副目中无人、“有本事你就来抓我”的表情。蓝色的瓶盖滚落到地板上。

小伙子想了一会儿，然后站起身走到过道上，他的身高随之展露无遗，约莫六英尺两英寸。别尔德见状，多少有点懊悔自己的挑衅，便坐在位子上没动，他拿定主意决不要表现出战战兢兢的样子。那人伸出手，过度健硕的胳膊轻轻一划拉，就把别尔德的行李拂到地板上，轻柔地搁到它的主人身边。如果此举旨在表示悔悟，那么别尔德根本无动于衷。他的敌人踌躇了一会儿，带着一脸悲悯的表情俯视这位老者，然后转身沿着车厢大步走开了。

直到他完全消失，别尔德才站起来。他再也不想见到这家伙了。过了整整一分钟，他才走出车厢来到月台上。或是气或是惊，抑或兼而有之，他身上略有些哆嗦，穿外衣颇为费劲——腰带缠在一只袖子上。他的鞋带松了。正当他跪下用还不太听话的手指系鞋带时，他记起自己那堆报纸，决定扔在那里不管。

最后，他多少有点沉着下来，便沿着月台向检票栏走去。这一刻将会永远留在他记忆里，渐渐成为一种象征，象征着他对过往的每一次重新考量，从自己的历史、自己的愚蠢和别人的动机中获得的每一个被修正、被改善的视角。他在离栅栏还有二十英尺的地方停住了脚步。他将带滑轮的行李竖放，伸手到外衣底下，插进夹克衫口袋找车票。口袋里还有另一件东西，某种塑料的、体积大而分量轻的东西。蓦然间一段混乱的童年记忆涌上心来，那是村里过节时的戏法表演，一位熟练的艺人从十岁的迈克尔·别尔德耳朵里拽出一只鸡蛋，要不就是兔子或者小鸡，反正是某种从外形上看完全不可能拽出来的东西，就跟现在这玩意一模一样：他的薯片，那些他应该已经吃掉的薯片。他把袋子拽出来，麻木地瞪着它，那面英国国旗，手舞足蹈的卡通动物，他真希望它们烟消云散。那么另一只袋子呢？那是怎样的如瀑布般倾泻的一连串"校正"啊：对刚才的每一个瞬间、每一次冲动，对那个他再也不想见到的男人的真实本性，对他别尔德在那人眼里所必然呈现的形象——一个刻毒的疯子。

他实在错得太离谱，以至于此时此刻倒觉得解脱，这古怪的情绪几近欢乐。这下再没什么借口了，他没什么好替自己辩护的了。还有一种忧郁的想笑的冲动，在他心里滋生。他的错是如此不容置辩，如此清楚明白，面对自己，他暴露得那么彻底——他是一个赤裸裸的傻瓜——以至于他反倒感觉自己得到了净化和救赎，宛若一名忏悔者，一名刚刚被打得皮开肉绽、兴高采烈的中世纪鞭笞派教徒。那个自己的食物和饮料被你狼吞虎咽却把他最后一口送给你，还替你拿行李的可怜的家伙，是他的朋友。不，不，现在还不要，追悔莫及的痛苦必须暂时搁置。

尽管必须赶去赴约，他还是在繁忙的月台上待了好一会儿，头上是冷漠的玻璃顶和咯噔咯噔的回声，乘客在他身边走来走去，他攥紧那袋薯片堵在胸前，感觉到自己正在何其荒谬地大彻大悟。

从帕丁顿站到萨沃伊酒店的出租车上，他提醒自己要小心，因为他有一种要出意外的预感，何况这次他还得在公共场合讲话，之后，在会议间歇，根据合同他得搞点社交，很可能碰上新闻记者，那些用善解人意、聪明伶俐的外表掩盖其冷血掠食行为的男男女女们。根据以往的成功经验，他们知道，只消一番花言巧语，就能哄得他出言轻浮，要不就夸大其词——难道自由自在地思考不是他的职责所在吗？——等到见报，这些话一旦脱离所有的限定条件，所有的虚推实挡，所有的戏谑调侃，就显得非疯即傻。一句猜测就已经让他登上这样的新闻标题了："诺贝尔教授称：即将了断"。

他自己的"了断"——当时看起来是这样——直到去年才到来，奇怪的是，彼时人们已经开始忘却了。这渐渐累积成某种宽恕。大家都知道迈克尔·别尔德身边曾经闹出点是非，掀起过几股新闻八卦的浪头，可是其中的细节已模糊难辨。他到底是被证实犯了什么错，还是自始至终他都对？他是攻击了什么人，还是受害者？不是有个人给逮捕了吗？想当初，风暴乍起，一位在电脑模型设计上颇有建树的同事告诉他，他这位诺贝尔获奖者戴着手铐穿过一列冷嘲热讽的人群的照片已经登上了四百八十三种报纸。这项“事实”一直伴随着别尔德，整座星球都知道他的羞耻，可它现在似乎已荡然无存。新材料迷惑了公众的记忆，新鲜的丑闻、体育赛事、忏悔录、战争、名人八卦和海啸将他的污点荡涤殆尽。一股历时十二个月、稳步涨潮的洪流，终于将他卷到了更安全的地面上。

即便是他自己回首那些事件，其原本确凿的情感基调也已经开始分崩离析。成为媒体关注的焦点，就意味着体验某种形式的晕眩与困惑。万幸的是，他自己那个特殊的记忆污点已经褪色成一道朦朦胧胧的水印。不过，某些细节仍然异常清晰，借助一次次复述而栩栩如生。他相信，念叨这些轶事，对交谈有害无益，可他还是忍不住要说。他常常说，皮肤沾上手铐的那一刻，根本不像侦探小说里写的那样，只能感觉到冷冰冰的钢铁。铐上他的那一副，事先已经被那位诱人的女警察身上的无袖华达呢夹克衫焐暖了。真正险恶的，恰恰就是洋溢在他手腕上的亲密无间、暖意融融的舒适，那种对体温传递的敏感。同样地，有句老生常谈，说无论你何时在何种报纸上看到关于何种话题的报道，而你自己又恰巧知道这件事，那么，你至少会发现一处触目惊心的与事实不符的错误。可他的经历并非如此。让他惊讶的是，居然挖出了那么多跟他有关的准确事实。这些事实被人用歪曲变形的方式摆在一起，捏合成新鲜的暗示，差一点点就会被哪个喜欢诽谤的律师攥在手里。同样让他难忘的是这次调查，这些不知疲倦的报界精英是如何在短短一两天之内就深入那些暧昧区域的腹地，钻进了一段过于芜杂的私人生活的阴暗面，比方说他们从他第三任妻子的哥哥那里刨来了一大堆坏话，而此人平时沉默寡言、深居简出，一向讨厌别尔德，住在塔斯马尼亚①海岸布鲁尼岛西北面一个荒无人烟的半岛上，屋子旁边是一条煤渣道，家里连电话都没有。

新闻界把别尔德的人生像一只废纸篓那样整个倒翻。有几处疑点，还有各种各样几乎被遗忘的鸡零狗碎悄悄地浮出视野。但凡换一种情形，这样的服务，没准还值得他付出一笔酬劳。他那几位前妻，好人儿梅西，露丝，埃莉诺，凯伦和帕特丽丝，虽然彼此不相往来，但都拒绝接受采访。这让他深受感动。至于那些老情人，大部分都靠谱，只有一小撮人开了口：一名实验室助理，一位行政管理人员。还有两位科学家，都是失意之徒，无名之辈。有趣的是，居然还有几个冒名顶替的家伙。听起来就像是吹响了"最后审判日的号声"②，这一小群旧情人加冒牌货都纷纷从坟墓里钻出来，爬向亮处，最终站在他们的制造者——一个手拿支票簿的新闻记者——面前，公然将别尔德抨击成一个仇视女人的家伙，一名剥削者，一条寄生虫。

然而，沉默也好，忠诚也罢，反正谁也脱不了干系。相关报道可谓巨细靡遗。他饱受新闻界的嘲弄，直到他们的注意力转

---

① 澳大利亚东南部岛屿。
② 基督教义中在最后审判日吹响的使死者复苏的号声。

向一场足球丑闻为止。有一张报纸曾在头版上刊登他的漫画像,把他画成一只淫荡的山羊,挥挥柔弱的蹄子,懒懒地斜躺在标题上:"请看内文:别尔德的女人们"。哪怕是当他怀着越来越沉重的心情翻开报纸,扫视足足排成一条"画廊"的面孔时——其中包括同事们、老朋友们、老婆们,还有梅丽莎——他心里仍若有所动,仿佛除了羞耻感之外,心里还有个声音在顽强地低语,说他这三四十年里倒也干得不坏,这些女人个个性情迷人,沉着冷静。至于那些冒名顶替的,投机取巧的,其实只有三位,而且都不怎么漂亮。不过,对于她们那些子虚乌有的与他共度良宵的故事,他怎么会不感兴趣呢?他受宠若惊呢。

总而言之,无论如何,这段日子过得凄凄惨惨。事情的起因其实很单纯,不过是鼠标一点,应邀在一项政府计划中挑个头罢了,该计划的宗旨是在大中学校里推广物理学,吸引更多毕业生和教师加入这个行业,大力弘扬昔日的辉煌成就,在物理学家中树立知识分子偶像。收到邀请时,他正在空前地忙碌着,本来很有可能随口拒绝。当时他在帝国理工学院里有一个人工光合作用项目,手下有十五个人。他在"中心"里也仍然占着位置,尽管那主要是为了领他那份薪水。在他看来,至关重要的,是不让乔克·布拉迪插手自己的新工作。别尔德已经创立了自己的公司,正在陆续获得关于催化剂和其他工序的专利,他还找来了托比·哈默,这位精瘦而结实、以前常常喝得烂醉的家伙一般充当中介角色,混迹于校园官僚机构、国家立法机关以及企业资本家的宅邸。别尔德和哈默一直在寻找一处太阳能充裕的工地,先是想到利比亚境内的撒哈拉沙漠，再是埃及，再是亚利桑那和内华达，最后采取差强人意的折中方案，定在新墨西哥。如今的别尔德踌躇满志，蠢蠢欲动，推掉了好多当初应下的闲职。可是，这份邀请来自物理研究所，他很难拒绝。

于是，头一回，他与自己领导的委员会一起坐进了帝国理工学院的一间会议室。他的同事是三位分别来自纽卡斯尔、曼彻斯特和剑桥的物理教授，两位来自爱丁堡和伦敦的高中教师，两位来自贝尔法斯特和加的夫[①]的校长，一位来自牛津的“科学研究学”[②]教授。别尔德请委员会成员轮番自我介绍，并简略解说各自的背景和工作。结果这事办砸了。物理教授说得太长。他们被自己的工作深深感动，而且本能地要跟别人一争短长。但凡打头阵的家伙讲得事无巨细，那么第二个、第三个也不甘落后。

别尔德之所以没有耐心倾听那位“科学研究学”教授的发言，并不单单是老习惯作祟，因为这项课题本身对他还算是个新鲜事物。她是最后一个发言的，自报家门说名叫南希·邓波儿。她有一张圆脸，不算太漂亮，却讨人喜欢，热情坦率，绯红的面色稚气而清晰地勾勒出颧骨到下巴的轮廓。在他看来，如果邀请她去共进晚餐，也没什么坏处。她一开口，就说注意到自己是屋子里唯一的女性，而且整个委员会都在为了某个大家可能想要

① 贝尔法斯特是爱尔兰东北部港市，北爱尔兰首府。加的夫则是威尔士的著名港口。
② 即 science studies，西方近年来兴起的新学科，将“科学技术”本身作为研究客体，置于更广阔的社会、历史及哲学语境中加以研究，探讨科学与社会之间的互动关系。

探讨的问题而深思熟虑。桌边的每一位，包括别尔德在内（除了南希·邓波儿之外，其余出席会议的人都是他请来的），都喃喃地表示绝对赞成。她的话音听起来像是变了调的北爱尔兰催眠曲。她确认自己是在贝尔法斯特郊区的一个中产家庭里长大，在女王大学里念社会人类学。

她说为了完美地解释自己的领域，得大致讲讲最近从事的一个项目——在格拉斯哥的一个基因实验室着手分离并描述一头狮子的 Trim－5 基因时，对这个实验室及其职能展开为期四个月的深度研究。她的目的在于论证这种基因，或者说任何基因，就其最重要的意义而言，乃是以社会生活方式建立起来的。如果没有科学家使用形形色色的“见诸文本”的工具——单光子照度计，血细胞计数器，荧光免疫检验法，诸如此类——就不能说有这种基因存在。要拥有这些工具，乃至学会使用它们，都要支付昂贵的费用，所以其中充满了社会意义。这种基因并不是一个只需要等待科学家来发现的客观实体。它完全是他们的假设、创意及仪器检测的产物，如果缺少上述条件，则无法将它检测出来。最终，当它被人以所谓“碱基对”和与其大致功能相关的术语表达时，那样的描述，那样的文本，仅仅在那些有可能读到它们的基因学家的狭小圈子里才有意义，而且它们的源头也局限在这里。在那些圈子之外，Trim－5 并不存在。

自始至终，面对这番陈述，别尔德和那些来自大中学校的物理学家都在略带尴尬地聆听。出于礼貌，他们都避免与别人交换眼色。他们都倾向于秉持传统观念，认为这个世界是独立存在的，笼罩在它所有的秘密中，等待被描述、被阐释，但它并不拒绝观察者在所有的观察领域留下自己的指纹。别尔德听到不少传言，说古怪的念头在人文学科里是司空见惯的。据说，文科生循例会受到这样的教导：科学仅仅是另一种信仰罢了，与宗教或占星术没什么两样。他一向以为，这种说法肯定是他的同事们对文科阵营的造谣中伤。结果当然不言自明。谁会对一位牧师发明的疫苗心服口服呢？[①]

南希·邓波儿的发言一结束，来自纽卡斯尔和剑桥的两位便同时开口，语气里更多的是惊诧，而不是愤怒。“用这样的理论，好比说，怎么解释‘亨廷顿氏舞蹈症’[②]呢？”有一位这样说，而另一位同时在发问：“你难道真的相信，但凡你不知道的东西就不存在？”

“‘亨廷顿氏舞蹈症’也有文化的烙印。这个词儿曾经用来描述神灵的惩罚或者魔鬼的财产。现在它代表一个出错基因的故事，有朝一日它可能又会变成别的什么东西。至于那些我们一无所知的基因，好吧，显然，我无话可说。而对于那些已经被描述的基因，它们显然只能通过文化的中介才能被我们所理解。”

正是她这种镇定自若的样子引发了骚动，而这一回主席大

---

① 指英国牧师琴纳在 1749 年发现的天花疫苗——牛痘。

② 亨廷顿氏舞蹈症是一种家族显性遗传型疾病。患者由于基因突变或者第四对染色体内 DNA 序列异常，造成脑部神经细胞持续退化，机体细胞错误地制造一种名为“亨廷顿蛋白质”的有害物质，导致患者神经系统逐渐退化，动作失调，并能发展成痴呆，甚至死亡。

人出手干预了——在此类游戏上他可是个老手——他提醒委员会时间紧迫，大家务必集中精力对付第二项议程。预定要在十三个月里开十二次会议，然后提出推荐名单。现在该是圈暂定日期的时候了。

那天下午的晚些时候，委员会在皇家学会的一间房里，围着一张长桌就座，召开一场被政府公关部命名为“物理英国”的新闻发布会。这场发布会的专属标识展示在一个画架上，一枚“等于”符号上钉着由字母 E、M、C 构成的轻佻的组合，形似一株不对称的花园灌木。别尔德介绍了他的同事，提出几个开放式话题，邀请记者提问，而记者们个个都没精打采地守着他们的录音机和笔记本，看起来这项任务的严肃性让他们颇为沮丧，众所周知，这种会议向来都缺乏争论。有谁胆敢反对树立更多的模范物理学家呢？问得索然无味，答得一丝不苟。整个项目都显得笨拙而堂皇。政府有什么必要为此而大张旗鼓、歌功颂德呢？

接着，一个来自某家主攻中档市场的小报的女人提了一个问题，也是常规套路，多少有点陈词滥调，别尔德温文尔雅地（他自以为如此）回答了她。没错，物理学界确实极少出现女性代表人物，而且一向如此。人们常常会讨论这个问题，而且（说这话时，他心里惦记着邓波儿教授）他的委员会当然会再度考量，看看有没有新办法，能让更多的女孩与这个学科不期而遇。他相信任何制度障碍或偏见都不复存在。然后，因为他自己都觉得有点无聊，所以补充了一句，说有朝一日人们或许不得不接受，这个问题碰到了它的天花板。尽管有很多天赋异禀的女物理学家，但是，至少有可能，她们在这个特定领域里将一直属于少数群体——尽管总体数量是充足的。也许，想要干这一行的，永远是男人比女人多。认知心理学中有一项基于大量实验形成的共识，认为在统计学意义上，男性与女性的大脑确实具有显著区别。这个问题的重点并不在性别优越感上，也不是为了说明社会环境的影响——尽管社会环境确实起到了强化作用。这些指的是经过大量观察所发现的认知能力上的先天差异。一系列研究及荟萃研究显示，通常女性拥有更强的语言技巧，更好的视觉记忆，更明晰的情感判断力和更优越的数学计算能力。男性则在数学解题能力、抽象推理能力以及视觉空间意识上得分更高。男性与女性具有不同的生活长处，对待冒险、社会地位以及等级制度的态度也不一样。最为重要的因素——而且这也是真正显著的差异——可以大致概括成一条“标准差”，它是经过反复研究得出的结论：从童年时代开始，女孩就对人更感兴趣，而男孩则更关注事物和抽象的规则。从他们各自在科学界选择从事的领域中，就能看得出这种差异：更多的女性从事生命科学和社会科学，更多的男性从事工程学和物理学。

别尔德发觉屋里的人们已经越来越不注意听他在说什么了。“标准差”之类的词儿往往会对记者产生这种影响。后排有几个人在私下说话。前排，一个上了点年纪、绅士做派的男人闭上了眼睛。别尔德加快节奏，直奔结论而去。毫无疑问，可以采取很多措施，吸引更多的女性从事物理学，让她们在这个领域里广受欢迎。但是，未来也存在一种可能，当女人们更乐意从事的其他研究领域陆续出现时，也许就无须再浪费精力为男女平等而奋斗了。

先前提出问题的那名记者在麻木地点头。她身后，另一位已经开始提出另一个不相干的问题了。这个上午本来会像别的上午一样，渐渐被人遗忘，假如那位“科学研究学”教授没有在这个节骨眼上突然站起来，没有涨红着脸，伴随着一声巨响，将文件砸在桌上码齐四边，没有向整个房间宣告：“在我出门呕吐之前——我是说剧烈呕吐，为了刚才我听到的那些话——我想先宣布辞去在别尔德教授的委员会里担任的职务。”

她大步向门口走去，在一阵话语喧嚣与推开椅子的响动声中穿过前排座位，记者们纷纷跳起来。他们终于把心思集中到工作上了，一个个兴高采烈、迫不及待、争先恐后地加快脚步，跟在她后面。

房间顿时变得空荡荡的，来自纽卡斯尔的量子引力专家、不久前上过“雷斯讲坛”[①]的杰克·波拉德教授似乎对这一切了如指掌，他在别尔德耳边说：“这下你可是惹火上身。她是后现代派，你瞧，一个精神空虚、动不动抨击社会的家伙，一个强硬的社会构成主义者。他们统统都是，你懂的。我们去喝杯咖啡如何？”

此时此刻，这些术语对别尔德几乎没什么意义。他只有一

① 英国BBC电台的老牌节目，每年都会邀请一位相关领域的知名人士就社会重大问题展开讲座。

个念头。这样做并不能减轻有人辞职的严重性。接着，他闪过一个更简单的念头。他应该尽快离开，尽管他知道波拉德想嚼嚼舌头扯扯闲篇。如果换作其他情形，别尔德会欣然与他在咖啡馆里坐上一个钟头。是有那么一个社交圈子，一个变化不定的国际组织，成员们怀着嫉妒、关切和归属感互相熟知，而且，自从当年追寻“经典弦理论之圣杯”——即基本力与万有引力的完全统一[①]——的英雄时代以来，他们就结伴游历，间或传来有人放弃、有人去世的重大消息。最后他们看到了“弦”的局限，于是去拥抱超弦理论和杂交弦理论，通过这些线索抵达 M 理论如巨穴般洋溢着母性的避难所。每一次突破都引发了一系列新的问题、矛盾和用现有的物理法则难以解释的困境。本来说十个维度，一回头又看到了“超引力”，于是成了十一维！紧紧包裹在六个圆环上的多维空间，十九世纪二十年代的卡鲁扎—克莱恩理论重见天日，还有“卡拉比—丘流形及轨形”那教人赏心悦目的复杂机关！还有宇宙在它诞生的最初百分之一秒里上演的非凡戏剧！别尔德并没有贡献什么创意，而且对其中的数学部分有些力不能逮，但他知道一点蜚短流长。还有那些笑话——那位被捉奸在床的弦理论专家冲着老婆嚷嚷，“亲爱的，我能把一切都解释清楚的！”道路何其漫长何其艰难，始终如此——人类智力的外刃与那些饱含着人性的故事交织在一起。那位连垂死的

① 通俗地说，这是物理学家们的终极梦想，即实现“自然界所有力的统一”，证明自然界所有的力，本质上全都是同一种力的不同表现。

妻子都疏于照顾的理论家，终究还是没能重新构建课题；而那个寂寂无名的博士后以一种具有开创性的洞察力解决了一系列矛盾，结果却毁了自己的健康；某场著名的会议无耻地忽略了一位德高望重的老人；一个擅长逢迎拍马的庸才倒名利双收；两位曾经在一间实验室里并肩战斗的大腕最终形同陌路。

没错，他本来很乐意聊天，可此时他察觉到身边围绕着某种抵触情绪，某种如同愈来愈浓重的黑夜或者类似情感的东西。他惹麻烦了，他应该趁着自己还没让事情变得更糟之前，尽快消失。他飞快地向波拉德和其他人道歉，拎起行李箱就从房间里走出去，穿过大厅，从大门口离开。门外，阳光和充斥在这座城市背景中的嘈杂声似乎缓解了他的焦虑。也许一道山岭也能起到这样的效果。没准儿这只是一场大惊小怪而已。他一路走来，经过南希·邓波儿在人行道上的“新闻发布会”现场，听到她调子轻快、有条有理的只言片语：“……复活的人种改良学……关于人性的阴险主张……对于集体主义的新自由主义攻击……”都是适合登上小报的惊人之语。有些挤在她身边的记者把一辆停在路边的汽车车顶当成写字台，另一些则已经在通过电话现场直播了。也许她并不知道他们的兴奋有一部分是针对政府的。政府的委员会惹上了麻烦。布莱尔的又一次失败。

别尔德过马路时听到有几个人在喊他的姓，他置之不理。永远不要主动“送料上门”，成全一则新闻报道。可是，第二天，当他在“诺贝尔奖得主向实验室菜鸟说不”的新闻标题下，读到自己被写成“含羞落荒而逃”时，不禁怀疑，当时是不是应该转过头来。

起初，这个故事看起来没什么后劲，也不会到处传扬。在经过一上午的新闻井喷之后，两天都没什么动静。他以为他已经渡过难关了。可是，那段时间里，有一份小报在忙着开展调查。周六，别尔德的"爱情生活"就被揭开，巧妙地与"向'白大褂女生'说不"的故事编织在一起。

到了周日，其他报纸再接再厉，疾步跟进，而他的形象被重塑为"滥交科学家"，一只"诺贝尔花心老鼠"，某种学识渊博的萨梯神——"山羊教授"[1]。有些报道提到了奥尔德斯谋杀案，然而，别尔德原先那无辜、懵懂的绿帽丈夫形象，那个饱受轻浮妻子欺骗的天真的傻瓜，被人轻易忘却。现在他成了个讨嫌的人物，甚至在把女人赶出科学界的同时还要勾引她们。在那些更严肃的报纸上，他被人描写成从一名物理学家蜕变为"基因决定论者"，一个狂热的生物社会学家，其对于性别差异的看法显然间接源自社会达尔文主义，而后者又是第三帝国种族论的产物。于是，一位记者在此基础上大胆推理——下笔时与其说对此深信不疑，倒不如讲就像写在日记本上一般轻松随意——提出别尔德是一位新纳粹主义者。一时间并没有人把这项指控当真，可是渐渐地，其他报纸似乎愈来愈有可能利用这个词儿做文章，哪怕他们并不认同它，也会用引号将这场侮辱一丝不苟地固定

① 希腊神话里的萨梯神，是具人形而有羊的尾、耳、角的森林之神，性嗜嬉戏，以好色闻名，"山羊教授"的说法即从此说而来。

化、合法化。别尔德成了"新纳粹"教授。

一份立场中间偏左的报纸辩称,男女之间的重大差异都是文化的产物。作为回应,别尔德写了一封略含讥讽的信,为了炮制这短短六行字,他足足花了四个小时,打了十几份草稿。信中反驳说,当今时代,男人无法怀孕,原来都得归咎于社会。信在报上发表了,可是似乎没人在意。

一星期之后,这份报纸做东,邀请别尔德与邓波儿以及其他人到当代艺术学院,就"女人与物理"的话题展开辩论。如今他已下定决心,要趁机向世人澄清自己的观点。和他一起走上讲坛的,是来自各类人文专业的学者,大部分都是男人,个个都充满敌意。邓波儿教授没有到场,原因不明,她派来了一位同事替她发言。自然科学家都跑到哪里去了?开场前他一直在追问主办方。似乎没人知道。

主讲堂的票子售罄。另一间屋里,还有一群人守着监视器。新闻报道已经洒足了狗血,吊起了胃口。人们想亲眼看看一头有血有肉的摩登怪兽,藉此得到点恐怖的刺激。就连他站起身时,都能听到有人大口大口地喘气。在愈来愈真切的满含嘲讽的低语声中,别尔德说起了同样的话题,还是那些关于认知的研究,不过这次说得更详细。当他提起根据荟萃研究①报告,女孩

① 简单地说,所谓的"荟萃研究"(又称"元研究")是用统计的概念与方法,去收集、整理与分析之前学者专家针对某个主题所做的众多实证研究,希望能够找出该问题或所关切的变量之间的明确关系模式,可弥补传统的 Review Articles(文献综述)的不足。

的语言技巧的平均水准高于男孩时，屋里响起一阵嘲讽的哄笑，讲坛上的某位发言人凶巴巴地站起来，谴责他“试图藉由鄙陋的客观主义巩固并推进男性白人精英的社会主导地位”。这家伙刚刚落座，观众便向他报以那种似乎预示着一场革命的欢呼。别尔德懵了，他不明白其中的逻辑关系。后来，当他烦躁地质问与会者，他们是否认为万有引力也是社会的产物时，他听到了嘘声，观众席里有一位女士站起来，庄严地（颇具女校长风范）提议他对自己提出的问题好好反思，因为其中饱含着“霸权主义的傲慢”。是谁给了他这种权力？现行的社会体系中究竟藏着怎样的无形的权力配置，能让他认为自己有资格以这样的措辞提出这个问题？他大惑不解，无言以对。“霸权主义”是一个经常被滥用的词。另一个是“简约主义者”。别尔德恼羞成怒，沿着非简约主义的思路说，那不要自然科学也无所谓。笑声经久不息，场内有人嚷道：“千真万确！”

代替南希·邓波儿出席的是苏珊·阿佩尔鲍姆，一位来自特拉维夫的访问学者，讲演的主题是认知心理学，她穿着红蓝相间的连衣裙，轻快得像一只小鸟，倒是跟她喊喊喳喳的嗓门很般配。当众讲演搞得她很紧张，所以开场白说得笨头笨脑。讲堂里弥漫着怀疑与困惑。在观众们看来——他们似乎对所有事的看法都一样——她身上既有强项，亦不乏弱势。作为一个女人，她是个处于弱势的霸权主义者，而她看起来又不够自信，这就显得越发弱势了（别尔德觉得自己对“霸权主义”的运用已经越来越纯熟了）。非但如此，几分钟以后，她显然已经在攻击别尔德了。另一方面，她是个犹太人，国籍以色列，进而可以推论，对于巴勒斯坦人来说她是个压迫者。也许她是犹太复国主义者，也许她在军队里服过役。一旦她开始发动进攻，屋里的敌意就滋长起来。这群人都很后现代，都长着性能良好的天线，对于那条无法接受的界线特别敏感。但凡没有来自正确渠道的正确意见打动他们，他们的心就会冷下去。这位来自特拉维夫的女士毫不讳言其保守立场，其中还包括几条她与别尔德相同的基本假设。她是个客观主义者，因为她相信世界是脱离描述它的语言而独立存在的，她在发言中赞扬简约主义者的分析，而且她还是一个经验主义者，按她自己骄傲的说法，她是个"启蒙理性主义者"——别尔德从观众不以为然的低语中，察觉到这个说法至少有点失分，弄不好还会被人安上"霸权主义"的帽子。她坚持说，认知行为中确实有那么一种叫作"生物性别差异"的玩意，但是唯有通过实际经验得来的证据才能形成我们的观点。世上确有"人性"，而人性有其逐步演进的历史。我们并非生来白纸一张。她刚说完开场白，就已经抓不住整个讲堂的注意力了。

当阿佩尔鲍姆驳斥别尔德的观点时，并没有多少人在好好听。那些研究的来龙去脉她都很清楚，而且知其一更知其二。有些研究还是她亲自开展的。文献资料清晰显示——并不存在认知行为上的重大差异，能让男性在数学和物理上拥有某种优势。只有在复杂的实验中，当实验者必须在多条解决路径中选择时，男孩与女孩、男人与女人之间才出现分歧。"人物皆有别"是个神话，曲解了某些设计粗劣却被反复引用的实验。另一方面，就社会因素而言，相关研究结果颇具说服力——比起客观测算的男女差异，“感知”与“期望”的信号要强烈得多。这一点本来应该能取悦她的观众，可他们走神了，压根就没有注意到她描述实验中婴儿被随机分配性别及姓名，而成人则被要求判断婴儿的各种活动。或者要求父母预测他们的孩子完成某项特定任务的能力。或者邀请专家学者以同等标准评估虚构的男女候选人。她说，这些是统计学意义上至关重要的数据，表明人们对于性别的感知，是一种强大的、对于采取何种态度起着决定性作用的因素。此外，还有那些经过充分研究的自给自足的循环——人们申请攻读的系科里，一般都有“与自己相像”的人，他们觉得在那里有可能获得成功。

等到阿佩尔鲍姆开始作结论时，别尔德觉得场子里在听她说话的人就只剩下他一个人了。统计数字显然不是后现代人关注的焦点，历史轶事也不是。她提到了范妮·门德尔松，当时她被认为具有非凡的音乐天赋，与其弟菲利克斯·门德尔松不相上下。众所周知，她父亲曾给她写过一封信，说虽然音乐将会成为她弟弟的事业，她却必须将音乐当成一件装饰品，在礼拜天才有用。一百年之前，许多“科学的”理由大行其道，解释女人为什么不能当医生。时至今日，男孩与女孩、男人与女人之间，仍然有许多出于无心或者下意识、却被广泛传播的差异，供人理解和评判。实验调查显示，从摇篮时代到第一份求职申请，再到以后的岁月，沿着一道不断延伸的成长弧线，这些文化因素都要比生物因素重要得多。物理界的女性人数如此之少，其原因是显而易见的。

她坐下来，没人鼓掌。看她终于说完，大家倒是松了一口气。十分钟之后，会就散了。别尔德觉得这下总算是判了缓刑，便直奔门口而去。没准会有人说他刚才算是扳回了一局，别人则会认为他已经大获全胜。他能知道什么呢？他毕竟是个物理学家，不是什么认知心理学家。令人欢欣鼓舞的是，在当代艺术学院里，他好歹没有比刚开始时招来更多的厌恶。这些人不乐意依靠一个以色列人取得领先优势。这事也算不上体面，可对此他也无能为力。反正他很体面，仍然毫发无伤。穿过走廊时，人群分开道让他过去，他们肯定都讨厌他。几秒钟之后他已经站在通往圣詹姆斯公园林荫道的门口了，一步跨出去就走到了阳光里，迎面撞上一个“欢迎派对”，大约三十个正举着牌子唱歌的示威者——“不要优生学！”“纳粹教授滚出去！”——十几家媒体，大部分都是摄影记者，还有四位伦敦警视厅的成员。

也许事情本来不至于那么糟糕，假如别尔德没把自己在会场里那一股子洋洋得意的戾气带出门的话。示威者里有半打上了年纪的女人。其中有一个从一名警察身后蹿出来，从一只棕色袋子里掏出一只番茄朝别尔德扔过去。她离他只有十英尺远，根本来不及躲开。一只烂番茄向来是一则都市传奇。这一只尽管有点软，但看起来还是完全能吃的。它砰地砸在他的翻领上，在那里停留了好一会儿。当它继续往下掉时，他摊开手掌接住它，一时冲动，飞块地抛回去，后来他试图解释，说这完全是个戏耍的手势，既谈不上恼火，也没什么恶意。否则为什么连手都不抬高，当即从下面就扔回去呢？那只如今已经皮开肉绽的番茄，整个儿砸在那女人脸上，就在鼻子右侧的位置。伴随着某种奇特的声响——宛若一声哀伤而悦耳的汽笛——那个与别尔德年纪相仿、块头也差不多大的女人举起双手捂住面孔，弄得五官上涂满了番茄肉，同时双膝一软跪了下来。

就色彩而言，这一幕构成了一张戏剧性十足的照片。若从别尔德身后取景，就拍到他向一个蜷缩在地板上的女人——一场血腥攻击的受害者——逼近的身影。在德国，这张照片登在一本杂志封面上，标题是“抗议者被‘新纳粹’教授击倒”。照片的背景部分，离焦点不远处，还竖着与此事相关的牌子。另一张同样被人到处转载的照片是从那位跪下的女人的头顶处拍摄的，恰巧捕捉到别尔德那抹冷血的微笑。当时他没能忍住，确确实实给逗乐了。番茄那么软，他扔得那么轻，而那女人的反应却像喜剧表演一般过火，一位女警察弯腰看她的神情是如此热忱关切，而另一位警察又那么自以为是，十万火急地调来救护车。好一幕街头活剧。另一位女警察站的位置离他很近，用自己的肩膀抵住他，让他明白挣扎根本无济于事。手铐，带着年轻女子的体温，在示威群众颇有教养的喝彩声中，咔哒一声扣在了他的手腕上。他被领着向一辆泊在林荫道上的巡逻警车走去，在他前面，六七个摄影师节节后退。车一开动，他们便沿着车两侧跑起来，鞋子发出咔哒咔哒的巨响，抓拍后座上坐在一团罪恶的阴影中的别尔德。

警车驶过国立肖像美术馆，沿着查令十字街开，在福伊尔斯书店门外停下。那位惹人注目的、坐在别尔德身边的警官打开手铐，她的同事则从前排座位转过身，说："你现在可以走了，先生。"

"我以为你们要告我袭击他人。"

"只是把你从一个可能出乱子的场合转移出来罢了。为了你自己的安全。"

"那你居然能想到当着记者的面把我给铐起来，考虑得真周到。"

"你能这么说，真是好心，先生。我们只是在尽职。不过还是谢谢你，先生。"

有人替他打开车门，接着，他一个人站在人行道上，犹豫自己是不是有必要买一本书。没有。他回到自己的公寓，躺在边沿上积满污垢的浴缸里沉思，透过水蒸气，凝视着自己这尊颓败的"肉身群岛"——山一样的肚子，阴茎顶端，参差不齐的脚趾——三者连成一条直线，从一片灰色的肥皂水海洋中穿过。他对自己说，事情常常不像你想象得那样糟糕。这话没错。可有时候事情也会比想象得更糟糕：一个本已垂死的故事再度栩栩如生。

此后的那一周，诺贝尔教授戴着手铐、谦卑的受害者跪在迫害者面前以及他那个正在邪恶狞笑的影像，犹如逆转录酶病毒，以数字化形式在世界各地蔓延增长。在中心，乔克·布拉迪抓住机会，迫使别尔德辞职。一个系列讲座被人愤而取消，大家认为，但凡他在各种公众场合露面，就有可能损害某家研究所或者某位莅临的达官贵人的好名声，至少，也会招来学生和年轻教师的不满。一位和善的公务员打来电话，问他是乐意辞去“物理英国”里的职务呢，还是被解雇。一家研究中心不辞辛劳地通知他，别尔德的大名——如今成了一摊烂泥——将不再出现在信笺抬头上。他到牛津某个学院的高级会所里寻求慰藉，顺便喝杯咖啡，三名英语文学教师一看到他就昂首出门，被他们扔下的椅子旁边搁着已经凉了的咖啡，格外扎眼。他的电话不怎么响——他的朋友都一声不吭，也可能就像他的前妻们一样，不是刻意缄口，便是大惑不解。不过，帝国理工学院对他建立的实验室和吸纳的资金颇为满意，所以站在他这一边。他还收到一封措辞可亲、大套近乎的信，敲着某家奥地利监狱的邮戳，来自一个因为谋杀一名犹太记者而服刑的新纳粹分子。

整整两周时间里，他的脑子里只有这件事。梅丽莎好心劝他不要看报纸，他不听。直到那叠重达两公斤的早报里再也没有新料可抖时，他心里居然生出某种古怪而扭曲的失望，眼看着就要空下来了，再也没有什么东西能整日整夜地消耗他的精力了。他发觉自己有点强迫症，忍不住要追看对这个“外星人”，这个挂着他名字的“阿凡达”，这个“羊怪猎色狂、科学界反女权分子、优生学倡导者”的种种描述。他很困惑，不知道这最后一张标签是如何贴到他身上去的。不过，在樱草山，他怒气冲冲地在婴儿车和放风筝的游客之间穿行了几个来回之后，得出了初步结论。“第三帝国”在触及人类事务的遗传学上投下了禁制的阴影，迄今已有半个多世纪之久——至少，投射在那些不从事该学科的人心里。在某些人看来，但凡提及遗传影响、遗传差异的可能性，进化史在某种程度上在认知行为、两性特征以及文化上打下的烙印，就相当于加入集中营，志愿与孟格尔医生[①]一起工作。

当他试着与生物学家朋友们探讨这个概念时，他们都给逗乐了。那都老掉牙啦，是七十年代的玩意，如今已经有了一种新的共识，不但适用于遗传学，也能放到一般的学术问题上。他的看法太偏激啦。再喝一杯吧！可是，关于记者或后现代主义者，他们知道点什么呢？在别尔德看来，解决办法很简单。全神贯注于光子——不要在人类阶层问题上纠结不清、横加指责或者妄言争辩。他的人工光合作用研究进展顺利，一个实验样品已经利用光将水有效地分解成氢和氧。人类文明需要一种安全的新能源，而他堪为此用。他会得到救赎的。要有光！[②]

尽管下定了决心，他还是以为这回出的丑会让自己难堪好几年。结果怎样呢？平安无事。他的“阿凡达”消失了。一夜之间，他的形象仿佛被人用气笔从公共印刷品上修掉了，取而代之的是一宗非法操纵足球赛的丑闻，具有缓慢疗伤功效的健忘症开始发作。他失业了一阵子，相隔四月之后，就在BBC世界新闻频道里开了六次小讲座，漫谈爱因斯坦。德国的一个研究组织引诱他登上了他们家的信函抬头。剑桥发觉这是个天赐良机，

---

① 约瑟夫·孟格尔二战中纳粹最臭名昭著的医生，以开展惨无人道的人体实验闻名，有所谓“死亡天使”的外号。

② 此处引用《圣经·旧约·创世纪》第一章第三节中的话：“上帝说：‘要有光！’就有了光。”

可以把他从帝国理工学院里撬走，于是“帝国”打出王牌，力压剑桥，不仅多派给他两个研究员，而且投下更大把的资金。伦敦大学学院也想从他身上分一杯羹，送上一个荣誉学位作为关系柔顺剂，接着，加州理工学院也插进来，还有几个麻省理工学院的老朋友也想将他拐走。

公众真是宽宏大量啊，诺贝尔奖得主的光芒映照在高等院校上，润滑着资金获取链的齿轮，何等相得益彰！

出租车绕着特拉法尔加广场转了一圈，稍停后准备汇入斯特兰德大街的堵车洪流，此时他迟到已经超过一个半小时了。五分钟之后，他还是没法前进。在过去的四个钟头里，他的思绪似乎被延误与恼怒钳制住了，直到此刻，坐在纹丝不动的出租车里，他才突然对密闭空间忍无可忍。他从驾驶座挡板的狭槽里塞进一张二十英镑钞票，拿起行李钻出车，拖起它朝萨沃伊酒店跑。步行没准会到得更晚，但他好歹是以行动在赶路，而不是只想不干，这样能让他觉得轻松点。拽着带滑轮的重负蹒跚而行，在行人中你追我赶、闪展腾挪，这种强度的“训练”是他这几年来一直发誓要自己保持的。他衣冠不整，紫色领结戴歪了，昂贵的羊毛正装未经熨烫，穿着这身大衣走在现代英国的冬天里也太热，他一脚轻一脚重地往前赶，一条腿得体地显摆着迈步向前的姿势，另一条腿则在疾步飞奔，就像一个胖小子踩着弹簧单高跷，倏忽间蹦上了斯特兰德大街。一分钟之内，他的胸口，左肺深处偏下的某个平时不怎么注意的区域，某些不常顾及的肺泡，便尖锐地刺痛起来，于是他放慢了脚步。没有什么会议是值得为之一死的。车辆又动起来，他刚才待过的那辆出租车，此刻已换成“待运”状态，从他身边飞驰而过，而他却还在向着酒店方向慢慢挪。

酒店大堂里，两个张罗会议的人正在等他。年轻的那一个接过包，另一个年纪很大，穿着一身色彩鲜亮的运动夹克，重重地倚在一根拐杖上，脸上仿佛戴着一张缀满老人斑的死亡面具，他指指自己的手表，领着他上楼。

“一点问题都没有，”此人一边费力地让自己的身躯在富丽堂皇的引力场中穿越，一边哑着嗓子说，“我们重新调整了流程。五分钟后轮到你。”

别尔德听到此话时正情绪高昂，因为相比之下他觉得自己既年轻，又无懈可击，他的双脚踩在厚地毯上的动作令人愉悦，胸口的痛楚也没了。

另一位官员是印度裔，年纪更轻但头衔更高，以一整套傲慢的甩开双开门的动作——进而传来场内茶点时间的一片叮当声——迎接他的到来。经过起初的寒暄——万分荣幸啦，千恩万谢啦，翘首以待啦，迟到之事万勿介怀啦——这位名叫萨利尔的小伙子(别尔德记得这一点是因为跟他互通过电子邮件)一路跑过观众阵营：公共事业机构里的男男女女，几位公务员，几名大学教师，没有记者。

不过别尔德并未全神贯注，因为他的视线已经从萨利尔的脸上移开，越过小伙子穿着黑色正装的肩头，落到整个房间以及屋里那群口若悬河的人身上。以高高的窗户和窗外正渐渐入夜的泰晤士河为背景，铺着白布的桌子上排列着方瓷盘，盘上密集堆放着切掉硬皮的三明治，活像胖乎乎的枕头。即便从他站着的位置，他也能分辨出夹在三明治里的烟熏三文鱼那肥美的粉红色条纹。柠檬片矫揉造作地点缀在桌子上，宛若到处散布魅惑的黄色微笑，屋里却没人注意。此时他并不真饿，而是按照他自己的话说，处于"前饥饿"状态。也就是说，他能体会，如果在一小时之后，从那些食物里挑几件码到盘子上，然后一边吃一边凝望河水，会是多么惬意的事。同样地，他也能轻易体会，一旦下午茶时间告终——肯定会在他开始讲话时告终的——盘子撤得太快，会是多么遗憾的事。还是现在就吃点儿更保险。

萨利尔正在说："一大帮保守派，公共事业投资人，当然不太懂科学，所以如果能说得不那么技术，就会得到发自内心的赞赏。"

别尔德的肩膀向房间内侧转，此举成功地提醒了他的东道主——此人显然脑筋活络，懂得察言观色——他一边递来一个白信封，一边大声说："不过，当然啦，您得先吃点东西！还有，请拿好您的酬劳。"

一分钟之后，别尔德端起盘子——薄薄的面包片之间夹着厚厚的烟熏野生三文鱼，鱼肉上点缀着小茴香和黑胡椒粉，每个三明治被均分成四小块，盘子上一共堆了厚厚的九小块——这个数量本来是防患于未然，反正他也不用全吃光。可他真的吃光了，而且吃得飞快，也没吃出多少满足感来，甚至一点儿都没想起那条河，因为先是有个温言软语、结结巴巴的男人想跟他说说儿子的物理考试，接着，一位个子高高、驼背弓腰的男士——他的姜黄色络腮胡毛糙尖锐，一双似乎在兴师问罪的大眼睛不安地凝视着远方——向他作了自我介绍。他名叫杰瑞米·梅伦，是一位从事城市及民间传说研究的讲师。别尔德一边吃第六块，一边忍不住问梅伦究竟为什么到这里来。

“呃，我对于被环境科学激发的叙述形式感兴趣。毫无疑问，这是个史诗般的故事，有一百万个作者。”

别尔德将信将疑。这种说法有点南希·邓波儿的路数。那些老是念叨“叙述”的人往往对于现实有某种微醺的概念，相信现实的所有叙述版本都具有相同的价值。不过，他甚至用不着寒暄一句“这多有意思啊”，因为人们已经放下杯子和茶碟，急着找自己的座位去了，那个拄着拐杖的老家伙冲着他做鬼脸，并且再一次拍拍自己的手表，眼前所剩的时间刚好够他囫囵吞下最后三片嵌在面包里的烟熏三文鱼。

别尔德被人领到一个特意打造的舞台上，那人指给他看，一大盆教人厌恶的红黄郁金香背后，有一张橙色塑料椅。他努力不看那些花。他觉得这场会议里弥漫着某种脱离现实的气息。好几百号人排排坐定，在他面前形成一道浅浅的弧线。那么多张面孔的粉红色看起来颇为荒诞。他们的喋喋不休在一个回声效果强烈的房间里回荡。萨沃伊酒店在他脚下摇摆，或者说起伏，仿佛它已滑入河中，随着翻腾的潮水而晃动。他忍不住让一阵哈欠涌上来，随即皱紧鼻翼，把哈欠强压下去。他得面对这一切，他有点儿想吐，一个呼吸粗重、皮肤上斑斑点点、因为蛀牙或者牙周脓肿而口气难闻的技术员弯腰凑近他的脸，好够到一只无线话筒，这样做可不会让他更好受些。

别尔德坐着，跷起二郎腿，脸上照例挂着一抹半冷不热、似有若无的微笑，假装在听萨利尔既冗长又让人不胜厌烦的介绍，且愈到后来愈是烦人，直到最后，他在观众厌烦的掌声中站起身，在讲桌后就位，双手紧紧抓住讲桌边缘，他觉得自己仿佛漂在海上，轮船搁浅在滞塞的河口处淤积的潮泥中，可怕的恶臭气味让他犯起油腻腻的恶心，这股气在他肠子里腐坏，一阵阵翻涌，污染着他的呼吸、他的言辞，突然间，也污染了他的思绪。

“这座星球，”他说，嘴里冒出来的话让自己也吃了一惊，“病了。”

先是传来一声叹息，紧接着观众席上响起厌烦的低语。养老基金经理们喜欢听更含蓄微妙的字眼。不过，“病”这个字一出口，就好像真的吐了出来似的，[1]别尔德顿感一阵轻松。

“治疗疾病是当务之急，也代价不菲——也许费用高达全球国民生产总值之和的百分之二，如果我们延误治疗，更会昂贵得多。我相信，而且我来这里也是为了告诉你们，无论谁乐意伸出援手、推进治疗，参与这套疗程的实施并投入资金，都会赚到一大笔钱，数额将会令人咋舌。正在讨论的这个问题其实是又一场工业革命。你们的机会就在这里。煤炭和石油一前一后，合

① 在英语里，“病”与“想吐”常用同一个词 sick，这里就取这个双关意义。

力创造了我们的文明，它们都是美妙绝伦的能源，将数以亿计的我们从乡野生存状态造成的心智牢狱中拯救出来。正因为人类从日常苦役中解放出来，再加上我们生性好奇，所以在短短两百年中，我们的基本知识水平就有了几何级数的增长。疗程始于欧美，在我们的有生之年，它已经扩展到亚洲部分地区，抵达印度、中国和南美洲，而且将会进军非洲。我们其余的所有问题和分歧掩盖了这个显而易见的事实：我们简直没弄清楚自己已经取得了多大的成功。

“所以，毫无疑问，我们应该向自己的创造力致敬。我们是非常聪明的猴子。可是我们的工业革命的引擎一直都很便宜，这种能量伸手可及。没有它我们哪儿都去不了。瞧，这种情形是多么美妙。一公斤汽油包含大约十三千瓦时能量。几乎无与伦比。可我们想替代它。拿什么替代？我们目前所拥有的最好的电池能储存大约每公斤零点三千瓦时的能量。而这个比例正是我们的问题所在，十三比零点三。没得比啊！然而，不幸的是，我们没有这份自由选择的奢侈。我们之所以必须尽快替代汽油，是出于三个迫在眉睫的理由。首当其冲，也是最为简单的理由是，石油是一定会耗尽的。没人知道确切的时间，但目前的共识是，在今后的五到十三年内，我们的产量将在某个时间点达到峰值。在此之后，产量将会下降，而与此同时，随着全球人口扩大，人们努力改善生活的愿望加强，我们对能源的需求也会持续增长。其次，许多出产石油的区域政局动荡，我们再也不能冒险对他们妄加依赖了。最后，也是至为关键的一点，燃烧矿物燃料、将二氧化碳和其他气体排入大气层的做法，正在使这座星球持续变暖，而造成这种变化的机理我们直到现在才开始理解。不过，在这方面基础科学已经有所进展。我们或是先放慢节奏，然后停下脚步，或是最晚到我们孙辈，面临大规模的人类灾难。

“而这就把我们带到了中心问题，那是燃眉之急。我们怎么才能既放慢节奏进而停下脚步，又能使我们的文明得以持续，并且继续带领数以百万计的人们走出贫困呢？靠道德教化不行，仅仅去玻璃瓶回收站、调低温控开关、购买小排量汽车也无济于事。那样只会让大难临头的时间晚上一两年而已。诚然，任何延缓举措都是有用的，但那解决不了问题。除了道德之外，这个问题还需要有别的行动。道德太被动了，太狭隘了。道德能驱动个体，但对于团体、社群，对于整个人类文明而言，道德是一种羸弱的力量。国家从来都无道德可言，虽然有时候他们也许认为自己具有道德感。就群体范围内的人性而言，贪欲会压倒道德。所以我们只能在解决方案中引入庸常的利己冲动，同时褒奖新事物，提倡发明带来的快感，鼓励独创性与合作精神，以及获取利润的满足感。石油与煤炭是能量载体，因此，抽象地说，它们就是钱。而解决这个燃眉之急的答案当然就在钱，在于你们的钱必须流向哪里——也就是说，必须流向我们用得起的洁净能源。

“想象一下，两百五十年前，我站在你们面前——而你们，是一群乡间绅士和女士——假设适逢第一次工业革命来临，我告诉你们应该投资煤炭和钢铁、蒸汽机、棉纺厂以及此后的铁路。

抑或是大约一个世纪之后，随着内燃机的发明，我预测到石油将会越来越重要，所以怂恿你们投入资金。又或者再过一百年，投资微处理器、个人电脑、因特网以及它们提供的种种机遇。所以，女士们先生们，眼下是又一个这样的时刻。别被那种幻想诱惑，以为离开全球的自然环境，世界经济和证券交易所还能独善其身。我们的地球是一个有限实体。那些数据就摊在你眼前，你可以选择——人类的工程必须使用安全而洁净的燃料，否则它就会失败，会覆灭。你们，代表着市场，可以借机发迹，一路掘金，要不就与其他事物一起归于覆灭。我们正并肩站在这块礁石上，我们没有别的地方可以去……”

他听见轻蔑的低语从房间不同位置传来，他觉得，这是从他说到“全球变暖”开始的。他的恶心越来越强烈，他体内的五脏六腑都涨得鼓鼓的，可恶地翻腾不已。刚才他一边听萨利尔的介绍，一边注意到身后的天鹅绒幕布中央有一条缝——他没准就需要一条这样的逃生通道。他停下讲话，深吸一口气，站直身体，扫视整间屋子，想找出谁在唱反调。他做了一辈子的公开演讲，很懂得面不改色的停顿有多么重要。他知道伦敦老城区里那些实力雄厚的公共机构，滋养着一种颇为兴盛的文化，面对基础物理学以及多年积累的良好数据，一律毫无理由地拒绝。那些不愿接受的人，就跟随处可见的人们一样，通常都惦记着做生意。他们生怕危及股价，他们怀疑气候科学家也在经营着某种自给自足的产业，就跟他们一样。别尔德就像一个新近皈依的信徒那样，对他们满怀鄙夷。

他吸口气，继续讲下去，此时他的喉咙口升起腥味十足的反刍，像是盐渍凤尾鱼再溅上一点儿胆汁的味道。他闭上双眼，重重地吞咽了一口，换了种说法。

“我在昨天的报纸上看到，只需要再过四年，我们就会迎来查尔斯·达尔文诞辰两百周年以及《物种起源》初版一百五十周年。相关庆祝活动必然会让另一位伟大的维多利亚时代科学家的著作黯然失色，他名叫约翰·廷德尔，爱尔兰人，就从同一年——1859年开始认真研究大气层。他的兴趣点之一是光学，因此我对他倍感亲近。他第一个提出天之所以是蓝的，是因为光在大气层的散射，他还率先描述并解释了温室效应。他制造了实验仪器，用来演示水蒸气、二氧化碳和其他气体如何通过阻挡阳光的地面辐射为地球保暖，从而保证了万物生长。他曾写过一句很出名的话，说一旦掀开这条由水蒸气和各种气体构成的毯子，”——别尔德从上衣口袋里掏出一张卡片——“你就一定会摧毁每一株在气温降至冰点时就会被摧毁的植物。我们的田野和花园中积存的热量将会毫无保留地洒向空中，而太阳将会升起在一方禁锢于冰天雪地的岛屿上。

“二十世纪初，有些人知道工业革命使得大气层中二氧化碳排放量有所增加。在此后的岁月里，人们准确地了解了这种气体分子如何吸纳波长更大的辐射光，从而保存热量。二氧化碳越多，这座星球就越暖和。二十世纪六十年代，一颗无人操纵的人造卫星显示，我们的邻居金星的大气层中，二氧化碳的比重占百分之九十五。而它的表面温度高达四百六十度，热得足以熔化锌。如果没有温室效应，那么金星与地球的温度应该相差无几。五十年前，我们每年向大气层排放一百三十亿公吨二氧化碳。如今这个数字几乎翻了个倍。二十五年多前，科学家第一次就人为的气候变化问题向美国政府提出了警告。近十五年内已经有三份 IPCC 的报告，警示危机正在加剧。去年有一项调查，汇总了将近一千份经过同行评议的论文，结果显示没有一份与主流观点相左。忘记太阳黑子吧，忘记 1908 年的通古斯陨星①吧，也别提石油工业的'走廊议员'②以及他们的智囊团和媒体顾问吧——他们就像烟草业的'走廊议员'们一样，假装在这个问题上有两派对立，假装科学家们为此泾渭分明。其实相对而言，科学往往是单纯的，一边倒的，无可置疑的。女士们先生们，对于这个问题的讨论和研究已经延续了一百五十年，早在达尔文的《物种起源》付梓时就已开始，因而与自然选择的基本原理一样不容置辩。我们观察过，因而洞悉其机理，我们测量过，得到的数据能自圆其说，地球正在变暖，而我们知道原因何在。科学界在这个问题上没有争议，事实一目了然。这也许会让你们难过、害怕，可同时也应该会让你们放下疑虑，自由地考虑下一步该怎么走。”

想呕吐的感觉又涌上来一波，眼看着要逼他当众丢丑。他

① 即 1908 年 6 月 30 日上午 7 时 17 分(UTC 零时 17 分)发生在俄罗斯西伯利亚埃文基自治区的通古斯大爆炸。关于爆炸原因众说纷纭，主要观点有核爆炸、陨星说以及宇宙黑洞等。

② 指各行各业常在议院走廊或休息室活动、企图说服议员支持某项行动的个人或团体。

直冒冷汗，脊梁骨阵阵作痛，羸弱无力。他得不停地往下说，好分散自己的注意力。而且他还得说得飞快。那感觉追赶着他，他得跑。

“所以，”他说，从喉咙里某个黏糊糊的东西之间挤出字来，“请允许我提几条建议。总体而言，根据我的调查，你们所在的各种组织代理着大约四千亿美元的投资。当下是全球市场的黄金时代，有时候看起来这场盛宴永远不会终结。但是你们也许忽视了一部分，而这个部分正在以每两年就翻个倍的发展速度将其余的部分甩在后面。你们也许注意过，你们也许随即转身离去。它看起来不那么值得重视，你们也许以为这只是一时风尚，转瞬即逝，有太多来自斯坦福的后嬉皮时代的财阀在里面掺和了。但是，除此之外，‘掺和’在里面的还有英国石油公司、通用电气、夏普、三菱。可再生能源。革命已经拉开帷幕。至于市场，新能源甚至会比煤炭或石油更有利可图，因为如今的世界经济容量已经扩大了许多倍，变化速率也快得多。你们能赚到巨额财富。这个部分生机勃勃，发明迭出——而且，最为重要的是，具有发展潜力。数千家尚未开价的公司将自己定位在新技术上。科学家、工程师、设计师们正在涌进这个‘部分’。专利局和供应链上排起了长龙。这是一片梦的海洋，充满现实主义的梦想，比如从藻类中提炼氢，用转基因微生物制造航空燃料，利用阳光、风力、潮汐、海浪、纤维素、居家废品来发电，从空气中析出二氧化碳并将其转化成某种燃料，研究植物生命之谜并加以效仿，等等。如果有个外星人在我们星球登陆，并且注意到这座星球沐浴在光芒万丈的能量中，那当他知道我们认定自己面临能源问题、为此不惜想到用燃烧化石燃料或者制造钚元素的方法来毒害自己时，一定会惊诧莫名。

“想象一下，滂沱大雨中，我们在一片森林边缘邂逅一个人。这个人快要渴死了。他手里握着一把斧子，正在砍树，好从树干里吮吸汁液。从每棵树里确实能喝到那么几口水。他周围一片狼藉，只见死树，不闻鸟鸣，而他也知道森林正在消亡。那他为什么就不能仰起头喝天上的雨水呢？因为他砍树技术专业，因为他向来如此，因为他把那些倡导喝雨水的家伙视为异类。

“那故事里的雨水，就是我们的阳光。一种让我们的星球浸淫于其中并且驱动其气候和生活的能源。它宛若持续不断的水流，洒落由光子构成的甜蜜的雨水。一枚光子击中半导体后就会释放一枚电子，电就是这样诞生的，事情就是这样简单，电正是来自阳光。这就是光生伏打，爱因斯坦描述了这种现象，并赢得了一尊诺贝尔奖。如果我信仰上帝，那么我会说这是他赠予我们的最伟大的礼物。可我既然不信上帝，那么我就换一种说法，物理法则是何等眷顾人世啊！不到一小时内洒落在地球上的阳光，就能满足整个世界一年的需求。在我们那些炎热的沙漠中取出一小部分阳光，就能为人类文明提供能量。没人能占有阳光，没人能将它私有化或者国有化。不久以后，每个人都能收获阳光，从屋顶上，从船帆上，从孩子的背包上。我一开始就说到贫穷——在全球最贫穷的国家中，颇有几个是拥有丰富太阳能的。我们能通过向他们购买电力来帮助他们。而他们的国内消费者，将会乐意致力于太阳能发电，然后卖给电网。这是根本大计。

“有十几种已获得证实的方法，可以用阳光发电，但终极目标还有待实现，而这一点最触动我的心。我说的是人工光合作用，是复制大自然穷三十亿年光阴臻于完美的那些方法。我们将直接利用光从水中分解出氢和氧，同时日日夜夜运转我们的涡轮机，或者用水、阳光和二氧化碳制造燃料，建造脱盐厂，既可以发电，又制造淡水。相信我，这个目标会实现。太阳能会发展，而且，在你们的帮助下，在得到你们和你们的客户的资助之后，它会发展得更快。基础科学、市场以及我们严峻的现状将会合力判定，这就是未来——是逻辑，而不是理想主义在强有力地推动着它。”

他觉得自己立马就要吐出来了。他的脑中一片空白，生怕有片刻的空隙，于是把浮现在脑中的第一个念头说出来，于是他的话题一下子陷进了一段个人插曲。起初有些茫然，他就像是个为了测试麦克风而把早餐吃了什么一样样报出来的家伙，跟听众说起了自己当天下午走出机场之后的那段旅程。他很快就认定，讲这个故事未必失策。他必须实实在在地接触他的听众，到现在为止他还没说出什么好玩的话，可这里是英国啊，但凡是公众场合的演讲，英国人总是期待被人逗乐，哪怕只有一点点好笑也成。眼下，他一说起机场商店里买报纸的事儿，就把那股子呕吐感给压下去了。当他承认自己对某种风味的薯片情有独钟时，那几排正装革履的人士中间响起一阵刻意压低的笑声。也许是出于同情吧。

他正在给自己的故事做热身运动，他相信自己一边叙述，一边能发现如何让这故事得出一个有用的结论。他开始讲，说到拥挤的火车，说到桌上的那瓶水，旁边那只被他自己打开的刺眼的袋子，还有一个高大的小伙子的怒目而视——那目光教人身心交瘁。当他描述起两个冤家狼吞虎咽那袋零食的情形时，人们颇为受用地吃吃窃笑。别尔德并没有添油加醋，只是在说到他为了报复猛地抢过那瓶水、几口喝完再扔回到桌上时，加重了语气。他慢悠悠地描述那男人如何将他的行李箱从架子上划拉下来，而他自己又是如何火冒三丈地拒绝与那人和解。他故意拖拖拉拉地交代自己在月台上盘桓的那几秒钟，直到真相大白——揭示真相时，他骤然加快节奏，当他伸出手臂，勇敢地模拟自己当初如何拽出第二只袋子展露在眼前——就好像哈姆雷特抓住约里克的颅骨[①]，他的听众咯咯直笑，有的甚至放声大笑，于是，一阵迫不及待的得意涌上他心头。没错，看起来他们比刚才更喜欢他了。

他急匆匆地向着结论进发，他得交代讲这个故事的理由。他的观点是否多少有点牵强，抑或，他倒碰巧发现了两条意义重大的真理？没时间考虑了。

“我在帕丁顿车站有两个发现，首先，面对严峻的局面，面对

① 典出莎士比亚的《哈姆雷特》第五幕第一场。哈姆雷特在坟场遇到掘墓人，在他挖掘的骷髅中看到昔日宫廷小丑约里克的颅骨，并就此引发一段关于死亡的议论。

一场危机，我们必须懂得——有时候懂得太晚——问题并不在别人，不在体制，不在事物的性质，而在我们自己身上，应该归咎于我们自己的愚蠢行为和不靠谱的假设。其次，在某些时刻，获得新信息将迫使我们从根本上重新理解自己的处境。工业革命恰恰就是这样的时刻。我们穿过一面镜子，万事皆已变形，旧范例要被新样式取而代之。”

然而，末尾的这些华美辞藻里却蕴涵着某种令人沮丧的气息，他的声音回荡在自己耳朵里，显得有气无力，毕竟他的结论是空洞的。这是在哪里？他的身体很清楚。他松开紧抓住讲桌的手，转过身梦游似的穿过幕布间的空隙，走进一块昏暗的空地，间或有几根看起来像是椅子叠成的若隐若现的柱子。在颇有气势的掌声中，他鞠了两个躬，而与此同时，他背负的压力仿佛经过了鱼油的良好润滑作用，无声地离他而去。他把那个姿势保持了几秒钟，等待更多的掌声。没有动静。于是他往外走到低台上站定，庄严地用一块手帕轻抹双唇，让萨利尔致以谢词。

那些养老基金投资经理和其余人等款款移步，回到那块硕大的、有侍者们斟酒服务的招待区。别尔德收取酬金的条件之一，就是要跟他的听众至少应酬半个小时。他端着一杯纯净的夏布利酒站在那里，一张张下面戴着领结的面孔在他眼前次第掠过。人们告诉他，他的发言“有意思”，甚至“很迷人”，他们说这话时真心真意、彬彬有礼，可是很显然，没有人因此而改变投资策略。他听说，此前有位石油问题分析家说服了整个屋子里的人，如果将沥青砂和深海钻井考虑在内，那么已知的石油储备可以供应五十年。

一个脸色白得吓人、留着棕色方形短髭的小伙子说："无论如何，这些岛其实就是由煤炭构成的。如果不考虑道德问题，那么我们为什么要拿客户的钱冒险，投在那些未经证实、不可持续的能源形式上呢？"

一个站在他身边的女人代表别尔德开口说："石器时代可不是因为缺少石头才终结的。"

这句出自石油酋长亚马尼之口的孱弱言论[①]，他以前听过太多次，以至于根本就不想跟别人一起笑。

另一位说："反正英国的阳光和风能并没有多到足以驱动经济的地步。"

另一个人站在他身后，别尔德看不见，那人说："所以我们就得从北非购买太阳能。在这种情况下，你又如何保证能源供应呢？"

他一边对付这些问题，一边接过第二杯葡萄酒，尽管他知道现在应该是来一杯苏格兰威士忌的时候，突然，他看见那位叫梅伦的讲师在那里等着想跟他搭话，急得胡须都打起颤来。

总算能插进话时，他说："我很想知道你那个故事是从哪里听来的。"

---

① 谢赫·扎基·亚马尼酋长是沙特阿拉伯前石油部长，欧佩克的缔造者之一。

“什么故事?”

“你知道的呀。就是那个关于火车上的小伙子的故事。”

“我说过。这是今天下午发生在我身上的真事。”

“得了吧,别尔德教授。我们都是大人啦。”

基金经理们觉察到有人在向另一位发出谴责,纷纷挤过来,想在嘈杂的人声中听个真切。

别尔德说:“你说的我没听明白。你得解释解释。”

“这故事你讲得很好,而且我也能看出它与你的目标相得益彰。”

“你认为这是我杜撰的?”

“正相反。这故事很出名,有诸多版本,在我的领域内有深入研究。它甚至还有个名字——叫‘无心窃贼’。”

“是吗?”别尔德冷冷地说,“真有意思。”

“千真万确。各种版本都保持着几条稳定不变的特征。比如,那个被冤枉的对象通常是个边缘人物,往往具有威胁性——补锅匠,外来移民,朋克,甚至还有残障人士。你说的那位身材健硕、戴着耳环的小伙子就很符合条件。被冤枉的对象通常对那个浑然不觉的窃贼表现出某种善意,而这就使得真相大白的那一刻显得愈发痛苦。在你的故事里,这一点表现为他把你的行李拿了下来。有一条定律,‘无心窃贼’的故事——在这个领域里它简称 UT——所表达的焦虑和内疚,与我们对于弱势群体的敌意有关。也许在文化中,它属于某种无意识的纠错行为。”

“你肯定曾经突然意识到,”别尔德说,他决定要面露微笑,

"时不时地，它确实会发生，人们的故事会成真。你知道，身处一个公共交通运输时代，人们往往都挤作一堆，手里拿着的食品包装都一模一样。"

"我们感兴趣的是这个故事时而流行时而沉寂的方式，如何口口相传，如何淡出视线，几年之后又如何以另一种形式再次粉墨登场——我们把这个过程称为'公共再创造'。UT 的概念自二十世纪初在美国普及。我们直到五十年代才开始有相关记录，到七十年代初已经不胜枚举。作家道格拉斯·亚当斯[①]在八十年代中期的一部小说里写过一个版本。他一直坚持说自己确实在一列火车上碰到过这件事——而这恰恰是另一条共同特征。通过声称这是自己的亲身经历，人们不但将这个故事本土化，而且证明了它的真实性——它发生在他们身上，它发生在他们的某个朋友身上——从而使其隔绝于原型。他们赋予其原创性，他们声称版权是自己的。UT 在杰弗里·阿切尔[②]的小说里出现过，还有，我想，罗尔德·达尔[③]也讲过，作为一个真实的故事，上过 BBC 和《卫报》。至少两部电影里用过这个桥段——《午餐约会》和《勃艮第炖牛肉》，它还……"

---

① 道格拉斯·亚当斯(Douglas Adams, 1952—2001)，英国著名的科幻小说作家，也是幽默讽刺文学的代表人物，同时也是一位广播剧作家和音乐家。《银河系漫游指南》系列是他最著名的作品。

② 杰弗里·阿切尔(Jeffery Archer, 1940—)英国著名"政客作家"，曾担任保守党副主席，后因丑闻入狱。他同时也是英国最畅销的作家之一，代表作有《生而为囚》及《该隐与亚伯》等。

③ 罗尔德·达尔(Roald Dahl, 1916—1990)，杰出的挪威籍儿童文学作家、剧作家和短篇小说作家，代表作包括《查理与巧克力工厂》、《詹姆斯与大仙桃》等。

“很抱歉让你失望了，”别尔德说，“可我的经历属于我自己，不是什么该死的集体无意识。”

这位民俗学者颇有点自闭症病人一条道跑到黑的劲头。“对，你的版本也有新意，就是薯片。我听说过饼干、苹果、香烟、整盒午餐，倒是从没听说过薯片。也许我会把它写下来投给《当代传奇季刊》，如果你不介意的话。当然，我会用你的化名。”

可是别尔德已经转过身去碰一位侍者的手肘了。

那个面色苍白、留着一撇小胡子的基金经理说，“所以这些故事就跟黄段子一样循环不息。”

“正是。”

“你有没有听说过那个关于布里斯托尔动物园和停车场服务员的故事？你瞧，二十四年了……”①

别尔德对侍者说：“我无所谓，只要不是单单一杯麦芽酒就行了。一杯三倍分量的，要足量的，加一块冰，你是不是能马上给我端来。”

六点三刻。只要再过十三分钟，合同规定的社交时间就能耗完了。他今天正儿八经喝的第一杯酒，很快就能送到他手里，一想到这个，他的精神头就已经好了起来。他坚信在这样的酒

---

① 这段公案近年来一直在英国流传：人们陆续收到电子邮件，描述一个在布里斯托尔动物园停车场收了二十四年停车费的男人，某日突然失踪，动物园和市政委员会互相联系以后才发现此人并不受他们任何一方的委派，收费全进了他自己的腰包。有传言此人已携带这些年骗来的巨款到西班牙过奢华生活。但这段每隔一段日子就传得沸沸扬扬的故事，从未经过官方证实，至今不知究竟有几分真实性，也不知源头在哪里。

店里当差的侍者一定会不辞辛劳地跟踪他的路线，于是就从梅伦身边走开——梅伦正在就“无心窃贼”的叙述亚类型侃侃而谈——穿过房间，与一位举止温文尔雅的男人聊聊金融衍生产品。

她长得美，为人风趣，心眼也好（她真是个好人），那么，梅丽莎·布朗恩有什么缺点呢？他花了一年多才找到。她的性格有一点瑕疵，就像一格窗玻璃上有个气泡，这点瑕疵遮蔽了她对迈克尔·别尔德的洞察力，让她相信他真的适合扮演一个好丈夫、好父亲的角色。他既不理解，也不太能原谅这样的判断失误。她知道过去那些事，明明有铁证摆在她眼前，按理说她应该怀疑还有不少别的猫腻，可她偏偏死死地守着自己的幻觉，以为她能改造他，让他变得善良、诚实、深情，最重要的是，变得忠实。她的渴望并不是——他觉得她明白这一点——在他年近七旬时把他变成另一个人，而是温柔地引导他回到自己的自然状态，找回他真正的自我——那个他自己并未认定的自我。这是她从没说出口的雄心。比方说，靠威吓或者批判是没法帮他减肥的，只能满怀深情地调配既健康又美味的食品，它们能减轻他的负担，回到三十岁的体型——那是他最理想的状态。如果她的食谱功败垂成，那她就接受他的老样子。

她容忍他的离开，容忍他在海外时杳无音信，因为她有把握，到头来他一定能看出她的做法有多么重要。何况，她自己的生活也够忙的。她坚韧不拔的信念令人动容，而别尔德从来都不是一个无耻到底的混账男人，总觉得这份信念像是某种责备。在那段他饱受媒体攻讦的日子里，她已经看到了他最糟糕的状态，而她的信念却并未动摇。看起来她倒更爱他了。怀着一个理性主义者的所有激情，她支撑着他渡过毫无理性可言的风暴。但是，她从来不会把她的理性用到她的爱情上。但凡她用了，这段关系可能早就散了。当他发觉她是那种只能爱上一个亟需拯救的男人的女人时，颇感烦恼。而且她喜欢那个被拯救者比她老一大截。他跟她那堆惨兮兮的旧情人和那位前夫，是不是一路人呢？那些上了年纪的笨蛋、混账、输家、蠢货——都是剥削别人的家伙——她凭着一腔善意也无法拯救他们，而且他们辜负了她生一个孩子的期望。他们这些人，虽然没有谁赴过瑞典国王的晚宴，却都属于同一种类型。能由着梅丽莎把他当成自己的一项成就，是这类人的显著特征，可他觉得自己胜任不了这项工作。他觉得自己也会辜负她要个孩子的念想。

“为什么看上我？”有一回他跟她做完爱，仰卧在床上时，这样问她。这问题听起来很成熟，而且颇有恭维的味道，言下之意是他配不上她。

“因为，”她只答了这两个字，便跨坐到他身上，又让他兴奋起来，她的圆滚滚、慢腾腾的迈克尔，长久以来，他一直以为半小时内再来段“返场”早就是遥不可及的年少轻狂。

她开了连锁店——如果三家也算“连锁”的话——都位于伦敦北部，卖舞蹈服装。她的顾客既有伦敦剧团的职业演员，也不乏各种各样的业余爱好者，包括那些厌倦了瑜伽课的年轻妈妈，甚至还有像别尔德那样老迈的男人，他们突发灵感，认为跳跳踢踏或探戈是能让自己找回青春岁月的最后一搏。不过，对于一个利润微薄的行业而言，居于中心地位的是卑微的梦想家们永恒不变的内核，一个历经世代打磨的不知疲倦的芭蕾伴舞员形象——小女孩们揣着怀旧的渴望，穿上芭蕾裙、紧身衣、芭蕾裤、软鞋，在镜子和横杆前旋转，接受一位生性严厉、内心高尚、曾经当过芭蕾明星的夫人的严格训练。那个在饱经脚尖磨损的舞台上吃苦受累的梦，那个首次登台，首次在人们惊讶的凝神中屏住呼吸、从舞台上一跃而起的梦，在电子时代、少女乐队和电视肥皂剧的包围中依然生生不息。这幻想颇有张力，以至于人们会觉得它是与生俱来的需要。在梅利莎的库存里，最小的芭蕾裙是给十二个月大的女婴穿的。而这些女孩儿的母亲都记得自己的梦想，有时候会殚精竭虑，让她们代自己去完成。

不过，在现代社会跳舞可不是桩稳当的营生。在公众眼里，舞蹈就像期货市场一样大起大落，所以梅丽莎只能与远方的库房贯通一气，快速应变。一部电视纪录片突然上映，一周内四百个男人拥进她的店，要买某种特定款式的衬衫跳探戈。某部电影、某部音乐剧、某个音乐录影带上的一段镜头都会引发一波贪得无厌却转瞬即逝的需求。一部配上"天鹅湖"主题曲的卫生纸广告片，就招来了数量空前的小女孩，吵吵嚷嚷地要买彩虹紧身衣或者看起来像是抽丝的镂空花纹芭蕾裤，或者那种装饰着一道做作的裂口的紧身连衣裤——就像她们在片子里穿的那样。

然后便是萧条期，除了舞蹈演员和几个死心塌地的小梦想家，没人跳舞，甚至没人乐意把自己打扮得像个跳舞的，梅丽莎只能等。没用，她说，预测是没用的。

为了抵挡市场波动，她拓宽了商店的经营诉求。八岁年龄组中，渴望成为芭蕾舞者的孩子屈指可数，但她们和其他同龄人的共同点在于：对粉红色都怀有某种无可名状的偏爱。并非仅仅是浅浅一抹红晕，而是偏爱那种温柔、甜腻、稚气十足的粉红。三家商店一律在橱窗里辟出一块空间，专门营造这种温柔的诱惑。某周六晚上，别尔德去探梅丽莎的班，亲眼看到这电磁光谱上窄窄的一道居然能发挥出如此神奇的魔力。是谁在指导这些女孩，她们又是怎么会知道该如何表现，该如何渴求一支粉红色的铅笔和卷笔刀，或者粉红色的软鞋、被单枕套、小背包、便笺纸？他颇为迂腐地追查到一篇论文，作者是纽卡斯尔的一位德高望重的神经科学家，他的研究显示，视网膜的敏感性存在性别差异，女性倾向于喜欢光谱上的红色区域。但这并不怎么能解释为什么周六会有一大群人拥进店里来抢购，也不能解释那一年里梅丽莎为什么能大幅度减少向银行贷款。一连几个月的粉红潮！接着，突然间，色彩疲劳症降临，魔法荡然无存。一夜之间，女孩们就不再需要粉红色的物件了。靠一次大减价是没法清空滞销库存的。这真是无从解释。本来应该有一组更低龄的小姑娘钟情粉红色的，可她们也不为所动。这似乎并不是因为它被另一种颜色取而代之。而是因为单单靠“色彩”本身刺激顾客的潮流已经过时。粉红色一度坠入低谷，此后，不出她所料，当它卷土重来之时，梅丽莎做好了准备。

尽管存在这样的问题，尽管开这些店就意味着整天要为人员配备和供应商操心，别尔德还是把“舞蹈工作室”看作一个充满纯真渴望和赏心乐事的避风港。有一次，他把车停在樱草山支路上，坐在店里靠后的一张凳子上等梅丽莎去共进午餐，顺便将店里的情形看了个遍：列诺奇卡，那个把头发染黑并剪得毛毛糙糙的店员，那一口含混不清、带着俄国味的伦敦腔从缀着舌饰的舌面上掠过，柴可夫斯基的管乐曲，檀香的气味，处处洋溢着一股不容嘲讽的、对正在嬉戏玩耍的孩子和大人满怀热忱的气息。他坐在暗处，跟那堆打开了一半的纸板箱在一起，沉湎于一个愈来愈色情的白日梦中（有时候一间没有窗的屋子也会让他这样）：在梦里，他放下满世界的疾患与愁怨，退隐到此处辛勤劳作，时时处处充当梅丽莎的拍档，窝在库房里，没准儿帮着改善库存账目软件，或者筹划几场特别活动，做点演讲啦示范啦什么的。悄无声息地，他在时而性欲贲张、时而百无聊赖的晕眩中追寻飞逝的岁月，进而定格在某晚，他拗不过梅丽莎的怂恿——真是匪夷所思、俗丽不堪的梦！——说服列诺奇卡，在菲茨罗伊街那套精致过头的公寓里，躺到宽大的床上玩 3P，如是，他便能亲身体验，与一枚深深嵌入舌头的宝石亲密接触究竟是何种滋味。他真让自己吃惊。他完全可以在这里待上一辈子，天天在形形色色的芭蕾裤丛间做梦。

那是一个避风港。另一个则是梅丽莎的公寓，从樱草山支路逛过去也就两分钟，几乎就在西尔维娅·普拉斯给睡梦中的孩子准备好面包牛奶以后将头伸进煤气炉的那栋建筑对面。这位诗人是五十年代的产物，勤恳的家庭主妇，把自己的那方小天地收拾得整整齐齐，没什么诗意，就像梅丽莎一样。别尔德与之相反，在家里是个懒汉，他讲究个人卫生，着装浮夸虚荣，却对下意识的杂乱无章推崇备至，在他看来，把自己掉落的毛巾捡回来，或者关上一只抽屉、一扇壁橱门，处理掉一张包装纸或者一颗苹果核，简直就跟一场春季大扫除一样刻意。那位曾经替他照管过玛丽勒伯恩街公寓的女士辞工时没有说理由，但他知道原因，而且再也没能找到人来替代她。他的第三任妻子埃莉诺有一回在一本价值不菲的初版书中发现一块年深岁久的早餐培根，兼作书签用。

像许多懒汉一样，别尔德很欣赏别人自然而然创造的良好秩序，抑或那些他注意到的点点滴滴。在梅丽莎的二层复式公寓里，他过得特别开心。她把家里张罗得井井有条。屋里视野开阔，没有什么碍眼的家具。数英尺宽的地板木料来自法国加斯科涅的一个庄园，打过蜡，闪耀着完美得有些乏味的光泽。没有什么摆得乱七八糟的物件，所有的书都按照正确的顺序排在书架上，至少能保持到他驾到之前，墙上疏密有致地挂着几幅版画。雕塑仅有一座，是亨利·摩尔的仿制品。其他各种表面无不以空无一物、纤尘不染、熠熠闪光的庄严面貌示人。卧室里看不到一件衣服，床像贮水池般没有些微褶皱，尺寸就跟他在美国饭店里见到的床一样大。梅丽莎的家是这样一种地方：别尔德人一坐下，就扭过身甩掉身上的衣服，打开行李箱，脱掉鞋，两分钟之内就能把原来的氛围打乱。他非得脱掉鞋才觉得自己到了家。尽管如此，他还是被她的居室打动了，它看起来就像是精神自由的具象化身，他尽量不把屋里搞得邋邋遢遢，也算成功了一部分。

但凡有哪个闯窃贼撞进来，但凡他在弄坏警报器之后、埋头苦干之前，能拨冗四下打量一番，那他绝对连房主的性别都猜不到，更别说性情了。屋内的风格低调冷静，以浅棕色与战舰上的那种灰色为主，显得颇为男子气。无论是在商店里还是在床上，梅丽莎向来声音响亮、情绪高昂、慷慨大方。她站起来只比迈克尔高一英寸，身材丰满，线条柔和，臀部宽大，宛若雷诺阿画中的浴女，不过还远远够不上别尔德的"肥胖界"级别。她那一头黑发或是天生带卷，或是人工烫卷（这事他永远不会问），双眸深邃，肤色浓郁——栗棕色，双颊带一抹红晕，一旦火气上来或者突然高兴起来，那红晕便愈发地红。她声称自己身上有那么点多巴哥和威尼斯血统——就跟安古斯图拉树皮制剂①似的，她说——是从她曾祖母那里遗传的。不管这话是真是假，她确实喜欢热浪，讨厌寒冷——"寒冷"的定义是气温低于十五度，并且相信自己本该属于某个更南边的国家，只是如今已经来不及改换门庭罢了。

也许，她之所以决定把菲茨罗伊街寓所装修成这种风格，就是为了把她衣柜里的行头衬托得熠熠生辉。她常穿弹眼落睛的

① 一种产自委内瑞拉的苦味补药。

印花(有赖多巴哥血统之赐)或者深色真丝服装,有一堆大红大绿抑或纯黑的细高跟鞋,外加那些从来都不合她脚的淡彩舞鞋。在家里,她坐在靠着一堵浅色墙壁放置的深色沙发上,身上披挂的五颜六色让她光彩照人,在别尔德看来,她就像是一幅高更在马克萨斯群岛时期完成的画作。

每逢他登门拜访,她就施展厨艺,做一顿热带大餐。她拿手的菜色都是辣的,很合他口味。不管这些食品对他的健康有多少益处,都会被他超量进食的"第二份"轻易抵消。对于自己做的菜,她从来不会大吃大喝,却会一边喜不自禁地看着桌对面的他进食,一边告诉他,那些热辣辣的菜会燃烧他的脂肪,怂恿他对此趋之若鹜,也许她就想把他养养肥,这样他就再也没法逃走了。后者更接近真相。吃完一顿她烹调的盛宴之后,他觉得自己没有变瘦,连一点点鼓舞人心的苗头都感觉不到,他只是几乎一言不发地坐在一把扶手椅上大汗淋漓,过半小时才缓过神来。

他怎么配得上她?冬夜里,她帮他洗澡,在浴室里点上一圈蜡烛,跟他一起挤进那个特大卷边式浴缸。她给他买衬衫、丝绸领带、科隆香水、苏格兰威士忌(她不喝酒)、内衣内裤和袜子。到他要离开时,她替他订机票。他的回报很寒碜,只是从机场免税店里买回一堆昂贵的礼物,这是现代化的吝啬鬼行为,通过香气四溢的便利和理论上的避税来实现,可她似乎并不介意。她爱他的物理,爱那些难以辨认的写满光生伏打算式的纸,爱他那些经常溢出纸面、写到橡木桌板上的"阿拉伯数字",她还要他解释——反反复复——那些符号、狄拉克括号、张量积、杨图[①]。可她本人其实也有数学家的潜质。他曾经看到她赶在冲出门上班之前做完一份报纸上的数独游戏[②]，速度之快相当于别人填好一张表格。她赞许他的使命，忠实地阅读报上关于气候变化的新闻报道。不过，有一回她告诉他，如果认真对待这件事，就会时时刻刻惦记着它。与此相比，其他的一切都相形见绌。所以说，就像她认识的其他人一样，她无法认真对待它，无法全身心地投入。日常生活容不进它。有时候他会在演讲中引用这种看法。

谈起旧情人时，她挥洒自如，这点他可比不上。她从来没有费神与一个同龄人正儿八经地恋爱过。她口中描述的各色男人，一律比她年长十五到二十岁。唯一的例外发生在早些年，而男主角甚至更"古董"。二十岁时她跟一位已婚男子——五十六岁的职业高尔夫球手——恋爱了一年。如今他已经七十七岁，他们之间还保持着联络。她挑选伴侣的取向是有历史原因的。她在伦敦南部的克拉彭公园一带[③]长大，是家里的独生女，父母在她十一岁时离婚。她爱父亲，却与母亲共同生活，时不时地跟她对着干。等母亲在一串"惹人生厌"的男朋友里最终选定一个结婚以后，她就穿过公园，搬到父亲身边住，而此时他正巧罹患

① 托马斯·杨(Thomas Young，1773—1829)英国医师、物理学家和埃及学家，用光干涉的演示确证了光波动说，解释了偏振现象，"杨图"(Young diagram)就是以他的名字命名的光学理论。

② Sudoku，一种填数游戏，难度较高。

③ 位于伦敦西南部的大型绿地，是伦敦市内最大的公园之一，附近的居住区条件较为优越。

一场中风。她从十四岁开始护理父亲(贴身护理,因为他几乎完全瘫痪了),直到四年后他撒手人寰。她告诉别尔德,有个治疗师朋友几年前跟她说过这样一番话:她在性发育成长期里照看她热爱的父亲,却又无法让他一直活下去,这件事促使她在此后的恋爱关系中,一直心怀愧疚,念念不忘"寻找替身并令其死而复生"的责任,将他从厄运中拯救出来,从而弥补她的过失。

别尔德以同样执着的信念认定这纯属胡说八道,人们发明科学就是为了保护他免受这种论调的影响。可是他什么也没说。那么多未经调查的假设,那么多未经核实的要素!某种在故事中巧妙伪装自己的潜意识,再撒上点不搭调的象征主义胡椒面?没有丝毫神经病理方面的证据。是压抑吗?从经验主义角度看,并没有证据显示有这样的机理存在。相反,不愉快的记忆总是让人难以忘怀。是升华吗?同样地,这也是一个缺乏认真调查支持的神话故事。服侍父亲大小便的行为完全可能让她一辈子都排斥年长的男性,而且这种说法一定会有同样言之凿凿的"弗洛伊德式虚构"。许多从来没有护理过濒死的父亲且没有类似经历的女人,也宁愿选择年长的男人。为什么,梅丽莎的情人们(只有一个例外)都只比她大十五到二十岁,而她出生那年父亲已经三十七岁?她的潜意识在其他方面都那么严密,偏偏在这方面不会做个简单的加法吗?

真相更简单。女人们心知肚明。既然他圆滑得不愿跟她说破,就只能客观公正地对自己交代清楚。多重复几次有好处。年长者是更好的伴侣,他们是经验老到的情人,他们懂得这世界，也懂得自己。他们和那些小伙子不一样，他们能让情感保持平衡。他们读书更多，阅历更广，他们更温暖人心，更和蔼可亲，不那么浮夸，更懂得宽容，也不那么暴力。他们更有趣，他们会挑选好酒。他们更有钱。除此之外，他还不无愠怒地相信，吸引她的也许并不是他本人，而是某种资历符号，戴上这个符号，他才是一个差强人意的“近似值”。更让他愠怒的是，他听说她第一次见到初恋情人——那位吊儿郎当的高尔夫球手时，那人和她父亲去世时的年纪一样大。

他打了辆出租，从斯特兰德街开到樱草山，待他按响菲茨罗伊街的门铃时，早到了二十五分钟。他没有钥匙——那是一条他不愿意跨越的界线。她来到门前，就在他们拥抱前的那一刻，他感觉到有什么地方不对劲，或者有点异样。他觉得他看到了一点蛛丝马迹，一副刻意掩饰着什么来迎接他的表情。他们随即投入了对方的怀抱，那个念头转瞬即逝。她从屋里带出来一阵温暖的、充盈着地板蜡气味的风，一路带到冰冷的门前石阶上，随风而至的，还有一股辛辣菜肴与她的香水混杂而成的香气。这香水也是他从某个鲜亮的机场小店里买来的礼物。她大声喊他的名字，他也喊她的，他们亲吻，然后分开，好看清对方的脸，接着又拥抱在一起。

他揽着她，手掌透过她的红绸衬衫感觉到她的体温。与这活生生的一刻相比，记忆是多么模糊而苍白啊。不在她身边时，他只能编织记忆的皮影戏，要不就是忙得不想回忆她那饱满的活力，那朴实率真、教人无可抵挡的本性。他忘记了与她的唇舌触碰的感觉，忘了她的体态，忘了他们接吻时她努力扳着身子弥合身高差距的模样，忘了她把手指插进他的指间时，它们有多么凉滑，长短如何，粗细怎样，忘了碰到她左手小指关节下方的那粒痣，忘了当他们拥抱时，他的胸腔如何被她的乳房紧紧抵住、彻底激活。这纯粹属于感官世界。她的长相、声音、味道——如此种种，熟悉归熟悉，却只有当她在眼前、在他怀里，才真真切切。记忆，或者说别尔德的记忆，是并不出色的仪器。当他在柏林或罗马思念她时，只不过想到彼此的关系和那种泛泛而论的欲望，他惦记的是她的性情，是抽象的"她本人"，还有他自己的乐趣，而不是她头皮上温暖而甜蜜的气息，她双臂惊人的张力，以及当她喊他名字时嗓音是如何低沉。

"迈克尔·别尔德。现在就给我进屋来！"

这个老笑话让人想起那种固执乖张的老式父母。他从来没有找到机会告诉她——他那套乱作一团的公寓不适合邀请梅丽莎这样的女人。她若是不替他整饬干净，就不会觉得舒坦，而这恰恰是另一条他不乐意跨越的界线。她接过他的包，领着他进屋。门一关，他们就置身于她的起居室洁净的空间中，她张开双臂勾住他脖子，他将她紧紧揽在怀中，又吻起来。一时间，他们似乎要省掉例行公事——那种渐渐进入状态的闲聊，推迟晚餐，直接进她卧室了。然而，紧接着响起一阵嘶嘶声，跟着是一记"噼啪"，仿佛抽了一鞭子，那是来自厨房的催促，听起来神完气足。她猛地弹开身子，嘴里也不禁"嘶"了一声，那是一句断奏的粗口[①]。于是他径自向沙发走去。他再也不是一个欲念炽烈的小伙子了。他可以耐心等待。

她在五分钟以后回来，手里端着他的苏格兰威士忌和苏打水，而他摊手摊脚地靠在沙发上，正在审阅他的帝国理工学院团队投给《自然》杂志的论文。眼前照例摊了一地：鞋，大衣，上衣，领带，打开的公文包，文件，打开的行李箱，从行李箱里溢出的衣服和一只塑料袋。他从重聚的快感中被骤然抽离，扔到植物分子的复杂机关中，他知道无论如何，大约一小时内他就能跟梅丽莎做场爱，还能饱餐一顿，所以心里颇为难得地充盈着踏踏实实的满足感。

她空着的那只手往腰上一叉，监督他。“腾出点空来，教授。”

他喜欢她那宽容的、歪着脸撇着嘴的微笑。他嘴里咕哝了一句，挣扎着坐直身子，拍拍他身边的那块空地，从她手中接过玻璃杯。她偎依在他身边，他把论文推到一边，说：“你只要想想，哪怕是最卑微的长在人行道路缝间的野草，也拥有一个全世界最好的几十家实验室刚刚开始了解的秘密。”

他抿了一口威士忌，而她的手搁进了他的两腿间。她在有一搭没一搭地抚摩他。

“我想你，迈克尔。为什么说野草呢？”

---

① 原文是 a staccato ‘shit!’。读者不妨体会 shit 一词在语音上与“嘶”声的关系，确实有“断奏”感。

“我以前肯定跟你说过。一片叶子就是一块太阳能操控板，分解水，并固化二氧化碳。我们能模仿这个过程，制造氢气。我也想你。”

他真的想她吗？他觉得自己应该想念过她，因为此刻他正在亲吻她，并为此既兴奋又快乐。可是，自从2000年那个黑色的夏天——当时他像只狗一样地渴望他前一个，最后一个妻子——之后，他再也没有想念过任何人。从那以后，尽管对有些人他会隐约希望见个面，却再也没有因为见不到谁就饱受折磨。在这些日子里，每每独处，他就读书、喝酒、吃东西、打电话、上网、看电视，出差开会——要不就是睡觉。他自给自足，自得其乐，他的大脑中盛着一团欲望和天马行空的念头。就像许多崇尚客观性的聪明人一样，在内心深处，他是个唯我主义者，他的心里堵着一块冰，梅丽莎能感觉到，她想融化它。

当然，在他们做爱前，有必要聊聊天，说说过去的几周里各自的生活、想法和时光。他错在没有保持联络，而她的问题在于没要求他承担任何责任。接着她把自己的新闻告诉他。有一出音乐剧，讲述一个工人阶级家庭的少年想当一名芭蕾舞演员的故事[①]，让本季的平均销量翻了一番。不过，几乎没有男孩光顾。来的都是那些梦想成为这样一个男孩的女孩。她告诉他，最近有个可敬的编舞师去世了，他的品位一直都比他的知名度更高。在葬礼上，五个舞蹈演员在索霍区一家教堂的狭窄过道上起舞，

① 以故事梗概判断，这里指的是著名音乐剧《比利·艾略特》

就连这位老者的宿敌们都哭了。

迈克尔的手臂揽着她的肩膀，她紧紧依偎着他，贴着他胸口倾诉。她一直照顾着自己的商店、顾客、员工和情人，她也希望能有人来照顾她。他一边听，一边打量四周——棕色的躺椅靠着墙，十八世纪的铜版画，画着荷兰乌得勒支一条街上的舞者，还有一只铜盘子上搁着一碗光滑的石头——想从中辨别，究竟是什么，让他并不敏锐的眼睛觉察到了微妙的变化。有什么东西打破了平衡。他确信不是他自己的随身物品。似乎空气本身出了乱子，就好像某个抽烟的家伙刚刚离去，烟是飘走了，可空气变了。

"我爱你，"葬礼描述到一半时，她插了一句，同时玩笑着咬他的胳膊。

他对她满怀柔情，也许他在她身上倾注了平生最多的柔情，可是，也许有朝一日他只能让自己解脱出来，如果他说过他爱她，那就会让双方都更难过。不过，现在他根本没法去想，何时开始以及如何才能渐渐放弃她，于是他把她搂得更紧。他的轻声呢喃听起来没什么说服力，但很管用。

"你真美，梅丽莎。"

她继续讲故事，而他一边抚摸她的头，一边想，自从他在天鹅绒幕布背后恶心作呕之后，现在是他头一次能够想象自己会有饥饿感，兴许半小时之内就会有。他开始琢磨空气中的辣味。他闻到的是罗望子，还是大蒜、青柠、生姜、鸡？她的嗓音悦耳温柔，他甚至觉得有点儿忧伤。时不时地，她将他的脑袋往下扳一点，好亲亲他。她又说到了那些商店，倏忽间话题漂浮到另一则故事，说到天花板或者地板上的一个洞，有什么东西从洞里掉落下来，还说到一只脾气火爆的达克斯猎犬，被一位年迈的、罹患老年痴呆的歌剧女演员遗忘在店堂里。此时他的思绪也漂浮起来。他想自己的性情实属平常，比起大多数人来，既非更残忍，亦非更好或更坏。如果说他有时候会贪婪，会自私，爱算计，爱说谎，那么，但凡他不是这样，就会让自己尴尬，因为别人也个个如此。“人无完人”是个大题目。只要琢磨几点缺陷就行了。呈S形的脊背容易弯曲，呼吸与吞咽必须走同一条通道，生殖与排泄器官相邻，因而易发感染，分娩的过程极尽痛楚，睾丸既笨重又容易受伤，人们普遍饱受近视的折磨，还有一个能吞噬自身的免疫系统。而这些还仅仅是肉身的问题。在所有追求神性的基本理论中，“意匠论”[①]随着智人[②]的出现而土崩瓦解。没有哪个称职的神仙会把活儿做得这么糙。别尔德舒适地分享着所有的人性缺陷，眼下他就是个虚情假意的妖怪，温存地搂着一个他猜想在不远的将来就会离弃的女人，一边听她说话，一边灵敏地做出种种面部表情，指望自己紧接着也能聊上两句，可他满脑子都想着要省掉一切前戏，直接上床，吃她做的饭，喝一瓶红酒，然后睡觉——且不受责备，心无愧疚。

她接过他的空酒杯，站起身。

① 这种神学理论认为世上万事万物的精妙结构完美体现了神的意志。

② 人类发展史上的第二个阶段，生存年代大约从五万年前开始，直到现代。智人又可分为早期智人和晚期智人两个发展阶段。

“弄点吃的，”她说，“我再去给你倒杯酒。”

可她没法让自己从他身边挪开，直到她俯身又亲了他一下。这个吻悠长而深沉，然后她将他搂过来紧靠着她，而仍然坐在沙发上的别尔德欲念贲张，他的脸有一部分裹在她散开纽扣、香水四溢的衬衫里，目之所及尽是她乳房的深沟与高峰，此时他还来得及纳闷，为什么这些闲聊、倾听、做饭之类的例行公事——之后才能迎来真正的回报——比平时更让他郁闷。也许，因为在喧嚷的公共场合，在一群人人都像他一样老于世故、个个都挥洒着个人风格、彰显学术荣光的教授身边消磨了那么久，所以他对这些略带社交意味的花样已经失去了耐心。而且，但凡独处，他多半都沉浸在钴离子、光子、催化剂之类的抽象概念里。不独处时，在漫不经心的调情时分，他宁愿现在什么都不想。

她松开他，一边挺直身体，一边说了点什么，就一个词儿，他没听清，因为与此同时，她的胳膊从他耳边擦过。她双手落在他肩膀上，而他抬起头，希望彼此能会心一笑，恰到好处地结束这段“动作戏”，直接把她送进厨房，不料，他惊讶地看见她眼眶蓄满泪水，泫然欲泣。奇怪，她脸上明明在笑，却没什么幽默感，似乎是在压制或者嘲笑自己的感情。一时间他不由疑神疑鬼，以为自己单凭心里的念想就惹恼了她，没准儿呢喃自语时说出了声，要不就是把想法全写在了脸上。然而，每个男人都是一座岛，他的心事很安全。一定是出了什么大事，跟他本人无关。他站起来，握住她的手，手湿漉漉的，不光手掌，连手指间都黏答答热乎乎的，流露着某种强烈的情感，此刻，他有义务——一切迹象表明，好事就要到头了——对此寻根究底，并感同身受。

“梅丽莎，”他说，“什么，你刚才说什么？”

他们再次亲吻，一如前几次那样温存。也许，无论如何，让这个夜晚走上正轨不会太难。

然后她惊讶地凝视着他，笑起来。“你这傻瓜。我爱你。我说我怀孕了。”

“啊……”

他的脑海缓缓转成空白，一个外表雄风犹在、其实神经衰弱的家伙瘫倒在身后的沙发上。怀孕。他与这个正在充分膨胀的词儿奋力抗争——倒是够耳熟的，可是此时此刻这个词儿缺少有用的上下文，就好像在一个匪夷所思的地方突然瞥见本地报刊经售人的面孔。接着，词语、意义和前因后果，生物与命运，宛若一根钢闩，咔哒一声就位。他的“狱门”已经敞开了数月、数年，他本来可以自由出走的。太晚了。趁他一转身的工夫，他自己的一枚精子，像奥德修斯一般勇猛而狡黠，经过长途跋涉，攻破城墙，将它的身份埋入她的卵子。如今她也期望他做同样的事。四十年来，他说服各种各样的女人——其中包括他的两任妻子——中止妊娠。他玩得这么离谱却从来没有沦为人父，这真是个奇迹。但是，要说服梅丽莎可没那么容易。此刻，她在观察他，满怀期待地张开嘴唇，等着他，等他发话，说出初为人父时该说的话，那也许会为崭新的生活指明路向。

“我要喝杯威士忌。”

“跟我来。”

他伸出胳膊揽住她的肩，一起跨过他那堆乱作一团的行李，绕过餐桌，走进她的秩序井然的厨房。一只绿色大茶壶——那阵沁人心肺的香气就是从这里飘来的——搁在炉子上用小火烧着。除此之外，再加上一纸盒大米，厨房里便没有别的正在做饭的迹象，因为各种台面都已擦拭干净，所有剥下的皮都归置进了垃圾箱，每一件厨具都洗完、放好。真是个谜啊，像梅丽莎这样一个血管里奔涌着感性的人，居然能做到纤尘不染、一丝不苟。一个孩子，连同随之而来的“熵日潮”效应[①]，将会让她备受考验。但是这个孩子不能要，眼下的问题是他得花多长时间，才能让她相信这个事实。她难道现在还不明白，要他承担这项义务会多么愚蠢，多么教人感伤——他将近七旬时孩子还不满十岁！此外，他不适合扮演父亲的角色，他本人就容易“增熵”[②]，他是个执迷不悔的工作狂，他最近的收入甚至不满六位数，他乱七八糟的过去，还有，他播下年老质劣的种，会增加基因拷贝出错的风险，她的卵子肯定能感觉到三十九个冬季的寒意吧。还有他的使命怎么办？他一旦偏离轨道，整座星球都将因此而遭难，这样说夸

---

① 原文为 diurnal tides of entropy，是两个科学概念的嫁接。日潮(diurnal tides)在气象学中的定义是：周期为一个太阴日(24 小时 50 分钟)的潮汐称为日潮，又称全日潮。在半个月内多数天只出现 1 次高潮和低潮，其他天为不正规半日潮。“熵”的概念则被广泛应用于热力学、信息论、社会学和哲学，在生命科学中，可以用“熵”来分析一个生命体生长、衰老、病死的全过程，用“生命熵”来独立定义，包含生命现象的时间序、空间结构序与功能序。作为一位科学家，别尔德此处是用这个生造的科学词组比喻孕育一个胎儿对母体身心造成的一系列复杂的影响。

② 通俗地解释就是“生活容易复杂混乱”。

张吗？也许并不夸张。

他看着她往绿茶壶里瞥了一眼，似乎挺满意，然后旋开酒瓶给他斟酒，从制冰机里取出一块冰。如果说他筹备争论的阵势有点夸张，那是因为他害怕事态也许已经不受他控制了。她就想这样，她向来都想这样。所以这压根就不是争论的问题了，而是恳求。如果她爱他，她会听的，问题是，她既爱他也想要孩子，所以一定会对他置之不理。形势很严重，怀孕是千真万确的。他从她手里接过酒，但凡他独处时碰到这样的问题一定会把酒一饮而尽，但他现在没有，只是飞快地抿了几口。

她冲着他粲然一笑，迅速将大米处置好，然后在一只碗里浇上橄榄油和柠檬汁，再打开冰箱，将一袋芝麻菜倒进碗里。这堆绿叶菜当然是留给她自己吃的。叶酸。植物营养素。抗氧化剂。维生素C。一张嘴养两口人。总得做点什么吧。

她说："你知道吗？我一时兴起，想来杯白葡萄酒。"

他可不想让安排堕胎事宜演变成一场喜迎爱子的庆祝会。他也不想让酒精损害胎儿的神经系统发育。他觉得荒唐透顶，说不出话来。她冲着他举起杯子，他也默默地举起自己的。她杯里的葡萄酒不比他那杯纯威士忌多。

"你喜欢这条裙子吗？"

从她的口气判断，她提出这个问题并不是为了转移话题。裙子的质地是上好的羊绒，烟灰色，密密打褶，她一转身裙裾飞扬，悠悠然转出一圈漩涡来。

"挺可爱的，"他说。"你也很可爱。你从来没这么漂亮过。"

眼下鼓励她可不是什么好主意,可他忍不住。为了扳回一城,他说,“你怀孕多久了?”

“七周。”

“你几时发现的?”

“前天。”

“梅丽莎,告诉我。这是意外吗?”

她向他走了过来,用手按住他的脸颊。他再度感觉到她热力四射的体温。她是只烤箱,他傻乎乎地想,里面搁着一只小小的圆面包。他们的小面包。

她终于轻声说:“不。”

“你停了避孕药?”

“我们最近三次做爱,我都没吃药。”

“你应该告诉我的。”

“那你就不会跟我做啦。”

“对,我不会。你知道我对这事怎么想。”

“那你也知道我怎么想。”

他的杯子已经空了。他绕过她,凑近酒瓶,自斟自饮。此刻,他们俩站立的位置之间,几乎隔着整个厨房的长度,这样一来,他就能用略带严厉的口吻说:“那么,你骗了我。”

她又向他走过来。要转变她这副既淡定又魅人的姿态可不是件容易的事。他很乐意大吵一场,将优雅风度抛到风中。反正离得远。然而,在这散发着家常气息的静谧中,她正向他走来,他忍不住要勃起,而且也能看出她知道这一点,而他为此愈发兴奋。从他的新视角，即从她那可怜的饮料托盘旁望过去——盘上有一瓶意大利苦杏酒、一瓶几乎喝空的尊尼获加，一瓶百利甜酒——她的面庞异样地容光焕发，分明是拜早期妊娠的荷尔蒙所赐，肤质光洁、明艳动人。已经起作用了？他拿不准，可他以前没见过她显得如此年轻漂亮。她在他跟前停下脚步，他只好提醒自己，就在刚才，他还不失公允地指责她骗人呢。他不能任凭她来勾引他。她一直没说实话。但反过来，但凡他能将性冲动释放出来，就好比平添了免疫功能，他的思路就会更清晰，就能以更充沛地精力投入“拒绝生命”之战。

她说：“我浪费了很多年，一直寻思应该等到合适的男人来临才生孩子。一大堆白痴和混蛋占去了我的时间——我的错跟他们一样多。我觉得你就是那个合适的男人，可是迈克尔，如果你觉得你不是，那也无所谓。反正我自己搞定就是了。没有你会很惨，但总好过一无所有。你不用在今晚或者下个月作决定。你可以说不，以后再改变主意。也许你一看到宝宝就会改变主意的。那有可能发生。不过，有一点我确信无疑——我不会跟你吵架。如果你对此深恶痛绝，那你随时可以走。也随时可以回来。”

“等这孩子刚满十岁，我就快七十啦。这样有什么意义？”

“好吧。不用你来管。我想，到了七十岁，你会觉得爱一个十岁的孩子和被一个十岁的孩子爱，是受到了庇佑。”

庇佑？她从哪里学来这么个词儿？以前他可从来没听她用过。

“还有一件事。”

她口若悬河，她对自己的地盘是那么胸有成竹。她已经在这块新领地上铲平了峭壁悬崖，而他在其中徘徊不定——他压根就迷了路，却也没受到伤害，她似乎在暗示这一点。

“你没要求当爸爸。我也不要求经济支援。我有存款，自己开店。如果你乐意支援，那最好不过。如果你乐意跟我们在一起，那就更好了。”

我们。那个针尖大的玩意已悄然进驻，它有了一个社会身份。别尔德觉得自己非但受了委屈，而且中了计。他脑子转得太慢，梅丽莎如此利落地挑战着那些普遍法则，他却无法一一驳斥、条分缕析。他就没有权利吗？他不能将这孩子扼杀在萌芽期。那他想要什么呢？他试图回到基本问题上去。

“无论我留还是走，出钱还是不出钱，我都会成为你孩子的父亲。这非我所愿。你没问过我，因为你知道我会怎么说。”

“如果你永远不来看这孩子，也不出一分钱，那我可看不出这事会给你造成什么变化。”

“这话可不该由你来说，而且，你错了，大错特错。你真的以为，有一个你永远见不到的孩子和从来没有孩子是一回事吗？你是在逼我做我从来不想做的选择题。”

他宣告的时候怀着某种热情，他也相信自己的话，可是这听起来太抽象了。他真正的反对理由仍然无法用言辞表达，陷在一团迷雾中。

她准是早就料到了他的反应。她从他面前转身离去、开始布置餐桌时，似乎无忧无虑。她开口说话时，一只手不冷不热地挽住他胳膊，声调听来抚慰人心，尽管她实际上并没有朝他看。

“试着替我想想，迈克尔。我爱你，想要个孩子，不想要别人，我只能间或看到你，从来不知道什么时候能见面，只知道你也在跟别的女人约会，而你并没有任何动作，既不前进，也不离开，四年时光就这么悄然流逝。如果什么都不做，我就要到更年期了。而这个结果就将是你逼着我默默做出的抉择。”

听起来真是一场无耻的交易啊。可她已经能随时飞他出局了。他把手按在她挽住他胳膊的那只手上。算是表达某种歉意吧。

她从炉子上拿起锅子，放到桌上的三脚盘上，再递给他一瓶酒让他打开。那是科比埃红酒，好东西，他要一个人享用。她杯里那两英寸高的白葡萄酒几乎没碰过。他一坐下就想起给她的礼物，从柏林泰格尔机场买的浴液和黑巧克力薄荷糖。现在送出去，时机可一点也不合适。她在盛炖菜，屋里鸦雀无声。她已经用一连串指控中和了他的抗议。他向来都猜想她应该知道自己在外面拈花惹草，可是，一旦听到她以如此平静的口吻说出来，他很吃惊，不，应该说他很恼火。他举起叉，大脑到视网膜之间仿佛架起背投仪，栩栩如生地幻化出戏剧场景：梅丽莎和一个他曾在米兰匆匆邂逅的女孩相依相伴，裸身跪在一张四柱大床上，紧靠着一堆被单和枕头，娇娇弱弱，满怀期待，恍若置身于一幕光线昏暗的色情跨页照片中。他甚至还瞥见了杂志里的裸照插页。他眨眨眼，挥去这幻觉，开始吃饭。可是他的白日梦已经弄得他喉管壁发紧，第一口很难下咽。她已经阐明了自己合情合理的立场，而他还在奋力抗争，他明知自己是对的，却陷入了误区，无比纠结，虽然他怀疑其实道理很简单：她偷换了主题。

他踌躇了一分钟左右，然后下决心要让自己的口气显得很严肃，而非心浮气躁。他说："关键是，梅丽莎，如果你一意孤行，那么我其实别无选择。我怎么能忽视我自己的孩子的存在呢？我不可能做得到啊。我猜你就是指望这样，而我反对的也正是这点。这是一种敲诈……"

这个词儿悬在他们俩之间，他想这下他们终于可以撕破脸皮，大吵一场了。可她还是平静如常，还是那个安详的准妈妈，一边咀嚼一边沉思。她比平时吃得多。

"我并没有指望你无法忽视我们的孩子。如果真是这样，那我很高兴。我知道你会生气，我不怪你。我想过推说这是个意外的，可我不能容许自己这样做。"

她之前倒是能容许自己在避孕措施上耍花招啊。可他不想这样说，他也不想说自己已经清清楚楚地预见到了未来。一段愉快的插曲之后，假设他不甘心乖乖结婚，就会渐渐沦为一个既没用处也不靠谱的"冒牌老公"，进而导致他沦为一个既没用处也不靠谱的父亲。这就是她正在选择的方向，这就是她选择的权利。这就是女人们为之游行的权利，想生就生，想堕就堕。也许他已经无计可施。现在她豁免他的责任，可将来事态不会这样发展，一旦他们的人生从此改变，一旦他们反复经历那些教人筋疲力尽、怒火中烧的场面——大喊大叫，婴儿的啼哭，砰的一声甩门，他的车在轰鸣中发动——她就不会这样想了。那时她就会发觉这全是他的错，无论她现在说什么都没用，此刻她那坚信不疑的脑瓜正沉醉在乐观的荷尔蒙中，这不过是进化的花招之一，好让这个孩子跨过第一重障碍。

他一边往杯中续酒，一边感觉到那股抗争的冲动，那股急欲控诉的刺痛正在渐渐淡去，取而代之的是轻飘飘的宿命论。他想把问题推到一边，把这个夜晚引领到正常的轨道上去——跟这个漂亮的、几乎可算年轻的女人亲亲热热地聊天，享用她芬芳浓郁的菜肴、色泽深邃的葡萄酒，云散雨歇之际，睡意朦胧地抱作一团，酣然入眠。他是在犯懒么，是耽于享乐么，抑或是在坚持某种分寸合宜的对生活的热爱？他知道答案。他一探身，把自己的手按在她手上。

“我很高兴你能跟我说实话。谢谢你。”

他的手一直按住没动，他跟她说真抱歉刚才出口伤人，她当然不是敲诈犯，能跟她再度相聚真是打心眼里高兴，她是对的，他们决不能吵架。他说话时，她凝视着他的脸，那表情就像是在盯着一个催眠师看。她的眼睛又闪起了泪光。她起身过来，跪在他身边，他们深深亲吻。等她再回到椅子上时，一切似乎都搞定了，于是他们继续吃饭。他扫光了三份辣椒炖鸡肉，边吃边聊起工作、旅行、波茨坦会议、新墨西哥那边传来的最新消息——麻省理工学院的一支团队正在从事与他相似的人工光合作用研究，但比他们落后八个月。他谈起设计如何简约，没有可移动部件，真漂亮，谈起一支牛津团队给出的计算数据，用来确定一面太阳能反射镜的最佳形状，它并不是他原先想象的那种抛物面。

他当然是想让她不耐烦，他说这些是为了在他自己和孩子之间拉开距离，为了把他自己的想法塞进她脑子里去，再把他自己的孩子从那里赶走。她间或向他提问，可多半还是沉默，怀着深深的、毫无道理的宽容凝视他。她爱这个谢顶的胖男人，在她眼里，他集严肃认真与高尚目标于一身，他既是她孩子的父亲，又是她渴望照看的“父亲”，这位父亲至今尚未爱上他的宿命，但她静静地洞悉，他迟早会屈服的。

他用自认为说给外行听的语言，解释了最近的兴奋点——不是一枚光子产生一枚电子，而是产生两枚，有朝一日，也许会有三枚！她一边听，一边摆出一副他向来喜欢的表情，先是歪着嘴微笑，纹路渐渐折叠，面孔绷起来，但并没有含着一丝非得舒展笑容的压力。话说回来，他说的话确实一点也不好笑。她应该得到更好的待遇。于是他跟她说起火车上的历险记，他觉得肚子还是胀鼓鼓的，桌边也太热，就提议回到沙发上去说。

他在萨沃伊酒店讲这故事时，材料直接取自记忆。眼下说有三个原因——对于事件本身的回忆，更为新鲜的、对于第一次叙述的回忆，此外他还有个渴望，想在酒足饭饱之际说个段子、逗她一笑，让她更喜欢他、暂时忘却那个真正的主题。他现在强调、修正或者补充的内容似乎足够了，其中有些是真实的。他剽窃自己，把他在讲坛上的巧言令色、节奏和停顿都搬过来。他把那位旅伴的形象塑造得更高大，更教人胆战心惊，把自己形容成一个彻头彻尾的大笨瓜，心血来潮，贪得无厌，动不动就怪别人。

讲到大结局前他的行李被对方拎下来时，他极尽夸张，说小伙子如何耐心，品性宛若圣徒。别尔德颇知叙述艺术之道，他隐去了所有可能提示并削弱“真相大白”的细节，也就是当他把手插进口袋、找到那袋没开封的薯片的那一刻。

隐藏信息果然奏效。直到真相大白，梅丽莎才惊讶地尖叫起来。她双手捧着脑袋直摇晃，说：“你这个白痴，你这个笨蛋！哦，我要是在现场就好了！”她一边笑个不停，一边去拿她的酒，杯里还是那两英寸，然后他们亲吻，笑作一堆，抱作一团。她抽身离开，说：“你这个恶人！”接着又惊叹着说：“那可怜的家伙呀！”

最后她回过神来，挨近他，说：“可是，你知道吗，类似的事情伊万也经历过——你记得店里的伊万吗？”

他才懒得听什么伊万的故事呢。他费力地站起身，模仿着骑士的姿态，摊开手，微微躬身，引着她向卧室走去，进屋以后便默默地替她脱衣服。她喜欢这样开始，自己一丝不挂，而他还穿得一丝不苟。他对此一无所知，可他相信，设若换个年代，她会是人们心目中的理想美女，身材线条是那么柔美宜人。肩窄臀圆，乳房丰满，宽大的臀部与脊柱连接处凹进两个窝。他坐在床沿，她转过来，俯下身，跨坐在他大腿上，胳膊环绕在他脖子上，还在他额头上又是蹭，又是亲。可这样的美人并非全无重量。他那不中用的膝盖痛得火烧火燎，且越来越痛，他想他坚持不了一分钟就得采取下一步行动，免得骨头关节上的韧带给撕裂。可她正在告诉他她爱他，她在轻声呢喃她有多么爱他，他只好再等等。

终于，随着一声听起来颇有激情的呻吟，他的双臂揽住她，放下她仰面躺在床上，替她盖好被子。卧室比他通常喜欢的温度要凉一些。他以训练有素的速度脱掉自己的衣服，躺到她身边，以一种某些女人会觉得太像专家问诊的方式抚摸她。通常在这样久别重逢的时刻，梅丽莎会迫不及待地跳过前戏，然而这一次，尽管她手里握着他的阳物，食指与拇指环绕着它来回摩挲，以轻柔的动作让他心花怒放，可同时她似乎挺想说话。他专心致志地抚摸她亲吻她，感受她的触碰带来的环绕于周围的刺激，所以起初没怎么在意。支离破碎的词儿先是从她嘴里隐约冒出来，接着从他耳边飘过，鲜活而紊乱，就像珊瑚礁鱼类从潜水者身边飘过一样。接着，他才渐渐意识到她正在说怀孕的事。干吗要现在说呢？不过，当然啦——还能说什么呢？对她而言，话题压根就没改过。性，孩子，乳房，爱，一条绵延不断的金线将彼此勾连，代代相传。它并不是一根绑住他手脚的绳子，也不是让他拿来就近找根横梁自尽的——而且此时他认为自己的人生刚进入最后的繁荣期，充满了意义与宏大的目标。不过他压抑着自己的不耐烦，睁开眼睛，一边凝视天花板，一边听。

“……就像爱上一个你从来没见过的人，但也不是那么回事。我们见过，我们一直都认识，从一开始就认识。迈克尔，我不知道会这样，会开始得这么快。它已经开始了，我已经爱上她，或者他了，这个不知从何方向我们走来的小人儿靠着我蜷缩在黑暗中，每小时都在长大，终将与我们相逢。有时候我真是太爱它了，爱得胸口隐隐作痛。我的相思是如此浓烈，只好不停地大声叹气。这真傻，可是，一个人脱胎于另一个，就像俄罗斯套娃一样，这事儿难道不够神奇吗？既奇特又普通。我真高兴。我这话说不通吧。我爱你，我爱我体内的这个孩子，我希望你也爱它，我想你会爱的，迈克尔，你会的，说你会的，说你爱这孩子……”

她把他拉过来，他们做爱。她哀怨地重复着，“说你会的，求你说会的……”一直说到他若不应和就显得不通情理，于是他说，“我会，”然后一边吻她，一边想，也许他并没有说谎，因为他无法预知未来，而且，也许他会用自己的方式爱这孩子——如果它真的存在，毕竟这也不是全然难以置信的事，况且，无论他现在说什么，时间和事件终将混做一团，而做爱本身是一个封闭而迷人的世界，自有一套语言、法则和真相。

她轻易便享受到了她的快感。她属于那种叫床响亮、大大咧咧、喜欢抓挠后背的情人，平时也正符合他的口味，但今晚不是。当他们俩猛然弓起背、翻过身，她柔软光滑的皮肤变得愈发滑溜溜，而他左耳听见她的喊声越来越响时，他发觉自己再也没法尽情释放了，反倒心烦意乱，灵魂出窍。他真希望她没跟他提过怀孕的事。又过了不知多少分钟，关键时刻即将来临，出于性事礼仪，他必须调整自己的节奏，亦步亦趋地跟着她尖叫着直冲下山去，抵达她最终的高潮，同时，他知道自己没做好准备，可能会达不到高潮。于是，在收尾的那几秒钟里，他信步神游了一处熟悉而空旷的剧院，坐在正厅前排看几个他认识的女人试演，她们上台的顺序衔接得天衣无缝，在想象中以不可思议的速度一一出场。她们的态度像是在做实验，以不同的造型亮相，神奇地让他参与其中。米兰姑娘，伊朗生物物理学家和帕特丽丝（她向来是候补）被他挨个招之即来、挥之即去。不过，最后他锁定了正选，那个胳膊有残疾的移民局官员。他让她冷静地从她的岗位跨前一步，他们俩就站在那里，背靠着工作台做爱，面前是五百个无聊地拿着护照准备过关的旅客。对别尔德而言，在冷漠的旁观者身边当众做爱是一个具有难以言喻的魅力的梦想，所以它果然奏效。他及时到达高潮。

当他完结这场风流韵事，回到梅丽莎的床上时，她正在吻他的脸，说："你是我的宝贝。谢谢你。我爱你。迈克尔，我爱你。亲爱的，亲爱的好人儿。"

他本以为扰他清梦的是一架警用直升机，隔了几条街在盘旋，可是，等他醒透了才发现，这声音正在穿过屋顶，向北渐渐消失，全是邻家的一只嗓音低沉的狗折腾出来的。他的指间缠绕着梅丽莎的头发，而她的右腿搁在他腿上。他抽出身子，再躺下来，而她在睡梦中喃喃自语，那音调听起来像是在发牢骚。等她安静下来，他才悄悄从被子底下溜出去。在一间位于市内的卧室里，天再黑也黑不到哪里去，所以他飞快地走到门口，光着身子沿着走廊跑进浴室。

黑色地板经过整晚的暖气加热，他冰冷白皙的脚踩上去很舒服。让"这座星球"见鬼去吧。他想起屋里有几面镜子——有一面占掉整堵墙——便把调光开关调低，然后直奔洗脸盆，就着龙头喝水。接着他去小解，完事以后放下木座和马桶盖。他穿上三年前圣诞节她买给他的睡袍，系上腰带，然后坐在马桶盖上。

有时候高潮会导致一段时间的失眠。待在起居室里也许能舒服点，可是跑到那里去，就意味着向清醒妥协，向第二天妥协，向他人生的下一节妥协。他心情酸涩。他想遗忘，而浴室正好是个临时场所，一个可以睡觉的休息室。他不明白为什么自我感觉如此糟糕。他大致估算了一下昨天喝了多少酒——只不过平均量嘛——先是想找个熟悉的解决方案，接着又打消了这念头，因为他知道，他再也不是傍晚前的那个自己了，比方说，那个从柏林一路回来、斜躺在阳光灿烂的机舱里、手握一杯金汤尼的自己。他在机舱里读什么来着？一个理性的男人还可能关心什么别的呢？一口气读了三份报告。首先是一份炼油厂内部人士写的初稿，估算五到八年内石油产量的峰值。能用来替换这种物质的时间已经少得可怜。第二份也是初稿，将于今年秋天发表：地球上四分之一的哺乳动物岌岌可危，大规模物种灭绝已经悄然逼近。最后是一份学术论文，分析夏季北极冰的数据，认为到 2045 年这些冰就会完全消融。

阅读这些人造的玩意，是不是让他郁郁寡欢呢？一点儿也不。他志得意满，俨然一位皱紧眉头认真工作的男士，就连即将端来的午餐都没放在心上，只顾着用铅笔在他的专业论文的重要段落上划直线、标箭头、画气球，在他左侧，一扇椭圆形窗户勾勒出蔚蓝的天空平流层，脚下一万米处则是光秃秃的德国北部平原，那里被几个世纪的血战夷平、磨光，终于输给了同样光秃秃的荷兰以及它颇有蒙德里安画风的乡野景致。同样在他左侧的，还有从南面洒来的阳光，这里已经高到万里无云，阳光送来它的光子激流，将他的劳作衬托得愈发璀璨而高尚。他怎么能戒掉金酒呢？

然而，现在，凌晨四点，他郁郁寡欢地坐在橡木与瓷制成的马桶上，像布莱克画的《牛顿》[①]那样弯腰弓背，手一直够到脚趾上，太累了，反而睡不着。这就是酒精导致的失眠——他口干舌燥，精疲力竭，又格外警醒。在热得过分的浴室的一团昏暗中，平时冻结的焦虑在他面前展开。它们并非都是抽象的问题。有些显然是具体的：他的体重，他的心脏——近来他觉得心律不齐得太离谱了，他站起身时的晕眩，他的膝盖痛，他的肾脏，他的胸腔，一直伴随在身边的那种令人窒息的疲倦感，几个月前，他手背上的一块红斑变成了紫色，此外，如今他已有耳鸣，那个空旷缥缈、飞速奔涌的声音须臾不离，还有左手上如针刺般的痛楚也持续不停。他觉得有这些症状就跟犯了罪似的。他应该去看医生，做一次彻彻底底的忏悔。可他不想听到自己被判有罪。

然后，多赛特广场上那间脏兮兮的地下室公寓就像一个被抛弃的朋友那样指控他：*你什么时候回来？*有个细节让人不堪忍受：那成堆或者成山的没打开的邮件。有些信来自汤姆·奥

---

① 威廉·布莱克（William Blake，1757—1827）英国著名诗人及版画家，油画《牛顿》是他的代表作。

尔德斯的父亲，他想跟他见见面，追忆他儿子的往事。别尔德该怎么办？眼下可不适合背负起一位老人、一位五年之后仍然不能自拔的老人的悲伤。此外，这个项目本身也命悬一线。硅谷的风险投资人最终会不会打开他们的心扉和银行账户？明天，新墨西哥州的农场主约翰·P·海德里三世会在他的代理人与别尔德在美国大使馆签署文件之前变卦吗？他能以更廉价的方式让水释放氧气吗，他能阻止它们化合吗？催化剂非得是一种氧化物吗？但凡他任凭自己的思绪迎着这些问题而去，那就永远也别想睡觉了。想想梅丽莎的新闻要容易一些。他以前能猜到她居然如此狡猾吗？经过三小时的睡眠，在怀孕这个问题上他已经拿定了主意。他打心眼里知道，这事不可能发生，孩子不能出生，他不允许这样，这个小人儿必须退回到"纯属空想"的王国。他会说服她，这点他毫不怀疑。她在乎他怎么想她。她爱他比他爱她更深，这是他毋庸争议的力量源泉。

就在类似的时刻，他会想到汤姆·奥尔德斯。行动笨拙，长着大骨架、大板牙的奥尔德斯，一脑袋都是主意，有些并不傻。可怜的汤姆，被世界遗忘许久。他，别尔德，几乎可以责怪自己了。他本应该用两英寸的钉子将那块从帕特丽丝家送来的荒唐的地毯钉在地板上的。当她坚持要给地板打蜡时，他本应该反对的。他还应该反对买那张丑陋的玻璃桌，理由是为了安全，而不是出于品位。还有，虽说奥尔德斯无端出现在那房子里压根不能算他的错，不过，假如别尔德能从一开始就把他扔出去，把穿着睡袍的他——别尔德的睡袍——扔到冰冷的大街上，让他自己滚回叔叔家，那还能救他一命。

然而，别尔德想，他不能对自己太苛刻。他可是那个让小伙子的精神得以继续发扬的人啊。四年前，在租来的、他疏于打理的地下室公寓里，他摊手摊脚地躺在发臭的沙发上——那沙发如今还在那里，味道还那么重——从各种角度看到了的汤姆的工作的真实价值，这种价值别人未曾发现过，而且它建立在别尔德的理论基础上，正如别尔德的理论是建立在爱因斯坦的基础上。从此以后他便使尽全力，一直努力工作。他忙着取得专利，组建一个协会，推进实验室工作，拉风险投资，一旦这些全部到位，世界就能变得更好。除了合理的回报以外，别尔德只想要专属所有权。优先权和原创性对于死人能有什么意义呢？何况既然问题如此紧迫，那姓氏之类的枝节问题，也几乎无所谓吧。唯一重要的是，奥尔德斯的思想精华将会永生。

那些日子真是过得可歌可泣，先是慢慢厘清奥尔德斯的文件，然后，每逢傍晚，以同样懒散的态度收看电视新闻，看看“老贝利”①又出了什么新鲜事，看看那个即将成为他前妻的人在法院门外如何用颤抖的声音清晰地发言，把媒体当情人一般献媚。至于那位装修工塔平——他身负两重罪，既操了帕特丽丝，又打青了她的眼睛，不过他即将因为另一项他并没有犯的罪而沉沦，这事倒从来没困扰过别尔德。

没人能预测哪种人生烦恼特别容易导致失眠。即便在白

① 位于伦敦的“中央刑事法庭”的别号。

天，在最理想的条件下，人们很少能由着自己的性子，选择到底应该为什么而烦恼。此刻，在冬季的黎明即将来临时，刺痛着他的，除了健康、金钱、工作、一次刻不容缓的堕胎、一场意外死亡，还有萨沃伊酒店的那位胡子尖锐、眼神呆滞的讲师，或者教授，叫柠檬，不，叫梅伦，严厉地指控他弄虚作假，是个诈骗犯、剽窃犯。不过梅伦自己才是真正的小偷，挪用别尔德如假包换的经历，贬低成一个能为学术所用的项目，一个验证普遍错觉的研究实例，一个像黄色笑话那样会循环传染的花絮。在漫长的、任凭神思远游的失眠中，他看见自己的手扼住梅伦的咽喉，直到他跪下来，气喘吁吁地道歉。别尔德可以强硬，但他从不攻击别人，连小时候都不会。然而，在白日梦中，他以惊人的、逐步升级的暴力让敌手诧异。此刻，他的脉搏略略加快，精神为之一振，空前清醒。某种乐观情绪在他心里复苏。他的人生，无论如何，充满了可能性。

比如，目前有一项让他着迷的计划，他想说服托比·哈默认真对待。“碳交易计划”很快将在欧洲大行其道，也许有朝一日还会登陆美利坚。它的核心概念是将成千上万吨铁屑倒入海洋中，使海水更丰饶，令浮游生物激增。浮游生物生长时会从空气中吸收更多的二氧化碳。可以计算出准确数据，从而获得碳积分[①]，这样就能向重工业推销这项计划。假如一家燃煤企业购买

① 指欧盟设立的二氧化碳排放的配额，企业或个人通过购买碳积分以消除碳足迹。

足够的数量，那它就能理直气壮地宣告其经营活动属于“碳中立”[①]。这个概念将会帮助企业在欧洲市场全面建立之前便占得先机。需要组织船只和铁屑的货源，建立合适的基地，完成所有合法的步骤。托比·哈默得扛起这项工作来。有些海洋生物学家——他们当然也有自己的小算盘——听到点关于这计划的风声，便在报上提出质疑，说人为干涉食物链的基础是危险的。得拿出点科学铁证来，让他们大彻大悟。别尔德已经有两篇论文即将发表，不过要紧的是得先捂着，等到合适的时机再抛出来。

万籁俱寂，他裹着红袍，端坐在“宝座”上，一派王者风范，审视自己近来的生活状态。铁屑计划让他想起一切有目标、够体面的事情，想起他决不能听任自己沉沦。他将在新墨西哥州拿到四百英亩地。那块地上散布着古老的、挂在摇摇晃晃的木杆上的高压电线，它们相当好用，此外还有一个可靠的水源。终有一天，玻璃板将以某个角度斜对着太阳，板上缠满弯曲的透明管，这些玻璃板将覆盖大片草场，把那里变成波光粼粼的海洋，直接以水和光制造氢和氧，无需任何代价。压缩机将把氢气贮藏在巨大的储存塔里。氧和氢将重新化合，驱动燃料电池发电机。这座工厂将夜以继日地为洛兹伯格供电，点亮这块狭长地带的霓虹灯。然后，随着容量提升，周边地区都将被逐步纳入供电范围——红石，弗登，棉花城，最终到达银城。整个世界都会看见，继而趋之若鹜。

---

① 指中立的(即零)总碳量释放，透过排放多少碳就作多少抵消措施，来达到平衡。

他终于躁动起来，裹紧睡袍，径直穿过黑乎乎的起居室，跨过他那堆乱七八糟的行李，来到厨房。他站在一人高的冰箱前的那团阴影里，踌躇片刻后抓住两英尺长的把手。门打开时，颇具诱惑地发出一声温柔的吮吸声，像一个吻。冰箱里的搁架上灯光昏暗，品种繁多，宛若夜空中矗立着一栋玻璃摩天大厦，颇有些货色可供挑选。在一盘菊苣叶和一罐梅丽莎自制的果酱之间有一只白碗，上面覆盖一层银色锡纸，碗里盛着吃剩的炖鸡肉。冷冻室里有半升黑巧克力冰淇淋。等他开始吃的时候冰淇淋就能解冻了。他从抽屉里拿出一把勺子(两道菜都适用)，坐下来吃他的大餐，一边剥开锡纸，一边觉得自己已经恢复了元气。

第三部

2009 年

迈克尔·别尔德是独子，谁听到这一点都不会意外，他也巴不得承认自己向来不知手足之情为何物。母亲安琪拉是个骨感美人，对他的百般溺爱都通过食物来表达。她饱含激情地给他喂奶粉，直到严重过量。他早在获得诺贝尔物理学奖的四十年前，就曾在科尔德诺顿[1]地区宝宝大赛“初生至六个月”年龄组中拿过冠军。在战后的艰辛岁月里，理想的漂亮宝贝最要紧是一个胖字，得像丘吉尔那样有好几层下巴，务必寄托着人们早日结束配给制、迎来繁荣丰饶年代的梦想。婴儿们就像优质西葫芦那样公开展览、任人评判，于是，1947 年，年方四月、胖鼓鼓乐呵呵的迈克尔，便击败所有对手，脱颖而出。

不过，要她这么个中产女性、证券经纪人的太太，在村里的游乐会上对糕饼和酸辣酱摊弃之不顾，反倒带孩子参加如此俗气的比赛，可并不是件寻常事。她准是知道他注定会赢，正如她后来声称早就料到他会获得牛津大学的奖学金。自从他开始吃固体食品以后，她便怀着与当初给他喂奶时同样的热情给他做饭，终其一生都孜孜不倦，甚至在六十年代中期抱病到一家“蓝带”烹饪学校[2]上课，只为了他偶尔回家时能拿出几道新菜色。

她丈夫亨利是那种每餐固定一荤两素，却讨厌大蒜和橄榄油气味的男人。当年新婚不久，由于某些迄今仍秘而不宣的原因，安琪拉再也不爱他了。她活着就为了儿子，而她的遗产也一目了然：一个不停追逐会烧菜的美女的胖男人。

亨利·别尔德是个瘦子，耷拉着一对八字胡，光亮的棕发梳向脑后，深色正装和棕色花呢外套略嫌肥大，尤其是领口。对这个小家庭，他尽责供养，而对于儿子，他则遵循当时的潮流，爱得甚为严苛，绝少肢体接触。虽说他从来不会抱抱迈克尔，也很少慈祥地拍拍他肩膀，赠送的礼物倒是品种齐全——从"麦卡诺"钢配件和化学实验工具，到自己动手装配的无线电、百科全书、飞机模型，以及关于军事史、地质学和名人生涯的书。他打过多年的仗，在敦刻尔克、北非和西西里当过步兵的低级军官，到诺曼底登陆时升任中校，还得到一枚勋章。贝尔森集中营解放一周后他抵达那里，战后还在柏林驻扎了八个月。和许多同辈的男人一样，他对自己的经历绝口不提，只是尽情享受战后的凡俗恬淡，享受风平浪静的千篇一律，享受整齐清洁和日渐改善的物质供应，更重要的是享受无须担惊受怕的感觉，以及后来让那些在和平初期出生的人们窒息的一切。

1952年，迈克尔五岁时，四十岁的亨利·别尔德放弃了他在伦敦老城一家商业银行的工作，重拾旧爱，又干起了法律。他在

---

① 英格兰埃塞克斯郡登吉(Dengie)半岛上的一个村庄，在切姆斯福市以东约10英里。

② 创建于1895年的法国著名烹饪学校，教授西餐西点课程，全球有多家分校。

附近的切姆斯福市的一家老字号律师行当合伙人，一直待到退休。为了庆祝这个重大变化，庆祝自己从每天来往利物浦大街的交通中解放出来，他买了辆二手的劳斯莱斯“银云”。这台浅蓝色的“机器”他一用就是三十三年，直到去世。后来，略带一丝由怀旧催生的歉意，儿子站在成人的立场上审视当年，想到父亲的这番“大手笔”，他的爱意油然而生。然而，当时，作为小镇初级律师，整天忙于财产转让、遗嘱检验之类的琐事，亨利·别尔德的生活变得愈发波澜不惊。每逢周末，他多半就是种种花，养养车，要不就是和扶轮国际①的朋友打打高尔夫。他镇定地接受了无爱的婚姻，反正在他看来，有所得就必有所失。

几乎与此同时，安琪拉·别尔德开始了一连串绵延十一年的外遇。小迈克尔在家里从没流露过明显的敌意或无言的怒火，话说回来，当时他既不怎么善于观察，也不太敏感，放学以后通常关在自己房间里，搭搭积木，读读书，粘粘纸，后来又迷上黄色杂志，整天打手枪，接着就开始泡妞。十七岁那年，他甚至没有注意到，母亲已经从风流场上功成身退，精疲力竭地撤回到婚姻庇护所。直到她五十多岁因罹患乳腺癌而弥留人世之际，他才听说了她的历险记。她似乎想让他原谅她毁了他的童年。那时他在牛津快要读完两年级了，满脑子都是数学、女友、物理和美酒，所以起初听得一头雾水，不明白她在说些什么。她躺在一

① 扶轮国际(Rotary International)，成立于1905年，是个世界性的慈善机构，其成员多为商人和专业人士。

家医院高楼二十层的私人病房里，靠在枕头上，窗外能望见堪威岛边因工业污染而盐碱化的湿地和泰晤士河的南岸。他已经是个成人，当然很清楚，如果告诉她自己毫无觉察，或者说她的道歉搞错了对象，或者说他无法想象年过三十的人还能有性生活，那就等于在侮辱她。他只是拉起她的手，用力握住，传递温情，说根本没有什么需要原谅。

直到开车回到家、陪父亲喝下三杯睡前威士忌、然后回到自己的房间、和衣倒在床上、将她告诉他的话回味良久以后，他才领会到她取得了多么大的成就。十一年里搞了十七个情人。别尔德中校自己受过刺激冒过风险，到三十三岁便能甘心遁世。安琪拉也得有她那份刺激和历险。她的情人便是她对隆美尔发起的沙漠之战[①]、她的诺曼底登陆、她的柏林战役。靠在医院的枕头上，她对迈克尔说，没有他们，她准会自怨自艾，全线崩溃。可是，一想到自己居然如此对待独生子，她终究还是自怨自艾了。第二天他回到医院，当她用汗津津的手攥住他的手时，他告诉她，他的童年最快乐也最安全，没法想象还能更好，他从没觉得受过冷落，也没有怀疑过她的爱，况且他又吃得那么好，至于她“对生活的胃口”（这词儿是他概括的），他不仅为此而自豪，而且希望能继承。这是他有生以来的第一次演讲。这些四分之三属实的言辞，是他平生讲过的最出彩的话。她在六周之后去世。

① 隆美尔（1891—1944）是二次大战中德军元帅，“沙漠之战”指二战中英国的蒙哥马利元帅指挥的盟军对隆美尔指挥的轴心国军队之间的一场战斗。

顺理成章地，父子之间从来不谈论她的情史。然而，此后多年，迈克尔每每驶过切姆斯福市或者附近的村落，看到某个在人行道上蹒跚前行或者在公交站边颓然瘫倒的老头，就会琢磨他会不会是那十七分之一。

按照当时的标准，他上牛津时也算少年老成。他已经跟两个女孩做过爱，有辆汽车——双前挡玻璃的名爵小型车，他平时就把它锁起来沿着考利街停靠，父亲还给他一份零花钱，远远超过其他大学预科男生。他脑子好，爱社交，刚愎自用，对于那些来自名校的男孩，非但不为所动，甚至还有点鄙视。他属于那种既让人恼火又不可或缺的类型，排队总是排在前头，伦敦城里的重要演出都弄得到票子，而且没过几天就步步为营地结交到名人，寻找到捷径——社交捷径和地理捷径。他看起来要比十八岁大得多，勤奋，整洁，有条不紊，而且，千真万确，他还有一本一直在用的办公日记。人们老是在到处找他，因为他能修收音机和录音机，房间里常备一把电烙铁。提供这些服务，他当然从不收钱，可他有办法拿到好处。

安顿停当以后，没过几星期他就交到了女朋友，一个名叫苏珊·多蒂、来自牛津高中的“坏”女孩。其他学物理和数学的男孩都是那种自闭的、胆小如鼠的家伙。在实验室和辅导课之外，迈克尔向来跟他们划清界限，对那些摆出艺术家做派的人也一样敬而远之——他们总是用他不懂的文学典故让他害怕。他喜欢工科生，他们能带他进车间，还喜欢学地理的、学动物学和人类学的，特别是那些在稀奇古怪的地方干过田野调查的家伙。

别尔德认识好多人，却没有好朋友。他从来都不算广受欢迎，可大家都认识他，谈论他，觉得他很有用，却略有点讨厌他。

大二将尽时，别尔德正在努力适应母亲将不久于人世的事实，无意中听到有人在酒吧里提到玛格丽特夫人学院里名叫梅西·法默的是个“贱妞”。这个词儿用得颇为褒义，就好像是某个构建完善、具有临床诊断精确性的门类。在这种语境下，她那带有乡野风情的姓氏[①]让他心驰神往。他想象出一个丰满壮硕的情妇，身上沾着一道道肥料的污迹，跨坐在一辆拖拉机上，然后就把她给忘了。学期结束，他回到家，母亲去世，整个夏天都迷失在悲伤和无聊中，迷失在和父亲一起待在家里时陷入的麻木的、穷于言辞的沉默中。他们从来不讨论感情问题，如今完全没有共同语言。当他在屋里看到父亲在花园尽头出神地凝视着玫瑰花时，当他从父亲颤抖的双肩上猛然发觉他正在哭泣时，觉得很尴尬，不，是很惊恐。迈克尔不想出门到他身边去。他知道母亲有一堆情人，可他不知道他父亲是否知道（他猜他不知道），这件事是另一个无法逾越的障碍。

他在九月回到牛津，在帕克镇租了间四楼的房子，那个小区的中心花园周围有一条破破烂烂的、建于维多利亚时代中期的新月形街道。他每天步行去物理楼，路上，在狭窄的、通往大学公园的过道上，他总要经过那个“贱妞”所在的学院的大门。

某天早上，他心血来潮，逛进那学院里，在门房那里打听到

---

① “法默”即 Farmer，英文中是农夫的意思。

确实有个名叫梅西·法默的学生。那一周的后几天，他发现她在读三年级，主修英语，不过这可不会成为他前进的障碍。有那么一两天时间，他一直在琢磨她，后来手头有了工作，再加上别的事插进来，他又把她彻底抛到了脑后，直到十月底，在自然历史博物馆门外，一个朋友介绍他认识了她和另一个姑娘。

她跟他想象得不一样，起初让他失望。她个头矮小，几乎弱不禁风，模样很漂亮，乌黑的双眸淡淡的眉，嗓音悦耳，带着令人惊讶的口音，似乎是东部伦敦腔，在那个年月，一个女大学生有这样的口音着实不同寻常。为了回答她的问题，他跟她解释自己的专业是怎么回事，她一脸茫然，很快就跟她朋友走了。两天后他又撞上她一个人，便想请她喝一杯，她说不，而且说得飞快，都不等他把那句子全说完。出于一贯的自信，别尔德对此颇感惊讶。可是，眼前的这个人在她眼里是什么样子？一个结实壮硕的家伙，模样像会计，脾气挺热心，系着一根领带(那可是 1967 年!)，短发侧分，还有一个要命的细节——一支钢笔别在上衣胸袋上。更何况他学的是科学，这个不伦不类的专业是给傻瓜学的。她彬彬有礼地说再见，继续往前走，可是别尔德跟在她身后，问她明天有没有空，要不后天也行，再不行就周末。不，不，就不。接着他机警地说："要不就说'有门'吧?"她欢快地笑起来，真是被他的坚持给逗乐了，眼看着就要改变主意了。可是她说："'没门'倒是一直都有，'没门'你应付得来吗?"他答道："那我可没空。"她又笑，捏起孩子似的小拳头，温和而戏谑地打在他的翻领上，然后走开去，这举动既让他觉得自己还有机会，也发觉她颇有幽默感，他没准能攻下她。

他确实那么做了。他调查了她。有人告诉他她特别喜欢约翰·弥尔顿。要不了多久就能弄清楚这个男人到底属于哪个世纪。他学院里一位文学专业的三年级学生[①]以前欠他一个人情（弄到一场奶油乐队[②]演唱会的票子），这回就给他讲了一个小时的弥尔顿，应该看什么书，想什么问题。他读了《科摩斯》，它蠢得让他吃惊。他浏览了《利西达斯》、《力士参孙》和《幽思的人》——某些段落真是虚头八脑，矫揉拘谨啊，他想。《失乐园》他看得顺畅些，而且，与很多前人一样，他喜欢撒旦胜于上帝。他，别尔德，将那些他觉得机灵的、特别醒目的段落都背了下来。他读了本传记，还有四篇别人告诉他至关重要的随笔。读这些耗了他漫长的一星期。他在特尔的一家古玩书店里随口说想买一本《失乐园》的初版，差点被人扔出店门。他找到一个和蔼的、对买旧书很在行的助教，悄悄告诉他，他想用某种礼物来讨一个女孩子的欢心，那人就领着他跑到科文特加登广场[③]的一家书店里，在那里，他用一个学期的零花钱买下一本《论出版自由》[④]的十八世纪版本。他在回牛津的火车上飞快地翻了翻，其中有一

---

① 牛津大学是近四十个学院集合而成的，这些学院虽各有特色，但大部分都设有各种专业，文理并存于同一学院是常见现象，所以在牛津中修读同一专业的学生分属于不同学院是司空见惯的。这与我国大学纯粹按照专业来划分学院的做法完全不同。

② 60年代末英国布鲁斯摇滚乐队，其灵魂人物是叱咤世界乐坛多年的埃里克·克拉普顿。

③ 伦敦地名，曾为伦敦主要水果、花卉和蔬菜市场。

④ 此段中所列的书籍都是约翰·弥尔顿的作品。

页裂成了两半。他用透明胶带补好。

接着，水到渠成地，他又与她邂逅，这回是在她学院门口——他在那里等了两个半小时。他要求至少让他陪着她从花园穿过。她没说不。她上身穿黄色羊毛衫，外罩一件军大衣，下面配黑色百褶裙，足蹬一双缀着古怪的银色搭扣的黑色漆皮鞋。她甚至比他想象得更美。他们一边走，他一边礼貌地问她的功课，她逐一解说，那口气就像面对一个乡下白痴，她说她正在写关于弥尔顿的文章，弥尔顿嘛，就是十七世纪的一位著名的英国诗人。他请她具体说说论文的内容。她说了。他大着胆子说了一条听来的看法。她大吃一惊，说得更详细了。为了阐明自己的某个观点，他引用了“从早晨/到中午，”她喘息着接了下半句，“从中午到潮湿的黄昏”[①]。他让自己的语调一直都带着试探性，先说起弥尔顿的童年，又说到内战[②]。有些事情她不知道，便饶有兴味地听。她对诗人的生平知之甚少，而且，令人惊讶的是，考量他的时代背景似乎并不属于她的研究范畴。他便把话题引回她熟悉的领域。他们又引用起自己最喜欢的诗句来。他问她读过哪些学者的文章。有些他也读过，便委婉地举证。他浏览过一份作品名录，所以谈到的话题远远超过自己读过的内容。她甚至比他更讨厌《科摩斯》，于是他斗胆温和地替它辩护了几句，然后心甘情愿地承受一顿批判。

---

① 《失乐园》第 1 卷第 742 行。
② 指 1642 年至 1646 年和 1648 年至 1652 年英国议会与保皇党人之间的内战。

然后，他说起《论出版自由》以及它与现代政治的关系。说到这里，她在半路上停下脚步，意味深长地问，一个科学家知道那么多弥尔顿有什么用，他想这下可露馅了。他装出略感受辱的样子。他对所有的知识都感兴趣，他说，专业之间的界限纯属约定俗成，或为历史意外，或为传统惯性。为了阐明自己的观点，他抛出了从人类学家和动物学家朋友那里捡来的零碎。她的嗓音里第一次透出了些许暖意，开始问起与他自己相关的问题，尽管她并不想听什么物理。他是哪里人？埃塞克斯，他说。可她也是啊！就在清福德[①]！这一刻他时来运转，一把抓住了机会。他请她共进晚餐。她说好。

后来，他将会把这个薄雾缭绕而阳光尚好的十一月的下午——沿着彩虹桥走过切维尔河——看作平生第一场婚姻的起点。三天以后他带她去兰道夫饭店用餐，而此前整整一天他都在恶补弥尔顿。显而易见，如今他应付这特殊的功课已是小菜一碟，那首著名的诗自然而然地吸引着他，最后十几行他都背熟了，等第二瓶酒下肚，他便跟她谈起那诗有多么哀婉：一个盲人为了自己再也看不到的一切而悲伤，紧接着又讴歌想象的救赎力量。靠着浆硬的桌布，手里攥着酒杯，他背给她听，最后几句是："天上的光啊/照耀我的内心，照亮我心中，一切的功能/在那儿移植眼睛/把那儿所有的云雾都清除干净/使我能把肉眼看不

---

① 位于埃塞克斯郊区。

到的东西/都能看得清晰，说得仔细。”[①]背诵这几句时，他看到她眼里泪光闪闪，便把手探到椅子下面拿出他的礼物——《论出版自由》，1938年版，皮面精装。一周之后，他违反禁令潜入她房间，和着但赛特牌录音机（那天下午他用冒着烟的电烙铁替她修好了）里播放的《佩珀中士》[②]，他们终于成了情人。那个暗示着她是公共财产的外号“贱妞”，如今让他深恶痛绝。不过，就床上功夫而言，她确实比他以前认识的所有姑娘都更大胆、更狂野、更乐于尝试，也更慷慨。她还会做一种上好的牛肉腰泥馅饼[③]。他判定自己确实恋爱了。

追求梅西的过程不依不饶，有条不紊，不仅让他志得意满，也构成了他成长道路上的转折点，因为他知道，没有哪个三年级文科生——哪怕他再聪明——能够只用功一星期，只需跟别尔德那些学数学物理的同学们混混，就能蒙混过关的。这是条单行道。突击弥尔顿的那一周让他怀疑这些玩意就是天大的骗局。读这些东西是挺辛苦，但他并没有碰到什么能稍许在智力上构成挑战的东西，没有什么能跟他每天在自己的课业中遭遇的困难等量齐观。在兰道夫饭店用餐的那一周，他刚学了“里奇标量”，终于弄懂了它在广义相对论中的用途。最后他觉得自己领会了这些绝妙的等式。这条定理再也不是一个抽象概念了，

① 《失乐园》第3卷51行至55行。这里所引用的两处译文均参照了朱维之的译本。

② 这张唱片的全名是《佩珀中士的孤心俱乐部》，是英国著名摇滚乐队“披头士”发表于六十年代的专辑，被认为是乐坛划时代的经典，也是“披头士”最受好评的代表作之一。

③ 一种英国传统食品，馅料里主要包括牛肉和牛、羊或猪的腰子。

它变得性感，他能感觉到密不透风的时空的构造如何有可能被物质所扭曲，这种时空的构造如何影响物体的运动，时空的弯曲度又是如何生成了万有引力。[①] 他可以花半个钟头，盯着一堆术语和场方程核心问题的标注，揣摩爱因斯坦本人为什么会说它具有"无与伦比的美"，为什么麦克斯·鲍恩[②]会说它是"人类思考自然所达到的最伟大功绩"。

这种揣摩就像是用脑力举重——起初完全不可能。他们这伙人每天都听讲座，做实验，从九点忙活到五点，尝试理解某些最难啃的骨头。那些学文科的，每天中午才从床上滚下来，每周只上两次辅导课。他猜，对于他们谈论的话题，任何人只要半心半意地听到几句，就一定能理解。他读过关于弥尔顿的四篇最优秀的论文。他能懂。而他们偏偏要装出比他高明的样子，这些爱睡懒觉的家伙，他居然还被他们给唬住了。再也不会啦。从他得到梅西的那一刻起，他在心智上就自由了。

多年以后，别尔德把这段故事和他的结论说给香港的一位英文教授听，那人说："可是迈克尔，你没明白问题的关键所在。如果你能用九十位诗人来勾引九十个姑娘，每周一位，持续三学年，而且最终一个也没忘——我是指诗人，并且将你的阅读融会贯通，综合成某种审美概论，这样你就能替自己赚到一个英语文

---

① 爱因斯坦认为，正是因为物质有质量，从而导致了它周围的空间扭曲。这在大质量物体上更为明显。时空扭曲是爱因斯坦相对论的内容之一，目前，在科学界还存在争议。

② 麦克斯·鲍恩（1882—1970），德国物理学家、数学家，在量子力学领域建树甚丰，获得1954年诺贝尔物理学奖。

学学位了。不过，你可别假装这是件寻常事。”

然而，当时看来确乎寻常，他在大学最后一年里也比以前快乐得多，梅西也一样。她说服他留长发，穿牛仔服而不是法兰绒，不再替人修理物品。那事儿不够酷。而他们自己都变酷了，尽管两个人个子都挺矮。他离开帕克镇，在杰里科租了间小公寓，开始同居。她的朋友尽是些学文学和历史的，如今也成了他的朋友。他们要比他别的朋友更机智，当然也更懒惰，他们自有一套成熟的享乐观，就好像这个世界欠了他们似的。他学到了种种新主张——关于财富分配、越南、巴黎事件、山雨欲来的革命、迷幻药，他宣称这玩意极其重要，但他自己却不肯尝试。当他听着自己高谈阔论时，心里其实压根就不信，居然没人把他当成骗子，这一点让他很吃惊。他试过大麻，但很不喜欢这玩意对记忆力造成的干扰。尽管定期参加派对——在那里听嘶吼的音乐，喝盛在湿透的纸杯里的劣酒，不过他和梅西从来没停止过工作。夏天来了，期末考来了，再后来，他们呆呆地、惊讶地发现，一切都结束了，人人都作鸟兽散。

他们都拿到了“优等生”的头衔。迈克尔有了理想的去处，到苏塞克斯大学读博士。他们一起去布莱顿，找到一个好地方——苏塞克斯高地的一个偏僻村落中，一栋教区长住过的老宅，从九月起入住。他们承受不了昂贵的租金，所以，在回到牛津前，他们同意跟一对学神学的夫妻合租，后者还带着一对同卵双胞新生儿。清福德的报纸上曾刊出一则报道，描述那些“青云直上”的工人阶级姑娘——站在“青云”的高度，他们决定结婚，将各自支离破碎的社会背景聚拢在一起，这样做倒并不是为了沿袭传统，恰恰相反，他们觉得结婚这件事新奇古怪，狂欢而“坎普”，无害而老派，就好比“披头士”替他们那张轰动一时的大碟拍摄宣传照时穿的那种带流苏的军装。有鉴于此，夫妻俩没有邀请，甚至也没有通报各自的父母。他们在牛津登记处成婚，和几个当天赶来的朋友在波特草场上喝得烂醉，独自居住在科尔德诺顿的“战时优异战功勋章”获得者亨利·别尔德中校（退役），直到儿子离婚以后，才知道他结过这么一次婚。

四十一年之后，此刻，伴随着清晨五点的时差反应，亨利的儿子一边回忆那时的岁月，一边在得克萨斯州埃尔帕索的卡米诺雷阿尔饭店的圆形酒吧里，等待托比·哈默出现。女侍应再次从身边经过，别尔德又叫了一杯威士忌，外加第二碗盐渍果仁。在高高的彩色玻璃穹顶下，美国人和墨西哥人的话音此起彼伏、相互交融，他听不清别人在讲些什么。他在回首当年，在长途旅行中，那种无根无底的漂泊感、无聊感，外加缺乏睡眠或规律，会让人没来由地勾起过往的记忆片段，如同幽灵出没般栩栩如生，他现在就是如此。此刻，他仿佛亲临现场，似乎此地就是兰道夫饭店的餐厅，他穿正装打领带，白衬衫是自己笨手笨脚熨好的。一杯酒下肚，他居然还能背出几句弥尔顿来：“神圣的‘光’……无穷的黑暗/包围着我，人世间享乐的一切渠道……智慧被关闭在这一重门之外”[①]。他用一首诗赢来一个女孩，而她

① 《失乐园》第3卷45、46及50行，朱维之译本。

已经去世，两年前死于肝癌。但这首诗他从来不曾忘怀。他在想，自己怎么会从来就没带着梅西去见见父亲，从来没有邀请过老人到苏塞克斯那栋漂亮的老宅里住一住，当新时代曙光初露时，他怎么会让父亲独自悲伤，他们这傲慢、无耻、被宠坏的一代怎么会背过身去，对曾经浴血沙场的父辈置之不理，只因为他们留着短发、爱好整洁、对摇滚乐冷感，就不拿他们当回事。

不止一杯酒喝下去，内疚才在迈克尔·别尔德心里滋生。这是他的第三杯，要不就是第四杯。他已经等了一个多小时。门外的街上有四十三度，这里却好像只有零下十度。只有喝酒才能让他暖和。这几年，他多次踏上这段旅途，多次来到这个酒吧。从伦敦到达拉斯再到埃尔帕索，来接机的是超大 SUV 车，也只有这种车款才能让他的庞大身躯舒服自在。下飞机之后他在这里稍事休整，跟同事会面，然后坐三小时车，沿着美墨边境向西行驶，抵达新墨西哥州的洛兹伯格。今天，哈默会从旧金山过来。夏日里反复无常的暴风雨让跨越落基山脉的航班纷纷延误。其实不见他，别尔德也能走，但他宁可等。他想，也许干脆在这里过夜，明天上午见过尤金·帕克斯医生，听听他的化验结果再走。有一种迷信他始终破不了：他觉得，像帕克斯这样睿智的美国老医生，应该能秉持着一名冷漠的外国人恰到好处的中立态度，作出临床诊断，不会有什么道义上的弦外之音、责备之意，或者勉强压抑的怒火——别尔德估计，本土的医疗人士少不得会来这一套。你该节制点啦，别尔德教授。恐怕我们真得整治一下你的生活方式啦。他的生活方式——他一边满含羞愤，费力地重新拉好内裤，一边想这样说——就是让这个世界的人工光合作用达到工业生产的规模。只要这个世界及其仿佛身患硬化症的信贷市场允许他这么做。

他的酒来了，酒面上漂着一堆冰块，这种便捷而透明的玩意是拿来挥霍能量的，此外还有盛在木盘子上的一斤果仁，上面盖着一层厚厚的盐。谴责客户的生活方式可不是帕克斯医生的风格。而且，作为一名气候变化问题的狂热信徒，他对别尔德从事的项目颇为赞赏，还在纽芬兰买下一块地，他相信十年内那里就能建起一座葡萄园。如今得克萨斯州夏天的气温通常高达五十摄氏度，是时候卷起铺盖投奔北方啦。眼下，他告诉别尔德，即便没有数千，也有数百美国人在加拿大买了地产。

别尔德只留一块冰，其余的都被他转移到原来那只喝空的杯子里，然后他盯着手背上的斑，希望它能消失。三年前那里就长了东西，他花了好一阵子奔走求诊。诊断结果是一种良性皮肤肿瘤，用液氮冷冻法治疗轻而易举。九个月之前，肿瘤复发，而且貌似与先前不同，他怀疑这回不会那么走运了。所以他干脆听天由命，任凭它长大、发黑，变成一块边缘墨黑的乌青斑。通常，每每情绪低落时他就会记起此事。如此怯懦而不智的行为，他本来以为根本不会发生在自己身上。在帕克斯医生的办公室，真相以一份活检报告的形式躺在文件夹里。明天就能领报告了，要不也可以等他返程经过此地时再领。最适合别尔德的办法，是明天去做个常规体检，万一结果不妙就先不告诉他。在美国，这样的安排是能够做到的。

他答应过致电给洛兹伯格的达林恩，但他现在不想打。在酒吧角落的一处突起的平台上，两个男人正挨着一支麦克风就座。一位开始替一把电吉他调音，调微音程时发出的刺耳声响惹出一段记忆来。没错，当初那对跟他与梅西合租的读神学的夫妇姓吉布森，男的叫查理，女的叫阿曼达，他们既虔诚又睿智，逆时代潮流而行，在刘易斯的一家学院里念书。他们的上帝，凭着神秘之爱，抑或惩罚之心，赐予他们一对巨婴，就是那种但凡搁到1947年，必定能轻松击败别尔德夺走大奖的孩子；这对双胞胎从来不睡觉，也极少停下他们同样尖利刺耳的哭泣，万一启动步调不够一致，他们就会互相激发；他们联手在雅致的房子里释放一股臭气，就像炉子上搁着一锅咖喱一般极具穿透力，一锅咖喱对虾，却像海边沼泽一般腐臭不堪，就好像他们因为笃信宗教而被迫以海鸟粪和贻贝为食。

年轻的别尔德，彼时正在卧室里忙着最初的计算——它们奠定了他毕生工作的基础，是他白手起家赚来的第一桶金——耳朵里塞满吸墨纸，让窗户一直开着，哪怕隆冬时节也是如此。只要他下楼给自己煮一杯咖啡，就会在厨房里撞见小两口在他们的“私人地狱”里的一幕生活场景，因为缺觉，他们眼圈发黑，动不动就生气，一边分摊那些讨厌的差事——其中包括祈祷和冥想——一边互相埋怨。在乔治王时代的教区长宅邸里，宽敞的过道和居室被一大堆突兀的、金属和塑料制成的工具和现代育儿设备弄得魅力全无。吉布森一家，无论是大人还是小孩，都没有表现出一丁点从对方身上得到乐趣的迹象。他们怎么会有乐趣呢？别尔德暗地里对自己发誓，永远都不当爸爸。

那梅西呢？她放弃初衷，不再攻读研究阿芙拉·贝英[①]的博士学位，她拒绝了大学图书馆里的一份工作，转而投身于社会保障金事业。但凡活在另一个世纪里，人们会把她看成一个赋闲在家的女人，但是身处二十世纪，她这样做就显得很"活跃"。她钻研社会学理论，加入一个加州妇女团体管理的组织，还自己张罗了一个研习班，这在当时还是个新理念，非但如此，虽然以世俗条件衡量，她不会再振翅高飞，可她的觉悟水平却有所提升，没过多久便敢于正视父权制的无耻实质，同时也认清了她的丈夫在一系列压迫中扮演的角色，这些压迫上至种种稳固其男性身份的科研院所——尽管他不会承认这一点——下至他在闲聊时流露的些微马脚。

按照她当时的说法，这个过程就像是穿越了一面镜子。一切看起来都截然不同，她，进而是他，再也不可能天真地感到心满意足了。经过严肃的讨论，某些事情得到了解决。他实在是个太彻底的理性主义者，所以想不出很多理由来证明他不应该帮着干点家务。他相信，比起她来，家务活更会让他无聊，但他没这么说。至少得洗几个碟子吧。有几种根深蒂固的态度，他需要检讨并改正，好比在潜意识中以自我为"中心"，对自己的情感浑然不觉，没有倾听，没有听见，没有真正听见她在说什么，也

① 阿芙拉·贝英(1640—1689)，英国小说家、剧作家，多被认为是英国第一位专职女作家。

不曾洞悉这个无论在琐屑还是在重要的方面都让他占尽便宜、却始终对她不利的体制。举一个例子：他可以独自到乡村酒吧里开怀畅饮一品脱，而她就不行，否则就会被本地人盯上，把她当成一个妓女。对于他的工作，他的客观性，对于理性本身，他都抱有未经事实检验的信仰。他不明白，认识自我是一项至关重要的事业。认识世界还可以通过别样的方式，比如女人的方式，而他却对此不屑一顾。虽然他装作无所谓，实际上却一见她的经血就作呕，而这恰恰构成了对女性的气质核心的侮辱。他们俩做爱时总是盲目奉行统治与服从的姿势，那是对强奸的模仿，压根就是堕落。

几个月过去了，晚间讨论会多次上演，别尔德多半都听着，间或想想工作。那时他正忙着从一个截然不同的角度思考光子的问题。后来，某天晚上，他和梅西照例被双胞胎吵醒，两人并排仰面躺在黑暗中，她突然说要离开他。她已经想明白了，也不想吵架。威尔士中部那些浸透了雨水的山脉上正在筹建一个群居村，她打算加入其中，而且不想再回来了。她知道——他永远也搞不清她为什么会知道——现在她必须走这条路。如何认识自我，如何看待过去，如何考量她的女性身份，她觉得自己必须去审视这些问题。那是她的责任。此时此刻，别尔德只觉得有一种强大而陌生的情感油然而生，让他喉头发紧，胸腔里发出一声呜咽，他根本无力抵挡。这声呜咽，吉布森一家肯定隔着墙都听见了。它很容易被误解成一声大吼。在他心里，欢天喜地与如释重负交织在一起，紧接着又浮现出一大片辽阔的松弛感，就好像他从床单被褥上漂浮起来，一头撞在天花板上。突然间，一切都展现在他眼前，未来是自由自在的，无论何时，想工作就能工作，还能邀请几位他在法尔默校园里看见的姑娘到家里来，或者懒洋洋地坐在图书馆门外的台阶上，他能找回那个无须他人挑剔的自我，同时亦无须对梅西内疚。这一切让他情不自禁，脸颊上滚下一串泪珠。他实在是巴不得她立马就走。他一闪念，想提出马上开车送她去车站，但是凌晨三点刘易斯哪有班车啊，再说她还没整理行装呢。她听到他的抽泣，便摸索着打开床头灯，侧过身子凝视他的面庞，看见他眼睛湿漉漉的。她坚定而刻意地低声说："我不会受人胁迫的，迈克尔。我不会，肯定不会被你忽悠得动了感情，就留下不走的。"

酒吧能有这么大，可真是件好事。两个男人正在用西班牙语大声合唱一首滑稽歌曲，歌声一传开就激起笑声一片。尽管美国的这个角落他来过很多次，还是一个词儿都听不懂。他抬起手再要一杯，酒几乎应声而来，他随即将冰块下的酒一饮而尽。一场婚姻真的能这样烟消云散、毫无痛楚吗？一周之后，她已经动身奔赴波厄斯郡的山地农场了。此后的一年时间里，他们互相寄了几张明信片。再后来，有一张寄自印度的一所灵修院，她在那里一待就是三年，某天还从那里寄来了欣然接受离婚的信件，所有文件都签署停当。直到自己二十六岁生日那天，他才与她重逢，她来时剃着光头，鼻子上戴着一颗宝石。多年以后，他在她的葬礼上致辞。也许，正是因为在那栋教区长的老宅里，他们的分手如此波澜不惊，他此后才会对婚姻那么马虎大意，离了又结，结了再离。

颇为费力地，他站起身，穿过圆形酒吧，直奔洗手间。按照当地的高标准，他不算特别胖的男人。即便是眼前，他也能看见一对轻易便能把他比下去的家伙，一男一女，被自己的体形逼得只能坐在扶手椅边沿上。话说回来，别尔德也是个半斤八两的胖子，他的膝盖很痛，再加上站起身的速度太快，只觉得头晕目眩。穿过大堂时，有个接待员从总台后面跑出来，疾步跟在他身后。

“抱歉，是别尔德先生吗？我想应该是您。欢迎来卡米诺雷阿尔。有位先生一直在找您。”

“哈默先生？”

“不是。那是一星期前的事啦。好像从英国来，可他没留下什么口信。”

“他长什么样？”

“我猜，那该算是大个子？他还说他姓什么塔内普之类？”

他们本来可以继续一问一答的，可是就在这时，别尔德看见哈默穿过玻璃门走进来，跟在推着行李车的行李员身后。两个男人拥抱在一起，那个接待员知趣地做了个鬼脸，走开了，别尔德朝着他的方向点头致谢。

“托比！”

“头儿！”

自从哈默听说以前人们管别尔德叫“头儿”，他便学会了这称呼，带着点儿冷嘲的调调。参与这个项目的其他人也都跟着学，别尔德自然很高兴。这几乎弥补了当初被中心解雇的遗恨。

他比别尔德大三岁，精瘦而壮实，脊背挺得笔直，唯有那种二十年没碰过一杯酒的男人，才会有如此清澈的眼神和洁净的皮肤。虽然他走路有点儿罗圈腿——就像一个骑马骑得精疲力竭的牛仔，可他平时爱打美式壁球，还一个人打起背包去“高山区”[①]徒步旅行。反正他是这么说的。在他的公司里，别尔德通常会在好长一段时间里，都按照健康食谱进餐。哈默学电子出身，不过在八十年代早期，他却一心要当个酒鬼，毁掉自己的婚姻，把那些世俗意义上可以称之为朋友的家伙统统赶走。一旦他清醒过来，就又把所有人都找了回来，包括老婆孩子，同时着手开展一种无法清晰描述其职分的工作。他广结人脉，牵线搭桥，搞定种种交易。他介绍别尔德认识深谙减税之道的律师，洞悉国家立法机关奥妙的会计，行走于商业与政治之间大片灰色地带的华盛顿掮客，能够给大型基金会里的决策者递上话的人，还有那些搞风投的，他们的朋友的朋友认识维诺德·科斯拉和沙伊·阿加西[②]之类的大腕。哈默成功地打通关节，搞定了别尔德的专利申请，获得洛兹伯格附近的土地租约及其优先购买权，千方百计地打入“太阳能圈子”，结识工程师和材料专家。他甚至从即将卸任的布什班子手里也榨出了一笔钱，而从奥巴马鼓

① 即 High Sierras，位于美国西部。
② 这两位都是如今闻名全球的风险投资家。

鼓囊囊的钱包里掏出的钞票，就更是多得多了。

然而，哈默没法让这个项目免受延误之苦，也无法让它不受愈演愈烈的银根紧缩的影响，有时候简直面临绝境。每走一步都得妥协。在美国西南部，洛兹伯格的那块地皮本来只是排名第四的选择。亚利桑那州和内华达州境内，有几块地的年均日照时间都比洛兹伯格长，但是来自大型公用事业机构的竞争抬高了价格。其他地方或是没有水源，或是没有像样的公路、没有接入高压输电网，当地也没有一个如此友善的商会。他与别尔德及他人共同创办的公司，为了满足减税的条件，被迫重组了三次。本土的安全部门对别尔德的异国身份不无猜疑，在布什当政期间，哪怕是美国科学界的知名人物写信举荐也于事无补。筹钱不容易，哪怕遇上好年景也是如此。那些关注太阳能的风投家一致认为，在这条经过反复尝试和实验的道路上，可以在两处押上赌注：太阳能热气流——聚焦太阳的热能，产生蒸汽驱动涡轮机——或者光生伏打——直接通过阳光产生电流——无论哪一项，都要用放大镜来聚集阳光。至于既可靠又便宜的人工光合作用，那得等到二十年以后，这是大家普遍认可的看法。

为了反击这种观点，2007年初，别尔德在加州奥克兰一个实验室外的停车场上举办了一场演示会。其核心概念是：经过充分的日照，一大瓶水将会分解成气体，驱动一种燃料电池发电机，为一把电气锤供电，一个头戴绿色安全帽的男人将用这把电气锤打烂一堵墙，墙上的涂鸦画着“石油”二字。然而，因为某些重要零件没能及时运到，会议延迟了一个月，只有半数投资者到场，所以这个项目只筹到了三分之一的资金，规模大大缩水。

技术难度随着资金减少而增加。汤姆·奥尔德斯的预测大体正确，却在某些细节上出错，不过别尔德几乎也没什么好抱怨的，毕竟他眼下已经坐拥十七项专利权。2005年在实验室里建立的水分解小模型迟迟无法扩大规模，也无法加快运转速度。对于在整个程序中至关重要的感光染料，必须重新考量。催化剂并非源自锰元素，而是源自一种钴的化合物，另一种则来自钌元素。按理说，选择合适的、用于氢氧分离的多孔滤膜并将其投入实验并不难，事实却并非如此。时限终于到了，必须设计并建造将来能投入大规模生产的模型了。他们选择了巴黎附近的一家公司合作。操控板——辉煌成就尽在于此——是边长二米的正方形，耗资三百万美元。它给送到科罗拉多州戈尔登的“全美可再生能源实验室”鉴定，结论是其效率低下达百分之三百，且设计和建造上都有瑕疵。

他们与中国的一家公司合作，在距北京六十英里处另起炉灶。内含集光半导体、水电解质以及滤膜的管道，其顶部材料是树脂玻璃，底部则是用来导电的不锈钢。安置这些管道的操控板长三米宽二米，单位成本四百万美元。一旦投入大生产，则降为一万美元，反正商业计划是这么说的。根据戈尔登的实验结果，新的操控板很管用。此时正赶上全球经济衰退。许多先前向哈默作过的承诺都不作数了。已经一连续过三次的土地优先购买权眼看着又要过期。托比再次出面商洽，结果没能拿到先前承诺的四百英亩，只买下紧邻水源的二十五英亩。如今他们有两个小水库而不是八个大水库，只有一台氢气压缩机，一台发电机而不是五台，最要命的是，作为这个项目的核心和象征，斜向空中放置的操控板只有区区二十三块，而不是一百二十五块。

不过他们好歹还是到位了，后天就要在工业文明史上书写新篇章，地球的未来就此得以保全。太阳将照耀在新墨西哥州西南部的一块空旷的土地上，阳光穿透树脂玻璃管，将水分解，储存塔里将会充满气体，燃料电池发电机将会开动起来，电能将会流向城镇，目睹这一切的，将会是洛兹伯格的朋友们，全国的媒体代表，电力公司人员，来自戈尔登、麻省理工学院、加州理工学院和劳伦斯·伯克利实验室的同事，以及几位来自斯坦福地区的企业家。一份宣传包已准备就绪，其中包括一本闪闪发光的宣传别册。这一切都是哈默和他的团队张罗的。在一顶他发誓是从美国国家航空航天局免费弄来的大帐篷底下，他们将共饮香槟，接受采访，洽谈合同。一旦接到信号，诺贝尔奖得主就会按动开关，开启新时代。

此刻，在明亮宽敞的酒店大堂里，哈默绘声绘色地讲起从旧金山赶来的一路艰险，说到遭遇一个恐怖的气穴，导致飞机直降两千英尺，邻座惊慌失措，还说起一块难以下咽的三明治，直说到别尔德的膀胱忍无可忍，只能抱歉离开。回来时他发现他的朋友正坐在总台，在自己的笔记本电脑上噼里啪啦地查邮件。

“《科学美国》会派人来，”他说，语气里毫无拖拉迟疑，“还有那个从《纽约时报》来的瘦子。”

“希望能管用，”别尔德说。当初的那把电气锤投下了长长的阴影。

“有几家当地企业凑份子做了一块巨大的霓虹灯牌,上面写着‘洛兹伯格’,感叹号。他们打算把这块牌子竖在离我们四分之一英里的地方,我们一启动按钮,他们就点亮霓虹灯。”

“只要他们能提供四分之一英里的电缆就成。”

哈默把电脑移开。他看起来倦意盎然,甚至还有一点沮丧。“他们想让它通宵都亮着。商会已经从拉斯克鲁塞斯城外请来了一支军乐队。”

“我还以为会有个少女乡村乐团呢。”

“在新墨西哥,或者说在这块地界,你得把军队摆在前面。我们还从空军基地请人来表演低空编队飞行。少女乐队会排在后面表演,当然啦,我们得为她们的功放供电。”似乎为了努力显得开心点,他在别尔德的胳膊上打了一拳。“阳光、水和钱能发电,发出电来就能赚更多钱!我的朋友。真的要发生了。”

他们一致决定早点吃晚饭,在这里住一晚,等别尔德看完医生后马上动身。

“不过,听着,头儿,”两人在空荡荡的餐厅里就座时,哈默说,“别让他说你病了啊。这可不是时候。”

“那也是我担心的事。诊断书是某种现代化的咒语。如果你不去看这些人,他们想让你拿什么你就得照单全收的事,就不会发生了。”

他们用酒和水为神奇的想法碰杯,接着就继续聊那些已经通过电子邮件讨论了几个月的话题。但凡有谁在边上偷听,会觉得尽是些枯燥乏味的生意经，但对于这两位而言，这些都是当务之急。究竟需要多少操控板的订单，才能让单位成本下降到平衡点，这样他们就能实实在在地宣告：一家中等规模的人工光合作用工厂能够生产和煤炭一样便宜的电？能源市场是非常保守的。谁也不会因为品德高尚、不让气候系统雪上加霜而得到什么奖励。需要七千份订单，这是他们计算下来的最佳结果。很大程度上，这得取决于他们是否能在一年时间里，日日夜夜地为洛兹伯格及其周边可靠供电，风雨无阻。还得取决于中国人，看他们的动作能有多快，会不会真的害怕丢掉这单生意。在这个问题上，经济衰退倒是帮了个忙，不过经济衰退同样会让人们对于操控板——即便不是对能源本身——的需求下降。他们围绕着这个问题说了好几轮，免不了一番旁征博引，接着，哈默往前一探身，说起了悄悄话，就好像唯一那位站在饭店另一头的侍应生能听见似的，“可是，头儿，你跟我说句实话吧。直说吧。那是真的么，这座星球就要变冷了？”

“什么？”

“你一直跟我说争论已经结束了，实际上却没有。我到处都听人这么说。上星期有位女教授，搞大气层研究的，反正诸如此类吧，她就在电视上这么说。”

“不管她说自己是谁，反正她错了。”

“我到处都听那些生意人这么说。好像这种说法越来越多。他们说科学家搞错了，却又不敢承认。这条产业链上已经集中了太多的职业和名誉。”

“他们有什么证据?”

“他们说,自从前工业时代之后,二百五十年之内上升了零点七度,完全在正常的波动范围内,可以忽略不计。而近十年来的气温却在平均值之下。我们这里已经有过好几个难熬的冬天了——这可对我们的事业没什么好处。他们还说有太多人都靠奥巴马发的津贴和减税优惠发财了,所以不肯说出真相。此外还有那些科学家,其中包括我要说的这一位,他在提交给参议院的关于气候改变的少数派报告上签字——你肯定看过那玩意。”

别尔德犹豫片刻,又要了点酒。某些加州红酒有个毛病,它们是如此香醇可口,喝下去就跟柠檬水似的。可是它们的酒精含量却有十六度。他忍不住想,应付这样的对话真是太容易了。这话题让他厌倦,就像谈论或者反对宗教、麦田怪圈[①]和飞碟一样无聊。他说:“现在的数据已经是零点八度了,在气候条件中这并不能忽略不计,而且大多数变化都发生在近三十年中。而且,仅仅观察十年,并不足以确立某种趋势。你至少需要二十五年。有些年份更炎热,有些则比前一年冷,如果你画一张年均气温曲线图,那就会得到一个之字形,但那是一个上升的之字形。如果你挑一个特别炎热的年份作为起点,那你轻易就能画出下降趋势来,至少在几年内是这样。那是一套老把戏啦,名叫‘框

① 指麦田或其他农田上,透过某种力量把农作物压平而产生出的几何图案。此现象在1970年代后期才开始引起公众注意,某些事件已经被指认系人力所为,但这个现象仍然存在大量疑点,至今无法圆满解释。这种现象也是外星人支持论者的主要物证基础。

架效应'或者'摘樱桃'[1]。至于那些签署了某份反对派文件的科学家,他们都是一比一千的少数群体,托比。就好比鸟类学家、流行病学家、海洋学家、冰河学家、专门捕猎三文鱼的渔夫和运送滑雪者上山的吊椅的操控师,而多数人的一致看法才是压倒性的。有些脑残记者写文章反对是因为他们认为这样做象征着独立思考。某个教授声言抨击则会引来众人的关注。科学家里也有坏人,就像堕落的歌手和糟糕的厨子。"

哈默看上去半信半疑。"如果这地方不热起来,那我们就难看了。"

趁他续杯的当口,别尔德想,说来奇怪,他们共事了这么些年,却极少讨论更广阔的话题。他们说来说去都是这摊生意,聊手里忙活的这件事。同时,别尔德发觉自己快要醉了。

"有条好消息。据联合国估测,每年有三十三点三万人死于气候变化。由于海水变暖、海洋变大、海平面上升,孟加拉国正在下沉。亚马孙雨林遭受干旱。沼气正从西伯利亚的永冻土带中涌出。格陵兰岛冰层下在渐渐消融,这事谁也不想好好讨论。业余快艇爱好者已经在北冰洋西北航道上驾船起航了。两年前,我们失去了北冰洋上百分之二的夏季冰。如今南极洲东部也开始了。未来已经迫在眉睫,托比。"

"对啊,"哈默说,"我猜是这样。"

---

① 原文是 framing 和 cherrypicking,都是经济学、社会学和心理学术语,其含义相近,都是强调选择性注意能导致对同一事物的完全不同的解释,引人得出有利于己方观点(往往是片面的、错误的)的结论。

“你不相信。这还有个退一万步的说法。想想那几乎不可能的事——一千个人都错了，那一个倒对了，数据都弄错了，根本没有变暖。这压根就是科学家们的一个群体幻觉，要不就是一场阴谋。即便如此我们还有那些老靠山嘛。能源保障，空气污染，产油峰值。”

“没有人会仅仅因为石油将在三十年后用完，就买一块花里胡哨的操控板的。”

“你这是怎么啦？家里出事啦？”

“没这回事。只不过，我这里刚刚把所有的活儿干出头绪来，那些穿着白大褂的家伙就在电视上说这座星球不会变暖。我愣是给吓着了。”

别尔德将一只手搁在他朋友的胳膊上，这显然说明他已经超过忍耐的极限了。“托比，听着。这是场灾难。放松点！”

九点半，两个被旅行折磨得筋疲力尽的男人打算上床睡觉，便一起坐电梯上楼。别尔德住在二楼。他跟哈默道了晚安，一边拖着行李接连右转，沿着一条条长长的过道往前走，一边默念房间号码，生怕自己忘掉，他间或弯下腰，左摇右晃，面前的墙上挂着指示牌，好比“309—331”，而他自己的那间是399号，似乎哪里都找不到任何明示或者暗示的线索。于是他一路向前，最后从另一个方向回到电梯口，要不就是到了一个相似的电梯边，那里也有一粒相似的棕色苹果芯斜插在一个覆满沙子的烟灰缸里。带着某种越来越强烈的受害者心理，他又出发了，最后再次经过电梯。直到开始转第三圈，他才意识到自己把房卡拿倒了，目的地应该是663，在另一层楼。他乘上去，找到自己的房间，一进门就把行李倒出来，然后冲向冰箱“迷你吧”，从里面拿出一瓶白兰地和一块超大的巧克力条，捧着它们在床沿坐下。

幸好，这个时间致电梅丽莎嫌太晚，打给达林恩又太早，后者应该在工作。他现在仅剩的气力只够玩玩遥控器。电视机出现画面之前，发出一种家常的、闷闷的噼啪声，那是电子仪器预热的声响，亲切而熟悉，一如母亲的吻。不过不是他母亲的吻。他很累，又醉了，唯一能做的就是在遥控器上乱按一气。都是寻常套路，全无惊喜——游戏节目，清谈秀，网球，动漫，一个议会委员会，若干傻呵呵的广告。两个他愿意在此时此刻以身相许的女人，在谈论他们各自丈夫的老年痴呆症。一对小情人深情对望，引得演播室里的观众一阵骚动。有人说——那口气似乎是在抗议——奥巴马总统仍然是一位圣徒，仍然深受爱戴。近来别尔德一直自称是个“终身民主党人”。他常常在关于气候变化的活动中说到2000年那个攸关大局的时刻，当时地球的命运悬而未决，而布什从戈尔手里篡夺了大选的胜利，一朝权在手，他便荒废了八年的悲剧时光。不过，好久以前，别尔德就已经对美国的丰富多彩和千奇百怪——以其电视为代表——没什么兴趣了。如今他们在罗马尼亚就有几百个频道，而且但凡在这座星球上，别处也都一样。除此之外，只要是上了电视的东西，就再也没什么新奇之处了。可他实在太累了，大拇指都没法离开频道键，只好不停地按下去，整整四十分钟里，他就恍恍惚惚地坐着，手里握着一只空杯子，腿上摊着一张空空的包装纸，接着他让自己舒舒服服地靠在垫子上，睡着了。

九十分钟之后，他被掌上电脑的铃声吵醒，醒来时机器恰好贴在他耳边，他听见女孩——就是那个他曾经用尽种种体面的招数，竭力阻挡其降临人世的女孩——在说话。她，卡特里奥娜·别尔德，就在那里，像一本禁书一样不容抗拒。

“爹地，”她庄严地说，“你在干吗？”

在英国，此时正是周日清晨六点。她照例是被曙光照醒，从床上起来直奔起居室，抓起电话就按下左边第一个键。

“亲爱的，我在工作，”他用同样庄严的口吻说道。他本来可以轻而易举地告诉她他在睡觉，可一听到她的声音，他便心生内疚，似乎非得说一句谎才能抚平。跟他三岁的女儿对话，常常会让他想起多年来跟各色女人之间的你来我往，他或是无法自圆其说，或是出尔反尔，或是乱找借口，结果总是被看穿。

“你明明在床上，因为你的嗓子沙沙的。”

“我在床上看书呢。你在干吗？你能看见什么？”

他听见她清晰的深呼吸的声音，还有清爽的舌头磕在乳牙上发出的咂巴声，她在琢磨从自己新近学会的词汇网上截取哪一段来回答问题。她也许在沙发边，也许坐在沙发上，沙发面向硕大明亮的窗户和一棵枝繁叶茂的樱桃树，她会看见那碗总能让她来劲的沉甸甸的石子儿，亨利·摩尔的雕塑模型，阳光洒在墙上时呈现的恬淡色彩，以及橡木板长而直的线条。

末了，她说：“你为什么不来我们的房子呀？”

“最最亲爱的，我在几千英里之外呢。”

“你能去就能来啊。”

这话里的逻辑让他一时语塞，等他再开口说很快就会来看她时，她已经冒出一个开心的念头，马上打断了他。“我要去妈咪床上啦。拜拜。”电话挂断了。

别尔德仰面躺倒，闭上眼睛，试着从女儿的视角去想象这个世界。对于时间、时区和物理距离，她还没有正确的概念，而且她认为，那台与她日夜相伴的机器理所当然地具备种种神奇的功能。只要一揿按钮，她就能跟她那位“抽象”的父亲说话了，就好像在一场降神会上与鬼魂，与冥界的幽灵对话。有时她竟能把他的真人唤来，而大部分时间她做不到。当他真的出现时，总是带来一份礼物，那是他傻乎乎地在机场里挑的，通常都不合适——一包十二件已经穿不下的彩虹 T 恤衫，一只她觉得太孩子气、却不忍心说出来的毛公仔，一套她搞不懂的电子游戏，一盒最后他不得不自己一口气吃掉的酒心巧克力。梅丽莎总想说服他不要再带礼物了——“她想要的是你”——可别尔德这辈子总是用藏在包装纸里的“惊喜”来安抚女孩子，这个习惯已经根深蒂固。如果没有准备什么礼物，他到家时就会觉得自己一丝不挂，暴露在陌生而莫测的需求中，无法弥补自己老是缺席的过失，只能站在某种让他暗自不适的位置上奋力挣扎，最终被迫就范。

尽管只有三岁，但卡特里奥娜是那种认为“考虑到礼物赠予者的感受，有责任当场打开礼物”的人。这样一种新观念是怎样精妙地融入思维的呢？她不想让爸爸因为讨不到她的欢心而失望。那些T恤——她这样安慰他——不会浪费，因为有朝一日可以留给她的小弟弟，就是那个她古怪地认定必然会降临人世的柔嫩的小家伙。她是一个亲切可人、喜欢跟别人打交道的小姑娘，只是敏感得几乎让人受不了。但凡偶然听到话音里的一点转折、一个升调，但凡她觉得那代表着批评或者申斥，她就会惊恐万状，随即泪眼朦胧，然后通常会哭得抽抽搭搭，不那么容易安抚。有时候，她似乎又陷入了另一种思维状态，如同力场一般可以清晰感知，思绪如潮，像大西洋的碎浪般汹涌。对他人如此敏感，虽然遭罪，却也不失为一种天分。她聪明而热诚，风趣而机敏，但她情感脆弱，非但自己容易受伤，也让她父亲很不好过。有一回，他只是说了一句无心的话，稍稍表达出一丁点不耐烦的意思，便弄得她好生难过，逼得她妈妈急忙冲进房间，把孩子抱在怀里。他可不喜欢被人当成一个欺负女人的家伙，他也不适合——真憋屈啊——过那种从早到晚敏感兮兮的生活。

假如他生的是个傻头傻脑、整天打打杀杀的儿子，会不会感觉好点？也许不会。他之所以依恋她——至少，他对她的依恋程度超过世上任何人——是因为她的固执，因为她毫无条件、从不苛责的爱。对卡特里奥娜而言，这很简单。他是她的父亲，她本能地需要他。她明白他的工作是拯救世界，既然"世界"意味着她的母亲、樱草山、舞蹈用品商店和她的游乐场，那么她就为此而无比自豪。梅丽莎说过没必要麻烦爸爸，有什么用呢？卡特里奥娜不许他有任何瑕疵。她不理会，甚至根本就没注意到他又矮又胖，也不算怎么优雅迷人，还长着三重下巴，她爱他，他属于她。她知道这是她的权利。而这正是另一个让他感到内疚的原因，他买礼物来就是为了在他进门时分散她的注意力，不要光顾着一头扑在他的肚子上，不要在他历经旅途劳顿后刚刚坐定，便爬到他大腿上跟他咬耳朵，倾诉小姑娘的秘密。别尔德就像自己的父亲一样，很不习惯跟孩子亲亲抱抱、耳鬓厮磨。而卡特里奥娜就跟她妈妈一样，乐意接受不平等的爱，也没有发觉他其实有所保留。

总而言之，他是个犹疑不定的家长和情人，对于家庭既非全心全意地投入，亦非堂而皇之地抛弃。出于习惯，他一直固守着年轻人的独立观——对于一个将近六十二岁的男人而言，这可不太寻常。一回到伦敦，他通常会先去多赛特广场的公寓，至少住两三晚，直到屋里的尘垢和各种各样的缺陷让他不得不离开。厨房墙壁与天花板相接的那条线上长满了半黄不灰的蘑菇。门外的一条理论上该邻居负责的阴沟开裂，雨水便渗过了砖墙。可是别尔德不想去找楼上那位既好斗又半聋的男人理论，他也不想发动一场大修，那不免要敲敲打打，贴贴补补，弄得鸡飞狗跳。走道里总是黑着灯，不管他换灯泡有多频繁。他一拉开关灯丝就爆掉。在他楼上的浴室里，冷水早就干了。为了刮胡子，他慢慢地打开热水，熟练地赶在水热到可能烫伤他之前结束战斗。如果要洗澡，就必须在浴缸里盛满滚烫的水，花一个钟头左右才能让它凉下来。诸如此类的鸡毛蒜皮需要深入关注才能解决，所以他宁可凑合着过。客卧里搁一只大瓶子盛放渗漏的雨水，一只铁制的鞋泥刮除架卡在冰箱门上使其密闭，一条破破烂烂的、皱巴巴脏兮兮的绳子作为古老的厕所水箱链条的替代品。

不过，对于那条乱糟糟、黏糊糊，自从最后一个清洁女工在六年前离开以后便再没有吸过尘的地毯，他无计可施。还有那一堆堆从未整理过的文件、信函、垃圾邮件和期刊杂志，大大小小、层层嵌套的空盒子，臭烘烘的沙发，抑或那些似乎已经将空气，将一切家具的表面，将所有的杯盘碗盏、床单枕套都凝结起来的污垢。他曾经告诉自己，虽说公寓脏得离谱，但它好歹也算个可以办公的地方，正是在这里，他打开了汤姆·奥尔德斯的文件夹，重新激活了自己的人生。若是去樱草山，梅丽莎和卡特里奥娜都喜欢跟他说话，而在这里，他可以摊手摊脚地躺在一团乱麻中，不受干扰地读个够。可是，如今也并不完全是这么回事了，因为他的脚踝开始发痒。跳蚤进了家门。若要让此地适合居住，实在要干太多的活，以至于无论单干哪一件都犯不着。为什么要重新装修呢，甚至，为什么要把那些蒙尘纳垢的威士忌和金酒的瓶子拿出来，再把苍蝇和蜘蛛的尸体归拢清理呢？毕竟，他完全可以住到梅丽莎那里去嘛。

而这座小屋，自从多年前他离开帕特丽丝之后，就成了他在到达简朴而明亮、像伊甸园那样一尘不染、清除了所有杂物和种种扰乱心绪的事物的避难所之前必经的中转站，思绪可以在这里自由驰骋，一路飞奔。他环顾公寓四周，因为窗户没人擦洗，所以屋里处处都显得愈发昏暗，处处都是他一部分自我的写照，他最糟糕、最肥胖的自我，没有能力将一个漂亮的计划付诸实施。无论当下是何时，他总是更乐意看书，吃喝，煲电话粥，上网溜达——而不是联络一位电工、管子工或者一家房屋清洁公司，或者整理三英尺厚的文件，或者回复一封汤姆·奥尔德斯的父亲发来的信。正是这样的惰性迫使别尔德在多赛特广场多待了一年，并且最终促成他从房东那里买下了这套房子。

等到他对自己，对这地方，对自己还待在这地方忍无可忍时，他便向西北方向撤退，躲到他的情人和女儿的怀抱中。洗净、熨平的衣服在樱草山等着他，还有运转良好的淋浴设备，一顿美餐，两个姑娘轮番告诉他出了什么新鲜事，善意地调侃他的腰身——梅丽莎管它叫“日渐膨胀的宇宙”——并且求他说说自己在美国沙漠里上下求索、拯救人类、不让他们自我毁灭的历险记。他会给躺在床上的卡特里奥娜念书，这样的时刻——担任朗诵的竟然不是妈妈而是爸爸——总是让她惊诧莫名，以至于她仰面躺着的时候带着某种陶醉的表情，紧紧抓住下巴下面的被子，几乎没怎么听进去。她努力不让自己睡着，怀着心满意足、“唯我独享”的爱仰头凝视手里握着比阿特里克斯·波特[①]写的小人书、浑身肌肉松松垮垮的大块头爸爸。他整个都是她的了。那会儿她只喜欢听这些故事，可是别尔德对波特的反乌托邦却不感冒，什么用烫衣板的刺猬呀，穿着马裤的兔子呀，而且他也得奋力挣扎才能保持清醒，有时候，句子说到一半，他的脑

① 比阿特里克斯·波特(1866—1943)，英国儿童文学女作家，动物故事插图画家，著有《彼得兔》等。

袋会突然往前一沉，接着他醒过来，继续用毫无感情的声调念那些玩意，好比说，一只被偷走的胡萝卜。

在得州的酒店房间里，别尔德仍然仰躺着，手里拿着掌上电脑，他口渴，却又累得没法起来找瓶水喝。经过那么远的长途飞行，喝下那么多威士忌，再加上一连二十四小时没睡，这一切都在把他往那张美式大床上推。他感觉到背上和腿上滑过一阵阵虚拟的运动感，那是飞机在平流层的波动中以四分之三音速飞行了一整天之后，在他的身体上留下的记忆。处在这样的状态，他一点欲望都没有，然而，与此同时，他还是想到了梅丽莎。事情是怎样进展的？通常，讲完床头故事之后，他终于能跟她单独待在一起了。终于？现如今，他再也不会像以前那样饥渴难耐了，这也好，他可以集中精力对付食品，顺便听听舞蹈用品商店的新闻。经济萧条弄得人们对舞蹈兴味索然。她是个聪明的生意人，三家店都没关，只是削减了商品种类，缩短了开放时间，但没有解雇一个人。那些跳芭蕾的小姑娘倒也跟时代合拍，爱上了黑色，再也没有那么多中年男子跳探戈了，可他们的太太会来觅牛仔帽跳一度过时、现在却又时髦起来的队列舞。另一个出人意料的增长点是“真人秀”类的电视舞蹈比赛的兴起。

这样的谈话叫人宽心，尤其在过去那些忙到抓狂的日子——当时洛兹伯格计划即将开始运转。她在聊天，而他就看着她，确信她通过独特、充实而丰富的方式，非但与过去一样美，而且还比他以前所见到的她更幸福。她毫不费力地适应了母亲的角色。她对卡特里奥娜的态度既温和又放松，像她这样四十岁生日过后三个月才生下独女的母亲，多半会对孩子百般溺爱、控制欲强烈，可她没有。她的幸福是他这辈子都未曾体验过的，他觉得这种幸福让她的某些部分与他渐渐疏离，并且在她周围裹上一层她知道他永远不会费心去穿透的保护罩。如今她有了稀世珍宝，她认为这种私密的快乐犯不着与人分享，反正他也不会懂的。她向来很乐意见到他，她跟他上床的热情一如既往，她鼓励他和卡特里奥娜多多相处，她甚至还挤出时间来熨他的衬衫。他每年拿出两万五千英镑作家用，她说这笔钱绰绰有余。不过他怀疑哪怕没有他的钱，梅丽莎也能过得很好，即便他不在，她也一样幸福。

实际上，当初她怀孕时他们俩争论不休，其间她作过多次承诺，后来果然说到做到。既然她不理会他的堕胎主张，那她也不会向他提出任何要求。那么他这边怎样呢？他反正永远也猜不到自己的“忠实”能达到何种程度，“守节”能守多久。他勾搭上洛兹伯格的一个女人，一位名叫达林恩的女侍应，她住在南部，在那条通往荒废老镇“莎士比亚”的路上的一座房车里。达林恩不怎么漂亮，远远够不上梅丽莎的级别，可话说回来，如今别尔德自己的长相也没多少可取之处了，他走起路来略显蹒跚，下巴愈发层层叠叠，最低的那一层像火鸡喉头下方的肉垂，一摇头就跟着晃晃悠悠。如今他邀请陌生的女人共进晚餐，她们一般先笑笑，再说不。

达林恩身上最重要的一点是，她说好，而且她有教养，为人风趣，还喜欢跟他一起喝酒。他上次去洛兹伯格时，他们俩在房车里双双喝醉，在某个意乱情迷的时刻，他居然答应娶她。可那会儿她们正在做爱，那只是一种修辞，只是用来表达兴奋的。次日夜晚，为了避免一旦收回承诺而必然出现的局面，他又跟她一起喝得烂醉，这回是在镇子北面的一家酒吧里，他差点又向她起了一次誓。所有这些都意味着他喜欢她。她是个好伴儿，颇有运动细胞，善于逢场作戏。然而，现在她也想到英国来，这会让他向来乱作一团的生活雪上加霜。

让人惊讶的是：自从卡特里奥娜出生以后，他的“自我”和以前一样完好无损。他的朋友们曾告诉他，他会被震撼，他会被改造，他的价值观将会发生变化。然而，压根没什么改造。卡特里奥娜确实不错，可那都是老一套的玩意。现在他已经步入人生最后一系列充满活力的阶段，他开始懂得，除了偶发意外，生活从不改变。他被欺骗了。他本来一直指望成年之后会有某个时刻降临，某级平台，那时他便会掌握所有处世之道，学会如何简单生活。所有的邮件和电子邮件都得到回复，所有的文件都井井有条，书按照字母顺序搁在书架上，衣服和鞋都保养良好，归置在衣橱里，他所有的物件都待在他能找到的地方，与往昔同在——包括过去的信件和照片，分类归置在盒子和文件夹里，私生活安定而宁静，生活条件和经济状况也类似。这些年来，这条“解决之道”，这宁静的平台从未出现，而他并没多想，只是继续假设它就躲在下一个转角，到时候他将竭尽全力抵达目标，他的人生将就此变得清晰可鉴，他的思想将可以自由驰骋，他的成熟的自我也能切实呈现。然而，在卡特里奥娜出生后不久，大约就在他遇上达林恩的时候，他发觉自己头一回恍然大悟：哪怕到死的那一天，他也会穿不成对的袜子，有没回复的邮件，在那个被他叫作“家”的陋室里，仍然会有丢了袖扣的衬衫，客厅里仍然会有一盏不亮的灯，还会有没付过的账单、没打扫过的阁楼、死苍蝇、等着回信的朋友，以及他从没给过说法的情人。健忘——这是他最后一个精心组织的词儿——将是他唯一能拿来安慰自己的理由。

他在伦敦的最后一晚——不过是三十个小时之前的事——本来应该是个成熟的时机，促成他与自己的“小家庭”愉快和解。几乎没有什么男人能抵挡这样的诱惑，即便瓦斯科·达伽马[①]本人遭遇这样一场送别仪式，也不会不开心的。起初别尔德兴致很高。梅丽莎搞了一台“专场秀”。就连卡特里奥娜也明白，他此去美国是为了“启动”什么东西，一旦他做到了，那整个世界就得救了。她和母亲穿上派对服装，准备了一顿特殊的傍晚大餐，餐桌中心的饰品是一只卡特里奥娜亲手做的球，球表面覆盖着蓝色的糖霜，还缀着一块块绿斑。那是地球，上面插着一根蜡烛，他一口就吹灭，逗得小姑娘欢天喜地。梅丽莎和卡特里奥娜唱了一首关于小鸭子的歌，别尔德唱了《十个绿瓶子》头几节——唯有这首歌，他才背得出所有的歌词。庆祝活动的大半时间里，女儿的手臂都勾在爸爸的肩膀上。这难道不能算是场

① 达伽马(1460? —1524)，葡萄牙航海家，首度开辟由欧洲绕非洲好望角到印度的航道。

狂欢吗？几乎可以算。他忘了关掉掌上电脑，达林恩打来时梅丽莎正在切蛋糕。不由自主地，他接起电话，就在她拉开架势准备说话的时候却异常简洁地说了句"回头打给你"。他知道梅丽莎听到那是个女人的声音，也听出他自己的声音里透着紧张，可她的态度没有一丁点变化，她并没有聪明地压抑住怒火，正好压抑到卡特里奥娜无法觉察、但他能感受到的程度。她迎上他的目光，她冲着他温和地微笑，她给他斟酒，她为他庆祝。

等卡特里奥娜睡下之后，他们终于独处，他又给自己倒了一大杯苏格兰威士忌，抱起胳膊等着一场好戏。戏总要来的，他们得面对。可她只是踢掉鞋子，挨着他坐下来，吻他，告诉他她会想念他。他们聊别的事，聊旅行安排，聊他的归程，一边聊他的火气一边往上蹿。她在逗他玩，她让他在内疚中煎熬。可是，他为什么要内疚呢？拜托找个人来告诉他为什么。他又不是被她独占的，他们俩的相处方式清晰明白。她用温情和勾引来掩饰嫉妒——他认定——是打错了算盘。她又给他斟了一杯威士忌，身子凑过来，用鼻子蹭他，把舌头伸进他耳朵，一只手插入他双腿间，抚摩他，再次亲吻他。这套骗术真让人忍无可忍。她能感觉到他的性欲并没给激发出来。她怎么能装作根本没有听到达林恩的声音，而她明明知道他知道她知道？

接着，她跟他讲一个关于卡特里奥娜说了什么或者做了什么的并不好笑的故事，他听着听着突然闪过一个念头，这念头是那么聪明那么清晰，丝毫不逊色于他曾经有过的任何真知灼见。她根本就没有嫉妒心，她无动于衷，她冷漠无情。对此，只可能有一种解释。

他从她身边挣脱，以尽可能平静的口吻说：“你在跟谁约会吧？”

这是他在无声的愤怒中走出的一步棋。然而，他的另一部分自我，那个滴酒未沾的部分，对她深信不疑。他的问题更像是一种惩罚，而且他顺理成章地以为她会马上否认。

事实上，她深受冒犯。她的嘴唇嘟成一个他觉得颇为可爱的形状，然后惊讶地说：“难道你不是吗？迈克尔，我当然在约会。”

哦，对，这一套。这陈腐的平权之争。公平的游戏场。理性渐变成疯狂，女性主义最后一声愚蠢的喘息。

他迟疑片刻，理清思绪，说：“他叫什么名字？”

她的目光移开，说：“特里。”

“特里？”他狐疑地说。她所有的愚蠢之处都包含在这个白痴名字里了。“特里是干什么的？”

她叹了口气。这话迟早得说出来。“他是个指挥。”

“在公共汽车上？”①

“管弦乐队，交响乐。你知道，那些古典玩意。”

可她跟他一样讨厌古典音乐，没啥节奏，她总是这么说，对她来说，它不够热血沸腾，不够特立尼达和多巴哥，不够委内瑞拉。她坐在沙发另一头，看起来似乎宁愿自己说的是假话。

---

① 在英语里，公共汽车上的售票员和乐队指挥用的是同一个单词 conductor。

他说："那么特里见过卡特里奥娜了？"

这话惹她发火。带着一种假惺惺的甜蜜，她说："关于我的事说够啦。让我们来谈谈你吧。来电话的就是她吧，我猜。她叫什么名字？她是干什么的？"

他没理会这问题。他可不想把自己的女侍应和她的交响乐团指挥放在一起比。"瞧，梅丽莎，有些事你可做不得。你是我们孩子的母亲……"

"哦，看在上帝的分上，迈克尔。你也是我们的那什么的父亲。我有时候真没法相信你能说出这样的屁话来。你瞧……"

她似乎正准备告诉他什么事，可是正巧，卡特里奥娜的哭声从卧室里传来，梅丽莎赶忙去照看她。等她回来时，他已站在房间另一头，身边搁着他的行李。

"那就对了，"她说，"走。滚开。我要把你扔出去。"

"没必要，"他说，拎起包便走。

次日早上，她打电话给身在希斯罗机场的他，告诉他她爱他。他对她说很抱歉昨晚会这样结束，怪他不好。等他抵达达拉斯时他们又开始说话了，这多少弥补了一点裂痕。如今一想起这件事，他就会冒出两种想法。他生气，他嫉妒，他想宣称梅丽莎是他的，把特里的指挥棒塞进他喉咙里。另一方面，这个特里也是他的许可证，他的护照，允许他与亲爱的老达林恩找更多的乐子。他前面还有多少这样的乐子？也许关键就在这里——毕竟他现在的处境完美无缺。可是，接着他想到这个男人躺在梅丽莎的床上，没准儿正在给他的女儿念比阿特里克斯·波特的小人书，于是他意识到自己必须放弃达林恩，尽快回到伦敦去。然而，该拿达林恩怎么办呢？不可能，在如此疲劳的状态下不可能想清楚这件事，等明天到了洛兹伯格，一切都会变得清晰起来。

他穿着全套衣服在床上跌入梦乡，手里还握着掌上电脑。

走十号州际公路会更快，不过他们宁可上那条僻静的小道——九号公路，它在墨西哥边境线以北绵延几英里，像欧几里得直线一样笔直地从低矮的山丘和奇奇瓦沙漠灌木丛之间穿过。将近正午，气温达到四十四度，并且在继续上升。前方，双车道公路愈来愈窄，隐入一团热气——透过热气看到的周遭景物，无不扭曲变形，烊开的日光映出流畅悦目的海市蜃楼般的幻境，一处处小水塘闪现其间，一俟靠近便蒸发消弭于无形。在这一小时里，他们看到过三辆车，一律是边境巡逻处的白色皮卡。其中一辆经过时，车上的司机还抬起手酷酷地敬了个礼。别尔德开车，哈默弓着腰坐着摆弄笔记本电脑，一边打字，一边喃喃自语："他妈的他们不……更好……可我还没……试试看道歉，混蛋……"间或，他会向旅伴交代一下来龙去脉。"《纽约时报》取消了……我们本来有两架飞机表演低空编队飞行，不过那位商会派来的一条腿的战斗英雄，那个退役飞行员，上上下下他都认识，所以现在我们有了七架。"

别尔德保持以每小时五十五英里的速度行驶，控制方向盘的那只手的肘部舒适地靠在便便大腹上。在美国，以颇具贵族气派的优雅速度行驶反而更容易，大功率引擎都不怎么转，几近沉默。这个国家和那些比别处都要长的车辆相得益彰。人们厌倦了那些像赛车，或者像假阳具和仿制导弹那样的汽车。他们在郊外的十字路口停下，用目光彬彬有礼地探讨谁该先走。他们甚至遵守学校附近限速十五英里的规定。他保持着这个让他无须多操心的车速，任 SUV 车轮碾过褪色的黄线，思绪执着而徒劳地在那个项目周围兜圈子。在操控板上他拥有十七项专利。如果卖掉一万块……像这样在理想条件中将水转换成氢……一升水蕴含的能量是一升汽油的三倍。所以，如果开一辆更小的、配备合适引擎的车，他们这趟行程就能用两升水，也就是满满三酒瓶……他们应该在埃尔帕索买点酒，因为一到洛兹伯格，就没那么多品种可选了……

他的思绪如同车子驶过的英里一般延伸，尽管要见医生，他的心情还是既松弛又快乐。他那自由自在的感觉与万里无云的天——天穹呈现一抹乌青，以及眼前辽远的景致融为一体。八年辛劳的高潮就在眼前。洛兹伯格符合所有英国人心目中理想的美国形象——开阔的道路渐渐收窄，向地平线伸展，辽阔的空间，无限的可能性。一路上，尤其是南侧，头顶上黄沙漫漫的斜坡和丘陵表面，有层层叠叠的石头突出，有些高达五英尺，石块之间互相堆叠，达成平衡，隐约呈现着人类的形迹。它们看起来原始而古老，他第一次看见时认为这是阿兹特克人的遗迹，是他们在当地留下的史前石碑。然而，它们其实是那些穿越国境线、踏过几英里的灌木丛与他们的亲友会合的墨西哥移民为了欢呼胜利留下的标记。公路上每隔一段距离就设有边境巡逻监察站。在别处，他们则把皮卡停在那些颇具战略意义的高地上，透过双筒望远镜观察那些干旱的灰绿色牧场。谁能责备那些移民呢？谁不想来到这样一个地方：这里会有人欢迎一个老外来创办一家革命性的能源工厂，并为此提供慷慨的本地援助和减税优惠，外加军乐队和低空编队飞行表演？这事要搁在利比亚或者埃及可不会那么顺利。

他的这番怡然神游，终被哈默打断。“阿尔布开克[1]的一名律师给你发来消息，说他一直在尝试联络你。说他代表一位名叫布拉迪的英国人。想跟你讨论一件与他的客户有关的事。”

“他上星期给我写过信，想约见一次，”别尔德说，“别理他。我不欠布拉迪任何人情。我之所以被英国的那个中心解雇，就是他使的坏。想想我跟你讲过的那个故事。”

哈默坐直身体，重重地往后靠在弹性头垫上。“老看着屏幕，我都要吐了。”他闭着眼睛说，“那律师名叫伯纳德，他明天会飞过来。他得跟你谈谈。你肯定没出什么岔子吧，没有什么我应该知道的事情？”

“布拉迪就是那种往你脸上踢一脚以后还来求你帮忙的人。别理他。”

哈默的眼睛一直闭着，沉默了一分钟，正当别尔德以为他睡着的时候，他说：“但凡有一个远方的律师不请自来，花着他客户

---

① 美国新墨西哥州中部城市。

的开销来跟你会面，那估计凶多吉少。”

别尔德没搭茬。有什么可争辩的吗？他已经有好几年没搭理布拉迪了。让他去干那些花里胡哨的事情好了，让他自己去打电话好了。他打的算盘一点都不难猜。结识戈尔登的全美可更新能源办公室，为中心拉风险投资，没准还想探听点关于太阳能或者减税优惠的内幕消息。有什么可担心的？

他们穿过哥伦布镇[1]，当雪松山在视线中陡然出现时，他们又围绕着“铁屑计划”东拉西扯了一通。一切就绪，投资人，船长，船，购买铁屑的优先权。现在只缺一份碳交易计划了。

“这事我们得让奥巴马管管，”哈默说，“我们可以先考虑点别的，不过一旦这事来了，我们得做好准备。”

仪表盘显示车外气温达到华氏一百二十度，他们俩从来没见识过这么热的天。别尔德靠边停下，这样他们就能亲身体验一下究竟热到何种程度。也许，不戴帽子直接从开着冷气的车厢投入如此凶残的酷热中是个错误，要不就是他在方向盘后待了九十分钟之后猛一用力太过突然。正当他走上马路边沿、打算扯开嗓子跟他的朋友说两句闲话时，猛觉一阵晕眩，魂灵倒有一半飞出窍外，膝下阵阵发软。但凡他没及时抓住车门把手，自己就会摔倒在地上了。实际情况是，他晃晃悠悠，几乎绊倒，却还是用肩膀向后靠在汽车上，好不容易才站稳。他费力打开他的后车门，找他的帽子，脉搏亦为之加快。他俯身钻进后座相对

① 美国新墨西哥州边境小镇。

凉爽的空气中，摸索着找他的巴拿马草帽，在那里逗留了几秒钟，感觉开始转好。这一幕插曲历时不到十五秒。哈默在车的另一侧，什么也没看见。

两个男人一边离开公路，一边惊叹。热浪催生了某种联动感。它是那么刺耳、粗俗，它高高地凌驾在他们之上，它的重量压在他们的头顶，它从地面上纵身跃起，直撞在他们的脸上。谁会相信一枚光子是没有质量的呢？

“这就是了，”别尔德大声说，举起一只紧握的拳头晃来晃去，好掩饰他这奇怪的转变，同时用自己的嗓音安慰自己，他还跟原来一样。“这就是动力！”

“一切动力的动力！”哈默说，“不过我已经受够了。”

哈默回到车里，坐到驾驶座上，这可真是个解脱，别尔德一边想，一边坐到他身边。他还晕得厉害，开不了车。现在他们车速将近八十，不到半小时便穿过了哈奇塔和普拉亚斯，然后穿过伊达尔戈县金字塔山脉下的州际线，相当于这个州的“靴跟”部位。他们的工地还有约莫一小时车程，位于洛兹伯格远端，随着车越驶越近，他们俩开始吵吵嚷嚷，得意洋洋，这两位不像是年逾六旬、身负重任的老男人，倒更像是赶赴乡村舞会的乡下小子。他们唱起了《得克萨斯黄玫瑰》——在他们会唱的歌里，这一首最像是与新墨西哥有关的欢乐歌谣。长路漫漫，磕磕绊绊，他们曾结伴东奔西走，其间历经艰难，有时可怜巴巴地奔赴中东，有时无聊地穿越美国西南部。有时候因为各自在实验室和办公室里忙活，他们会分开一阵子，如今，终于，他们即将把自己的秘密，植物的古老秘密，与众人分享，他们将用自己研发的既便宜又干净的可持续能源震惊世界。为了缅怀昔日时光，也因为那是他们最喜欢的地方，他们在“艾尼莫斯交叉口”①向南转，驶入“豹踪咖啡馆”门前尘土飞扬的车位，停在当地县治安官的巡逻车右侧。

哈默将艾尼莫斯当成了一则神话，觉得它是全美国最友善的乡间社区。但凡有哪一天这里出现了人行道，他说，那他就再也不来了。咖啡馆——这是密西西比西部最好的咖啡馆——是座白漆小棚屋，没什么窗户。他们逃开午后的灼热，在门口稍停片刻，好让眼睛适应过来。县治安官和另一个警察就着两杯咖啡在默默开会，统共就他们两个顾客。在“豹踪”，不是你想吃什么就叫什么，而是店里有什么就叫什么。今天店里供应薄饼和培根。咖啡特别淡，属于美国南方口味。他们等上菜的当口，别尔德拿出了自己的掌上电脑。当天上午在酒店里收到的那些邮件都存在里面，可他还没来得及打开。一打开，他一眼就看到了署名P·巴纳的信，那是他的第五任前妻帕特丽丝，如今她嫁给了一个名叫查尔斯的整形牙医，他几乎和九年前的别尔德一样宠她。她当过一阵子私立学校校长，然后在四年间连生四胎。想当年她一直告诉别尔德她永远不想要孩子。看来只不过是不想要他的孩子罢了。好玩的是，查尔斯也是矮矮胖胖，头发比别

---

① 原文为 Animas Junction，anima 源自拉丁文，有“灵魂”的意思，这个有趣的地名多少有点隐喻意味。

尔德还少，年纪比他大两岁。就好像婚姻是一连串反复涂改的草稿似的。

一年前他在摄政公园里迎面撞上她和儿子在一起，一个娇滴滴的五岁大的娃娃，留着女孩似的鬈发。她很友好，而且在他看来，她还是那么漂亮。他们坐在一张长椅上聊了十五分钟。绕了好几个弯子，他设法提出那个一直萦绕在他心头的问题。她仍然是个水性杨花的妻子吗？是，她也许算吧，她同样绕了好几个弯子这样暗示，不过他是不会有机会啦——如果他是这个意思的话。

亲爱的迈克尔，也许你早就知道这件事，不过万一你不知道，那我应该告诉你，五周前罗德尼出狱了。他试图联络我。他脑子里有各式各样疯狂的念头，我都无法描述。查尔斯的律师去法院拿到了一份禁止令，也就是说他只要打电话或者写信或者进入我们家周围五百码的地盘就会被逮捕。现在我刚刚从朋友的朋友那里听说他去美国找你了。也许他想当面感谢你在庭审中提供了不利于他的证据！不管怎么说，我想应该先警告你。明天就是期中假，我们会冒着滂沱大雨去设得兰群岛。祝一切都好，帕特丽丝。

对了，就是卡米诺雷阿尔饭店里说到的那个大个子。这就是英国法律的古怪礼仪之一，表现良好的杀人犯居然能减掉一半刑期。只须在因特网上搜一搜别尔德的名字，就能轻而易举地找到洛兹伯格，进而直抵工地。那会怎样？尽管开着空调，他还是清清楚楚地感觉到上嘴唇上渐渐凝聚出汗珠子，胸腔一阵憋闷，进而在喉咙深处牵扯出一种痛楚。薄饼来了，那位和蔼的女士说，每叠有二十片，此外还有一大罐用来往饼上浇的枫叶糖浆，一堆六英寸厚的五花培根，以及淡得不能再淡的浅棕色咖啡。

“真是极乐世界！”哈默说，两只手互相击掌，他还沉浸在刚才的兴奋里，而这股劲头却已将别尔德抛弃。

他向来都知道这个时刻一定会来，可他已经渐渐习惯于“知道”这一点，而且他总指望着塔平可能会服满刑期，这样时光就会冲淡一切，监狱会让他羸弱不堪，而且，毕竟他的心魔应该是帕特丽丝啊，在庭审中指控他的人明明是她嘛。事实上，别尔德真正的成就，他那用来说服自己的奇思妙想，乃是半心半意地相信，既然塔平生性暴力，既然他已经被判决有罪，投入大牢跟别的罪人混作一堆，难免彼此感染，于是他便真的有了罪，非但如此，他还会对此心知肚明，顺天认命。不管怎么说，别尔德没杀过什么人，他在法庭上的陈述无可争议，物理研究所的证人也完美无缺。岁月荏苒，那些事件，他从北极回到家的那个早晨，已渐渐变得如梦似幻、死无对证、因果紊乱。然而，宛若一道密封岩层般潜伏在这些表象下面的，却是其他种种猜测，不，是确信无疑，而整日忙碌的他对这些却无暇细想。正如别尔德曾经害怕过警察和帕特丽丝会猜疑他——嫉妒的丈夫——谋杀了奥尔德斯，塔平也一定会这么想。还有谁会用他袋子里的工具来陷害他？如此说来，一个被诬陷入狱的有暴力倾向的男人，八年来天天在监狱操场上发泄怒火的男人，一旦被释放以后会干出什么来？飞赴达拉斯的廉价航班可有的是。

只要县治安官和他的朋友还在隔壁桌上就座，别尔德就有安全感。即便如此，当咖啡馆的门被人砰的一声推开、撞在门框上时，他还是吓得跳起来，胸口愈发闷得厉害。进来的是闹闹嚷嚷的一群人，四个当地少年，三男一女，都叫了可乐。虽然当着两个警察的面，他们也没怎么收敛。他们互相打招呼的腔调，就像一家人。也许两个荷枪实弹的警察也拿塔平没有办法。他也许就打算在众目睽睽之下杀掉别尔德，然后在监狱里度过余生，为了终于冤冤相报而满怀病态的自得。世界的这个角落不缺少手枪，买把枪就跟买副渔具一样容易。

“不对胃口么，头儿?”哈默已经把他那叠饼吃完了。“家里有坏消息?”

“没，没，”别尔德不由自主地说，可是他一边这么说，一边看到帕特丽丝的名字下面紧跟着一封标着“急件”的信，来自梅丽莎。“只是有点事情我得处理一下。不过我也不饿。天太热。把我这份吃了吧。”

他把盘子推到对面，于是托比开始吃他的第二十一片薄饼，而别尔德，犹豫了半分钟之后，还是打开了梅丽莎的信。他想，在自己被人杀掉之前，好歹得看一眼。

“迈克尔，给我电话，求求你。我得跟你谈谈那天晚上的事。”

那天晚上？他拼命回忆。然后他记起了特里，那个交响乐情人。她要么是甩掉了特里，要么就是准备嫁给他了。别尔德也拿不定主意，此时此刻，他到底宁愿是哪一个结果。如果是后者，那他倒能躲进达林恩的房车里去了。塔平不会是她的对手。可说不定他会把他们俩都干掉。他没法理清思路，而且眼下他也没有跟梅丽莎敞开心扉、坦诚交流的条件。他永远都不会有这个条件的。他卷动屏幕浏览其余二十七封邮件的发信人——除了一封以外都与工作有关，大半都属于纯粹而崇高的人工光合作用领域。他打开了唯一那封达林恩的信。

“快来！有事告诉你！！！”

他真不该被这些涣散人心的事情烦扰啊。这些事儿将他团团围住，女人，一位阿尔布开克的律师，一个伦敦北部的罪犯，还有他自己身体上的异常细胞，统统合起伙来阻止他向这个世界献礼。这些事没有一件是他的错。人们提到他时，总说他聪明，说他正确，说他是个想做好事的聪明人。这番顾影自怜，让他稍稍安定了一些。他和托比打算跟工程师们碰个头，当天下午再最后巡视一次。接着，别尔德会对着集合起来的团队发表讲话。他们现在应该上车了。不过，开车驶往洛兹伯格就等于奔向塔平。看着哈默的薄饼——毋宁说是看着他吃下那么多浇着枫叶糖浆、顶上还搁着部分烤焦的五花猪肉条的薄饼，别尔德直犯恶心。他嘴里咕哝了一个借口，就穿过咖啡馆直奔男厕所，他相信但凡真的吐一下，他的脑子没准会更清醒一点。他在瓷马桶边微微俯身，站着傻等，活像一个勤勉的侍者。马桶多么洁净闪亮啊，但凡有一点点教人作呕的东西，比方另一个男人的残余粪便构成的巧克力色的阿拉伯式图案，也许就能帮他清空肠胃。可是什么也没发生。他挺直身子，用一张餐巾纸擦擦额头。他该怎么办呢？如果不肯让自己命悬一线，就会成为歇斯底里的懦夫。他掂量着基本事实——塔平要来见他。那还会有什么好事？哪怕是现在，他也可能正坐在洛兹伯格一带的某家汽车旅馆的床沿上，把枪擦得油光锃亮。显然，他的动机很充分。无论是心理上、逻辑上，还是哪怕经济上，要一个有前科的犯人飞越国境都不是一件容易的事。他必须在美国免签表上的犯罪记录栏上撒谎。但这事谁也料不准。所以傻瓜才会不害怕。理智的做法也许是当即溜走，谦逊礼让，请托比主持开幕式，自己直奔圣保罗，比如，可以去一个他认识的名叫西尔维娅的女人那里，她本人就是个优秀的物理学家，一定会巴不得让他住下。他冲了马桶，慢慢洗完手，试图在回到桌边以前就做出一个决定来。没错，很好，圣保罗，可他不会说葡萄牙语。他又不能在那里待一辈子。他会想念达林恩的。那又该怎么办？

哈默正站起身结账。污迹斑斑的盘子上还剩四片薄饼和一片培根，后者被不太均匀地切分成四份，另外还有一根牙签。装枫叶糖浆的玻璃瓶全空了。这个男人长得这么瘦可真是个奇迹。他说：“我们必须在四十分钟内赶到，路程有四十五英里。快走！”

别尔德想不出说什么好，于是，闷闷不乐地，他跟着他的朋友出门，走进停车场那一片炫目的阳光里，朝他们的车走去。

他们向北驶去，穿过草场，直奔州际公路，两人都一言不发，不过哈默一边开车一边随意用口哨吹出几个音符来，就像是在煞有介事地表演什么前卫作品。别尔德通常善于逃避那些叫人心烦意乱的念头，可是，眼下他情绪低落，不免思虑起自己的健康来，盯着手腕上那块浅棕色的斑——一幅未知领地的地图——发呆。活检做完了。上午尤金·帕克斯医生已经证实，这是黑色素瘤，目前正愈来愈深地侵入周边组织，比他原先预期的要深半毫米。他举荐了一名达拉斯的专家，他明天就能切除它，然后开始放疗。可是别尔德想到洛兹伯格参加开幕式，便跟帕克斯说他事情一办完就会在当月赶回来。帕克斯用他那迷人的、却不带什么感情色彩的口吻，告诉他这样做不够理智。不能再拖了，这已经到了覆水难收的边缘，可能会转移的。

"别老是否认，"帕克斯说，似乎是在引用他们以前聊起气候变化时说过的话，"这事不会因为你不希望它发生或者不去想它，就会自动消失的。"

坏消息还不止这一条，不过别的问题早就耳熟能详。当时别尔德把腰部以上的衣服全脱了，检查完以后再恨恨地扣上衬衫扣子。诊疗室在埃尔帕索市中心一栋大厦的二十楼，别尔德记得母亲就死在医院的同一层。帕克斯的祖上来自圣基茨岛[①]，呼吸里带点薄荷味，长着一张睿智的、看起来像银黑色旧皮革的

① 圣基茨岛又称作圣克里斯托弗岛，是位于加勒比海的一个岛屿，东岸面临大西洋。它与尼维斯岛共同构成岛国圣基茨和尼维斯。

面孔。他的脑袋像乌龟一样从肩膀上探出来，别尔德只要一开口，他就善意地拼命点头。他和别尔德同龄，不过比他高几英寸，而且通过游泳保持住了体形——据他说，每个工作日的早晨六点至七点之间，他会赶在接待第一位病人之前去游泳。别尔德无法想象在这样早就把自己弄得湿漉漉的，甚至没法想象能在这时醒过来，他知道自己永远也无法与这种令人自豪的壮举匹敌，永远也做不到以便利与舒适为代价，换取体重指数的降低。

说真的，当时医生倒是没有长篇大论、道德说教，可他聊以"弥补"的却是某种漫不经心、侮慢无礼的坦率。每讲一个例子，每讲一种迫近的身体灾难，那睿智的"乌龟脑袋"就往前伸一点，同时拿一支铅笔轻轻拍打自己的手掌。没有人，他说，哪怕是别尔德自己，会乐意带着像别尔德这样的身体满世界跑。他超重六十五磅，相当于一名作战步兵满负荷背包的重量。由于超重，他的膝盖和脚踝肿胀，得骨关节炎的可能性越来越大，他的肝脏肿大，血压进一步升高，罹患充血性心力衰竭的危险增大。即便以英国标准衡量，他那糟糕的胆固醇指数也已经过高。他显然有呼吸障碍，而且颇有机会罹患糖尿病，前列腺癌、肾癌及血栓症的可能性也日渐增加。他唯一走运的地方——别尔德注意到，这是"走运"而不是"美德"——乃是他并未吸烟成瘾，否则他现在可能已经死了。

医生的头和肩被一扇朝南的平板玻璃窗框进画面，背景是一方耀眼的、薄雾缭绕的白色天空，教人想起上午是多么闷热难耐。时不时地，一架飞机从天上滑过，绕着城市盘旋，最后降落在东侧。河那边是胡亚雷斯，现如今它成了“世界谋杀之都”，贩毒的匪帮为了抢地盘动辄火并，一路屠杀士兵、法官、警察和市政官员。如今墨西哥的企业联盟纷纷雇佣失业的得克萨斯青少年打打杀杀。显然，就算没有迈克尔·别尔德，生活也照样会向前推进。他听着帕克斯一一列举他可能遭遇的未来景象，决定不提最近开始在他身上发作的一种颇具古典气质的症状——胸口会不时窒闷。但凡说了这个，他就会显得人更傻、命更糟。他也没法承认，他并没有很当回事，并未因此而吃少喝少，至于锻炼身体，那压根就是幻想。他无法指挥自己的身体从事锻炼，他毫无动力。他宁可死，也不愿意慢跑或者在一所教堂的门厅里，和其他穿着田径服的游手好闲的家伙一起跟着时髦音乐蹦蹦跳跳。

别尔德含糊其辞地承诺在当月赶回，帕克斯医生便趁势要他把日期定下来。二十三号周二，或二十五号周四，他一定得挑一个。别尔德颇为踌躇，而帕克斯一再坚持，就好像无拘无束的癌细胞即将在他自己的血液中随波逐流、上下穿越，寻找一个新地方——比如附近的一处淋巴结，安家建房。别尔德选了后一个日子，他知道自己到时候可以给帕克斯的秘书打电话，取消约定且不受责难。

眼下，正当哈默停下难听的口哨、放慢车速、穿过精致小巧的棉花城之时，达拉斯那家偏僻诊室的吸引力显得愈来愈大。可是别尔德知道他没有力气逃跑。明天的种种安排，冲量十足，气势如虹[①]，令他无从阻断，在他如此渴望当众凯旋的节骨眼上，他做不到；翌日黄昏，小小的洛兹伯格，连同它的满城霓虹灯、美式汉堡餐厅和数量充足的空调设备，将在名义上达到“碳中立”，代表着全世界觊觎对象的美国文明将能继续前行，免除“过热”之虞。八年一路走来，从缓慢甄别、解读奥尔德斯的文件夹，到埋头于实验室，再完善，突破，勾勒草图，田野试验，这一切必须有个了结。最后一幕是领受喝彩。塔平想干出最可怕的事儿，那就来吧。

别尔德随意拨弄收音机，想听到即时新闻，新闻还真来了，那是一个轻松活泼的访谈，接受采访的是哈默公关团队里的人，解释阳光和水将率先为洛兹伯格供电，然后，有朝一日，泽被举世苍生。

哈默嚷起来：“说得漂亮！我把这妞儿培训得不错！”

他和别尔德从来不承认，哪怕私下里相互之间也不承认，他们其实压根就不是真的“为整个洛兹伯格供电”。他们会将约等于这座小城年均用电量的度数卖给一家当地的公用事业公司。而他们这家革命性工厂生产的电子将会默默无闻地混迹于别的电子中。

“我们都会在那里，”播音员说，“在九十号高速公路上，七十号以东三英里。明天下午六点请加入我们的行列，亮灯倒计时，

---

① 在这里，作者又使用了一个物理术语 momentum，既解释为动量、总冲量，又能引申成动力、气势，在这部以科学家为主人公的小说里，用词处处可见这样的特点。

届时洛兹伯格将领世界风气之先!”

他们随即向东行驶,直奔州际公路,然后陡然北转,绕城行驶几英里后右转到银城。几分钟后,地势略略升高,正好让他们看到工地。最近几个月里,别尔德见过它好多次,一切各就各位,经过起初的磕磕碰碰,试运转渐趋顺畅。不过,今天下午他还是觉得有那么点自豪感油然而生。哈默感觉到了这情绪,便放慢车速。

“嘿,伙计,”他说,为了掩饰自己强烈的情感,他拙劣地学起伦敦土腔来,“此情此景,难道没有让你的内心深处生出丝丝暖意?”

二十三面硕大、斜置的操控板在炽烈的阳光下呈现一种单调的光泽。一团管子和阀门为它们供料。操控板后面是用来储存压缩氢气和压缩氧气的储存塔,边上则是存放燃料电池发电机和催化剂的煤渣屋。新电线杆上的高压线一直通往距离最近、年深岁久的木制电缆塔,这些电缆塔摇摇欲坠,连续分布在这大片的半荒漠地区。储存塔对面是一座建在深水源之上的泵站,再远些则是一栋线条利落的砖房,专门安置电脑。

新亮相的是那几百号人,建筑工人,供应商,音响技师,都在神气活现地忙忙碌碌,成千上万面星条旗或是插在操控板周围(原本应该设置防护栏的区域)的电线杆上,或是围成三角形在硕大的浅灰色帐篷顶及其绳缆上迎风招展,或是竖在摄影棚周围,遍布于这新近被推土机整饬过、即将迎来军乐队的半亩地,或是巧妙地折叠成低垂的横幅,悬在专供本地贵宾端坐的露天看台上，或是沿着那条被快餐和冷饮摊档占据的街道排列，然后右转，铺陈在一条更华美、散布着流动厕所的街道上，同时也环绕于停车场周围，后者至少停放着百余（而非通常的十余）车辆，另有足够的空间可供数千进驻。没有一面米字旗来表彰他本人，别尔德郁闷地发现了这一点，他可是这个项目的发明者和倡导者啊。可他什么也没说，把这个念头压了下去。

边上，在另一处清除了植被也没有旗子装饰的空地上，停着转播车和圆盘式卫星天线。几百码之外的灌木丛里，地势略略抬高，与高速公路平行，那里竖着一块尚未点亮的霓虹灯牌，上书“洛兹伯格！”，其字体是在向那个著名的好莱坞地标致敬，除了惊叹号以外所有的字母都已经竖立起来，眼下，就连这个高达三十英尺的标点也正在被戴着安全帽的男人用绳子拉直。

他们一转弯离开这条马路，拐上一条煤渣道，从一方麇集着更多星条旗的舞台下驶过，一阵油炸香味飘来，遇到汽车空调便凉下来，随即充溢车厢，挠得他们的鼻子直发痒。

别尔德说：“托比，你是个天才！”

哈默庄严地点头承认：“我喜欢把人和物件攒在一起。不过，迈克尔，这是你的发明。天才是你。”

别尔德此刻终于平静下来，点头回应。友谊嘛，就该这样。

在他们泊车的当口，居然就有穿T恤衫戴棒球帽——有的还攥着写字板——的男人，穿过一团尘雾匆匆向他们走来。这是哈默的团队，或者是其中一部分，包括工程师、研究水力学和计算机的专家以及其他技术人员。别尔德完成了理论工作，设计并督导了实验，可是其余的部分，什么按比例缩放啦，画草图啦，大规模生产流程设计啦，实际工厂布局及建设啦，管阀及其在软件中如何体现啦，这些可不关他的事。他了解原则，他拥有专利，可他无法描述整个工地的细枝末节。在这开阔的旷野上，他是一位名人，几乎是一则传奇，人人都报以得体的敬意，拿出美国人无与伦比的亲热劲以示礼貌，可是谁也不会需要他来视察一条管沟或者判定下属的职责范围。科罗拉多州戈尔登市的“全美可再生能源实验室”已经检验过模型，并确认他设计的流程运转高效。其余的部分就留给这群友好的干实际工作的人，他们正等着托比·哈默，而哈默本人对技术问题或者基本原则一无所知，但他对于细节处理、工作协调和人事管理很有天分。

所以，眼下，当他们俩从车上下来、忙着握一轮手、拍一轮背时，别尔德已经准备溜之大吉了。灼热的空气放大了烹饪香味，那是从摊档上飘到停车场来的，是肉在木柴上炙烤的香气。那条关于塔平的消息毁了他的早午餐，而他只有沿着这条“沙漠临时大道”逛上一段、精挑细选以后，才能将涣散的心思凝聚起来。托比自己有一辆皮卡停在工地，所以他把这辆车的钥匙交还给别尔德，然后跟他那伙人一起穿过停车场，直奔大部队。

斟酌了将近五分钟以后，别尔德独自坐在浓荫下的一张搁板桌边，桌上有一纸碟得克萨斯风味的烤鸡胸肉，外加三根硕大的腌黄瓜，一堆番茄色拉和一只装满生啤的小蜡纸桶。以能源生产的通行标准衡量，洛兹伯格人工光合作用工厂——工程师们将其简称为 LAPP——微不足道，不过是一只玩具，几乎只能算模型。然而，当他坐在这里，当烤鸡肉的蓝色烟雾从隔壁的摊档上飘来，掠过他身边，安在电线杆上的扬声器播放着乡村音乐，厨子们开心地嚷嚷，互相转告有二十四个负责将“洛兹伯格！”灯牌竖起来的工人正一路过来，要吃牛后腿肉排时，他觉得自己就在全世界的中心。味道真好——这话指食品，也指能待在这个舒心惬意且无人打扰的地方，待在美国中部这个寂寂无名的角落里，心里一清二楚：这喧嚷景象，这建筑，这些数字媒体，即将到来的战斗机和军乐队，这场迫在眉睫的工业革命，凡此种种，在这荒漠、孤城和干草中出现的一切都要追溯到八年前，五千英里之外的一个地下室里，这一切都是那时他躺在脏沙发上构想出来的。

他的牙刚咬住第四片肥美多汁的鸡胸肉，就发生了一件从他毕业以后再也没有体验过而且即便在念书时也觉得特别烦人的事儿。他感觉到背后有人，还来不及转身，一双温热的手就捂住了他的眼睛，紧紧按住他的脑袋，让他没法动弹，他耳边响起一声低语：“猜猜是谁？”

那人左手的一只手指很别扭地压在他眼睛的“北半球”上，他不敢挣扎，他的舌头上堆满了肉，一时间惊慌失措，压根吞不下去。不过，他好歹还是含含糊糊地说了出来：“塔平？”

“她是你的中国妞儿吗？”那人放开他时响起开心的笑声。

达林恩，毫无疑问，他的怒气烟消云散，费力地站起身，飞快地咀嚼，好让嘴巴空出来，同时将她揽在怀里。谁能不爱达林恩呢？她是个古道热肠、体重超标的内布拉斯加女人，她端了一辈子盘子，结过三次婚，有四个已经长大成人、看起来很喜欢或者很需要她的孩子——因为他们经常打电话来，十二年前她发现了新墨西哥这么个好地方，就改掉了原名珍妮特。如今，在跟一个讲西班牙语的卡车司机在本城南侧的房车里同居了六年之后，她会讲一口流利的西班牙语，然后就把他给赶了出去。

现在她把所有的心思都集中在迈克尔·别尔德身上。他们第一次做爱的时候，她就告诉他，他是她第一个比自己年长的男人。紧接着，她又更正，说应该是她第一个比自己年长一大截的男人。他不愿意去想，她自己可以选择的范围也像他一样变得越来越窄。毕竟，他也算是本地的英雄人物，在东二街接受过商会的表彰，感谢他给小城带来了工作机会。他可不是什么蹩脚货色。至于她，毫无疑问，满足了别尔德关于“美好的草根生活”的陈年旧梦。用那种被美国人颇具涵养地称之为“阶级属性”的方式，她张开嘴，口香糖从早到晚嚼个没完，哪怕说话时也不例外，只有亲他的时候才会停一停。她从来不读书不看报，连杂志也不翻，从来不去教堂，像别尔德一样讨厌健康食品，当她往盘子上浇汁时，喜欢念叨罗纳德·里根的那句名言：番茄酱是一种蔬菜。她没有宗教信仰，这让别尔德很失望。这可不符合这类人的典型特征。可她为人很靠谱。她连无神论者都不是，她说，她连否认上帝存在的兴趣都没有。他压根就过时了。

他们的初次相逢，是因为某天下午，别尔德参加某场会议之前有大把时间需要打发，便开车驶出洛兹伯格城外，拐上那条通往荒废老镇“莎士比亚”的小路，彼时他略感无聊，再加上春暖花开、心旌荡漾，免不了要沿着古老的主街闲逛一气，从老酒吧踱到旧杂货商店，再转悠到老斯特拉福德饭店，后者正是"比利小子"[1]洗过盘子的地方。别尔德正要离开，突然在停车场撞上达林恩。她那天出门是来帮朋友妮基一把的，后者正在应征导游职位，却被告知既缺乏自信，知识水准也不够格。她靠在达林恩的胳膊上哭泣，而别尔德则旋即进入"猎艳"状态，脚下闲庭信步，嘴上和蔼可亲，问她们自己是否帮得上忙。达林恩将朋友遭到无情拒绝的事情一一道来，而妮基总想插嘴。她瘦骨嶙峋，一脸雀斑，留着板寸头，说话结结巴巴，抽烟一根接着一根，哪怕在哭哭啼啼的时候都巴不得吸两口，别尔德寻思，他本人是无论如何都不会雇她的。可是，好多天以来，她已经是第三次求职失败了，所以他们回到达林恩的房车，喝了一下午啤酒和威士忌以示抚慰，妮基还拿出可卡因和大麻，但他和达林恩都不肯抽。为了跟达林恩套近乎，他答应在工地给妮基找点活儿干（他确实找到了，但两天以后哈默就把她给解雇了），等到她离开去看自己的孩子，别尔德就和达林恩在隔壁墙上有橡木饰板的卧室里做爱。

他只要到洛兹伯格来，就会去看她。他们喜欢第四大街上的一家酒吧，有时候他们在假日酒店中他开的房间里幽会，可大部分时间他们喜欢待在她的房车里，她总是把那里拾掇得干干净净。房车后面有个小院子，那里面种着两棵柠檬树，她像对待

---

① 即 BILLY THE KID，真名为威廉·邦尼（William Bonney），1860 年出生在美国西部。据说，他 14 岁成为孤儿，17 岁就杀人，之后终其一生都是亡命之徒，谋杀了 21 个人，22 岁时遭警察派特·加勒特击杀。

孩子那样照料它们，这两棵树的大小刚好够在傍晚时分给一对坐下喝几杯的情侣制造一点树荫。两杯苏格兰威士忌下肚——她跟别尔德一样，都好这一口——她会不时朗声大笑，等喝到三四杯以后，她就乐意走进屋里——伴随着空调机释放着的清凉律动和嘎嘎作响——做爱。对别尔德而言，这场韵事是意外的“枯木逢春”，它带来尖锐的快感，很像他记得自己二十多岁时体验到的那种近乎神魂颠倒的煎熬。回想他上一次在高潮来临时像个疯子一样情不自禁地大叫大嚷，好像已经是上辈子的事情了。他以前压根就不会相信，自己居然能从一个五十一岁的女人身上得到这样的“终极感官体验”，这个女人的身体就跟他自己的身体一样松弛、疲倦、臃肿，遍布着曲张的静脉。他估计这可能是他这辈子最后的癫狂了，所以他将她视若珍宝。就在他从埃尔帕索或者达拉斯的机场里买下礼物送给梅丽莎和卡特里奥娜的同时，他反过来从希斯罗机场拖走大包小包，送给达林恩。在另一座小城，另一个国家，她没准会被当成一个吵吵闹闹的酒鬼。在洛兹伯格，她人缘很好，能帮得上别人的忙，因为她的缘故，他对这座小城越来越敬重。除了在傍晚到“露露餐车”里做女招待以外，她还在一家小学里当志愿者，打扫教室，替孩子们擦破的膝盖清理伤口。每年有两周，她会去基拉山庄，替一个为自闭症儿童举办的夏令营当义工，干点杂活。极其偶然地，一年最多两三回，她会醉得不省人事，横在夜晚的人行道上，被一个邻居或者一名巡警发现，把她送回到房车上的家。

严格地说，关于他在英国的生活，他并没有对她撒谎，但也没有和盘托出。她知道他有过五个老婆，她听到那些在多赛特广场上臭烘烘的公寓房里发生的故事就直嚷嚷，说但凡他给她机会，她一定要帮他收拾得整整齐齐、干干净净。可他绝口不提他在樱草山有个女朋友，还有个小孩。达林恩想跟他去英国，而他既不想说“不”来刺激她对这项计划的兴趣，也不能说“好”而让自己的生活愈发复杂，只能含糊支应。十八个月过去了，事情循着常轨运行。最尖锐的快感和新意已经磨钝，缓慢地，轻微地踩着退却的步伐恢复原状。与此同时，她却越来越频繁地想到将来，“他们在一起”的将来，这真是个叫人尴尬的话题啊，因为工厂必将开始运转，届时他就再也不必来洛兹伯格了，他也许会跑到西南部去创业，也许会沿着大洋收集铁屑，直到加拉帕戈斯群岛北部，也可能会满世界兜售专利赚点钱。不过，即便这样“劈腿”是个问题，别尔德也宁愿不采取任何补救措施。在新墨西哥州的热浪与浓荫中，他们是如此从容而亲密，轻易就能把那点小问题束之高阁。历史屡屡向他证明，船到桥头自然直。

所以，现在看到她，真是件开心的事，他跑到烧烤摊边，替她拿来一大份肉排、土豆沙拉和番茄酱，外加一桶与他分量相当的啤酒，然后与她双双坐下，在教人感伤的喧嚣声中，在立式电吉他囫囵不清地演奏着的乡村音乐中，他们聊起各自的新闻来。他们坐得很近，彼此亲密无间，他告诉她大西洋彼岸那个小小的、古老的王国出了什么新鲜事儿：根据近日流言，饱受压榨的老百姓已经被赋税搜刮得囊空如洗，税款交给统治阶级，供他们清洁护城河，修筑仆佣房，购买电气熨裤架，雇人拍摄色情电影。

如今，肮脏的城市中烟雾笼罩的卵石巷道上，瘟疫蔓延的村庄里，革命的暗流在蠢蠢欲动。她则跟他说起妮基又回到戒酒协会，她在那里第四次皈依耶稣，已经有二十四天没碰过毒品和酒了——尽管并未戒烟，在药房的工作也保住了——尽管比较勉强。

达林恩吃完她那份，抬起沉重的胳膊揽住他肩膀，亲亲他的脸颊。“可是，亲爱的，最大的新闻就是你啊。洛兹伯格昨晚上了 NBC，昨天 CNN 还跑到主街上，就在埃克松车站边上拍，人人都在说明天的事。我真替你骄傲！”

她凝视着他，这表情他前所未见，颇有沾沾自喜、母性盎然的占有欲，让他隐隐担忧起来。不过，他不想让这一刻，也不想让那个更为盛大壮观的时刻受到任何干扰。于是他亲亲她，他们又喝了另一种啤酒，分享巧克力乳脂薄荷冰淇淋。然后，他们站起来，再度亲吻拥抱，他对她说再过一小时会来看她。他得去完成一项任务。

他穿过繁忙的工地，直奔操控站，全体人员都在那里等着，蜂拥在操控台边上，聆听他发表致谢词，他从伦敦飞来的路上已经打好了腹稿。哈默庄严地站在他身边，双臂交叉，活像一名夜总会保镖。门外不知何处传来小号和一支短笛的声音，还有人在砰砰地敲响一只低音鼓。军乐队——也可能是其中一部分——已经来排练了。

这个团队已经铸造了奇迹，别尔德一开口就端出适用于集会训诫的淡定口吻，说一切起初只是一个梦，接着，梦汇成川流不息的疯狂计算，继而是一段通过实验来推进的探险，再是一整套设计图纸，直到如今，一项实实在在的工程赫然出现在沙漠里。他们建造的这一切在世上独此一家，除此之外只有少数几家竞争者的实验室在开展某些相关的工作台实验。不过，发现和发展的过程要比单单这项工程伟大得多，尽管后者确实蔚为壮观。水首次被分解成氢和氧是在1789年，首次讨论燃料电池的标准则是在1839年。不计其数的生物学家和物理学家致力于继续阐明光合作用的机理。爱因斯坦的光生伏打以及量子力学对此起到了重要作用，还有化学、新材料科学、蛋白质合成，事实上，整个科学界都做出了某种程度上的贡献，现在他们几乎都能将这场凯旋看成是自己的胜利。此外，它还有一层远比上述说法更为恢弘的意义。这里人人都知道，在这横亘数十亿年的最伟大的体系中，通过自我调控的生命形式摄取、转化阳光并将水分解的过程，为大气层制造了氧分，同时也成为进化的发动机。这一点给了他们灵感，他们努力将这套程序拆分后一一仿制。

别尔德深吸一口，肺里顿时充满气体，接着他以一声响亮的叹息将其彻底清空，同时摊开手掌，做了个手势表达自己有多么卑微多么谦逊。

“所以说，我根本就不能替自己表什么功。像牛顿一样，我站在巨人，几百个巨人的肩膀上，我卑微如奴仆般全盘照搬大自然。幸运的是，我的合论帮助我看到别人没看到的东西，尽管这扇门一直都开着一道缝。我看到，全宇宙共有的元素——氢，能通过以某种方式模仿光合作用来廉价、高效、大量地生产，从而为我们的文明提供能量，正如，作为全球首要生物能源，这套漂亮的程序为整个地球上的生命都提供了能量。所以，如今我们将拥有洁净的能量，用之不尽，取之不竭，我们将能从灾难性的、自我毁灭的'全球变暖'边缘抽身而退。有人声称我的作用至关重要，如果没有我那么这些事就不会发生。哦，谁知道呢？我只能说，能想出这些主意来，得算我运气好；能在历史长河中碰上合适的时间，正巧满足紧迫的需求，并站在合适的地点，我真够幸运的。我的作用纯属简单的必然。重点是，我们是一个团队，每个人的作用都举足轻重，每一个你都是不可或缺的一环。而且，的的确确，能跟你们一起工作，并且对你们的专业技能愈来愈敬重，我深感荣幸。而且，你们应该知道，我的一切成就，我们的一切成就都要感谢我们这位亲爱的朋友，这位精力过人的家伙，托比·哈默！"

在掌声与欢呼声中，别尔德一把握住托比的手腕，因为冲得太猛，指甲在美国人皮肤上划了一道，他将托比的胳膊从他胸口上拽下来，然后举起来，全然是一副拳击台上的架势。

哈默没有笑，只是冲着声浪骤然加强的欢呼点头致意。人们在喊："讲两句，讲两句！"他却紧闭双唇不肯说话，于是会议便渐渐散去。

屋里剩下几个似乎想跟别尔德说话的人，哈默摇摇头，默默地向他们示意到门外去，他们犹豫了一会，便鱼贯而出，这下两个朋友终于单独相处了。别尔德在一张操控台边坐下，盯着一个展示着三幅呈下降趋势的曲线图的屏幕。这些图没有名称，不过他猜它们描述的是催化剂的调控状况。

“出什么事了，托比？”

“我现在还吃不准。”

“还在担心不会变暖吗？奥拉格兰德[①]一带今天的气温都快创纪录啦。”

哈默没笑。他斜靠在门口的墙壁上，双手深深地插在口袋里，目光越过别尔德的脑袋。最后他说：“那个叫伯纳德的家伙。从阿尔布开克来的律师，代表英国的布拉迪和‘中心’。他正在往这里赶。我说除非他告诉我他要什么，我才会见他。结果他说了。”

托比大声清清嗓子，从门口走过来，往别尔德身边一站。他将一只手搭在英国人的肩膀上。

“迈克尔，关于这个项目，有没有什么是我应该知道但并不知道的？”

“当然没有。怎么啦？”

“他们在申请取消你的专利。”

“布拉迪？”

“嗯。”

别尔德颓然靠在操控台上过了好几秒，皱起眉头努力回忆他那些灰色的英国往事。他想起混凝土柱子，想起高速公路旁的啤酒厂，想起临时棚屋之间的烂泥，想起堆满了愚蠢梦想的代

---

① 加州南部地名，位于沙漠中。

用桌。这感觉就好像是他在回忆自己出生前的某种生活，彼时恐龙还占着自己的地盘，远古的沼泽上笼罩着厚厚的雾。此时此刻，随着那些雾渐渐散开，他终能窥见端倪。他怎么会没预料到呢？布拉迪确实会用这种方式来染指方兴未艾的美国可再生能源前景，他不会乞求什么建议或者人脉，而是会用昂贵的法律诉讼给他颜色看。此举旨在威胁，意欲抢劫。他指望的是庭外和解，好在未来的项目中分一杯羹。纯粹是空手套白狼啊。

别尔德突然站起身，劲也来了，气也足了，连同时发作的一阵头晕都没顾上，他拍拍哈默的胸口，像是打算把他头脑中某个出了错的构造纠正过来似的。

“听着，托比。我以前见过这种拿名人和专利权开刀的诡计。布拉迪以为，或者说他假装以为，我是在中心就职期间从事光合作用研究的，因而他们有权从中获利。可我是直到在帝国理工学院里立项才开始的，而那时布拉迪已经把我给解雇了。更何况，按照我当时受雇的条件，我可以自由地从事自己的研究。我是说，我每周只去一次。我家里还保存着旧合同。我会拿给你看的。”

“这事会把我们的节奏拖慢的。”哈默低声说，他还是有点半信半疑。

别尔德说：“只要他们看到那些日期，解雇我的日期，还有我的合同，他们就会恨不得找个借口赶紧撤啦。我们可以反诉，告他们骚扰、诽谤，随便什么都行。中心的钱可没我们那么多。他们几乎把所有的钱都花在研发一台荒唐的风力涡轮机上。那是个公共大丑闻。那里的资金捉襟见肘。”

别尔德注意到他的同事开始放松了。打官司的对手是个穷光蛋，这一点颇让人振奋。

“迈克尔，向我保证，没有什么暗礁，没有叫人震惊的事儿，你什么都没有隐瞒。”

“我保证。布拉迪是个该死的机会主义者。我们会在他背后踢上一脚，踹过格兰德河[①]去。”

“十五分钟后伯纳德会来。”

别尔德故意一边看表一边皱眉。他惦记着要跟达林恩春风一度。只有完事了他才能面对律师。

“我在城里有个约会。不过他可以在今天傍晚到假日酒店来找我，要不就到马路对面的饭店里。”

别尔德朝门口走去，哈默已经低下头在笔记本电脑上写邮件了，看起来简直都没注意到他的朋友已经离开。一切恢复正常。

真来劲啊——从控制室冷飕飕的房间里出来，钻进向晚时分干燥的热气中，闪闪荧光换做金色夕阳，服务器的嗡嗡低鸣变成筹备庆典的嘈杂喧嚣，还有两套音响系统各顾各地在工地两处播放乡村音乐，与军乐队的排练和一支冲击钻的呼啸争锋匹敌，分外刺耳。别尔德之所以蠢蠢欲动，并非只是因为马上就要

① 美国与墨西哥之间的河。

冲进城里见达林恩。布拉迪既拙劣又不公的指控让他火冒三丈，随即精神为之一振。他们让这个项目愈发显得价值连城。这个虚伪的、在他职业生涯坠落谷底时落井下石的朋友，如今想要从他的荣耀中分点儿残羹。是可忍孰不可忍，琢磨琢磨这件事倒很好玩。穿过忙乱的现场时，别尔德的步子异乎寻常地轻快。经过一个出售爱国纪念品的摊档时，他慢下来。他可以想象，如果买一面小小的星条旗插在棍子上，怀着孩子气的恶意拿到布拉迪鼻子底下晃一晃，会出现怎样的局面。不过算了吧。就让他抱着他那个蹩脚的涡轮机，关在潮湿灰暗的南英格兰慢慢腐烂去吧。

赶达林恩的约早了二十分钟，所以他直奔阅兵场，听军乐队打击乐器清脆的震音和号角的奏鸣。有二十来个神情疲惫的男人，其中小伙子并不多，他们跟指挥一起站在光秃秃的、经过平整的广场一角的遮阳篷底下。南侧，工人们已经竖起了一溜斜角陡峭的露天看台，那是达官贵人和新闻媒体的专座。再一次，他想到托比·哈默只靠电子邮件来来回回就干成了那么多事，真让他叹为观止。别尔德绕着场子走，而音乐家们在排练，只有几个音符晃晃悠悠地跑了调，这是一组“披头士”的串烧曲，他猜想这应该不是什么正儿八经的军乐队，顶多是当地热心人攒起来的某种“预备役”组织。那个乐队指挥的白色指挥棒让他恨恨地想到梅丽莎的情人。伦敦时间已经很晚了，他还欠她一个电话。可现在不是时候。

和着《黄色潜水艇》趾高气扬的调子，他向着搭建在灌木丛和矮棕榈[1]上方的露天看台走过去。有个人独自坐在看台正中，别尔德一眼就看出这一位也是个英国人。露馅的究竟是香烟，还是他耸起一副窄窄的肩膀的样子，抑或是灰色短袜黑色皮鞋外加不戴帽子和墨镜的做派？这男人的脚边搁着一台牵引式刮土机，他弓起背探身向前，一只手托着下巴，他并没有盯着乐队看，视线越过他们，投往基拉山庄的方向。罗德尼・塔平，没错。他的老朋友，长路迢迢赶来跟他算账。别尔德乍一认清，大惊失色，随后又犹豫了几分钟，还是决定过去见他，他相信，凭着自己的意愿在公众场合正面遭遇，总比猝不及防好。达林恩蒙在他眼睛上的那双手是一个警告。

看台陡得莫名其妙，他走到中间那排时稍稍歇息片刻，然后侧着身子沿着座位向他那位伙计走过去。为了摆酷，塔平装作既没注意也不关心别尔德的到来，他继续一边抽烟一边直盯着前方，即便当别尔德在他身边坐下时，也不动声色。塔平得等到气定神闲以后，才肯让自己开口说话，连转身致意都没有。某些电影里，那种攸关大局的会面就是这样表现的，塔平应该有时间看过几部。八年来，他似乎没有在监狱的健身房里浪费太多时间。铁窗生涯萎缩了他的身板。他的胳膊和腿都瘦了，装修工那骄傲的、曾经在腰带上方直晃悠的大肚皮如今成了一个小罐子。就连他的脑袋看起来也小了一圈，面孔与其说像田鼠，不如

---

① 即 palmilla，皂树丝兰（soaptree yucca）的别称，一种在新墨西哥州一带常见的植物，状如粗矮的棕榈树。

说像家鼠，那些关于绷紧的鼻孔、强烈的好奇心之类的旧日印象，一律荡然无存。取而代之的，是一种被动的机警，在暮色中，也许很容易让人以为那是冷静。不过，在金色的新墨西哥的下午，他看起来是一个没有危害的可怜虫，一个十足贪婪地吸着烟的流浪汉，几乎与当初那个扇他耳光的男子判若两人。别尔德只觉得精神一振，心里一松。这可怜的家伙伤害不了他。

沉默变得越来越荒诞。别尔德开口了，语气轻松得像是在对一个笨拙而任性的雇员。“哦，塔平先生。他们放你出来了。你大老远跑来干吗？”

他终于转过身来，用食指和拇指掐灭烟头。他眼白的角落上都是很不健康的蛋黄色的斑点。它们是通往鼻梁和脸颊的毛细血管破裂后留下的痕迹。他一张嘴就露出缺了一颗门牙的空洞，狱中的牙医也没替他补。

“我想，只要我一直坐在这里，你总会看见我的。”

“哦？”

“别尔德先生，我得跟你谈谈，跟你说点事儿，提点问题。”

别尔德的恐惧略有回升。他一直在注意塔平的手，注意他脚边的包。“好吧。可我没多少时间。”

在他们下面，乐队还在没心没肺地继续演奏那支串烧曲。《昨天》的最后几个和弦渐渐消失，转成轻快活泼的、用严格的进行曲节奏演绎的《你只需要爱》。很难相信，曾有数百万人为了这样呆头呆脑的小调而又是尖叫，又是乱拽自己的头发。

“那我就开门见山吧。首先，我根本没杀过托马斯·奥尔德斯。”

“我记得你在法庭上说过这话。”

“你不相信我没关系。没人相信我。我不在乎，因为事实是，但凡我有一星半点机会，我确实会杀掉他。事情就是这样。我跟帕特丽丝说，只要她能找到机会，而且自己不受伤害，那就干掉他。而且我跟她发过誓，但凡到那一步，我会认下来的。她什么也没说，可她肯定是在我那里转悠的时候拿了我的一把锤子，等他在沙发上睡着的时候下的手。”

“等等，”别尔德说，“帕特丽丝到底为什么想杀汤姆·奥尔德斯呢？”

“我理解你为什么会觉得别扭，别尔德先生。我知道你离了婚，可这毕竟是你爱过的女人，所以听到她是个凶手，心里不太舒服，对么？可她恨他。她甩不掉他。她要他离自己远点儿，可他赖着不走。我尽了力，可他真是个大混蛋……”

别尔德几乎已经忘记自己知道真相，忘记塔平的苦难正是他自己一手安排的。他简直不知道首先应该反对什么。他说：“她跟你说过她恨他吗？说过她想甩掉他吗？”

“好多好多次。”

“可她向全世界宣告她爱他。”

塔平直起身，骄傲地说：“那是之后的事啦，那是为了确立我的动机，你瞧。因为妒忌！为了她我什么事都愿意干。”

“看在上帝的分上，伙计，那么你为什么不认罪伏法，缩短刑期呢？”

“有个过分自信的小律师说他能让我免罪，我信了他。”

“于是你就把整个计划给盘算出来了？”

“奥尔德斯一死我就没法见她啦。紧接着我就给抓起来了。所以我们要在实际上什么话也说不成的情况下把这事儿给搞定。不过我们知道自己在干什么。”

乐队已经把它会演奏的披头士曲目都给奏了个遍，眼下正在休息。铜管乐手正把凝结在乐器里的水分倒到沙地上。指挥正叼着根香烟大步走开。

别尔德说：“可是，毫无疑问，但凡你本人去见过奥尔德斯，肯定会把他吓跑的。”

塔平苦笑：“这招我难道没试过吗？一开始就试过啦。我去了他那个在汉普斯代德的家，拿着一根卸轮胎用的撬棍，就为了壮壮气势。他一出手就灭了我，在自家花园里把我扔来扔去，扭伤了我的背，敲碎了我的膝盖骨，还把我脑袋按到他的池子里，让我的胳膊脱了臼。还有这个。瞧。”

他指指那个缺了牙的空洞。

别尔德忍不住要为汤姆·奥尔德斯生出一股强烈的、身为其主子才会有的骄傲来。多帅的物理学家啊！他说：“那是你活该，依我看，谁让你把帕特丽丝打成熊猫眼的！”

“这事我得抱个歉，别尔德先生，”塔平气鼓鼓地说，“还不止一次呢，如果你想知道的话。最后帕特丽丝接受了我的道歉。”

“那么说来，你是替我老婆坐了牢。结果她跑来看你，给你写了漂亮的感谢信啰？”

“如果她来探望谋杀了她情夫的家伙，这事看起来可不正常，是不是？一年之后，我开始给她写信。每天都写。可一点儿回音都没有。八年来杳无音信。甚至，直到我出狱以后才知道她又嫁了人。”

这个可怜的受了骗的傻瓜将视线移开，越过洛兹伯格望向群山。别尔德看着他，庆幸自己从来没有真正爱过——如果真爱会让一个男人的理智变成这副样子，那他就不能算真正爱过。塔平曾与帕特丽丝亲密无间，结果他变成了一个怎样的白痴啊。眼下这种情形，他不可能说，但他真是恨不得叫塔平想想凶器的问题，那把尖头锤。他难道真的忘记自己曾经把一袋工具留在了“贝尔塞兹公园”吗？真是头蠢驴啊，多容易的事儿。

塔平说：“我忍不住要想她，我只能跟你谈谈。我们都爱过同一个女人，别尔德先生。你可以说我们俩的命运是交织在一起的。她不让我靠近她，就连在电话里说五分钟都不肯。可我还是爱她。”

他自顾自地重复着，一次比一次有力，以至于两个路过看台的工人都抬头朝他们的方向瞟了一眼。

“我本该恨的，她让我如此失望，我本该为此发火的。我本该拧断她的脖子，可我爱她，哪怕只是冲着一个认识她的人大声喊出来，也让我好受些。我爱她，如果这爱能够停止，那很久很久以前就该停啦，就在我意识到她不会给我回音的时候。我爱她，我爱……”

“让我把这事弄弄清楚，”别尔德说，“你大老远跑来，你瞒报了本土安保机构的犯罪记录，就是为了告诉我，你还爱着我的前妻?”

“就剩你一个‘参赛选手’啦，如果你懂我意思的话。帕特丽丝杀了奥尔德斯，而我为此顶罪耗去了八年光阴，这事我只能跟你说，也只有跟你说才有意义。而且我还欠你一个道歉，因为你来我家时我居然那样对你。可那会儿我顶着巨大的压力，你瞧，因为帕特丽丝不敢惹恼奥尔德斯，晚上她就得去见他。不过我真的很抱歉，把你打成那样。”

别尔德说:“我想这事我们就不用再提了。”

然而，塔平的道歉是醉翁之意不在酒。“我来还有一层原因。这事我琢磨得很辛苦。我自己总得干点什么啊。我不能下半辈子只对帕特丽丝心心念念吧。别尔德先生，我想要找个离她远远的地方，从头再来。我从这里的电视上看到你的事儿。你是唯一知道来龙去脉的人，我知道你会理解的。我想请你给我一份工作。手艺我还没扔，管子工啦，电工啦，砖匠啦，或者当个随便什么劳工。我能拾掇干净的，如果工作要求是这样的话。我知道怎么卖力干活。”

别尔德的思绪向前飞奔。他曾经替达林恩的朋友妮基找到过一点活，尽管她只干了两天。至于塔平的非法身份，也是有些办法可想的。这个男人是个爱做白日梦的傻瓜，也许是该消停消停了。然而，塔平很不走运，因为就在几分钟之前，别尔德的情绪沉入了关于当年那些黑暗岁月的记忆中：他曾经从二楼的窗户亲眼看着他的妻子穿着簇新的外套和鞋子，沿着花园小径走到她的标致车旁，去赴她傍晚的约会。难道八年还不够吗？难道他的惩罚还没有完成？也许永远都不够，别尔德一边想，一边伸出手，又打起了官腔。

“感谢你来看我，塔平先生。我不知道是不是应该相信你的故事，可我听得津津有味。至于工作嘛，呃，你跟我老婆有过一腿，你还怂恿她谋杀了我要好的同事，或者，谁知道呢，大概就是你自己杀的。总而言之，我根本不觉得我欠你什么情……”

塔平也站起来了，可他拒绝握手。他的语气听起来很吃惊。“你是在说不吗？”

“对。”

他的腔调很快从切切哀告变成了咄咄逼人。“就因为我跟你老婆好过？”

“大半原因如此，没错。”

“可你不爱她。你看见什么就操什么。你不关心她。你本来可以独占她的，可你把她赶走了。”

这下他是真的火了，他看起来更像以前那个塔平了，脸色恢复了，那副大老鼠的面相也显出来了。虽然瘦削憔悴，可他也许会有某种精瘦男子的力量。而且，尽管他瘦了、老了，毕竟还是比别尔德更高、更年轻。

“我不是为了风流快活，”他大声说，“帕特丽丝跟我好，是因为怨恨你。我有我自己的问题。我老婆带着我的孩子跑了。你毁了自己该死的婚姻。那个美丽的女人。你伤透了她可怜的心。”

别尔德时刻提防着他会动手，便沿着看台边缘慢慢走开。他可不是汤姆·奥尔德斯，有本事敲碎别人的膝盖骨。隔开一段审慎的距离，他说："高速公路一带有几个巡警。你马上走开，否则我就请他们过来跟你谈谈你的旅行签证问题。在这些地界，他们对犯法的家伙可没那么温柔。"

"你这混蛋！你这个没种的混蛋！"

别尔德尽快走下看台，然后大步走开。哪怕是已经走到阅兵场远端，朝着得克萨斯风味烧烤摊的方向往回赶时，他还能听见越来越轻的呼喊："王八蛋！骗子！我会抓到你的！"正直的市民频频回头注视，颇有几道鄙夷的目光投往别尔德的方向。几分钟之后，别尔德转错一个弯，发觉自己来到一排蔚为壮观的绿色流动厕所跟前，便顺势走进一间，慢腾腾地用完。出门以后，他四下打量了一番，看见塔平在远处的高速公路边上，冲着过往车辆晃着大拇指。

别尔德跟达林恩的那场幽会，看来是要迟到了，可他又累又热，还有很多事要琢磨，干脆就磨蹭起来。帕特丽丝甩不掉的情人并不是奥尔德斯，而是塔平，所以她就编了故事，以免再被打成熊猫眼。不过，真正制止了暴力恫吓的是奥尔德斯的一顿拳脚。即便当初别尔德徒手掐死奥尔德斯，塔平也会站出来顶罪的，他的强迫妄想狂确实已经到了这种地步。别尔德的过去通常是一团乱麻，像一块成熟的、散发出气味的奶酪，渗入或漫过他的现在，可偏偏只有这块"糕点"已经凝结成了某种看起来虽然还能吃却颇为坚硬的东西，更像是帕尔马干酪而不是埃普瓦斯干酪。他乐滋滋地回味着这道转换公式——这让他想起自己还有点饿——得克萨斯风味烧烤随即映入眼帘，恰在此时，掌上电脑在口袋里震动起来。屏幕显示是梅丽莎。想必是临睡前的电话。然而，他刚把电话放到耳边，就听到一辆汽车的引擎声，隐约还能听见背景中有卡特里奥娜唱歌的声音。

“亲爱的，”他赶在她开口之前飞快地说，“我一直想联系你来着。”

“我们先前一直在飞机上。”

他的第一反应是，她带着他的孩子跟着那个指挥跑了。“你在哪里啊？”他气冲冲地问，他估计她会撒谎。

“我们正要离开埃尔帕索。”

他愣了片刻，想弄个明白。“你怎么会？我不懂。”

“我们在路上。正好碰上期中假，列诺奇卡看着店，你知道，我和卡特里奥娜有事情要跟你讨论。”

“讨论什么？”别尔德话刚出口，心里已经涌起莫名的罪恶感。他干了什么？

她说：“有个叫达林恩的人打电话过来，告诉我你们俩要结婚了。在你结婚之前，我和你的女儿要讨个说法。”

原来是这样。记忆中那个时刻就像一个几乎被忘却的梦一样模糊，可他知道那一刻，就在几周前，在房车的卧室里。达林恩从那以后再没提过。

他说：“梅丽莎，相信我，这事儿不是真的。”就好像他只要这样说了，她就能转身回伦敦、晚上他就能得个清净似的。

她说："别挂，我得从这个出口走……还有件事，我想让你在我们碰面之前就知道。特里。"

"好。"

"他不存在。我编的。这么说是为了保全脸面，这样很傻。结果雪上加霜。"

"我懂了。"别尔德说。

他确实懂了。她已经宣布"特里"纯属子虚乌有，现在就指望着他也能将达林恩打回原形了。他听到卡特里奥娜在背景中又唱又叫。

梅丽莎说："我们马上就来看你了。你是属于我们的。"她挂了电话。

他待在原地没动，斜靠在一根挂着一只扬声器的柱子上。感谢上帝，扬声器没发出声音来。在他周围，随着太阳西斜，整个工地越来越空，人们都快下班了，都在往停车场跑。他想起，某个炎热的午后，他和达林恩做爱，空调开到最大，像个疯子抓着牢房铁窗那样咯吱咯吱响。就在他快射之前的几秒钟，她用一只手罩住他的睾丸，向他求婚，他说了——或者喊了一声"好"。也许，正是这种狂野的傻乎乎的行为和那股子放纵不羁的氛围让他达到了高潮。他既然一直都没有娶梅丽莎，那怎么可能真的要娶达林恩呢？没人会相信一个男人在那种时刻说出来的话吧？关键是，达林恩已经发现他另外有人，作为一个鲁莽的玩家，她这样做是在逼他出手。总有人，或者说所有人都会失望的。没什么新鲜花样。

别尔德伸手去摸红外线遥控车钥匙，钥匙的固体形态实实在在，令人宽慰，似乎浓缩了眼下他希望自己与洛兹伯格隔开的距离。如果理智点，现在就该开溜，在得明州际公路一带找个地方寄宿，明儿一整天都避开达林恩和梅丽莎，好把精力集中在他那件影响世界历史进程的大事上，完事之后再面对她们俩，要么一起处理，要么分开解决。只要不必今晚就面对她们，干什么都行。然而，就在他转身走向汽车时，他想到即将错失与达林恩定好的约会，心里还是涌起莫大的感伤。隐藏在他自我里的那个老迈的“议会”正吵得不可开交。一个口才了得、经验丰富的声音从一片喧哗中脱颖而出，指出如果强迫自己错过一次期盼已久的释放，可能会对他的注意力造成更大的损害。他没理会这声音，继续往前走。有时候，一个男人不得不做出牺牲，为了科学，为了未来人类世世代代的幸福。

然而，紧接着他就得到了解脱。刚刚走了不到三十步，他就听到有人在后面叫他。刚才她从“得克萨斯风味烧烤摊”的顶篷下面出来，走上仅仅一百码开外的大道，此刻正张开手臂、风情万种地朝他跑过来，他顿时觉得神清气爽。他们就直接去他的旅馆房间吧。他毫不犹豫地做出了决定。

不知为何，她并没有问他为什么会往相反的方向跑。他们亲密地挽起胳膊，沿着那条分布着绿色流动厕所的大道向停车场走去。他们一到那里，她就觉得还是扔下自己的车、跟着他的车走比较好。他想不出什么理由说不，只是这样一来，今天晚上和明天早上，他就非得陪在她身边不可了。她一定是这么盘算的。在他驶往洛兹伯格的路上，她的左手滑进他大腿间，这一路上她就一边抚摸他，一边告诉他等会一进门她打算怎么做。他神思恍惚，脑子里再也没有别的念头，不觉转进旅馆的车道，停在他通常住的那间门外。他像个机器人那样木头木脑地到前台办理入住手续。很快，他们就把自己关进上了双保险的房间，两个一丝不挂的大块头兴奋地斜躺在凉丝丝的床单上。仅仅十年前，当他仍然以为自己还能靠锻炼自救时，他会因为自己那仿佛充了气的体形、手风琴似的多重下巴，因为他正在爱抚的女人那肋骨毕露的曲线，因为那些刚刚从腋窝、腹股沟和膝弯（这些地方褶皱重重，几乎不透气不见光）剃下的毛发所散发的汗臭味而深感震惊。然而，现在的一切，就刺激程度而言，并不逊色于以往的任何时刻。她是个亲切可人、灵感四溢的情人，她吮他，舔他，逗他，引他湿漉漉地进来，不过，在他要射的时候，他记得不让自己再在婚姻问题上妥协。

事毕，他们紧紧靠着躺在一起。她用一只手肘撑起身体，低下头开心地凝视着他，抚弄着他耳后硕果仅存的几簇毛发。他闭上了眼睛。

“迈克尔？”她低声说，“亲爱的？”

“嗯。”

“我有没有跟你说过我爱你？”

“说过……”他在思考，他莫名其妙且格外清晰地想起了他的老朋友——光子，还想起汤姆·奥尔德斯笔记里关于置换一枚电子的细节。也许会有一种不那么昂贵的方法，生产经过改进后的第二代操控板。等他回到伦敦，他得把那份积满灰尘的文件找出来见见天日啦。他心满意足地重复了一遍，“说过。”

“迈克尔？”

“嗯。”

“我爱你。还有，你知道一件事吗？”

“嗯。”

“你完完全全属于我，我永远不会放你走的。”

他睁开眼睛。做完爱之后，有一点总让他烦恼：女人无法马上抛开她们在做爱之前陷入的那种亲密无间的状态，反而久久逗留在某种强迫延续的情感中不能自拔。相反地，他却醉心于重新找回他那不与他人分享的内核，沉溺于呵护那个小小的秘而不宣的部分，这似乎是男人身上最近似于——这想法是不是很荒唐？——胎儿的部分。十分钟之前，他还觉得自己是她的人。而现在，想到自己属于什么人，或者想到任何人属于任何人，他都觉得自己快要窒息了。

这念头让他想起应该责备两句。他说：“你给梅丽莎打了电话。”

“我当然打了！不止一次。”

“而且你告诉她我们快要结婚了。”

“没错。”

她仍然一丝不挂，可她不知从哪里掏出一根口香糖——她从来不在他们俩做爱的时候嚼——下颌开始惬意地循环运动，同时亲切地低下头，朝着他咧嘴笑起来，似乎就等着他发火，自己倒乐在其中。

“你怎么弄到号码的?”这是一个不相干的问题,但她得意洋洋的样子让他心烦意乱。

“迈克尔!你趁我上班的时候在我这里给她打电话。你以为电话账单上不会显示吗?”

他正要开口讲话,她却笑起来,一把抓住他的肘部。

“你知道我第一次打这个号码的时候发生了什么吗?一个小孩接的,我怕弄错,就说:‘宝贝儿,我能跟你爸爸说说话吗?’你知道她怎么说?”

“不知道。”

“真的很严肃哦。‘我的爸爸在洛兹伯格拯救世界呢。’好可爱啊,不是吗?”

再也不可能光着身子谈这样的话题了。他去浴室拿了一件浴袍,回来时惊讶地发现她正在穿衣服。她看起来还是兴高采烈的。他坐在床边的一张椅子上,看着她套上短裙,咕哝着弯下腰系鞋带。

他终于说道:“达林恩,事情得说说清楚。我们不会结婚的。”

她一边照着电视机旁的一面镜子往头发上别发卡,一边说:“我得回家洗个澡换身衣服。我今晚要到学校干一小时活。不过别担心。再过十分钟,妮基在药房就要下班了,她会让我搭车的。”

她做好了要走的准备,然后过来靠着他坐在床边。她有点懊悔地笑了笑，拍拍他的膝盖。看她就要走，他心里涌起越来越强烈的遗憾。对如此丰满的女人有这样好的“胃口”，这难道不是自恋吗？他的人生一直沿着一条稳步上升的曲线行进，从梅西到达林恩。

她说：“你听我说。有那么几点是你应该知道的。第一，你并不算一个彻底的好人。我也不是。第二，我爱你。第三，我向来以为你已经结婚了。你压根就不提，我也不问。我们都是自愿上床的成年人。第四，当我跟梅丽莎说话时，我发现根本没有别尔德太太。第五，有几次你在床上说你想跟我结婚。第六，所以我决定了。我们要结婚。你尽管反对尽管尖叫好了，反正我打定主意了。我会把你磨到同意为止的。你无处可逃的，诺贝尔奖获得者先生。马车已经上路，我相信你就在上面！”

她是那么开心，那么无可救药地乐观，那么满怀好意。那么美国范儿。他笑起来，接着她也笑了。他们接吻，越吻越深。

他说：“你真棒，可我不能娶你。也不会娶任何人。”

她站起来，拿起她的包。“好吧，那我娶你好了。”

“再待一会儿吧。我开车送你回家。”

“哈。我刚把衣服穿好呢。你会让我迟到的。我知道你的。”

她在门口给他一个飞吻，然后走了。

他坐在椅子上踌躇，不知该不该给哈默打电话，问问他跟律师的会谈进展如何。他认定，如果自己先冲个澡，这场会谈对他而言就会显得更容易一些。他想也许可以看看当地的电视新闻是不是都在报道这项工程，可是遥控器压在一只枕头下面，是搁在床另一头的许多只枕头之一，可他不想动弹，现在不想。他浑身懒洋洋，以至于突然掠过一个念头：要是能有辆医用推床载着他轻柔地移到另一个房间就好啦，那里的床是铺好的，衣服不是搭在椅背上眼看着要滑下来的，他的行李箱里的东西也没有摊在地板上。不可能。他属于这里，属于这个世界。所以他得去冲个凉，就现在。可他还是没起来。他想起梅丽莎和卡特里奥娜正沿着州际公路向他逼近，夕阳洒在车上，他是多么明智啊，没有告诉达林恩她们俩要来。她会盘算安排一顿晚饭，大家一起坐下来讨论未来的。他寻思塔平现在在哪里，然后提醒自己还是应该为明天而激动，而这又让他再次想起了哈默。他的思绪就这样在昏昏欲睡中穿行于今晚的种种难题中，以至于当问题真的降临时——门上突然响声大作，有人不是在敲就是在踢——他大吃一惊，不由自主地从椅子上跳起来，胸口掠过一阵刺痛。接着，门又响起来，两声有力的敲击在中空的夹板间回荡。

“好啦，”他嚷道，“我来啦。”

门一拉开，傍晚时分干柏油的温热气息就被旅馆房间贪婪地吸进去，橘色的天空映衬着哈默的身影，他背后是一个穿着正装的大高个。

“我都没请示，”哈默硬邦邦地说，“我们就进来了。”

别尔德耸耸肩，往后站。既然如此，那他又何必为了这里乱作一团而抱歉呢?

哈默形容憔悴,一脸僵硬。他用同样毫无起伏的语调说:“这位是伯纳德先生,这位是别尔德先生。”平时他一般喊“教授”的。

别尔德与那个男人握了握手,然后抬手指向乱糟糟的床,那是唯一还能让他们坐一坐的地方,而他自己则坐回到那张椅子上。伯纳德带着一只文件包,他的手挑剔地在床单上弹了一下,想必是担心灰色丝质正装沾到什么体液。哈默坐在他身边,三个人弓着背凑在一起,就好像,某个下雨的午后,几个小孩在卧室里密谋。

伯纳德大个子,方下巴,薄嘴唇,粗框眼镜,至少有六英尺三英寸高,肌肉饱满得快要从衬衫里爆出来,他把文件包搁在膝盖上,脚踝并拢在一起,这副样子给人的第一印象是:一个温顺的家伙藏进了一副硬汉的身躯,颇有克拉克·肯特[①]的风范,而且对此似乎颇有歉意。在他身边的托比看上去相当震惊。他的右手在奇怪地颤抖着,而且不停地努力咽口水,随着一声听得出来的“咕咚”,他的喉结也往上升高了一点。本来,碰上这种场合,他应该尽量与别尔德四目相对,希望能找到一点同谋的默契或者嘲讽的眼神。瞧这些律师!可他现在却回避同事的目光,反而盯着自己交叉相握的双手说:“迈克尔,这事很糟。”

伯纳德默默地、满怀同情地点点头,稍等片刻,然后用一副

---

① 系列漫画及电影《超人》中的男主人公。

似乎相对他的体形而言显得太高的调门说，“我能开始了么？别尔德先生，你知道，我的公司受英国方面委托，处理与你获得的多项专利有关的事务。接下来我就不跟你搬法律术语了。我们的目的是将这件事解决得既合理又迅速。我们眼下的愿望是请你取消明天的公众活动，因为它对我们当事人的诉讼案不利。”

别尔德心里的那只“眼”，像一台摄影棚里的摄像机，流畅地穿过多赛特广场的公寓，寻找那堆藏着他的雇佣合同的文件。他开心地微笑着说：“是什么诉讼案呢？”

“亲爱的耶稣啊，”哈默轻声说。

“2000 年，我的当事人曾亲自复印了一份三百二十七页的文件——我们知道这份文件当时是属于你的。这份笔记是托马斯·奥尔德斯先生去世前在英国雷丁附近的‘可再生能源中心’工作时写下的。知名专家、包括纽卡斯尔大学的波拉德教授在内的该领域顶尖物理学家审查了这份复印件，他们同时还审查了你的各种专利申请材料。根据他们的结论——其中部分结论这位哈默先生已经看到了，我们完全有理由相信这些申请并非基于你的原创工作，而是基于奥尔德斯的。如此大规模的知识产权剽窃是一件很严重的事，别尔德先生。奥尔德斯先生的成果的合法所有者是中心。他的雇佣合同上有清晰的条款，你可以自己看一看。”

别尔德仍然咧着嘴，坚持挂着专注而和蔼的笑，可暗地里，他让这份威胁或者挫折显示在一阵颇为不适的脉搏波动上，仿佛一段切分节奏的鼓点，它不仅扭曲、而且打断了他的意识，有那么一两秒钟时间他可能失去了知觉。

接着他的心跳稳定下来，看上去非但整个人回到了这个房间，还不知从哪里弄来一副一本正经的腔调。“破坏明天的盛事将大大伤害我们自己和本地人士的利益，显然是不可能得逞的。无论如何，就是不可能。”他探身向前，摆出一副天机不可泄露的样子，“你试过取消一次美国空军的低空编队飞行吗？伯纳德先生。”

没人笑。

别尔德接着说：“第二点。我记得，汤姆·奥尔德斯的笔记封面上注明是‘机密’。唯有别尔德教授才能看。我看这机密肯定是被强行泄露了。第三，在奥尔德斯先生去世之前，我和他就在系统研究人工光合作用。他来过我的家，来得实在太多了，以至于，就像大家都知道的那样，以至于把我的老婆都拐跑了。我们一起工作时，我思考、口述，汤姆撰稿。在我们这个民主时代，伯纳德先生，科学界仍然等级森严，不可能大家平起平坐。需要掌握太多技能太多知识啦。在那些资深科学家成为老糊涂之前，按照客观标准衡量，他们一般都懂得更多。奥尔德斯只是小小一个博士后罢了。你可以说他是我的书记员。正因为如此，那份文件上注明是给我的，别人都没份。我有几十页，没准儿是几百页自己的笔记，涉及相同的材料，都做了正规的脚注，也标了日期——时间当然在奥尔德斯的文件之前。如果你们坚持要浪费中心的资源上法庭，我会把这些东西准备好的。可你们得支付我的成本，而且我会接受律师的建议，是否控告布拉迪先生个人的诽谤罪。”

托比·哈默弓着的背开始略略挺直，他注视着他的朋友，眼睛里有了希望，或者说希望的曙光。

律师几乎像刚才一样淡定，继续说：“我们有奥尔德斯写给他父亲的信，信上描述了他的设想，还说他打算整理成这份文件交给你。他想用你的知名度换基金。我们经过多方调查，得知你当时心心念念的是一种风力涡轮机。”

“伯纳德先生，”别尔德降低声调，柔和而不失严厉地教训他，“我这辈子的工作一直都跟光有不解之缘——自从我二十岁那年把弥尔顿的这首名叫‘光’的诗背出来以后。二十五年前，我因为改良了爱因斯坦的光生伏打原理而获得诺贝尔奖。别试图告诉我我的兴趣在哪里，局限在什么风力涡轮机上。至于汤姆的信，他可不会是第一个雄心勃勃地向当时仍在资助他的父亲描述宏伟蓝图的小伙子。”

别尔德裹紧身上的睡袍，朝哈默点点头，示意他放宽心。

伯纳德寸步不让，他只是继续打出下一张牌。“这一点并非本案的中心，它只是提供了佐证。我们拿到了 2005 年 2 月你在伦敦萨沃伊酒店一场演讲的录音听写稿。我们发现它的大半内容都引用了奥尔德斯的文件中的多个段落。”

别尔德耸耸肩。“那些段落本来就引用了我的观点。”

“我们还有，”伯纳德说，“奥尔德斯先生遇见你之前所做的笔记，这些笔记充分说明当时他对地球变暖、生态学、可持续发展以及各种相关计算——总之就是那些后来在这份文件中得到扩展的内容——都怀有浓厚的兴趣。而且，别尔德先生，在你告诉我他这些材料必定来自于你——哪怕他那会儿根本不认识你——之前，我要先提醒你，我们的事务所已经彻底调查了奥尔德斯先生逝世且他的文件转到你名下之前的数年间，你的每一次公共演讲、广播讲座、媒体采访、报纸上的专家意见，以及你在大学里教授的每一种课程，其中没有只字片语提到人工光合作用，也没有提到气候变化或者可再生能源。别尔德先生，人们很难预料，像您这样的公众人物会在这个领域里获得突破性的发现吧？”

哈默又弓下身去，这下别尔德终于火了。这个可笑的家伙跑到他房间里，一本正经地坐在几分钟前达林恩玉体横陈过的床上，都干了些什么？别尔德站起来，一只手攥住睡袍好遮盖私处，另一只手伸出一根手指猛地指向伯纳德的脸。“气候变化？你轻轻巧巧地就忘了我在认识汤姆·奥尔德斯之前就是中心的头儿。赢不了官司就拿不到酬金，对不对，伯纳德先生？指望发财吗？行啊，你把这话带回去送给布拉迪先生。告诉他，凡是碰到下三烂的机会主义者，我一眼就能认出他的真面目来。我们在这里干得漂亮，他以为他能搭个顺风车。他还蠢到以为法院会相信这样的工作是一个研究生独自做梦就能构想出来的。明天我们的工地将会给洛兹伯格输送洁净的低成本电力。叫布拉迪先生在电视上全程收看，我们跟他在法庭上见！”

伯纳德也站起来，将文件包紧紧抱在胸口。他在摇头，等他再开口说话时，嗓音被一种新的情感绷得紧紧的，愤怒或者骄傲或者两者混杂。“还有一个新进展要提醒你。‘布拉迪先生’已经不复存在。上个月女王生日,为了庆贺这个特殊时刻,她邀请他成为王国的爵士。他现在是乔克·布拉迪爵士。”

别尔德恼火地低声咆哮,故意夸张地用手拍拍前额。可是哈默的眼里闪过一丝惊恐。如果连英国女王都站在布拉迪这一边,那么他们在英国法庭上还怎么可能有胜算?

别尔德说:“这些都是垃圾,托比。别听。那是女王生日荣誉名单。她又不是自己选的,这些玩意她知道个屁,他们都削尖脑袋要挤上去,科学界文艺界公务员里头的所有蠢材和暴发户,他们巴不得被选中当一个二流贵族,好凭着这个位置四处炫耀。”

这场爆发之后,大家沉默了一会,接着伯纳德叹了一口气,从床边往门口方向走了一步。“那么,我们是不是可以假设,别尔德先生,女王陛下并没有拨冗选择你?”

别尔德干脆地说:“我无权披露。”

伯纳德放下文件包,让它垂在一边。现在托比也站起来了。伯纳德说:“好吧,我代表乔克·布拉迪爵士和全英可再生能源中心最后通牒。如果你同意取消明天的媒体发布会,并且同意重新审视专利权的状况,你会发现我们是富有同情心的合作者,一定会在一项依法属于中心的技术的发展过程中替你找到一个位置的。否则我们第一步就会去法院冻结所有对专利权的开发行为,直到这件事解决为止。”

哈默转头对着别尔德,那架势看上去就好像要单膝跪下似的。“迈克尔，这样会拖上五年的。”

别尔德在摇头：“不，托比。我说不。”

伯纳德说：“英国政府财大气粗，至少对此事会不遗余力。他们很乐意看到中心拥有专利权，好让纳税人看到回报可观。”

哈默拽住别尔德睡袍边沿。“听着，我们欠了一大堆钱，如果这事儿不搞定，那谁也不会跟我们签约。我们请不起律师。”

“所有的工作都是我们干的，”别尔德一边说，一边把哈默的手推开，“如果我们现在服软，那哪怕他们打发我们去盥洗室当个服务生，我们都得感恩戴德。”

“先生们，”伯纳德说，“我很有把握，我们能给你们的待遇，会比这好些。而且哈默先生说得对，人们不会乐意跟你做生意的。明天不要闹到当众出丑，这当然也符合你们的利益。”

“我已经把这话说得够客气的了，”别尔德说，“送客。”

伯纳德的薄嘴唇只是微微撅了下，便转身打开门。从他肩膀上望过去，沙漠上的橘色天空渐渐褪成黄，再转成明亮的绿色。

向来冷静的哈默拔高了调门哀号起来：“迈克尔，我们得谈下去！伯纳德先生，等等，我跟你一起出门。”

律师惋惜地歪着脑袋。“当然可以，但我们要的是别尔德先生的签名，”他走出门，进入暮色中，哈默快步跟在他身后。门关了，别尔德听见两个人一边穿过停车场，一边说话，托比的声音突然响起来，软磨硬泡地恳求宽限，接着又响起伯纳德坚决的低语。

他像先前那样颓然瘫坐在椅子上，还是拿不定主意要不要冲个澡。刚才那一幕就像一个专门演给他看的短剧。此时此刻他对其中的复杂含义已经颇为麻木。他意识到有一堵大墙阻挡了自己的人生进程，他看不到有什么法子能翻过去。他的思绪凝固了。他唯一担心的是梅丽莎和卡特里奥娜再过不到一小时就要到了，他应该穿好衣服去迎接她们。无所事事了好多分钟之后，他跑到浴室，茫然地、几乎无知无觉地站在淋浴喷头下面，任凭热水打在他的脑壳上。有一个声音响起来，他从那块小小的地盘里探出头，听了听。一记响亮的敲门声，接着又是一声。安静了一会，床头柜上的掌上电脑又响起来，敲门声也卷土重来，而且愈敲愈响。哈默拼命喊他的名字。肯定是急着想进来说服他当布拉迪的走狗。

别尔德躲在喷头底下，等他确信他的朋友已经走了之后才出来，开始擦干。浇在皮肤上的热水仿佛施了点魔法。他的精神为之一振，反正是福不是祸是祸躲不过。一切取决于态度。明天的启动仪式必须照常进行。胜利果实或许会被抢走，可是全世界都会看到他的成就卓著。他将顶着光环走上舞台。没准还更好呢，比方说服个把人掏钱支持他打赢官司，换取利润分成。他们最重要的客人已经住进了埃尔帕索的酒店，还有人正穿过银城赶来。太阳将照常升起，操控板将把水分解成气体，气体将驱动涡轮机，电流将形成通路，这个世界一定会叹为观止。什么也不能中断披头士串烧曲以及在低空呼啸而过的飞机。

他将一条毛巾拉直围在腰间，嘴里吹着《黄色潜水艇》的调子，回到卧室，把行李箱倒腾了一番，拽出一件衬衫，去掉洗衣服务标牌和卡片，塑料包装的摩擦声提醒他想起一个更叫人热血沸腾的事实，他饿了。白天他不肯吃那顿早午餐，后来只用一顿午餐取而代之，这样他就有了一顿饭的逆差，他得补上。他找到了干净的内裤和短袜——想起当年他居然能一边站起来一边就把袜子穿上去，这感觉真古怪——然后展开他那件最好的、纹丝不皱的正装。当然，他是穿给梅丽莎看的。他本来正在浴室镜子前喷科隆香水，一想到她，便冲回卧室，花上几分钟将床铺理好。一想到达林恩，想到该让这几位怎么睡，睡在哪，这些事情该怎么交代，他的思绪就像一匹容易受惊的马那样靠后腿猛地直立起来，向另一个方向落荒而逃。那便是酒精。马路对面的饭店不卖酒。从行李箱隔层里，他掏出一只银色的小牛皮扁酒壶，里面装满了荷兰金酒，在室温下喝这个就够爽的了，而且别人很容易把它当成水。他喝了一口，把酒壶塞进口袋。接着他在门前踌躇片刻，又喝了一大口，才走出去。

在美国南方的傍晚，冲完澡、洒好香水、穿上干净的衣服，从空调里一步跨出去，被酣畅淋漓、不屈不挠的温热抱个满怀，这般在英伦列岛上从来无缘享受的美妙时刻，总是值得细细品味。甚至，在洛兹伯格这块弹丸之地上，在那些非自然的霓虹闪烁中，蟋蟀或者知了——他从来弄不清区别——正在放声歌唱。花多少钱也不能让它们不唱。同样地，不管用什么方法，都既不能阻止、也无法特许这线条如刀刻斧凿般明快利落的月牙挂在加油站上空。

然而，今晚他的快乐让人给毁了。他的旅馆房间三十英尺开外，停着一辆黑色的凌志车，伯纳德正在往驾驶座上爬。站在副驾驶座边上等着进去的那个人是塔平，他脚下搁着同一个背包。打开车门时他发现了别尔德，便似笑非笑地用食指比成小刀的样子，往自己喉咙上一划。引擎启动，车头灯亮起，塔平带着行李钻进去，车从自己的车位往后倒了一下，然后驶出停车场。别尔德大惑不解，待在原地目送着他们扬长而去。然后他耸耸肩，走到总台关照接待员，如果梅丽莎来就告诉她哪里能找到他，然后他穿过马路走到"布鲁贝利"，一到那里他的情绪就好了一半。他可不能就此沉沦。

他能举出种种理由证明，全美国没有一个地方会比"布鲁贝利家庭餐馆"更好，更能让人吃得开心——他们家的特色菜是一种牛排煎锅早餐。那些没心没肺的无神论者一定会觉得堆在门口一张桌子上的门诺派教徒宣传册很有意思。什么"快乐家庭"啦，"美满婚姻"啦，更靠近他自己座位的是一本"关爱地球"。结账台边上是个卖礼品的铺子，在近十八个月里他已经在那里替卡特里奥娜买了二三十件 T 恤衫。这家餐馆地方很大，女服务员都长得差不多，都像是达林恩乐呵呵的表姐妹，来这里吃饭的有下班的警察，边境巡警，卡车司机，独坐一隅、累得眼窝深陷的州际公路旅客，当然还有全家一起来的，拉美人，亚洲人，白人，通常都要占掉大块地盘，将三四张桌子拼在一起。不过，哪怕在它人头济济的时候，"布鲁贝利"也保持着端庄克己之风，就好像它在悄悄地渴望着喝上一杯似的。此地寂寂无名，很让人安心。

从来没有哪个兴高采烈的侍应生认出他是这里的老主顾。十号州际公路离得很近,店里客流量很大。

这里供应的食品恰巧对他的胃口。在他等座的时候没必要考虑究竟点什么——在这里他总是吃一样的东西。没必要三心二意。他给领到远端角落里的一个火车座上。为了缓解一下等待前菜的焦虑,他往自己的空水杯里倒了一点金酒,像水一样喝下去,然后又倒了一份。一切都糟糕透顶,可他的感觉却不那么糟糕。至少那位特里是子虚乌有的。可这真的是件好事么?梅丽莎和达林恩,剪不断理还乱。他没法面对这些,他无法忍受想到这些。可是事情就要来了。还有可怜的托比。他知道自己应该给托比打个电话,解释为什么发布会必须照常进行,可是此时此刻他实在不能再跟别人吵架了。

为了不让自己老惦记着刚点的菜——已经过了一刻钟,平时只要五分钟就能上菜的——他浏览了自己的邮件,有几封让他开心地叫出声来。第一封是一份非正式提议,来自一位老朋友,此人以前是物理学家,如今在巴黎当顾问。一家电力公司集团想请别尔德将他"在绿色技术方面的丰富经验,用来引导公众利益准则转向无碳排放的核能"。他们开出了六位数的薪水,外加配备一个位于伦敦市中心的办公室、一名研究员和一辆汽车。好啊,当然要去。不妨制造一点争论嘛。二氧化碳在持续增加,时间越来越紧。实际上只有一种经过可靠测试的方法,才能生产出可以满足日益增长的世界人口需求的电量,事不宜迟,这样问题就不会越来越大。许多德高望重的环境学家都已经改变了初衷，转而支持这种观点：核是唯一的出路，两害相权取其轻。詹姆斯·勒夫洛克、斯图尔特·布兰德、蒂姆·弗兰纳里、贾里德·戴厄蒙德、保罗·欧利希[①]。他们都既是科学家，又是好人。以当今世界的庞大规模来衡量，偶尔发生的意外，当地的核泄漏，难道是可能达到的最糟糕的结果吗？哪怕什么意外都没发生，煤炭也在天天制造灾难，全球都因此而受害。切尔诺贝利附近二十八公里的无人区如今不是已经成了欧洲中部生物形态最丰富最多样的地区吗？其中植物群和动物群的突变率即便真的超过正常值，其程度不是也几乎可以忽略不计吗？再说了，难道辐射不是阳光的别名吗？

第二份邮件是一份请柬，请他参加十二月在哥本哈根举行的《联合国气候变化框架公约》第十五次缔约方会议，向与会的外交部部长们发表演说。他与整个会议的精神一脉相承，他是——他觉得是——最佳人选。他会去的。他的前菜来了，橙色的奶酪外浇上面糊，裹上面包屑、撒上盐以后油炸，配浓稠的浅绿色酱汁。无懈可击，分量也正好。只要侍应生们离开他的火车座周围，他就倒一点剩下的荷兰金酒。他吃得飞快，转眼只剩下三块奶酪了，不由开始怀疑有几块里面裹的馅不是奶酪而是蘑菇，此时掌上电脑在他的盘子旁边震动起来。

“托比。”

---

① 这五位都确有其人，其身份依次是英国科学家、美国科普作家、澳大利亚动物学家、美国科学家、德国科学家，他们从事的领域、关注的课题均与环境保护密切相关。

“听着。我给你带来了各种坏消息，不过最坏的那一条刚刚才发生，几分钟之前。”

别尔德发觉，因为勉强压抑着敌意，他朋友的嗓音听起来绷得紧紧的。

“说下去。”

“有人带着一把大锤子去了操控板那边。他们把那几排都搞了个遍，统统弄出来了。碎了。我们所有的催化剂都没了。还有电子。什么都没了。”

这话他一下子没法完全领会。别尔德把盘子推开。装修工的杰作。伯纳德得付他多少钱？两百美元？还是更少？

“还有呢？”

“我们不会再见面了。我想我不能忍受再看到你了，迈克尔。不过你最好还是知道实情。我在咨询一名俄勒冈的律师。我要采取行动保护自己，不要因为按理是你欠下的债而受到牵连。我们，你，已经欠了三百五十万。明天还要花掉五十万。你可以自己去，面对所有的好人把一切说说清楚。还有，布拉迪会来接管你已经有的和将会有的一切。在英国，那个死去的男孩的爸爸已经说服当局对你采取法律行动，主要控告你剽窃加诈骗。我恨你，迈克尔。你对我说了谎，你是个贼。可我不想看到你坐牢。所以你就别回英国了。去哪个没有签过引渡条约的地方吧。”

“还有什么别的吗？”

“就这些了。这些事儿马上就要冲着你来了，基本上都是你活该。所以赶快滚蛋吧。”电话挂了。

这一回他不再藏着那只扁酒壶了，直接往杯子里倒。两滴酒洒下来。为他服务的女招待端着一只堆得高高的盘子就站在他边上。她是个十多岁的年轻人，神情严肃，头发梳成一把整齐的马尾辫，牙箍上缀着五彩玻璃珠。她费了好大劲才把她非说不可的话说出来。

“先生？我们不是有一条禁酒的亏……规定写在店面上的吗？”

“我不知道。我很抱歉。”

她拿走了那只盛着三块冷奶酪的碗，将主菜放在他面前。四片去了皮的鸡胸肉与三层菲力牛排夹花排列，外面再裹上培根，浇上蜂蜜和奶酪，配菜是炙烤事先用黄油和奶酪浸渍过的带皮土豆。

他盯着它看了好一会儿。还是那句老话，若是为了逃避引渡，巴西是合适的落脚点。他是不是要买一张到圣保罗的机票，跟西尔维娅住在一起呢？她是个可爱的女人，也很有意思。这样做也许不算太坏。但是不可能。他想让自己放松点，便拿起刀叉，却一眼看到手背上的黑色素瘤，顿时就走起神来。瘤长大了，他想，比上次看到时更大，在“布鲁贝利”的荧光灯下，它已经成了一个发紫的赤褐色肿块。这事他非得现在就去处理吗？其余一切也都是如此吗？他想也未必吧。船到桥头自然直。明天他不准备到工地去向愤怒的人群交代清楚。他也不会去拯救世界。

他放下没用过的刀叉。他现在最想独自去酒吧，坐在柜台边来一杯威士忌。走一小段路就能到第四大街。可他还得去取车。他正打算把侍应叫来买单，猛听到饭店另一头一阵骚动。他转过身看见梅丽莎，她两颊泛红，她素来有几件颜色鲜亮的加勒比风格连衣裙，现在身上就穿着其中一条，黑红底上印着大绿花。她正大步从“请在此等位”的牌子边经过，紧跟在她身后的，天哪，是达林恩，两个女人看起来都怒火中烧，乱作一团，就好像她们刚在门外打过一架。此刻她们正在找他。相隔几英尺跑在她们前面的是卡特里奥娜，她背着一只小女孩用的小背包，包包的设计让人觉得它就像一只正粘在她肩膀上搭顺风车的考拉熊。她赶在两个女人前面发现了爸爸，于是朝他跑过来，跑过来要他，嘴里含含糊糊地嚷着什么，双脚在一张张拥挤的桌子之间蹦蹦跳跳。别尔德站起来迎她，只觉得心里涌起一种陌生的、愈涨愈满的感觉，可他一边张开双臂抱住她，一边怀疑，现在假如他努力装作这就是爱，还有没有人会相信他。

附　录

瑞典皇家科学院尼尔斯·帕尔斯特纳卡教授的颁奖演说词（译自瑞典语）

国王及王后陛下，诸位殿下，女士们先生们，

各位看见我站在你们面前，这一事实本身就是在向你们眼中负责摄取光线的感光色素致敬。尽管门外斯德哥尔摩大街上寒冷刺骨，我们这里却温暖惬意，此乃拜石炭纪森林树叶所赐，它们以光合色素摄取阳光，从而将其残迹——煤炭和石油留给了我们。这些简单的例子都能用来解释辐射与物质的互相作用是如何供养全球生灵的。二十世纪四十年代晚期，费因曼和施温格[①]深入洞悉了这种相互作用的物理意义，时至1970年，大多数物理学家都以为“此章已结”，学界对基础原理的探索已经转移到一个更具宇宙观或更深入原子内部的层面。然而，惊喜还在后头。

在物理学界的日历上，索尔维会议是一项举足轻重的活动。在1972年的大会上，午后的一场分会中，大厅后排响起一声呼喊。大家一回头，看见理查德·费因曼手里攥着一捆文件高高

举起。“魔法!”他喊道,然后冲到前排,跟演讲者道声歉,便把舞台抢了过来。经过五分钟激烈的、手舞足蹈的论证,他解释说,一个困扰他许久的问题已经被一位名叫迈克尔·别尔德的年轻研究者给解决了。

毫无疑问,索尔维的“魔法时刻”已经载入史册,而且也确实不难看出,别尔德论文中的那些观点何以会对费因曼有如此强大的吸引力。它们表明,特定的描述光与物质的相互作用的图形是如何遵循着一种新颖而精妙的、能极大简化计算的对称性。人们通常以为,量子力学描述的是极微小的事物;确实,只有极微小的系统才容易保持协调,因为它们免受环境干扰的独立性能长久留存。然而,别尔德的理论表明,辐射与物质互相作用时所发生的活动协调连贯地扩展到一个比原子大得多的规模;非但如此,它们扩展的方式很像一个复杂系统的流程图,比如工程师可能会替一家炼油厂设计的运转图或者为一个电脑程序编写的逻辑步骤图。它使我们对光电效应的理解程度发生了极大的变化,以至于我们现在必须谈到别尔德-爱因斯坦合论——这个连字符足以让任何物理学家欣喜若狂,它将别尔德的工作骄傲地归入一个谱系中,其血统源自1905年爱因斯坦发表的那篇革命性的论文。

凭着其深谙科普之道的天分,费因曼策划了一场集体游戏来演示“合论”背后的法则。这场游戏需要六条带子或绳子,互

---

① 费因曼见前注。J·S·施温格(Julian Seymour Schwinger, 1918—1994),美国物理学家,阐述量子电动力学理论,与费因曼和日本人朝永振一郎共获1965年诺贝尔物理学奖。

相交织成一个富有魅力的图案。接着，六个人各拉住任意两头，将共同缠成的结亮给观众检查。人人都可以证明，这个结错综复杂，除非参加游戏的人都放开他们手里的线头，否则根本不可能解开。接下来参加者与身边的人两两结对，表演乡村舞中的“皮鲁埃旋转”，似乎这样一来那个结就会越打越复杂。然而，紧接着，随着一声令下，所有参加游戏的人都一起拉，结果，让众人吃惊的是，所有的带子都分开了。费因曼格子图已经成了所有物理讲师最喜欢的例子，也许没有哪个物理系研究生不曾参与其中，其中颇有一些学生在这场欢乐的混战中找到了未来的伴侣。

由此可见，迈克尔·别尔德的理论的拓扑学实质，乃是一种“群行动”(即卓尔不群的李代数群 E8，理论王国中体形较为庞大的居民之一)，旨在解开光与物质之间复杂的互相作用，并为其“编舞”，将其释放，使之组成一系列符合逻辑的步骤。正是这些操作的交互影响构成了基本的魔法套路，相当于魔法师举起魔杖后的那一番挥舞，它让人想起爱因斯坦曾说过，波尔的原子理论具有思想领域中最高级别的音乐性。不妨引用哲学家弗兰西斯·培根的话：

> 凡和谐臻于完美者，其各级声部、诸般乐器皆不闻一己之音，但听众声浑成。①

---

① 这一段选自培根的《自然历史》，原文论述的主题是音乐。译文“众声浑成”的原文是 a conflation of them all。而在英文中，别尔德的“合论”一词也是 conflation。这样的双关在翻译中无法彻底体现。

迈克尔·别尔德教授,您被授予本年度诺贝尔物理学奖,表彰您对于我们理解物质与电磁辐射之间的相互作用所做出的卓著贡献。我荣幸地代表瑞典皇家科学院向您致以最热烈的祝贺。现在我请您向前一步,从国王陛下手中接过您的诺贝尔奖。

致　谢

感谢大卫·波克兰和凯普·法威尔邀请我在2005年2月踏上斯匹茨卑尔根之旅——这部小说萌芽于冰天雪地中的峡湾。剑桥大学量子计算中心的格雷姆·米奇森在数学和物理学方面给予了慷慨的指导。若文中仍残留谬误，皆应归咎于我。他还体贴地替迈克尔·别尔德获得的诺贝尔奖发掘颁奖词素材。我要感谢波茨坦气候问题研究所所长约翰·舍尔恩胡伯教授以及该研究所的斯蒂凡· 拉姆斯多夫，感谢位于科罗拉多州戈尔登市的“全美可再生能源实验室”的道格·阿伦特博士、詹姆斯·博施和约翰·A·特纳，牛津大学工程学系的马尔科姆·麦卡洛克，帝国理工学院的迈克·多夫教授，物理研究所的菲利普·戴厄蒙德，感谢蒂姆·加顿·阿什，以及，一如既往地，感谢安娜莱娜·麦卡菲①。感谢丹·伯克曼把新墨西哥的一栋房子借给我，感谢格雷格·卡尔提供他那位于爱达荷州阳光谷的住所。我受惠于不计其数的有关气候学及其相关问题的书籍与论文，并从斯蒂文·品克与伊丽莎白·斯贝尔克在Edge.com上的一场对话中获益良多。尤为重要的是，我对沃尔特·伊萨克森的杰出传记《爱因斯坦》感恩戴德。

① 麦克尤恩的妻子。

译后记

一

2005年挪威境内的北冰洋之旅，在五年后被亲历者伊恩·麦克尤恩反复提及——直到小说《追日》(*Solar*)的宣传期告终为止。那是格陵兰岛费尔韦尔角的一个环保组织发起的考察旅行，旨在邀请各国知名科学家和艺术家见证气候变化问题。“那是我去过的最美的地方，”麦克尤恩对记者说，“但是，”——照例有但是——“同样让我难忘的，是我们一行人聊起气候变化以及相关的社会问题时激烈的不和谐音，以及越来越喧嚣混乱的更衣室。”事实上，麦克尤恩要强调的是，正是更衣室里的一片狼藉，以及这种狼藉与科考旅行的宏大主题之间形成的强烈反差，照亮了他对下一部长篇的构思。他突然想到，对于“理想主义”，其实可以有一种“喜剧性”的表现方式。

更衣室里究竟发生了什么事？我们可以在《追日》中找到详尽的描述。在那一段里，小说主人公，年轻时拿过诺贝尔物理学奖、此后却渐渐沦为学术花瓶的迈克尔·别尔德也受邀登上了一艘封冻在北冰洋的科考船，那里“设施完备、供暖舒适，走廊上铺着华美的地毯，墙上镶着橡木，挂着流苏缀饰的壁灯”，人们耳边时时萦绕着“理想、人类、星球”之类有魔力的字眼；然而，在舱壁另一面的更衣室里，“到礼拜三为止已经丢了四顶头盔、三件重重的摩托雪橇服外加好多小配件了，同时待在外面的团员再也不可能超过三分之二了，要想出门就非偷不可。”于是，别尔德暗自发了一顿韩寒式的犬儒牢骚：“四天前，这个房间本来秩序井然，所有的装备不是挂在编过号的挂钩上，就是堆在挂钩下面。在那个并非很久以前的‘黄金时代’里，资源有限，人人平分。如今成了一片废墟。等到房间里到处散布着被多余的手套、围巾和巧克力条塞得半满的背包、旅行袋和超市塑料袋时，就更难在屋里立什么规矩了。没有人——他一边想一边赞赏自己的宽容——的行为是卑劣的，每个人都是出于眼前形势的考虑，急着想出门到冰原上去，于是，他们以绝对理性的态度在出人意外的地方‘发现’了他们遗失的大衣或手套……他们怎么才能拯救地球呢——假设它真的需要拯救的话，对此他深表怀疑——地球可比这更衣室大好多好多啊。”

“比更衣室大好多好多”的地球的命运，是这部小说要探讨的深层主题。近年来，这几乎是所有企图将“全球视角”（world view）注入小说的作家们都探讨过或者至少是隐约指向过的问题。但是，麦克尤恩并不像玛格丽特·阿特伍德或者多丽丝·莱辛那样热衷于寓言式科幻，而是选择正面强攻科学界内部的“生态环境”和“意识形态”，考察科学家与科学家之间形成的关系网与食物链。作者的潜台词是：无论目标多么宏大，门槛多么教人高山仰止，只要是人类所涉足的领域就必然受制于人性的弱点，于是，“温室效应”这个干巴巴的科学名词，在小说里就与人物和情节构成愈缠愈紧的麻花辫——最后我们得到的，竟然是一幅详尽、严肃却不无黑色幽默意味的政治图解。学术剽窃、环保业之派系纠葛、能源业之利益纷争、现代传播业之荒诞效应、性别政治之异化乃至英美关系之微妙……这些关键词其实无法梗概小说的全貌，真正有趣的、构成小说主体而又无以名状的，是它们如何像暗流般潜伏在枯燥的学术会议、新闻报道、推导计算下面互相作用，改变人物——这些人物碰巧是看起来能主宰地球命运的那一拨——的行动轨迹。

虽然小说对于环保业光怪陆离的世相不做评判，但小说之外，麦克尤恩本人的态度还是清晰而鲜明的。作为一个越来越乐于在各种社会问题上发表见解的公共知识分子（“九一一”事件和伊拉克战争爆发时他都第一时间撰文评论），他在访谈中从不回避相关提问，其回答略显狡黠，大抵可算政治正确：“有些人在意识形态上全盘否定这种理论，他们相信所谓的人为的全球变暖只是个神话。有些怀疑论者则左右摇摆，随着数据陆续出台而改变看法。还有一些是警告者——他们看过数据材料，感觉到问题确实令人忧虑。最后，还有一些对灾难深感恐惧的人，觉得一切到下礼拜就会完蛋，我们统统会被一锅端进地狱去。我应该算是个‘警告者’，原因很简单：我不是科学家，在我看来，那些数据实在是太沉重了。有人认为环保业背后隐藏着巨大的阴谋，还说这个行业能催生出太多的工作或高校基金，这样的念头未免有些离谱。”

二

虽然早在《无辜者》之后，麦克尤恩已经显示了与其早期作品（封闭环境之内的心理分析）划清界限的决心，但也许真的要到这一部《追日》，你才会觉得他切割得如此彻底，彻底到让他的很多老读者为之怅然若失。没有怪力乱神超自然，少有盘桓犹疑多愁善感，去掉一切虚妄空洞宿命的喟叹，麦克尤恩不仅要挑战题材上的极限，更试图在谋篇布局上贯彻更为技术化的观念：一切都照应得缜密周到，没有什么是溢出他部署之外的。

这种多少流露着智商优越感的写法其实相当冒险。首先，这意味着在小说中重建一个高度仿真的科学界，构成故事背景的所有物理、生化方面的专业术语、人物和事件都是真实的——也就是说，虽然主要人物是虚构的，但跟他打交道的一切都必须经得起专业级别的推敲。考虑到麦克尤恩虽然是多年的科普爱好者，但毕竟毫无理科造诣（“我高中的数学成绩只是中上而已，”他不无得意地说），文本中显示的材料功夫和“致谢”中列出的一大串为其背书的科学家名单确实容易让读者产生轻度晕眩感（其中颇有一部分被半途吓退）。尤其是读到正文尾声处的附录，瑞典皇家科学院发表的颁奖词（表彰主人公别尔德年轻时获得的诺贝尔奖）赫然在目，熟悉麦克尤恩套路的读者恐怕都会笑出声来。想当年,《爱无可忍》就因为在小说末尾的附录里戏拟精神病学案例来照应正文中的人物关系,被文学评论家信以为真,撰文批判“该作品最大的缺点是拘泥于现实”(值得一提的是,该书中译本也曾遭遇过类似误读,收到过一模一样的评语)。当时麦克尤恩并未刻意辩解,直到多年后才将此事夹在访谈里娓娓道来,权当附赠一则额外的笑料。若论戏拟的难度,《追日》中的这篇颁奖词甚至比《爱无可忍》更高:非但要为子虚乌有的“别尔德—爱因斯坦合论”设计一个理论框架,还要杜撰真实存在的物理学家费因曼(1965年诺贝尔奖得主)慧眼发掘“合论”的情节,并且让通篇都充溢着庄严而亢奋的气息,始终保持“七分反讽、三分动人”的比例。换了别的作家,即便有兴趣处理科学题材,恐怕也只是将科学家的身份标签往人物身上一贴就完事了,撕开这标签将他们置换成文学教授也完全成立。那些枯燥琐碎的、凸显专业水准的细节是大多数作家的绊脚石,大可一扔了事的,只有麦克尤恩才会满怀热情地迎上去——仿佛生怕一放手就没有机会炫技似的——直到在石头上刻下麦氏笔迹的“到此一游”,才扛起来继续上路。

如是,便引出“冒险”的第二重含义:如此苦心经营,是否仅仅为了炫技?材料的丰富完整,是否反而破坏小说的戏剧感,让小说不像小说?《追日》确实收到不少类似的抱怨,多半都来自那些读完一半便愤而扔下的读者。实际上,你很难说麦克尤恩没有在这个问题上用足心机。小说只截取别尔德的三个人生阶段(2000,2005,2009),这种三段体结构本身就是为了高度浓缩戏剧效果而设置的。第一部开场便是别尔德的第五任老婆红杏出墙、与家里的装修工公然上床的通俗桥段,难得的是这老桥段只用最经济的笔墨便通往最意外的效果。在一个典型的“麦克尤恩式瞬间”(请将记忆程序自动切换到《无辜者》的分尸场景、《在切瑟尔海滩上》的床上交锋或者《星期六》中外科医生与恐怖分子的对峙时刻),桃色转成血色,偷人变成杀人,故事进而急转直下,既惊悚又合理地盘活了别尔德本来大势已去的人生棋局。那久违的理想之光,居然通过一场卑劣的阴谋,再度照进了他心灵的暗室——于是,好的,坏的,阴差阳错的,啼笑皆非的,都被迫在读者眼前曝光。这不正是麦克尤恩在更衣室里悟出的道理——理想主义也可以用喜剧性的表现方式?译后记不愿以剧透来充分展现这种推进方式的难度和化解之道,只能提醒读者注意,麦克尤恩从不屑于铺陈闲笔。当他的镜头摇过家居全景时,请不要以为那是植入广告,请格外注意客厅里那张画着狰狞的北极熊的地毯。

第一部撒下的所有线头,在第三部都被一一收回。意外事件直接促成别尔德坐收渔利,投身太阳能研究并大获成功(按照麦克尤恩的说法,小说中的太阳能发展状况有现实依据,只是略微在实际应用层面有所超前,不能算科幻),眼看着就要成为一场新的工业革命的奠基人:“八年一路走来,从缓慢甄别、解读文件,到埋头于实验室,再完善,突破,勾画草图,田野试验,这一切必须有个了结。最后一幕是领受喝彩。”有经验的读者都知道,麦克尤恩不会让他的主人公领受喝彩,他照例要在此时翻过手掌，让别尔德在第一部种下的祸根赶在最后一幕前的二十四小时内，突然怒放出恶之花来。只是，高潮的来临并非简单的因果报应，而是一种螳螂扑蝉式的逻辑引爆，那只狡黠的黄雀，在第一部里只是个排不上号的小配角——谁也想不到，他身后的身后，居然站着英国女王。

就情节的连贯性而言，第一部与第三部可以实现无缝对接。也就是说，这部小说的整体节奏在第二部中被大大延宕了——如果对第二部加以精简乃至删除，《追日》会不会更紧凑好看，或者至少更讨巧一些呢？读罢全书，我确实怀疑，第二部是不是过于依赖原始素材，科学界内部的政治关系有没有必要用冗长的演讲稿和会议流程来表达（虽然这些足以乱真的文本也是文体家麦克尤恩赖以炫技的时刻），那些夹杂在其中的显然具有隐喻功能的段子（比如花了十来页篇幅描述的"抢薯片事件"）会不会失之牵强。不过，第二部的存在至少有一个好处：它凸显了本书的一大文本特色。整部小说虽然使用第三人称，但几乎全以主人公别尔德的视角展开。那是一双科学家的眼睛。在它们的扫描下，一袋油炸薯片是"一席化学盛宴"，"我爱你"三个字则"具有超自然力矩"，洗澡的时候他会把自己看成"一尊颓败的'肉身群岛'——山一样的肚子，阴茎顶端，参差不齐的脚趾——三者连成一条直线，从一片灰色的肥皂水海洋中穿过"。总之，对于出现在小说中的诸般事物——从伦敦舞蹈用品商店到北极圈冰原再到新墨西哥州的房车——麦克尤恩都借着科学家的视角用文学化的语言重构了一遍，其表达效果每每出人意料。你几乎可以透过文本,看到在访谈中自称"迷恋名词、热爱'格物'"的作者手舞足蹈的样子。而这些奇峰突起的意象,格外集中在情节进展缓慢的第二部中。尤其是第二部的开头,别尔德在飞机快要降落前绕着伦敦盘旋时俯瞰全城的浮想,被英美书评人(其中有些人对这部小说整体评价并不高)交口称赞:

"这些日子,无论何时,他只要来到一座大城市,就会像这样,既不安,又着迷。巨大的混凝土伤口与钢铁搅拌在一起,这些'导尿管'将川流不息的车辆从地平线运过来又送回去——在它们面前,自然界的种种遗迹只能日渐萎缩。多多益善的压力,层出不穷的发明,渴望与需求凝聚成一股股盲目的力量,看起来非但无从遏制,而且正在滋生某种热能,某种现代社会的热能,经过种种巧妙转换,它成了他的课题,他的职业。文明的灼热气息。他感觉得到它,每个人都能感觉到,脖子上有,脸上也有。别尔德从他的这架神奇的——脏得出奇的飞机上凝神俯视,他相信,碰上状态更好的时候,他能找到问题的答案,归根结底,他身负使命,这项使命在消耗着他,他的时间越来越不够用。

"无论他的视线落在哪个方向,这里都是他的家,是这座星球上属于他的角落。那些曾经被中世纪的农民或者十八世纪的劳工照管过的田野和树篱,显而易见,它们仍然组成不规则的四边形,装点着这片土地,每一条小溪,每一道篱墙,每一座猪圈,甚至每一棵树,都有名有姓,没准在1085年,当那位征服天下的威廉一世与顾问们共同协商并派人到全国各地调查之后,它们就已经在《最终税册》上留下了自己的名字。从那以后，它们在经历改良、归属、使用、消费、买卖、抵押时都要被重新命名；就像一块表皮又硬又厚的斯第尔顿奶酪那般成熟，像巴别塔那样充斥着纷繁多样的人性，像尼罗河三角洲那样历史悠久，像一栋有幽灵出没的停尸房那般拥挤，像一座吵吵嚷嚷的贫民窟一般喧闹刺耳。有朝一日，这个傲慢而古老的王国也许会屈服于各种各样的渴望，屈服于成为一座集墨西哥城、圣保罗和洛杉矶于一身的超级大都会的如梦诱惑，风化从伦敦开始，依次到梅德韦、南安普顿、牛津，再回到伦敦，组成一个摩登的四边形，将以前所有的篱墙和树木统统埋葬。谁知道呢，也许那会是一场族群和谐、建筑恢弘的凯旋，一座世界之城，全世界最教人艳羡的世界之城。

“当飞机最终放弃位于U形河道切面沿岸上空的机群，转而在泰晤士河北部上空排队并开始降落时，别尔德心想，到底要怎样，我们才能开始自律呢？处在这样的高度上，我们就像是四处蔓延的苔藓，像扩张肆虐的海藻，像某种正在包围一只柔弱水果的霉菌——我们的成就是何等狂野。与孢子一起勇往直前！”（由于篇幅限制，这里无法展示此段引文中的“霉菌”与“孢子”与前文有着怎样巧妙的呼应。）

对于这些描写，麦克尤恩曾不止一次地强调过炮制它们的快感：“我发觉某些科学语言极富音乐性，因而我在创作《追日》时，常常觉得自己是一个十九世纪的诗人。科学语言对我有某种深深的魅惑力。”

三

科学对于麦克尤恩的“魅惑力”确实由来已久。《爱无可忍》中的叙述者是个科普作家,《星期六》的男一号是成功的神经科医生,这些人物的职业特征,渗入整个小说架构的毛细血管,在关键点上成了直接推动情节发展的引擎。到了《追日》里,这种手段就更被运用得淋漓尽致,以至于有些评论家表示无法理解麦克尤恩近年来的“科学主义、理性至上”的倾向。

也许,对于这项指责,麦克尤恩最好的回答就藏在小说文本里。在《追日》第三部分中,别尔德回忆自己追求第一任妻子时的往事,后者当年与别尔德同在牛津求学,但攻读的是文学专业。于是,一大段暗讽人文科学与自然科学之间的微妙关系的情节就此展开。为了讨梅西的欢心,别尔德耗费“漫长的一周”,突击恶补弥尔顿的诗歌(有关《光》的描述浓墨重彩,无疑又是对小说标题的隐喻)和传记,再从以前曾受惠于他的文科生同学那里临时批发来几条观点,就在约会时成功地让梅西对他刮目相看,进而以身相许。于是,别尔德发出感叹,敏感的读者应该能从中感受到作者——文科生麦克尤恩的自嘲:“追求梅西的过程不依不饶,有条不紊,不仅让他志得意满,也构成了他成长道路上的转折点,因为他知道,没有哪个三年级文科生——哪怕他再聪明——能够只用功一星期,只需跟别尔德那些学数学物理的同学们混混，就能蒙混过关的。这是条单行道。突击弥尔顿的那一周让他怀疑这些玩意就是天大的骗局。读这些东西是挺辛苦，但他并没有碰到什么能稍许在智力上构成挑战的东西，没有什么能跟他每天在自己的课业中遭遇的困难等量齐观。”

然而，当别尔德的混世之道最终被更老谋深算的“混世魔王”暗算，掀翻了整个棋盘时，当他那虽然“动机不纯”但毕竟与“理想主义”沾边的追求都被以某种滑稽的、荒诞的方式消解时，科学救不了他，智力也救不了他。这一刻的别尔德，与多年前那个自负地嘲弄人文与宗教，以为靠智力优越感就能包打天下的别尔德构成鲜明的对照和反讽。一个还想做点事的混混也是难免要幻灭的——当理性变得苍白甚至荒诞时，自称“理性主义者”的麦克尤恩终于亮出了他暧昧的文学底色。某种程度上，人性中半明半昧的灰色地带，那些永远无法解释清楚的悖论正是文学存在的理由。

《追日》是麦克尤恩近年来野心最大也最受争议的小说，大西洋两岸的评论阵营为此争得面红耳赤。英国评论界普遍持肯定态度，而那些曾经慷慨地用无数个最高级讴歌过《赎罪》的美国人却表示不太能领会外表含蓄、内在阴损的“英国式讽刺小说”——也许只有《生活大爆炸》里的那种类型化的科学怪人才能让美国人心有戚戚？不止一个美国读者在亚马逊上宣称，被迫与别尔德这样贪吃好色（随着情节的推进，请注意别尔德的体重在匀速上升，食欲有增无减，而手背上与阳光辐射有关的黑色素瘤也在逐渐恶化，这些显然都是与主题密切相关的隐喻）、自私虚伪的机会主义者亲密相处三百页的感觉很不舒适，并奉劝那些对男一号的人品和相貌有所期待的读者(何况，除了这个人物的每一根汗毛都是立体的之外，其他人物都是扁平的)在购买前三思而行。事实上，在我看来，恰恰是这个很不可爱的人物，这个到最后声名狼藉却仍然对赶来拥抱他的女儿无法表达情感的男人(“他一边张开双臂抱住她，一边怀疑，现在假如他努力装作这就是爱，还有没有人会相信他。”)，承载着作者最深沉的悲悯。一个相信自己能拯救地球的人，其实连自己都无法拯救——这就如同我们宣称要保护地球，却从来管不好一个小小的更衣室一样，还有什么比这样的“喜剧”更可悲？真相大抵是这样的：我们当然不喜欢别尔德，因为他就是我们自己。

四

翻译麦克尤恩的任何一部小说都不是一件容易的事，而《追日》则比我预料的更难。浮于表层的障碍来自陌生的词汇，光谱不对称性、共振、缠结、量子谐波振荡器、弦理论、碳中立……自始至终，文本里都充斥着这些完全超出我知识范围的字眼，我必须一一查证、详细注解。更要命的是，麦克尤恩对它们的使用，一般不会停留在仅仅作简单罗列的层面，如前文所言，他更喜欢让这些“有音乐性”的字眼在一部文学作品里焕发出它们在科技文献中不曾具有的生命力，让它们组合成我们在其他小说中无法见到、甚至无法设想的奇妙意象。碰到这样的情况，我就得逼着自己不仅查出科学词汇的对应译法，更要在一定程度上弄懂其机理，才能在译文中真正体现原文的妙处。说实话，我虽自问尽力，仍然对译文与原文的功能对等没有十分把握。至于麦克尤恩在所有小说中一以贯之的行文特点和独特的抗译性，我在翻译《在切瑟尔海滩上》的译后记中就已经谈到，在此不另赘述。

小说标题 solar，直译自然是“太阳能”，这与整部小说时常刻意戏拟科学文体的风格一脉相承。不过，坦白说，鉴于国内图书市场分类的混乱，我和编辑都担心这样做会让小说遇人不淑，一进书店就给搁到科普书架上。几经讨论之后，我们决定以“追日”意译，这固然因为在字面上扣到了一个“日”字；另一方面，“追日”的意象在中国文化中与骄傲的英雄夸父不可分割，而置于西方文化语境中时，则叫人联想到那位翅膀在烈日下融化、继而殒命大海的伊卡洛斯。尽管浑身瑕疵的别尔德与这两个神话形象相去甚远，但是，如果细细体味，那么这两则寓言的表达效果其实并非仅止于悲壮，它们在某种程度上都具有“黑色幽默”的内核——而这一点，我认为，与麦克尤恩试图“喜剧性地展示理想主义”，与“一个以为自己能拯救世界的人其实连自己也拯救不了”的主题，是大致合拍的。

黄昱宁

2012 年 1 月

图书在版编目(CIP)数据

追日/(英)伊恩·麦克尤恩(Ian McEwan)著;
黄昱宁译.—上海:上海译文出版社,2018.6
(麦克尤恩作品)
书名原文:Solar
ISBN 978-7-5327-7770-9

Ⅰ.①追… Ⅱ.①伊… ②黄… Ⅲ.①长篇小说—英
国—现代 Ⅳ.①I561.45

中国版本图书馆CIP数据核字(2018)第042400号

Ian McEwan
Solar

图字号:09-2010-743号

追日
〔英〕伊恩·麦克尤恩 著 黄昱宁 译
责任编辑/宋 玲 装帧设计/储平工作室

上海译文出版社有限公司出版、发行
网址:www.yiwen.com.cn
200001 上海福建中路193号 www.ewen.co
江阴金马印刷有限公司印刷

开本850×1168 1/32 印张11.5 插页5 字数206,000
2018年6月第1版 2018年6月第1次印刷
印数:0,001—7,000册

ISBN 978-7-5327-7770-9/I·4758
定价:68.00元